KB040696

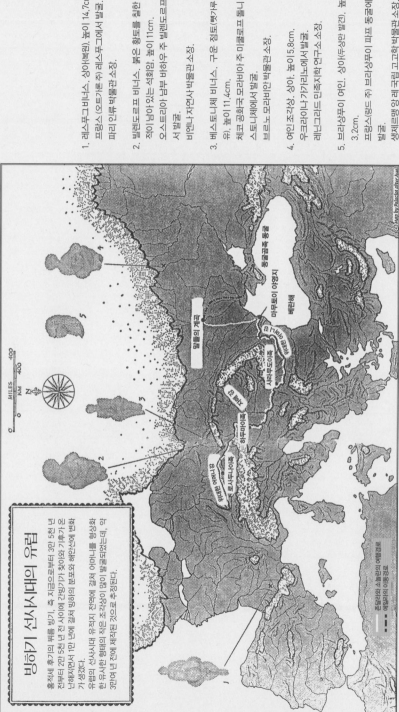

빙하기 선사시대의 유럽

홍적세 후기의 뷔름 빙기, 즉 지금으로부터 3만 5천 년 전부터 2만 5천 년 전 사이에 인방기가 찾아와 기후가 온난해지면서 1만 년에 걸쳐 방하의 분포와 해안선에 변화가 생겼다.

유럽의 선사시대 유적지 전역에 걸쳐 어마나를 형상화한 우수한 형태의 작은 조각상이 많이 발굴되었는데, 약 3만여 년 전에 제작된 것으로 추정된다.

1. 레스퓌그 비너스. 상아(복원). 높이 14.7cm.
   프랑스 (오트가론 주) 레스퓌그에서 발굴.
   파리 인류 박물관 소장.

2. 빌렌도르프 비너스. 붉은 황토를 칠한 흔적이 남아있는 석회암. 높이 11cm.
   오스트리아 남부 바하우 주 빌렌도르프에서 발굴.
   비엔나 자연사박물관 소장.

3. 베스토니체 비너스. 구운 점토(뼛가루 함유). 높이 11.4cm.
   체코 공화국 모라비아 주 미쿨로프 돌니 베스토니체에서 발굴.
   브르노 모라비언 박물관 소장.

4. 여인 조각상. 상아. 높이 15.8cm.
   우크라이나 키가리노에서 발굴.
   레닌그라드 민족지학 연구소 소장.

5. 브라상푸이 여인. 상아(두상만 발견). 높이 3.2cm.
   프랑스(랑드 주) 브라상푸이 파프 동굴에서 발굴.
   생제르맹 앙 레 국립 고고학 박물관 소장.

대지의
아이들
II

말들의 계곡
2

대지의 아이들 II

JEAN M. AUEL 　진 M, 아우얼 지음
정서진 옮김

말들의 계곡 2

THE VALLEY OF HORSES

EARTH'S CHILDREN

검은숲

• 에일라 •

자신과 다른 종족에서 자란 소녀. 부모와 다름없던 이자와 크렙이 죽고 새 족장 브라우드에 의해 죽음의 저주를 받는다. 야생에 남겨져 여러 위험에 처하고, 홀로 있다는 외로움에 좌절하지만 늘 삶의 의지를 다지며 강한 여성으로 성장한다.

• 이자 •

동굴곰족의 주술 치료사. 에일라를 구해주고 길러준 어머니 같은 존재다. 자신이 알고 있는 약재와 치료술에 대한 지식을 에일라에게 전해준다.

• 크렙 •

동굴곰족에서 가장 신성한 주술사. 편견 없이 자신을 따르는 에일라에게 주술사만이 볼 수 있는 먼 과거를 알려준다. 에일라를 통해 씨족의 한계를 깨닫고 큰 충격을 받는다.

• 존달라 •

젤란도니족의 남자. 키가 크고 파란 눈을 가진 매력적인 남성
이다. 과묵하고 배려 깊은 성격으로 인기가 많지만 정작 어떤
여성도 진심을 다해 사랑하지 못한다. 가장 아끼는 사람을 잃
은 직후, 에일라와 만나게 된다.

• 소놀란 •

존달라의 이부동생. 형과는 달리 활달하고 모험을 좋아하는 성
격이다. 자신의 의지로 떠난 모험에서 사랑하는 여자를 만나
정착한다.

THE VALLEY OF HORSES

EARTH'S CHILDREN

11

"존달라, 나 때문에 형까지 여기 머물 필요는 없어."

"왜 내가 단지 너 때문에 여기 머문다고 생각해?"

존달라는 원래 의도했던 것보다 더 격앙되어 대꾸했다. 그 문제에 대해 과민하게 보이고 싶지 않았지만 소놀란의 말에는 존달라가 인정하고 싶은 것보다 더 많은 진실이 담겨 있었다.

짐작하고 있었던 거야. 존달라는 깨달았다. 그는 소놀란이 정말로 눌러앉아 제타미오와 짝을 맺을 거라고는 믿고 싶지 않았다. 하지만 존달라 자신도 샤라무도이족과 머물겠다고 성급한 결정을 내리고는 내심 놀라고 있었다. 그는 혼자 돌아가고 싶지 않았다. 소놀란 없이 하는 여행은 먼 여정이 될 터였다. 하지만 더 깊은 이유도 숨어 있었다. 애당초 소놀란과 여행을 하겠다고 즉각적으로 결정을 내렸을 때도 그 이유 때문이었다.

"형은 나를 따라 나서는 게 아니었어."

그 순간 존달라는 소놀란이 자신의 마음을 어떻게 그리도 잘 아는지 놀랐다.

"난 다시는 고향에 돌아가지 못할 것 같은 느낌이 들어. 내가 평생 사랑하게 될 유일한 여자를 만날 거라고 예상했던 건 아니었어. 하지만 여행을 멈출 이유가 생길 때까지 계속 가려고 했던 것 같아. 샤라무도이족은 좋은 사람들이야. 서로 알게 되면 모두가 좋은 사람들이기는 하겠지만. 존달라, 형은 젤란도니족 사람이야. 형이 어디에 있든, 언제까지 젤란도니라고. 어디에 가든, 그곳을 편안하게 느끼지 못할 거야. 형은 돌아가. 가서 형을 쫓아다니는 여자들 중 하나를 선택해 행복하게 해줘. 정착해서 대가족을 꾸리는 거야. 그래서 불터의 아이들에게 형의 길었던 여행과 여행 중에 눌러앉은 동생에 대해서도 얘기해주고. 누가 알아? 언젠가 형의 아이나 내 아이가 긴 여행을 떠났다가 친족을 찾게 될는지."

"어째서 내가 너보다 더 젤란도니족에 가깝다는 거냐? 뭣 때문에 내가 너만큼 만족하지 못할 거라 생각해?"

"무엇보다 형은 사랑하는 여자가 없잖아. 혹 여기에 그런 여자가 있다고 해도 여기에 머물지 말고 그 여자랑 같이 떠날 계획을 세우도록 해."

"넌 어째서 제타미오를 데리고 떠나지 않으려는 건데? 제타미오는 충분히 능력도 되고, 의지도 강해. 자신을 돌볼 줄 안다고. 제타미오는 훌륭한 젤란도니족 여자가 될 거야. 최고의 젤란도니족 여자들과 함께 사냥도 할 테고. 잘 지낼 거라고."

"돌아가는 여행을 하는 데 시간을 낭비하고 싶지 않아. 난 함께 살고 싶은 여자를 찾았어. 여기 정착하고 싶어. 제타미오에게도 여기서 가족을 꾸릴 기회를 주고 싶고."

"위대한 어머니 강의 끝까지 가보겠다는 동생한테 대체 무슨 일이 생긴 거야?"

"언젠가는 갈 거야. 서두를 필요가 없어. 여기서 그리 멀지도 않고. 다음에 돌랜도가 소금 거래를 갈 때 함께 가도 되고. 제타미오를 데리고 갈 수도 있지. 제타미오도 좋다고 할 것 같아. 하지만 고향에서 멀리 떨어진 곳에서 오래 지내면 제타미오는 행복하지 않을 거야. 이곳은 제타미오에게 의미가 크니까. 자기를 낳아준 어머니가 누구인지도 모르고, 몸에 마비가 와서 죽을 고비를 넘겼다 하니. 제타미오에게 부족 사람들이 얼마나 소중할지 이해가 돼. 내게도 그런 형이 있으니까."

"어떻게 그렇게 확신하는 거야?

존달라는 아우의 시선을 피한 채 땅을 내려다보며 물었다.

"내게 사랑하는 여자가 없다니. 세레니오는 아름다운 여자야. 그리고 다르보."

존달라의 입가에 미소가 떠오르더니 미간의 주름이 펴졌다.

"그 아이에게도 남자 어른이 필요하고. 커서 뛰어난 석공이 될 것 같아."

"형, 나는 형을 오랫동안 알아왔어. 한 여자랑 함께 산다고 해서 형이 그 여자를 사랑하는 건 아니라고. 형이 그 남자애를 예뻐한다는 것도 알아. 그렇다고 여기 머물면서 그 애 엄마랑 짝을 짓는다는 게 말이 되냐고. 그런 이유로 짝을 짓기도 하지만 여기 눌러앉는 이유로는 부족해. 차라리 고향에 돌아가서 형보다 나이 많은 애 딸린 여자를 찾으라고. 거기서도 석공이 될 아이들은 많을 거야. 형은 돌아가."

존달라가 대꾸를 하려는데 아직 열 살이 안 된 소년이 가쁜 숨을 몰아쉬며 달려왔다. 또래보다 키는 컸지만 야윈 얼굴에 몸집은 가냘팠다. 이목구비도 남자아이치고는 가늘고 섬세했다. 밝은 갈색 머리는 죽 뻗은 채 늘어져 있었지만 엷은 갈색 눈은 총명함으로 빛났다.

"존달라!"

아이가 숨을 내쉬며 외쳤다.

"계속 찾아다녔어요! 돌랜도가 준비를 마쳤어요. 강 사람들도 기다리고요."

"우리가 갈 거라고 전해줘, 다르보."

존달라가 샤라무도이족의 언어로 말했다. 아이는 뛰어나갔다. 두 남자도 몸을 돌려 따라나섰다. 그때 존달라가 멈춰 섰다.

"소놀란, 행복을 빌어줘야 마땅하겠지."

그가 말했다. 존달라의 얼굴에 떠오른 미소는 진심이었다.

"한데 네가 정식으로 짝을 짓는 걸 원하리라고는 미처 생각하지 못했어. 그래서 말인데, 날 떠나보내려는 생각은 그만해.

아우가 꿈의 여인을 찾게 되는 일이 늘 있는 건 아니니까. 도니의 사랑 운운하는 네 짝짓기 의식을 결코 놓치지 않을 거라고."

소놀란의 얼굴에 한가득 미소가 번졌다.

"있잖아, 존달라, 내가 제타미오를 봤을 때 정말 그랬다니까. 저세상으로 가는 길에 기쁨을 주기 위해 온 어머니의 아름다고 젊은 정령인 줄 알았어. 그 여인과 함께라면 망설임 없이 떠났을 거라고. 지금도 마찬가지고."

소놀란의 뒤를 따라 걷는 존달라의 미간이 찡그려졌다. 자신의 아우가 한 여인을 죽음까지 따라가겠다고 한 말이 내내 마음에 걸렸다.

짙은 그늘이 드리워진 숲을 지나 내려가는 비탈길은 매우 가팔랐지만 지그재그로 이어져 있어 실제보다 완만하게 느껴졌다. 깎아지른 듯한 절벽의 가장자리로 이어지는 암벽에 가까워지자 길은 곧게 뻗어 있었다. 암벽을 돌아가는 길은 두 사람이 가까스로 나란히 지나갈 정도의 너비로 사람들이 직접 공들여 깎아놓은 것이었다. 존달라는 암벽을 돌아가는 동안 동생의 뒤에서 걸어갔다. 절벽 아래로 깊고 넓은 위대한 어머니 강이 시야에 들어올 때면, 돌랜도의 동굴에서 샤무도이족과 함께 겨울 한 철을 났건만 여전히 오금이 얼어붙는 것 같았다. 그래도 다른 길보다는 차라리 깎아놓은 길이 나은 편이었다.

혈거 부족이라고 해서 모두가 동굴에 사는 것은 아니었다. 빈터에 천막을 짓고 사는 이들도 흔했다. 하지만 자연적으로 형성된 동굴은 특히 혹독한 겨울철이면 누구나 선호하는 가장 귀한 주거지였다. 동굴이 있거나 절벽에서 돌출된 바위가 있는 곳은 주거지로 선택될 확률이 높았다. 좋은 조건의 동굴이 있는 곳이라면, 아무리 열악해 보이는 단점이 있다 할지라도 극복해내기 마련이었다. 존달라는 전에도 가파른 절벽에 나 있는 동굴에서 살아본 적이 있었지만 샤무도이족 동굴이 있는 깎아지를 듯한 절벽에 비할 바가 아니었다.

태곳적에 사암, 석회암, 이판암이 퇴적되어 이루어진 지각이 융기하여 얼음으로 뒤덮인 산맥이 형성되었다. 하지만 지각을 융기시킨 힘에 의해 폭발한 화산에서 단단한 결정질 암석들이 분출되어 더 부드러운 돌과 섞였다. 지난여름 내내 존달라와 소놀란 형제가 여행한 초원은 한때 넓은 내해의 분지였다가 융기하여 산맥에 에워싸여 있었다. 영겁의 세월을 지나는 동안, 내해의 바닷물은 남북으로 길게 뻗어 있는 산맥의 산등성이를 침식해 들어가며 물길을 만들다가 바닥을 드러냈다.

하지만 산은 완고한 바위로 물줄기를 가로막으며 마지못해 좁은 물길을 내어줄 뿐이었다. 자매 강과 함께 다른 지류들이 모두 합류해 커다란 물줄기로 흐르는 위대한 어머니 강도 좁은 길을 지나갔다. 수백 킬로미터에 걸쳐 있는 네 개의 거대한 협곡은 어머니 강이 하류로 들어가는 관문이자 궁극적으로는 마지막 목적지였다. 협곡을 지나며 강은 그 폭이 2킬로미터 정도로 넓어지기도 했고 바위 사이를 지날 때에도 그 폭이 족히

200미터는 되었다.

수백 킬로미터에 걸쳐 있는 산등성이를 천천히 지나가면서 약해진 내해는 여러 줄기로 나뉘어 개울, 폭포, 물웅덩이, 호수를 이루며 제각각 흔적을 남겼다. 첫 번째 좁은 물길이 시작되는 곳 가까이 왼쪽으로 서 있는 높은 절벽에는 선반처럼 튀어나온 암붕이 있었는데, 암붕 위는 놀랍도록 평평하고 널찍했다. 그곳은 오랜 세월 물살의 계속된 힘으로 깎여 나가 만들어진 호수의 작은 만이었다. 호수는 오래전에 사라지고 없었지만 강의 수위보다 높은 곳에는 U 자형으로 가운데가 쑥 들어간 암붕이 남아 있었다. 암붕은 꽤 높은 편이어서 홍수로 강물이 엄청나게 불어나는 봄에도 암붕까지 물이 차오르는 일은 없었다.

절벽의 경사면에서 선반처럼 툭 튀어나온 널찍한 암붕 위에는 풀들이 곳곳에 자랐다. 하지만 얕게 파놓은 몇몇 요리 구덩이의 바닥이 암석인 것에서 알 수 있듯 토양층은 깊지 않았다. 암붕의 절반쯤에 이르면 바위투성이 절벽을 감싸며 자란 덤불과 작은 나무들이 보였다. 나무들은 뒷벽 가까이에서 제법 자라 있었고, 가파른 절벽을 타고 오르며 자란 덤불은 무성했다. 옆쪽 절벽에서 튀어나온 지붕 모양의 암붕은 그야말로 좋은 입지였다. 아랫부분이 깊게 잘려 나간 사암으로 된 암붕은 마치 지붕처럼 걸려 있었다. 그 아래로는 가족 단위로 나뉘어 살고 있는 나무 집이 몇 채 있었다. 그 가운데에는 큰 불터와 작은 불터가 몇 개 있는 둥그런 모양의 빈터가 있었는데, 그곳은 거주지로 들어가는 입구이자 사람들이 모이는 장소이기도 했다.

건너편으로 또 다른 훌륭한 입지 조건이 갖춰져 있었다. 높은 절벽 가장자리에서 떨어지는 가늘고 긴 폭포가 들쭉날쭉한 바위들을 타고 흐르다가 사암 지붕 위로 떨어져 내리며 샘물을 이뤘다. 물줄기는 돌랜도와 몇몇 남자들이 소놀란과 존달라를 기다리고 있는 암붕의 가장자리로 흘러 내려왔다.

존달라와 소놀란이 튀어나온 절벽을 돌아 내려오는 모습이 보이자 돌랜도가 반갑게 손을 흔들었다. 절벽에서 돌출된 여러 개의 바위들을 거쳐 강 아래로 흘러가는 작은 개울을 따라 꽤 위험해 보이는 비탈길이 나 있었다. 앞장서서 걷던 소놀란이 비탈길을 막 내려가기 시작했을 때, 존달라는 튀어나온 절벽에 당도했다. 바위를 힘겹게 쪼아 만든 좁은 계단과 튼튼한 밧줄로 엮어놓은 난간이 없다면 결코 내려갈 수 없을 만한 비탈길이 눈앞에 펼쳐져 있었다. 위에서 쏟아지는 폭포가 일으키는 물보라 때문에 여름에도 발밑은 상당히 미끄러웠다. 겨울에는 지나다니기 어려울 정도로 바닥이 꽁꽁 얼어붙었다.

봄이 되면 홍수로 불어난 물과 살얼음 때문에 발밑을 조심해야 했지만 샤라무도이족—샤모아영양을 사냥하며 산에 사는 샤무도이족과 강에서 사는 라무도이족으로 이루어진 부족—은 험준한 산악지대를 누비는 날렵한 영양들처럼 가파른 비탈길을 경중경중 뛰어다녔다. 존달라는 마치 이곳 태생이라도 되는 듯 성큼성큼 비탈길을 내려가는 동생을 보며 소놀란이

했던 말 가운데 한 가지는 옳다는 생각을 했다. 그가 이곳에서 평생을 살게 된다 해도 저 높은 암봉에 이르는 비탈길에는 결코 익숙해지지 못할 것 같았다. 소용돌이치며 흐르는 강물을 흘끗 내려다본 존달라는 다시 한 번 오금이 저려왔다. 그는 심호흡을 하고 이를 지그시 물고는 한 걸음씩 내디뎠다.

눈에 띄지 않던 살얼음에 발이 미끄러질 때마다 밧줄이 있어 얼마나 다행인지 몰랐다. 그는 강가에 도착해서야 깊은 안도의 한숨을 쉬었다. 물 위에 떠 있는 통나무를 묶어 만든 잔교가 물결에 따라 요동쳤지만, 비탈길을 내려오는 것에 비하면 잔교를 건너는 것은 아무것도 아니었다. 잔교의 절반 이상이 얹어져 있는 높은 지대에는 지붕처럼 걸린 사암 아래에서 본 집들과 비슷한 통나무집이 일렬로 늘어서 있었다.

존달라는 지붕이 있는 집배에서 사는 사람들과 인사를 나누며 잔교를 건넜다. 존달라가 배에 타자마자 배는 바로 출발했다. 긴 노를 저어 상류를 거슬러 오르는 동안, 사람들은 꼭 필요한 말만 주고받았다. 따뜻해진 날씨에 빙하가 녹으며 강은 더 깊어지고 물살은 거세졌다. 돌랜도가 이끄는 부족 사람들은 강위를 떠다니는 잔해들을 유심히 살폈다. 뒤에 물러앉아 있던 존달라는 어느새 샤라무도이족 사람들의 독특한 관계에 대한 사색에 빠져들었다.

그가 만난 부족들은 저마다 다른 방식으로 분업화를 이루었다. 그는 종종 무엇 때문에 저마다 다른 방식을 택하게 되었을까 궁금해하곤 했다. 어떤 부족들의 경우 남자와 여자의 일이 관습적으로 나뉘어 있었다. 성별에 따라 일이 구분되어 있어서 남자와 여자는 자신에게 주어진 일들만 했다. 또 다른 부족의 경우, 나이에 따라 일을 나누기도 했다. 젊은 사람들이 주로 힘이 많이 드는 일을 맡아 했고, 노인들은 주로 앉아서 하는 일을 했다. 그 외에도 여자들이 전적으로 아이를 맡아 키우는 부족이 있는가 하면, 남녀 구분 없이 노인들이 어린아이들을 돌보는 부족도 있었다.

샤라무도이족은 그간 만난 부족들과는 또 다른 분업화를 이루고 있었다. 서로 뚜렷이 다른 두 부족이 긴밀한 관계를 맺으며 살았다. 샤무도이족은 험준한 산악지대에서 샤모아영양을 비롯한 짐승들을 주로 사냥했다. 반면 라무도이족은 강에서 길이가 9미터에 이르는 거대한 철갑상어를 잡았는데, 그 과정은 낚시보다는 사냥에 가까웠다. 그들은 또한 농어, 강꼬치고기, 커다란 잉어도 잡았다. 그들은 뚜렷하게 다른 특징이 있었지만 서로 다른 사냥감에 주력하면서 공고한 협력 관계를 유지하고 있었다.

샤무도이족은 샤모아영양의 가죽을 아주 부드럽고 아름답게 가공했다. 그 가죽은 대단히 특별해서 멀리에서도 가죽을 거래하고 싶어 찾아올 정도였다. 가죽을 손질하는 방법은 철저하게 비밀에 붙여졌다. 존달라는 그 비법이 어떤 물고기의 기름과 관련이 있다는 것을 알게 되었다. 샤무도이족이 라무도이족과 긴밀한 관계를 유지하는 이유도 이와 관련 있었다. 반면 배의 몸통은 오크나무로 만들었다. 부속품은 너도밤나무와 소나무를 사용했고, 배의 측면은 주목나무와 버드나무를 단단하게 붙여 만들었다. 강 사람들은 적절한 목재를 구하기 위해서 숲에 대한 지식이 풍부한 산사람의 도움이 필요했다.

샤라무도이 부족 내에서 샤무도이족의 한 가족과 라무도이족의 한 가족은 혈연 여부와 상관없이 긴밀한 관계를 유지했다. 존달라는 여전히 이러한 관계가 잘 이해되지 않았다. 하지만 소놀란이 제타미오와 짝을 맺게 되면, 제타미오에게는 살아 있는 혈육이 한 명도 없는데도 불구하고 존달라는 두 부족의 가족들과 '사촌'이 되었다. 사촌이 되면 서로가 지켜야 할 의무가 생겼지만 존달라는 새로운 관계를 맺게 될 때 부르는 호칭 정도로밖에 이해가 되지 않았다.

짝을 맺지 않은 남자는 자신의 의지에 따라 자유롭게 다닐 수 있지만 부족 사람들은 그가 함께 머물러주는 쪽을 선호했다. 그리고 두 가족을 하나로 묶은 관계는 아주 긴밀해서 한 가족이 떠나기를 원하면 일대일로 관계를 맺은 다른 부족의 가족 또한 함께 떠났다. 보통 샤무도이족 동굴이 과밀해져 한두 가족이 떠나 새로운 동굴에 터전을 마련하고 싶어 하면 라무도이족 가족이 따라나서야 했다.

만일 떠나려는 샤무도이족과 관계를 맺은 라무도이족 가족이 내키지 않아 하고 다른 가족이 떠나고 싶어 하면 특별한 교

환 의식이 행해졌다. 하지만 원칙적으로는 샤무도이족 가족이
종용하면 라무도이족 가족은 따를 수밖에 없었다. 이주의 문
제는 땅과 관련이 있었기 때문이다. 하지만 라무도이족에게도
선택할 권리는 있었다. 또한 영향력을 행사할 수도 있었다. 물
과 관련된 결정은 라무도이족에게 있었으므로 배로 이동해주
거나 배를 타고 적절한 장소를 물색하는 일을 거부할 수 있었
다. 하지만 실제로 이동에 관한 중요한 문제는 두 가족이 함께
의논해서 결정했다.

그 외에도 두 부족의 관계를 탄탄하게 하기 위해 실질적이
든 의례적이든 여러 가지 관례들이 있었는데, 대부분 배와 관
련 있었다. 물 위를 이동하는 배는 라무도이족 소관이었지만,
배 자체는 샤무도이족이 소유했다. 따라서 배를 사용하면서 얻
는 혜택에 비례하여 그 보답을 하는 것이 관례였다. 또한 분쟁
을 해결하기 위해 만든 관례도 있었는데, 이러한 관례는 실제
일어나는 일보다 복잡하게 정해져 있었다. 하지만 두 부족 사
이에는 서로의 권리와 영역, 그리고 전문 지식에 대한 이해와
존중이 암묵적으로 형성되어 분쟁이 일어나는 경우는 극히 드
물었다.

배를 만드는 일은 매우 실질적인 이유에서 협력할 필요가
있었다. 땅에서 나는 산물과 물에 대한 지식이 모두 필요했기
때문이다. 따라서 샤무도이족은 라무도이족의 배에 대한 정당
한 권리를 주장할 수 있었다. 어느 부족의 여인이건 그러한 권

리가 없는 남자와는 짝을 지을 수 없기 때문에 짝을 맺는 의식을 통해 관계는 더욱 견고해졌다. 소놀란 역시 사랑하는 여자와 짝을 지으려면 그 전에 배를 건조하거나 개조하는 일에 참여해야 했다.

존달라 또한 어서 배를 만들기를 기대했다. 배를 만드는 특별한 기술에 큰 관심이 생겼다. 어떻게 만드는지, 어떤 방식으로 추진력을 얻고 강 위를 다니는지 궁금한 점투성이였다. 그는 동생이 정착해서 샤무도이 여자와 짝을 짓겠다는 결정을 내리지 않았더라면 배에 대한 궁금증을 풀기 위한 다른 방법을 강구했을 터였다. 사실 배뿐만 아니라 이들 부족은 처음부터 그의 관심을 끌었다. 어마어마한 강에 배를 띄워 수월하게 이동하는 것하며 거대한 철갑상어를 사냥하는 것까지, 이들 부족의 능력은 그가 들어본 어떤 부족보다 뛰어났다.

그들은 변화무쌍하게 변하는 강의 상태를 누구보다 잘 알아차렸다. 사실 존달라는 지류들이 흘러들어 불어난 강물을 보고 나서야 위대한 어머니 강이 얼마나 큰지 실감이 되었다. 하지만 강물은 계속해서 불어나는 중이었다. 강의 어마어마한 크기를 환히 깨닫게 된 것은 배 위에서가 아니었다. 겨울이면 폭포가 떨어지는 비탈길은 얼음으로 뒤덮여 무용지물이었다. 그리하여 라무도이족이 샤무도이족과 함께 살러 들어가기 전까지 두 부족은 샤무도이족 동굴 앞 암붕에서 라무도이족이 만들어놓은 잔교까지 밧줄로 이어 매달아놓은 커다란 운반대를 통해 왕래했다.

소놀란과 존달라가 처음 도착했을 때는 폭포가 얼어붙기 전이었다. 가을이 완전히 물러가기 전이었지만 소놀란은 위태로워 보이는 비탈길을 올라가기에는 아직 무리였다. 그래서 두 형제를 바구니처럼 생긴 운반대에 태워 동굴까지 끌어 올렸다.

존달라는 운반대에 실려 올라가며 처음으로 강을 제대로 조망할 수 있었다. 그는 그제야 비로소 위대한 어머니 강이 얼마나 크고 넓은지 깨닫고는 충격을 받아 얼굴에 핏기마저 싹 가셨다. 강을 에워싼 산맥하며 저 아래 커다란 강을 내려다보니 심장이 쿵쿵 방망이질을 했다. 그는 어머니 강에 대한 경외감에 사로잡혔다. 생명을 탄생시키는 어머니 강의 경이로움에 깊은 감명을 받았다.

그 이후로 존달라는 더 먼 길을 가야 하고 풍경도 단조롭긴 하지만 동굴까지 올라가는 더 쉬운 길을 알아냈다. 서쪽에서 동쪽으로 이어진 산길의 일부인 그 길은 골짜기 밑에 생겨난 드넓은 평야로 이어졌다. 협곡과 이어진 구릉지에 놓인 길의 서쪽은 험준하기는 했지만 강가와 맞닿아 있었다. 그들은 그 지점을 향해 배를 타고 가고 있었다.

배는 어느새 강 중반부를 지나 회색빛 모래가 펼쳐진 강변에 줄지어서 손을 흔드는 한 무리의 사람들을 향해 다가가고 있었다. 그때 헉 하고 놀라는 소리에 존달라는 주위를 둘러봤다.

"존달라, 저기 좀 봐."

소놀란이 상류 쪽을 가리켰다.

깊은 가운데 물길을 따라 그들을 향해 삐죽삐죽한 커다란 빙산이 심상치 않게 번쩍이며 돌진하고 있었다. 반투명한 가장자리의 결정면들이 햇빛을 받아 거대한 돌기둥 주위는 테처럼 둥글게 빛 무리로 에워싸여 있었지만 청록색 빛이 감도는 빙산의 내부에는 결코 녹지 않는 얼음의 심장이 자리 잡고 있었다. 노를 젓던 남자들은 노련한 솜씨로 노를 수평으로 젓히며 배의 속도와 방향을 바꾸었다. 모두들 반짝이는 빙산이 무심하게 미끄러지듯 내려가는 것을 홀린 듯이 바라봤다.

"어머니 강에서 결코 등을 돌리지 말 것."

존달라는 앞에 있는 남자가 하는 말을 들었다.

"자매 강에서 떠내려온 것 같은데, 마르키노."

옆에 있던 남자가 말했다.

"어떻게…… 저토록 큰 얼음이…… 여기 있습니까, 칼로노?"

존달라가 물었다.

"빙산이라고 하지."

칼로노가 처음으로 얼음덩어리를 지칭하는 말을 가르쳐주었다.

"저 산 어딘가에 있는 빙하에서 떨어져 나온 거요."

그는 다시 노를 젓기 시작하느라 턱으로 어깨 너머 하얀 봉우리들 쪽을 가리키며 말을 이었다.

"아니면 더 북쪽에서 와서 자매 강을 따라 내려온 것일 수도 있고. 특히 이맘때쯤에는 자매 강이 더 깊은 데다 물길도 그리 많지 않으니. 빙산은 눈으로 보는 게 다가 아니라오. 물밑에 가라앉아 있는 부분이 훨씬 크오.”

“믿기 어려울 정도네요……. 빙산이라…… 저렇게 큰 게 여기까지 떠내려오다니.”

존달라가 말했다.

“매년 봄이면 저런 얼음을 볼 수 있지. 항상 저렇게 큰 것만 있는 건 아니지만. 어차피 녹고 있어서 그리 오래가지는 못해. 어디에 한 번만 제대로 부딪쳐도 그대로 산산조각 날 테고. 하류로 내려가다 보면 물길 가운데 수면 바로 아래로 커다란 바위 하나가 있지. 저 빙산도 거기서 끝이 날 것 같은데.”

칼로노가 덧붙였다.

“저런 빙산과 제대로 부딪히면 우리도 산산조각 날 테지요.”

마르키노가 말했다.

“그래서 어머니 강에서 결코 등을 돌리지 말라는 것이지.”

“마르키노 말이 맞아.”

칼로노가 말했다.

“어머니 강을 당연하게 생각하면 안 돼. 강을 소홀하게 여겼다가는 언제라도 정신이 번쩍 드는 방법으로 우리를 일깨울 테니 말이지.”

“난 저런 강 같은 여자들을 몇몇 알고 있는데 말이야, 형은?”

돌연 존달라의 마음속에 마로나가 떠올랐다. 아우의 얼굴에

다 안다는 듯한 미소가 번졌다. 소놀란도 같은 생각인 게 분명했다. 그는 여름 모임에서 자신과 짝을 지을 거라 기대하던 그 여인을 한동안 전혀 생각하지 못했다. 순간, 강렬한 그리움이 할퀴듯 지나갔다. 과연 그녀를 다시 볼 수 있을지 미지수였다. 아름다운 여자였다. 하지만 세레니오도 아름다워. 그는 생각했다. 그녀에게 청해볼까. 어떤 면에서는 마로나보다 더 좋은 여자야. 세레니오는 그보다 나이가 많았지만 존달라는 연상의 여인에게 끌린 적도 꽤 있었다. 소놀란이 짝을 짓고 머물겠다는데 나라고 왜 못 하겠는가?

여행을 시작한 지 얼마나 지났을까? 1년은 더 된 것 같아. 지난봄에 달라나의 동굴을 떠나왔으니. 소놀란은 다시는 돌아가지 않을 테지. 모두들 제타미오와 소놀란의 짝짓기 의식 때문에 들떠 있어. 넌 좀 기다리는 게 좋겠어, 존달라. 그는 생각했다. 그들이 주인공이 되는 날에 관심을 앗아가선 안 돼. 그리고 세레니오는 즉흥적인 생각이라고 여길지도 몰라. 나중에…….

"왜 이리 오래 걸렸나?"

기슭에서 목소리가 들렸다.

"그 먼 길을 걸어 내려왔는데도 한참을 여기서 기다렸지."

"이 두 사람을 찾아 데려오느라. 어디 숨은 게 아닌가 했어."

마르키노가 웃으며 대꾸했다.

"이제 와 숨기엔 너무 늦었지, 소놀란. 이 여인이 벌써 단단하게 낚았으니까!"

기슭에 서 있던 남자가 말했다. 그는 제타미오 뒤에서 첨벙 첨벙 강물로 뛰어들더니 배를 잡아 기슭으로 끄는 것을 도왔다. 그는 작살을 던져 끌어당긴 다음, 갈고리에 거는 몸짓을 해 보였다.

제타미오는 얼굴을 살짝 붉히더니 미소 지었다.

"인정할 건 인정해야죠, 바로노. 그이는 대어예요."

"당신이 좋은 낚시꾼. 그전에는 항상 잘 빠져나갔는데."

존달라가 응수하자 모두들 웃었다. 존달라가 완벽하게 그들의 말을 구사하는 것은 아니었지만 정감 어린 농담에 끼어든다는 것 자체가 즐거웠다. 그리고 존달라는 훨씬 잘 알아들었다.

"당신 같은 대어를 잡으려면 뭐가 필요하지, 존달라?"

바로노가 물었다.

"딱 맞는 미끼!"

소놀란이 제타미오를 향해 미소 지으며 재치 있게 말했다.

배는 잔돌이 섞인 비좁은 모래강변으로 끌어 올려졌다. 배에 탔던 사람들이 강기슭으로 모두 올라오자 다 함께 배를 들고 산비탈을 올라 빽빽한 졸참나무 숲속에 있는 공터까지 옮겼다. 그곳은 오래전부터 사용된 곳임이 분명했다. 통나무, 나무 덩이와 부스러기 들이 땅바닥에 널려 있었는데―암벽에 기대어 지은 큰 달개집 앞에 피워놓은 모닥불은 땔감 걱정을 할 필요가 없었다―몇몇 나무는 너무 오래돼 썩어가고 있었다. 여기저기 각각 다른 완성 단계에 있는 배를 중심으로 사람들이 부산하게 움직이고 있었다.

배를 들고 산비탈을 올라온 이들은 배를 땅에 내려놓고 따뜻한 불가로 서둘러 발걸음을 옮겼다. 다른 이들도 일손을 멈추고 불가로 몰려들었다. 통나무를 파서 만든 커다란 통 속에서 향이 좋은 차가 우러지며 김이 올라오고 있었다. 모두 잔으로 차를 떠내자 금방 동이 났다. 강가에서 주워 온 둥그런 요리용 돌멩이들이 근처에 쌓여 있었고 뭔지 모를 다양한 잎들이 물에 젖어 한데 뭉친 채 통나무 뒤 흙탕물 도랑에 버려져 있었다.

길이 잘 든 나무통에 곧 물이 다시 채워졌다. 두 사람이 나무통을 기울여 그 안에 있던 찻잎 찌꺼기를 버렸고, 다른 한 사람은 요리용 돌멩이를 불 속에 넣었다. 언제든지 차를 마실 수 있도록 나무통에는 항상 차가 우러지고 있었다. 차가 식을 때를 대비해 불 속에서는 항상 돌이 달궈지고 있었다. 조만간 짝을 맺을 남녀에게 한바탕 농담을 던지고는 모두들 나무를 파내 만든 잔이나 나무줄기를 엮어 만든 잔을 내려놓고 각자 하던 일로 돌아갔다. 소놀란도 배를 만드는 일에 처음으로 투입되었다. 기술보다는 힘이 필요한 나무 베기가 그가 맡은 일이었다.

존달라는 라무도이족 족장인 칼로노 곁에서 그가 가장 즐기는 주제인 배에 관해 이야기를 나눴다.

"어떤 나무가 배를 만드는 데 좋습니까?"

존달라가 물었다. 칼로노는 총명해 보이는 청년이 배에 관심을 보이자 신이 나서 설명을 시작했다.

"잎이 푸를 때 잘라낸 오크나무가 가장 좋지. 질기면서도 유연하거든. 튼튼한데 아주 무겁지도 않고. 한데 나무가 바짝 마르면 탄력이 떨어져. 겨울에 잘라서 물웅덩이나 습지에 1년에서 2년 정도 저장해놓는 것도 가능하지. 하지만 그 이상이면 물을 너무 많이 먹어서 작업하기가 어려워. 물에서 균형을 이루며 떠 있기도 쉽지 않고. 하지만 더욱 중요한 것은 적당한 나무를 택하는 거라네."

칼로노는 숲속으로 들어가며 말했다.

"큰 나무요?"

존달라가 물었다.

"꼭 크기만의 문제가 아니지. 배밑판과 뱃전에 쓸 나무는 키도 커야 하지만 몸통이 곧아야 하니까."

칼로노는 키가 큰 젤란도니 남자를 이끌고 나무들이 빽빽이 들어차 있는 숲으로 갔다.

"빽빽한 나무숲에서 나무들은 해를 찾아 자라지."

"존달라!"

소놀란의 목소리에 존달라는 깜짝 놀라 고개를 들었다. 그는 다른 이들과 섞여 거대한 오크나무 근처에 서 있었다. 그 오크나무 주위로도 키가 크고 곧은 나무들이 가지들을 높이 뻗은 채 서 있었다.

"형을 보니 반갑네! 이 아우가 형 도움이 필요해서 말이야.

알다시피 새 배를 만들기 전까지는 짝을 맺지 못하니까 이 나무를."

그는 의미심장한 눈빛으로 키 큰 나무를 응시하더니 고개를 끄덕이며 말을 이었다.

"뱃전인지 뭔지로 쓰기 위해 잘라야만 한대. 매머드에 버금갈 만한 이 크기 좀 보라고! 나무가 이렇게까지 크게 자랄 줄 몰랐어. 이 나무를 자르려면 엄청난 시간이 걸릴 거야. 형, 나 이러다가 짝을 맺기도 전에 늙은이가 되고 말겠어."

존달라는 미소 짓더니 고개를 저었다.

"뱃전은 큰 배의 양쪽 측면을 말하는 거야. 샤라무도이가 되려면 제대로 알아야지."

"난 샤무도이가 될 거야. 배에 관해서라면 라무도이에게 맡겨두고. 샤모아를 사냥하는 법에 대해서는 알아들을 만한데. 전에 고지대에서 아이벡스와 무플론을 사냥해본 적도 있고. 형, 도와줄 거야? 가능한 모든 힘을 다 동원해야 돼."

"가엾은 제타미오가 네가 노인이 될 때까지 기다리지 않으려면 도와야겠지. 그리고 어떻게 만드는지 직접 보는 것도 흥미로울 테고."

존달라는 그렇게 말하고는 칼로노를 보며 샤라무도이 말로 말했다.

"존달라가 나무 자르는 거 도와요. 나중에 더 이야기해요?"

칼로노는 알았다며 고개를 끄덕이더니, 뒤로 물러나 첫 번째 도끼질에 나무껍질의 부스러기가 떨어져 나오는 것을 지켜봤다. 하지만 그는 오래 있지는 않았다. 거대한 나무를 베려면 거의 하루 종일이 걸릴 터였고, 그 전에 다들 모여들 것이다.

도끼를 높이 치켜들어 가파른 각도로 휘두르다가 나무와 수평이 되도록 찍으면 작은 나무 부스러기들이 떨어져 나갔다. 돌도끼는 나무 깊숙이 박히지 않았다. 도끼날의 강도를 유지하려면 어느 정도 두꺼워야 해서 나무 깊숙이 날이 들어가지 않았다. 나무의 중심부를 향해 도끼를 내리찍는 작업은 나무를 베기보다는 갉아낸다는 것에 가까워 보였다. 하지만 부스러기들이 떨어져 나올 때마다 거대한 고목나무의 중심을 향해 서서히 다가가고 있었다.

소놀란의 손에 도끼가 들려진 것은 날이 저물 무렵이었다. 각자의 자리에서 일하던 이들이 모두 모이자 소놀란은 마지막으로 도끼를 몇 번 휘둘렀다. 쩌억 하고 갈라지는 소리와 함께 거대한 몸통이 기울기 시작하자 그는 움찔 놀라며 물러섰다. 처음에는 천천히 넘어지다가 점점 가속도가 붙었다. 이웃 나무의 잔가지와 키 작은 나무를 부러뜨리며 매머드에 버금가는 거대한 고목이 우레 같은 소리와 함께 땅바닥으로 쓰러졌다. 땅에 닿자마자 반동에 튀어 올랐다가 온몸을 떨더니 잠잠해졌다.

침묵이 숲속으로 번졌다. 깊은 경외감에 사로잡히기라도 한 듯 새들조차 조용했다. 위풍당당한 고목은 살아 있는 뿌리에서 잘려진 채 그대로 쓰러졌고, 남은 그루터기는 침묵하는 숲의 그림자가 깔린 대지에 흉터처럼 남겨졌다. 잠시 후 돌랜도가 조용히 위엄 있는 태도로 나오더니 잘려 나간 그루터기 옆에 무릎을 꿇었다. 맨손으로 땅에 작은 구멍을 파서 그 안에 도토리를 떨어뜨렸다.

"신성한 무도께서 우리가 드리는 제물을 받아 새 나무에 생명을 불어넣어 주시길."

돌랜도는 그렇게 말하고서 씨앗을 흙으로 덮은 다음 그 위에 물을 한 잔 뿌렸다.

그들이 동굴로 이어지는 먼 비탈길을 오르기 시작할 무렵, 해는 흐릿한 지평선 아래로 가라앉고 있었고 구름에는 금빛 테가 둘러져 있었다. 아주 오래전, 호수의 작은 만을 이루다가 융기한 암봉에 오르기 전까지 주위는 황금빛에서 구릿빛으로, 붉은 빛에서 짙은 자줏빛으로 서서히 변해갔다. 절벽 모퉁이를 돈 순간, 존달라는 눈앞에 펼쳐진 아름다운 풍경에 얼어붙은 듯 멈춰 섰다. 범접할 수 없는 아름다움에 넋을 잃은 나머지 그는 깎아지른 절벽 가장자리를 향해 몇 걸음 더 나아갔다. 깊고 잔잔한 위대한 어머니 강 위로 강렬한 빛으로 물든 하늘과 저 너머를 둥글게 에워싼 산들의 짙은 그림자가 비치고 있었다. 깊은 곳에서 흐르는 물결이 일렁이는, 기름처럼 매끄러운 수면은 마치 살아 움직이는 것처럼 보였다.

"아름답지요?"

존달라는 목소리가 나는 쪽으로 고개를 돌리더니 그의 곁에 서 있는 여인에게 미소를 지었다.

"네, 아름답군요. 세레니오."

"오늘 밤 큰 잔치가 열릴 거예요. 제타미오와 소놀란을 위한. 다들 기다리고 있어요. 당신도 어서 와야 해요."

그녀가 가려고 하는데 존달라가 손을 잡아 멈춰 세웠다. 그녀의 눈에는 마지막 노을빛이 일렁이고 있었다.

세레니오에게는 온화하면서도 무엇이든 품어낼 것 같은 성숙한 면이 있었다. 그것은 나이와는 상관이 없었다. 사실 그녀는 존달라보다 겨우 몇 살 위였고, 둘 중 누구도 나이에 신경 쓰지 않았다. 그녀는 어떤 요구도, 어떤 기대도 하지 않았다. 첫 번째 짝의 죽음, 그 후로 짝을 맺기로 약속한 남자의 죽음, 축복을 받아 태어날 뻔했던 두 번째 아이의 유산이 연이어 찾아온 탓에 그녀는 슬픔에 단련되어 있었다. 슬픔과 함께 살아가는 법을 배우면서 그녀는 다른 사람들의 고통까지 받아들이는 능력을 키웠다. 사람들은 슬프거나 실망스러운 일이 있으면 그녀를 찾아가 슬픔을 나눴다. 그녀에게서는 어떤 마음의 빚도 없이 슬픔을 위로받을 수 있었다.

그녀에게는 사랑하는 사람을 잃고 고통받는 사람이나 두려움에 가득 찬 환자들을 조용히 달래는 재주가 있었기 때문에 종종 샤무드를 도왔으며, 그 과정에서 몇몇 치료술을 익히기도 했다. 존달라가 처음 세레니오를 알게 된 것도 그녀가 소놀란의 회복 과정에서 치유자를 도왔기 때문이었다. 소놀란이 회복

되어서 돌랜도와 로샤리오, 그리고 무엇보다 제타미오가 살고 있는 집으로 들어가게 되었을 때, 존달라는 세레니오와 그녀의 아들 다르보가 사는 집으로 들어갔다. 그는 부탁한 적이 없었고, 그녀도 그가 들어와 살 거라고 기대한 적 없었다.

그녀의 눈은 항상 뭔가를 비추고 있는 듯해. 존달라는 불이 활활 타고 있는 모닥불을 향해 가기 전에 몸을 숙여 그녀에게 가볍게 입을 맞추며 생각했다. 그는 결코 그 눈의 가장 깊은 곳까지 닿은 적이 없었다. 그는 그래서 다행이라는 생각이 들자 얼른 밀어냈다. 사실 세레니오는 존달라가 스스로를 아는 것보다 그에 대해 더 잘 아는 듯했다. 그가 완벽하게 자기 자신을 내어줄 수 없는 남자이며 소놀란처럼 사랑에 빠지지 못한다는 것을 아는 것 같았다. 심지어 그가 감정적으로 깊어지지 않는 사랑을 보상하기 위해서 숨이 턱 막힐 만큼 완벽한 기교로 그녀와 육체적인 사랑을 나눈다는 사실도 아는 듯했다. 그녀는 가끔씩 찾아오는 그의 어두운 기분을 참아내듯 그런 점들을 다 받아들이면서 그가 어떤 죄책감도 느끼지 않게 배려했다.

그렇다고 그녀가 내성적인 것은 전혀 아니었다. 그녀는 잘 웃었으며 편안하게 사람들과 대화했다. 그저 언제나 차분하고 깊은 속내에 닿기 어려운 여자였을 뿐이다. 그가 여자의 조금 다른 면모를 보는 순간은 그녀가 아들을 대할 때가 유일했다.

"왜 이렇게 오래 걸리셨어요?"

그들이 다가오자 소년이 안도하며 물었다.

"이제 먹기만 하면 되거든요. 다들 기다리고 있어요."

다르보는 저 멀리에서 존달라와 어머니가 오는 것을 봤지만 방해하고 싶지는 않아 기다리던 참이었다. 처음에 다르보는 어머니의 관심을 누군가와 나눠야 한다는 것에 대해 불만이 많았다. 하지만 곧 어머니의 시간을 나누어 쓰는 게 아니라 자신에게 관심을 가져주는 다른 누군가가 생긴 것임을 깨닫게 되었다. 존달라는 여행 중에 있었던 모험 가득한 이야기를 들려주었다. 사냥이나 그가 속한 부족의 관습에 대해 이야기를 주고받을 수도 있었다. 또한 존달라는 진지한 자세로 관심을 기울여 그의 이야기를 들어주었다. 더욱 흥미롭게도 존달라는 석공 기술을 가르쳐주기 시작했는데, 꽤 소질이 보여서 두 사람 모두 놀랐다.

다르보는 존달라의 동생이 제타미오와 짝을 지어 머문다는 말을 듣고 뛸 듯이 기뻐했다. 그는 내심 존달라가 자기 어머니와 짝을 지어 머물기를 간절히 바랐던 터였다. 다르보는 어머니가 존달라와 함께 있는 시간을 방해하지 않으려고 의식적으로 애썼다. 그는 자신의 노력 때문에 존달라와 세레니오가 의도치 않게 둘만의 시간을 자주 갖게 된다는 것을 깨닫지 못했다.

사실 그날 존달라는 하루 종일 세레니오와 짝을 맺는 가능성에 대해 점쳐봤다. 자신도 모르게 어느새 세레니오를 이리저리 뜯어보고 있었다. 그녀의 머리색은 아들보다 밝았지만 갈색보다는 어두운 금발에 가까웠다. 마른 편은 아니었지만 키가 그의 턱까지 올 정도로 커서 호리호리하다는 인상을 주었다. 그가 봐온 여자 중에 그 정도로 큰 여자는 드물었고 그로서는 딱 편안한 키 차이였다. 세레니오와 그녀의 아들 간에는 닮은 점도 아주 많았다. 다르보에게서는 평온한 눈빛을 찾아보기가 힘들었지만 어머니의 엷은 갈색 눈을 빼닮았다. 세레니오의 이목구비는 전체적으로 섬세하고 아름다웠다.

그녀와 함께 한다면 행복할 수 있을 거야. 존달라는 생각했다. 왜 그녀에게 그냥 말을 못 하는 거야? 그는 그 순간, 진심으로 그녀를 원했다. 그녀와 함께 살고 싶었다.

"세레니오?"

그녀가 그를 바라봤다. 믿을 수 없을 정도로 새파란 그의 눈은 묘하게 마음을 끄는 힘이 있었고, 그녀는 그 매력에 사로잡혔다. 스스로 의식하지 않을 때 더욱 강렬해지는 그의 카리스마에 세레니오는 자신도 모르게 빨려 들어갔다. 상처받지 않기 위해 견고하게 세워둔 방어벽마저 힘없이 허물어진 것이다.

"존달라."

세레니오가 마음의 빗장을 풀고 그를 받아들였다는 사실은 그녀의 목소리에서도 은근히 드러났다.

"나는…… 오늘 생각 많이 해요."

그가 힘겹게 말을 골랐다. 그는 사물의 개념을 설명할 수는 있었지만 자신의 속마음을 표현하는 것은 어려웠다.

"소놀란, 내 동생…… 함께 멀리 여행해요. 지금 그는 제타미오 사랑해요. 그는 머물고 싶어 해요. 만약 당신이…… 나는 원해요……."

"두 사람 모두 서둘러요. 모두들 배고프대요. 음식이……."

소놀란은 두 사람이 가깝게 서서 서로의 눈을 뚫어질 듯 바라보는 모습을 보자마자 말을 멈췄다.

"어……. 미안, 형. 내가 방해가 된 것 같네."

그러자 두 사람은 떨어졌다. 강렬했던 순간은 지나갔다.

"아니야, 소놀란. 우리 때문에 기다리면 안 되지. 나중에 이야기하면 돼."

존달라가 말했다.

그가 세레니오를 보자 그녀는 자신에게 밀어닥친 감정이 무엇인지 모르겠다는 듯 놀라고 혼란스러운 표정이었다. 그녀는 평정심을 되찾으려고 애썼다.

그들은 사암이 지붕처럼 걸린 안쪽으로 걸어 들어갔다. 가운데 피워놓은 커다란 모닥불의 열기가 그곳까지 전해졌다. 그들이 모습을 드러내자 모두들 소놀란과 제타미오를 중심으로 빙 에워쌌다. 새롭게 맺어질 남녀는 모닥불 뒤 빈터에 서 있었다. 약속의 잔치는 짝짓기를 축하하는 의식의 전 과정에서 절정을 이루는 축제의 시작이었다. 새로 짝을 맺을 남녀가 의식 사이에 서로 대화를 하거나 눈을 마주치는 것은 엄격하게 금지되어 있었다.

공동체 의식으로 물든 사람들 사이에 형성된 따뜻한 정이 두 남녀를 감쌌다. 소놀란과 제타미오는 손을 잡고 서로의 눈에 완벽한 짝을 보았다. 그들은 온 세상에 그들의 기쁨을 알리고 서로에게 헌신할 것을 맹세하고자 했다. 샤무드가 앞으로 걸어 나왔다.

제타미오와 소놀란은 무릎을 꿇고 앉았다. 치유자이자 영적인 안내자인 샤무드가 그들의 머리 위에 새 잎이 돋아난 산사나무 화관을 각각 씌워주었다. 그들은 서로 손을 잡은 채 샤무드의 인도로 모닥불과 그곳에 모인 사람들 주위를 세 번 돌았다. 그러고 나서 비어 있던 자리로 들어가자 그들의 사랑으로 샤라무도이 동굴을 감싸는 원이 완성되었다.

샤무드는 짝을 짓는 남녀 쪽을 보며 두 팔을 높이 든 채 입을 열었다.

"원은 같은 곳에서 시작해 같은 곳에서 끝납니다. 위대한 어머니에게서 시작된 삶은 시작과 끝이 같은 원과 같습니다. 최초의 어머니는 고독 속에서 모든 생명을 탄생시켰습니다."

그의 떨리는 목소리는 숨죽인 사람들과 치지직 타오르는 모닥불 너머까지 잘 전달되었다.

"신성한 무도는 우리의 시작이자 끝입니다. 그녀에게서 우리가 왔고, 그녀에게로 우리는 돌아갑니다. 어머니는 우리를 위해 모든 것을 베푸십니다. 우리는 그녀의 아이들이며 모든 생명이 그녀에게서 생겨납니다. 무도는 자신의 풍요로운 자산을 아낌없이 베푸십니다. 무도의 몸에서 우리는 생명에 필요한 모든 것들, 음식과 물, 집을 받습니다. 무도의 마음에서 지혜와 따듯함, 그로 인한 재능과 기술, 불과 우정을 받습니다. 하지만 무도가 주시는 가장 위대한 선물은 모든 것을 아우르는 사랑입니다.

위대한 대지의 어머니는 자신의 아이들이 행복할 때 기뻐합니다. 그녀는 우리가 즐거워하는 모습에 흡족해합니다. 그리하여 무도는 우리에게 경이로운 쾌락의 기쁨을 선사하셨습니다. 우리는 그녀가 주신 선물을 나눌 때 그녀를 기리고 그녀에게 경의를 표합니다. 하지만 우리 중에서도 축복받은 이들에게는 가장 위대한 선물을 내리셨습니다. 다름 아닌 생명을 만들어내는 경이로운 힘을 주신 것입니다."

샤무드는 젊은 여인을 바라봤다.

"제타미오, 너도 그 축복받은 이들 중에 하나니라. 네가 모든 면에서 무도를 섬긴다면 너에게도 생명을 만들어내는 어머니의 선물이 주어져 아이를 낳게 될 것이다. 하지만 네가 낳는 생명의 영혼은 어디까지나 위대한 어머니에게서 오는 것이니라.

소놀란, 그대가 다른 이를 부양하겠다는 약속을 할 때에는 그대도 우리를 위해 모든 것을 베푸시는 어머니처럼 베풀어야 하느니라. 무도를 섬기게 되면 무도는 그대에게도 생명을 탄생시키는 힘을 주실 것이고, 그대가 아끼는 여인을 통해 무도의 축복 속에서 네 정령의 일부를 받은 아이를 낳게 될 것이니라."

샤무드가 사람들을 향해 고개를 들었다.

"우리가 서로를 아끼고 서로에게 베풀 때, 우리 모두는 어머니를 기리는 것이고, 이를 통해 풍요로운 어머니의 품에서 복을 받게 됩니다."

소놀란과 제타미오는 마주 보고 웃었다. 샤무드가 뒤로 물러나자 둘은 깔개 위에 앉았다. 잔치의 시작을 알리는 신호였다. 새로 짝을 지은 젊은 남녀 앞으로 민들레꽃과 꿀을 발효시켜 만든, 가볍게 취기가 오르는 음료가 놓였다. 그러고 나서 모든 사람들 앞에 그 음료를 담은 잔이 놓였다.

침샘을 간질이는 냄새에 그날 하루 종일 얼마나 몸을 혹사시켰는지 사람들은 새삼 깨달았다. 향기로운 냄새를 풍기는 첫 번째 요리를 보니 동굴에서 머물던 사람들도 부산했던 게 분명했다. 첫 번째 요리를 가지고 나온 이는 소놀란과 제타미오와 친척 관계를 맺은 라무도이족의 마르키노와 톨리였다. 나무판에 오른 요리는 아침에 잡은 송어 구이였다. 시큼털털한 애기팽이밥을 뜯어다가 걸쭉해지도록 끓인 것을 양념으로 뿌려놓았다.

존달라는 처음 보는 음식이었으나 먹자마자 그 맛에 반했다. 양념은 생선과 잘 어울렸다. 그 음식과 함께 곁들여 먹는 작은 열매가 바구니에 담겨져 돌았다. 톨리가 앉자 존달라는 그게 무엇인지 물었다.

"너도밤나무 열매예요. 작년 가을에 모아둔 것이죠."

톨리는 이름을 가르쳐주더니 열매를 손질하는 방법까지 자세하게 설명했다. 너도밤나무 열매의 가죽처럼 질긴 껍질을 날카로운 작은 돌칼로 벗겨서 평평한 접시 모양의 바구니에 뜨거운 숯과 함께 담아 불에 타지 않도록 흔든 다음, 바다 소금에 굴린 것이었다.

"톨리가 소금도 가져왔어요. 짝을 맺는 여자가 가져오는 선물 중 하나였어요."

제타미오가 말했다.

"마무토이족 사람들 바다 가까이에 많이 삽니까, 톨리?"

존달라가 물었다.

"아니요, 야영지가 베란해Beran Sea, 오늘날의 흑해 근처에 있었어요. 마무토이족은 대부분 더 먼 북쪽에 살아요. 마무토이족은 매머드 사냥꾼이죠."

톨리는 자부심이 깃든 목소리로 말했다.

"우리 부족은 매년 매머드 사냥을 위해 북쪽으로 여행을 해요."

"어떻게 마무토이 여자와 짝을 맺게 되었습니까?"

존달라가 마르키노에게 물었다.

"내가 톨리를 납치해 왔죠."

통통한 편인 젊은 여자에게 눈짓을 하며 대답하자 여자는 웃었다.

"사실이에요."

여자가 말했다.

"물론 미리 다 그렇게 하기로 약속해놓았었죠."

"동쪽으로 물물교환을 하러 갔다가 만났어요. 저 멀리 어머니 강의 삼각주까지 갔었는데, 그게 내 첫 여행이었어요. 여자가 샤라무도이족이든 마무토이족이든 내 알 바 아니었어요. 톨리 없이는 돌아오지 않을 작정이었죠."

마르키노와 톨리는 짝을 맺기까지 있었던 우여곡절을 들려주었다. 짝짓기를 성사시키기 위해서 길고 긴 논의가 이어졌다. 그러고 나서도 몇몇 관습을 피하기 위해 그녀를 '납치'하는 수밖에 없었다. 무엇보다 여자의 의지도 강했다. 짝짓기는 여자의 동의가 없으면 이루어질 수 없었다. 아주 멀리 떨어져 사는 다른 부족의 남녀가 짝을 맺는 일이 흔하지는 않았지만 선례는 있었다.

각 부족들은 점점이 흩어져 살았기 때문에 서로의 영역을 침범하는 일이 드물었다. 그러다 보니 간혹 낯선 이들과 조우하는 것은 진기한 경험이었다. 처음에만 서로 조심한다면 새롭게 만나는 사람들끼리 적대감을 갖는 경우는 드물었다. 오히려 환대하는 경우가 많았다. 사냥하는 부족 대부분은 계절에 맞춰 이동하는 사냥감을 따라가는 장거리 여행에 익숙했고, 오래전부터 많은 이들이 개인적으로 여행을 나서기도 했다.

사람들 간의 마찰은 친숙한 사이에서 비롯되는 경우가 더 많았다. 행여나 적대감 같은 게 존재한다면 그것은 같은 공동체에서 살을 맞대고 살아갈 수밖에 없는 부족 내에서 생겨났다. 그러다 보니 성마른 성격의 사람이라도 행동 지침에 따라 감정을 억누르고, 문제가 일어날 경우 완전히 굳어진 관습은 아닐지라도 의례적인 관습에 따라 해결했다. 샤라무도이족과 마무토이족은 서로에게 유익한 거래를 하며 친교를 쌓았다. 두 부족의 관습과 언어에는 유사한 점이 많았다. 샤라무도이족의 위대한 대지의 어머니는 무도라 불렸고, 마무토이족의 어머니는 무트였다. 이름은 조금 다르게 불렸어도, 최초의 조상이자 시조 어머니로서 신격화된 존재였다.

마무토이족은 자아상이 강한 부족으로, 개방적이고 우호적이었다. 부족으로서 그들은 누구도 두려워하지 않았다. 그들은 다름 아닌 매머드를 사냥하는 부족이었다. 무모할 정도로 대담하고, 자신만만하고, 솔직한 성격의 이들은 모두가 그들 부족을 자신들이 생각하는 방식대로 봐줄 거라 믿었다. 톨리와 짝을 이루는 일에 대한 논의가 마르키노에게는 끝이 안 날 것처럼 지루하게 느껴지기도 했지만 이루어질 수 없는 헛된 꿈은 아니었다.

톨리는 전형적인 마무토이족 사람이었다. 누구에게나 마음을 열고, 우호적이며 모두가 자신을 좋아할 거라 믿어 의심치 않았다. 사실 솔직담백하고 열정적인 그녀의 성격을 탐탁지 않게 여기는 사람은 드물었다. 그녀가 아주 사적인 질문을 해도 전혀 악의적인 의도가 없었기 때문에 누구도 기분 나쁘게 생각하지 않았다. 그녀는 그저 관심이 있어서 그랬던 것이고, 호기심을 자제해야 할 필요성을 느끼지 않았다.

소녀 하나가 팔에 아기를 안고 다가왔다.

"샤미오가 깼어요, 톨리. 배고픈 것 같아요."

톨리는 고맙다며 고개를 끄덕이고는 아기를 받아 젖을 물렸지만, 계속해서 본인도 음식을 즐겼고 대화가 중단되지도 않았다. 소금물에 절인 물푸레나무 열매나 싱싱한 히코리나무 열매 같은 다른 소소한 먹을거리들도 나왔다. 들당근과 비슷한 작은 덩이줄기, 존달라에게도 익숙한 달짝지근한 땅콩, 그리고 첫맛은 나무 열매 맛이 났지만 놀랍게도 뒷맛은 매콤한 무도 있었다. 풍미가 강한 그 맛을 그곳 사람들은 좋아했지만, 존달라는 좋다고 딱 단정 지을 수 없었다. 돌랜도와 로샤리오가 두 번째 요리를 가져왔다. 샤모아영양 고기를 넣고 뭉근히 끓인 스튜와 월귤나무를 담가 빚은 진홍빛 술이었다.

"생선 요리도 맛있었지만, 이 스튜 맛은 최고인데!"

존달라가 소놀란에게 말했다.

"제타미오 말이 이 부족의 전통 요리래. 말린 들버드나무 잎으로 양념을 한대. 그 나무의 껍질은 샤모아 가죽을 무두질할 때도 쓰고. 그래서 샤모아 가죽이 노란색을 띠는 것이지. 주로 늪지에서 자라는데, 특히 자매 강과 어머니 강이 만나는 곳에 많이 있대. 지난 가을에 들버드나무의 잎과 껍질을 채집하러 왔다가 우리를 발견했다고 하니 나로서는 운이 좋았지."

그때를 떠올리자 존달라의 미간이 찌푸려졌다.

"네 말이 맞아. 우린 운이 좋았어. 어떤 식으로든 이들에게 보답을 할 수 있다면 좋을 텐데."

하지만 자신의 동생이 바로 그들 부족의 한 사람이 되었다는 사실을 상기하고는 더욱 미간을 찡그렸다.

"이 술은 제타미오가 준비한 신부의 선물이에요."

세레니오가 말했다. 존달라는 잔에 들어 한 모금 마시고는 고개를 끄덕였다.

"좋아요. 많음 좋아요."

"많이 좋네요."

톨리가 존달라가 한 말을 정정해주었다. 그녀는 거리낌 없이 그가 하는 말을 고쳐주곤 했다. 톨리 역시 아직 언어적인 부분에서 완벽하지 못해서 존달라도 제대로 말하고 싶어 할 거라고 짐작했다.

"매우 좋네요."

그는 아기를 품에 안고 있는 키가 작고 통통한 여인에게 미소 지으며 다시 말했다. 존달라는 내성적인 사람도 어색함을 느끼지 못할 만큼 쾌활하고 솔직한 톨리의 성격을 좋아했다. 그는 동생을 보며 말했다.

"톨리 말이 맞아, 소놀란. 이 술은 매우 좋네. 어머니도 그렇게 생각하실 거야. 하지만 마르소나만큼 좋은 술을 만드는 사람은 없잖아. 마르소나도 제타미오의 솜씨를 인정할 것 같아."

그 순간 존달라는 자신이 한 말을 후회했다. 소놀란이 자신의 짝과 함께 어머니를 만나러 가는 일은 없을 터였다. 그 또한 마르소나를 다시 볼 일은 없을 듯했다.

"존달라, 샤라무도이 말을 해야죠. 당신이 젤란도니 말을 하면 누구도 못 알아듣는다고요. 항상 샤라무도이 말을 하려고 노력하면 말도 금세 늘 거예요."

톨리는 염려스러운 표정으로 몸을 앞으로 내밀며 말했다. 경험에서 나온 말인 듯싶었다. 존달라는 당황했지만 화를 낼 수는 없었다. 톨리는 진심 어린 조언을 한 것뿐이었다. 그는 다른 사람이 이해하지 못하는 언어로 말하는 실례를 범했다. 그는 얼굴을 붉혔지만 미소 지었다.

톨리는 존달라가 당황한 것을 눈치챘다. 그녀가 거침없이 말한다고 해서 다른 사람의 기분에 둔감한 것은 아니었다.

"서로의 언어를 배워보는 게 어떨까요? 한동안 자기 말을 안하다 보면 잊어버릴 수도 있잖아요. 젤란도니 말은 꼭 노래처럼 높낮이가 있어서 꼭 배워보고 싶어요."

그녀가 존달라와 소놀란을 향해 웃으며 말했다.

"매일 조금씩 시간을 내면 되겠네요."

그녀는 마치 모두가 동의라도 한 듯 그렇게 덧붙였다.

"톨리, 당신은 젤란도니 말을 배우고 싶어도 저쪽에서는 마무토이 말을 배우고 싶지 않을지도 모르잖아. 그 점은 생각 안해봤어?"

마르키노가 말했다.

이번에는 톨리의 얼굴이 붉어졌다.

"안 해봤어요."

그녀는 자신이 너무 앞서갔다는 생각에 놀라기도 하고 속도 상했다.

"난 마무토이 말과 젤란도니 말을 모두 배우고 싶어요. 좋은 생각 같은데요."

제타미오가 단호하게 말했다.

"나도 좋은 생각 같아요, 톨리."

존달라도 말했다.

"우리가 함께 모이면 그게 무슨 조합이래. 라무도이 짝은 마무토이, 샤무도이 짝은 젤란도니일 테니."

마르키노가 자신의 짝을 향해 부드러운 미소를 지어 보이며 말했다.

둘이 서로 사랑하고 있다는 것은 누가 봐도 분명했다. 잘 어울리는 한 쌍이야. 존달라는 그 둘을 보며 미소 짓지 않을 수 없었다. 마르키노는 존달라만큼 키가 컸지만 다부진 체격은 아니었다. 마르키노와 톨리가 함께 서 있으면 둘 사이의 체격 차이가 확연하게 드러났다. 톨리는 더 작고 통통해 보였고, 마르키노는 더 크고 말라 보였다.

"몇 사람 더 껴도 될까요?"

세레니오가 물었다.

"젤란도니 말을 배우면 재미있을 것 같아서요. 그리고 다르보도 언젠가 물물교환 여행을 떠날 때 마무토이 말을 배워두면 도움이 될 테고요."

"안 될 게 없죠!"

소놀란이 웃으며 말했다.

"동쪽이든 서쪽이든 여행을 떠날 때 다른 부족의 말을 알아 두면 도움이 되죠."

그가 형을 봤다.

"한데 어떤 부족의 말을 모른다고 해서 아름다운 여인의 말을 이해하지 못하는 것은 아니랍니다. 안 그래, 존달라? 특히 형처럼 크고 파란 눈의 남자라면."

마지막 말은 젤란도니 말로 덧붙이며 활짝 웃었다. 존달라는 소놀란의 농담에 함께 웃었다.

"샤라무도이 말을 써야지, 소놀란."

그가 톨리에게 눈을 찡긋하며 말했다. 그는 나무 접시에 담긴 야채를 칼로 찍었다. 샤라무도이의 관습대로 왼쪽을 사용하는 게 여전히 부자연스럽게 느껴졌다.

"이건 이름이 뭔가요? 젤란도니 말로는 '버섯'이라고 하는데."

톨리는 먹물버섯을 가리키는 말을 마무토이 말과 샤라무도이 말로 각각 가르쳐주었다. 그러자 존달라는 초록색 줄기를 칼로 찍어 궁금하다는 표정으로 들어 올렸다.

"그건 어린 우엉의 줄기에요."

제타미오가 말했다. 하지만 곧 단어 자체만으로는 그에게 아무런 의미도 전달할 수 없다는 것을 깨닫고는 일어나 음식물 쓰레기를 쌓아둔 곳으로 갔다. 거기에서 시들긴 했지만 아직 형체를 알아볼 수 있는 이파리를 가져왔다.

그녀는 솜털로 뒤덮인 큼직한 회색빛이 도는 초록색 나뭇잎을 줄기에서 떼어내 보여주며 "우엉"이라고 말했다. 존달라는 알았다며 고개를 끄덕였다. 그러자 이번에는 제타미오가 틀릴 여지가 없이 향이 분명한 길고 널찍한 초록색 잎을 내밀었다.

"그거로구나! 익숙한 냄새다 싶었어. 마늘 이파리가 이렇게 길게 자라는 줄은 몰랐네."

그가 소놀란에게 말하더니 제타미오에게 이름이 뭔지 물었다.

"곰파."

그녀가 대답했다. 곰파에 해당하는 마무토이 말은 없었지만 제타미오가 다른 말린 잎 조각을 들자 톨리는 바로 마무토이 말로 "해초"라고 알려주었다.

"내가 가져온 거예요. 바다에서 자라는 건데, 스튜에 넣으면 국물이 걸쭉해져요."

그녀는 설명하려고 애썼지만 존달라 형제가 잘 이해했는지는 의문이었다. 해초를 부족의 전통 음식에 넣은 것은 마르키노와 톨리 부부가 소놀란과 제타미오 부부와 가까운 친척 관계로 맺어지기 때문이었다. 해초 덕분에 스튜의 맛은 독특했고 넘기는 맛도 달랐다.

"많이 남지 않았어요. 내가 짝을 맺으러 올 때 가져온 선물이거든요."

톨리는 아기를 어깨에 기대 세워 올려 등을 토닥였다.

"축복의 나무에 바칠 선물은 다 만들었어, 제타미오?"

제타미오는 침착하게 미소를 지으며 고개를 숙였다. 그것은 공공연하게 해서는 안 되는 질문이었다.

"어머니께서 톨리의 아기처럼 건강한 아기로 우리를 축복해 주시기를 빌 거예요, 톨리. 샤미오는 젖을 다 먹었나요?"

"다 먹어도 그냥 안정감 때문에 계속 빠는 걸 좋아해. 그냥 내버려두면 하루 종일 매달려 있을 기세야. 나 잠깐 볼일 보고 올 테니 아기를 안고 있어주겠어?"

톨리가 돌아왔을 때는 대화의 주제가 바뀌어 있었다. 음식 접시는 다 치워지고 술이 오갔다. 누군가는 가죽을 씌운 북을 두드리며 즉석에서 가사를 붙인 노래를 불렀다. 톨리가 아기를 다시 데려가자 소놀란과 제타미오는 일어나서 둘만의 공간으로 빠져나가려고 했다. 그러자 갑자기 여러 사람들이 그들을 에워쌌다. 짝으로 맺어질 남녀가 정식으로 부부가 되기 전 갖는 격리 기간 전에 마지막으로 둘만의 시간을 위해 잔치를 먼저 빠져나가는 것은 흔히 있는 일이었다. 하지만 누군가 그들에게 말이라도 걸면 손님들에 대한 예의로서 그 자리를 지키는 게 도리였다. 누구도 눈치채지 못하게 슬쩍 빠져나가야 했지만 당연히 모두가 다 알고 있었다. 그것은 일종의 게임이었다. 다른

사람들이 못 본 척하고 있을 때 몰래 빠져나가던 남녀는 예의
바르게 그럴 듯한 변명을 해야 했다. 그러면 온갖 짓궂은 농담
이 오간 뒤에야 남녀는 그들만의 시간을 가질 수 있었다.

"벌써 일어나는 건 아니겠지?"

누군가가 소놀란에게 물었다.

"밤이 늦었네요."

소놀란이 활짝 웃으며 딴소리를 했다.

"아직 이른데. 제타미오는 더 먹고."

"저는 더는 한 입도 못 먹어요."

"그럼 술을 한잔 더 하든가. 소놀란, 타이오가 빚은 기가 막
힌 월귤나무 술을 싫다고 하지는 않겠지?"

"아…… 그럼 조금만."

"제타미오도 조금 더 하지?"

그녀는 소놀란에게 가까이 다가가더니 어깨 너머로 그들만
의 눈짓을 주고받았다.

"딱 한 모금만 더. 한데 누가 우리 잔을 가져다주셔야겠어요.
저쪽에 있거든요."

"물론이지. 자네들은 여기서 기다려, 알겠지?"

한 사람이 잔을 가지러 갔고, 다른 이들은 그를 바라보는 척
했다. 소놀란과 제타미오는 이때다 싶어 모닥불을 지나 어둠이
깔린 곳으로 슬쩍 가버렸다.

"소놀란. 제타미오. 우리랑 술을 한잔 더 할 줄 알았는데."

"오, 그래야죠. 잠깐 산책만 하고 올게요. 너무 많이 먹으면 어떻게 되는지 아시잖아요."

제타미오가 말했다.

세레니오 곁에 서 있던 존달라는 그 전에 하던 이야기를 어떻게든 끝내야겠다는 생각에 사로잡혔다. 그들은 다른 사람들이 벌이는 놀이를 재미있게 구경하고 있었다. 이제는 놀이에 싫증이 난 듯 사람들은 젊은 연인을 가도록 내버려두었다. 존달라는 바로 세레니오에게 할 말이 있다면서 다른 곳으로 가자고 말했다. 머뭇거리다가 또 늦어지기 전에 지금 당장 그녀에게 고백을 해야 할 것 같았다.

분위기는 한층 고조되었다. 지난봄 월귤나무 열매는 특히나 달콤해서 그 열매로 담근 술은 그 어느 때보다 진했다. 사람들은 이리저리 돌아다니며 소놀란과 제타미오에 대한 농담을 주고받으며 웃어젖혔다. 누군가는 질문과 대답으로 이어지는 노래를 부르기 시작했다. 누군가는 스튜를 다시 데워주길 원했다. 또 누군가는 마지막 남은 차를 다 따라내고 다시 차를 우리기 위해 불에 물을 올렸다. 졸릴 만큼 피곤하지 않은 아이들은 서로를 쫓으며 놀았다. 또 다른 분위기로 넘어가는 과정에서 주변은 소란스럽기 그지없었다.

그때 흐느적대며 서 있던 남자를 향해 아이 하나가 소리를 지르며 달려들었다. 남자는 중심을 잃고 뜨거운 차를 들고 있던 여자와 부딪쳤다. 곧 비명이 연이어 들렸고, 어두운 구석에 있던 연인이 함께 달려왔다.

누구도 첫 번째 비명은 듣지 못했다. 하지만 높게 울부짖는 아기의 울음에 모두가 잠잠해졌다.

"내 아기! 내 아기! 아기가 데었어요!"

톨리가 소리쳤다.

"오, 세상에!"

깜짝 놀란 존달라가 세레니오와 함께 날카롭게 우는 아기와 흐느끼는 엄마에게 달려왔다. 모두가 도와주기 위해 몰려들자 주변은 더욱 아수라장이 되었다.

"샤무드가 볼 수 있게 다들 비켜주세요."

세레니오가 오자 일대는 조용해졌다. 샤무드는 서둘러 아기의 강보를 풀어헤쳤다.

"세레니오, 차가운 물, 서둘러! 아니! 잠깐. 다르보가 물을 가져오너라. 세레니오는 참피나무 껍질. 어디 있는지 알지?"

"네."

그녀는 대답하고는 뛰어갔다.

"로샤리오, 뜨거운 물이 있나요? 없으면 좀 데워 와요. 참피나무 껍질로 약탕을 끓여야 해요. 엷게 우리면 진정 작용을 하니까. 아기와 엄마 모두 화상을 입었군."

다르보는 웅덩이에서 물이 넘치도록 그릇에 가득 담아 달려왔다.

"잘했다, 아주 빠르구나."

샤무드가 고맙다는 미소를 지으며 말하더니 빨갛게 덴 부위에 차가운 물을 끼얹었다. 화상 부위에는 물집이 잡히기 시작했다. 탕약이 준비되기 전에 우선 화상 부위를 진정시킬 뭔가가 필요했다. 그때 치유자의 눈에 땅바닥에 떨어져 있는 우엉 잎이 들어왔고, 그는 잔치 때 먹은 음식을 떠올렸다.

"제타미오, 이게 뭐지?"

"우엉이요. 스튜에 넣었던 거예요."

"남은 게 있나? 우엉 이파리?"

"줄기만 썼으니까 이파리는 저기 있어요."

"가져와!"

제타미오는 쓰고 남은 재료를 쌓아놓은 무더기에서 잘게 찢어진 이파리를 두 손 가득 가져왔다. 샤무드는 이파리를 물에 적셔 어미와 아이의 화상 부위에 얹었다. 차가운 잎을 얹자 조금 나아졌는지 빽빽대던 아기의 울음이 조금 잦아들어 딸꾹질을 하며 흐느꼈다.

"한결 낫네요."

톨리가 말했다. 그녀는 샤무드가 말하기 전까지는 자신이 덴 줄도 모르고 있었다. 그녀는 앉아서 칭얼대는 아기를 달래기 위해 젖을 빨리며 계속 이야기를 나누던 중이었다. 델 정도로 뜨거운 차를 뒤집어쓰고도 그녀는 오로지 아기 생각밖에 없었다.

"샤미오는 괜찮을까요?"

"물집이 생길 테지만 흉터는 남지 않을 거요."

"오, 톨리. 이런 일이 생기다니. 가엾은 샤미오. 톨리도 큰일 날 뻔했고요."

톨리는 다시 아기에게 젖을 먹이려고 했지만 아기는 몸이 불편한지 계속 칭얼댔다. 하지만 젖이 주는 안정감을 기억했는지 아기가 어미 품으로 파고들자 톨리는 안심이 되었다.

"소놀란이랑 왜 아직 여기 남아 있는 거야, 제타미오? 둘이 함께할 수 있는 마지막 밤인데."

톨리가 말했다.

"샤미오까지 데었는데 그냥 여기 있을래요. 돕고 싶어요."

아기가 다시 칭얼대기 시작했다. 우엉 잎이 도움이 되긴 했지만 화상 부위는 여전히 쓰라린 모양이었다.

"세레니오, 탕약은 준비되었나?"

치유자는 차가운 물에 적신 이파리로 갈아주며 물었다.

"참피나무 껍질은 충분히 우러났는데, 식으려면 시간이 더 필요해요. 밖에 두면 더 빨리 시원해지겠지요."

"차가운 것!"

어두운 그늘 속에서 튀어나온 소놀란은 그렇게 한마디를 외치더니 쌩 하고 사라졌다.

"어디를 가는 거죠?"

제타미오가 존달라에게 물었다. 존달라는 어깨를 으쓱하고는 고개를 저었다. 소놀란이 숨을 헐떡이며 돌아왔을 때 궁금증은 해결되었다. 그는 강으로 이어지는 가파른 비탈길에서 따온, 물이 뚝뚝 떨어지는 고드름을 들고 있었다.

"이거면 될까요?"

그가 고드름 몇 개를 내밀며 물었다. 샤무드는 존달라를 보더니 말했다.

"제법 똑똑하군!"

샤무드의 말투에는 전혀 그럴 줄 몰랐다는 듯 약간 비꼬는 기색이 담겨 있었다.

통증을 가라앉히는 참피나무의 성분에는 진정 작용도 있어서 톨리와 아기는 모두 잠이 들었다. 소놀란과 제타미오는 마침내 둘만의 시간을 갖기 위해 물러갔지만 짝을 맺기 전 치르는 서약식의 흥겨운 잔치 분위기는 사라졌다. 누구도 더 이상 그와 관련한 이야기는 하지 않았다. 사고가 일어났다는 것은 짝을 맺는 연인에게 불운의 그림자가 드리워졌다는 의미였다.

존달라, 세레니오, 마르키노, 그리고 샤무드는 꺼져가는 커다란 모닥불 근처에 앉아 술을 마시며 불기를 쬐고 있었다. 그들은 조용조용히 이야기를 나눴다. 다른 사람들은 모두 잠들었다. 세레니오는 마르키노에게도 그만 가서 자라고 했다.

"더 이상 할 일이 없어요, 마르키노. 당신까지 밤을 샐 필요는 없어요. 내가 옆에 있을 테니 그만 가서 눈을 붙이세요."

"세레니오 말이 맞다, 마르키노. 다 괜찮을 거야. 세레니오,

너도 그만 쉬렴."

샤무드가 말했다.

그녀는 마르키노를 집으로 보내기 위해 일어났다. 다른 이
들도 함께 일어났다. 세레니오는 잔을 내려놓더니 자신의 뺨을
존달라의 뺨에 짧게 맞대고는 마르키노와 함께 집들이 모여 있
는 곳으로 향했다.

"무슨 일이 있으면 깨울게요."

세레니오가 말했다.

세레니오와 마르키노가 떠나자 존달라는 월귤나무 열매를
발효시킨 과일주를 잔 두 개에 따라 어둠 속에서 조용히 기다
리던 수수께끼 같은 인물인 샤무드에게 건넸다. 샤무드는 둘이
더 할 이야기가 남았다는 것을 안다는 듯 잠자코 잔을 받았다.
존달라가 몇 개 남은 숯 덩어리들을 가운데로 긁어모아 땔감
을 몇 개 더 넣자 작은 불길이 타올랐다. 둘은 불에 다가가 앉
은 채 한동안 과일주를 홀짝이며 침묵을 지켰다.

존달라가 고개를 들자 불빛에서는 그저 어둡게만 보이는 뭐
라 단정 짓기 힘든 색깔을 한 샤무드의 눈이 그를 뚫어질 듯 응
시하고 있었다. 그의 눈에서는 힘과 함께 총명함이 느껴졌다.
존달라 역시 강렬한 눈빛으로 샤무드를 마주 보았다. 탁탁 소
리를 내며 타오르는 불길이 치유자의 나이 든 얼굴에 일렁일렁
그림자를 드리워 그의 얼굴은 흐릿하게 보였다. 하지만 밝은 대
낮에도 나이가 들었다는 것 외에는 그의 특징을 잡아내기가

쉽지 않았다. 참으로 수수께끼 같은 사람이었다.

그의 주름진 얼굴에는 청년다운 강단이 느껴졌지만 긴 머리카락은 놀랍게도 새하얀 백발이었다. 헐렁한 옷을 걸친 몸은 깡마르고 연약해 보였지만 발걸음에는 경쾌함이 묻어났다. 두 손만큼은 아주 확연하게 그가 꽤 나이를 먹었음을 보여주고 있었다. 관절염을 앓고 있는 듯 손마디에는 혹이 여러 개 있었고, 종잇장 같은 손에는 파란 핏줄이 도드라졌다. 하지만 잔을 입으로 가져가는 손에는 중풍으로 인한 흔들림은 전혀 없었다.

샤무드가 점차 커져가는 긴장감을 해소하기 위해 일부러 잔을 입에 댄 게 아닐까 하는 생각이 들었다. 그도 술을 한 모금 마셨다.

"샤무드 훌륭한 치료사, 뛰어납니다."

존달라가 마침내 입을 열었다.

"무도의 선물이지."

존달라는 음색이나 어조를 통해 중성적인 치유자의 성별을 짐작해보려고 샤무드의 목소리에 귀를 기울였지만 끈질긴 호기심만 더욱 가중될 뿐이었다. 그는 지금껏 샤무드가 남자인지 여자인지 구분할 수 없었지만 중성적인 분위기와는 별도로 그가 금욕적인 생활을 한 것 같지는 않다는 인상을 받았다. 신랄한 말을 날릴 때마다 종종 그의 눈빛은 모든 것을 다 안다는 듯 반짝였다. 그는 그에게 직접 묻고 싶었지만 어떤 방식으로 요령껏 물으면 될지 감이 오지 않았다.

"샤무드 삶 쉽지 않아요, 많은 것을 포기해야만 해요."

존달라는 시작해보기로 하고 입을 열었다.

"치유자는 짝을 원했었나요?"

그 순간 헤아리기 쉽지 않은 눈이 커다래졌다. 그러더니 샤무드는 가소롭다는 듯 웃음을 터뜨렸다. 존달라는 당황해 얼굴이 새빨개졌다.

"누가 나하고 짝을 맺고 싶어 했겠나? 내가 젊었을 때 자네가 왔다면 내 마음이 기울었을지도 모르지. 하기야 그렇다고 자네가 내 매력에 빠졌겠는가? 내가 축복의 나무에 구슬 목걸이를 걸며 자네를 내 침상으로 오게 해달라고 빌면 되었을까?"

샤무드는 요염하게 머리를 살짝 기울이며 말했다. 그 순간 존달라는 그의 말투가 꼭 젊은 여자 같다고 느꼈다.

"아니면 내가 조금 더 용의주도하게 처신해야 했을까? 자네는 취향이 다방면으로 잘 다듬어져 있으니 내가 호기심을 자극해서 새로운 쾌락의 세계로 이끌 수 있었을까?"

존달라는 자신이 실수를 범했다고 확신하며 얼굴을 붉혔다. 하지만 색을 밝히는 듯한 관능적인 표정과 고양이 같이 유연한 그의 몸동작에는 사람을 끌어당기는 이상한 매력이 있었다. 당연히 치유자는 남자였다. 하지만 그의 성적인 성향은 여자처럼 남자에 끌렸다. 많은 치유자들이 남자와 여자의 본성을 모두 가지고 있었고, 그로 인해 더 큰 힘을 발휘할 수 있었다. 또 한 번 그의 냉소적인 웃음소리가 들렸다.

"한데 치유자의 삶은 어렵다네. 치유자의 짝은 더 고달픈 삶을 참아야 할 거네. 남자라면 누구보다 자기 짝을 우선시해야 하지. 이를테면 세레니오 같은 여자를 한밤중에 아픈 사람을 돌보라고 남겨두고 오기가 어디 그리 쉽겠는가. 그리고 긴긴 금욕의 시간도 견뎌야 할 테고."

세레니오 같은 사랑스러운 여인을 떠올리는 남자처럼 눈을 반짝이며 샤무드는 존달라 쪽으로 몸을 기울여 말했다. 이번에는 남자 대 남자로 하는 말이었다. 존달라는 어리둥절해져 고개를 저었다. 그때 샤무드가 어깨를 한 번 움직였다. 그러자 그에게서 느껴지던 남성적인 분위기가 바뀌는 듯싶더니 확 사라졌다.

"나라면 남자들이 득시글대는 곳에 내 여자를 혼자 남겨두고 싶지 않을 거야."

샤무드는 여자였다. 하지만 그에게 매력을 느낄 만한 여자는 아니었고 그 역시 친구 이상으로 그녀에게 이끌리지는 않았을 터였다. 치유자의 능력은 남녀의 성향 모두에서 받은 것이었지만 남자의 취향을 가진 여자의 능력이었다.

샤무드는 다시 웃었다. 하지만 웃음소리에서는 딱히 남자의 느낌도, 여자의 느낌도 담겨 있지 않았다. 그저 인간 대 인간으로서 이해를 구하는 것 같은 표정으로 치유자는 말을 이어갔다.

"말해보게, 존달라. 내가 어느 쪽 같나? 자네라면 어느 쪽과 짝을 맺겠나? 어떤 치유자들은 어느 쪽이든 선택을 해서 짝을 맺어보려고 시도는 하더군. 하지만 오래가는 경우가 드물어. 어머니께서 주신 선물은 완전하게 축복만은 아닐세. 치유자에게 개인적인 정체성은 없지. 날 때 받았던 이름은 사라지지. 샤무드는 개인으로서의 자신을 지우고 모든 이들 속에 녹아들어 그들의 정기를 받아야 하네. 혜택도 있지만 그 혜택 중에 짝은 들어 있지 않아.

어린 시절에 어떤 운명을 받고 태어나는 게 꼭 좋은 것만은 아니지. 다른 길을 가기가 쉽지 않으니까. 자네라면 자네의 정체성을 잃고 싶지 않을 테지. 하지만 그건 아무 상관이 없어. 운명은 어차피 자네의 것이니까. 한 몸 안에 남녀의 정기가 모두 있는 이에게는 다른 길이 없지."

꺼져가는 불빛 속에서 샤무드는 마치 대지처럼 아주 오랜 세월을 버텨온 듯 보였다. 숯불을 바라보는 그의 초점 없는 눈은 마치 다른 시대, 다른 공간을 보고 있는 듯했다. 존달라는 일어나서 땔감 몇 개를 더 넣은 후, 불을 뒤적여 불길을 살렸다. 불길이 활활 타오르자 치유자는 몸을 곧추세워 앉았고 특유의 비꼬는 표정이 돌아왔다.

"오래전에는 보상이 될 만한 일들도 있었지. 자신의 재능을 발견하고 지식을 얻는다는 것은 엄청난 일이야. 어머니께서 그녀를 섬기라는 소명을 내릴 적에, 그게 꼭 희생만은 아니지."

"젤란도니족에서는 어머니를 섬기는 사람이 샤무드처럼 어린 시절에 자신의 운명을 알게 되지는 않습니다. 저도 한때는 도니를 섬기려고 했었어요. 하지만 모두가 다 소명을 받는 것은 아니더군요."

존달라가 말했다. 여전히 뭔가가 억울한 듯 씁쓸한 표정으로 입을 굳게 다물고 미간을 찡그린 존달라를 샤무드는 의아하게 바라봤다. 아낌없는 호의 속에서만 살았을 것 같은 키가 큰 청년에게도 가슴 깊이 묻어둔 상처가 있었다.

"사실 그렇다네. 소명을 받고 싶다고 모두가 다 받는 건 아니지. 소명을 받은 이들의 재능이나 성향도 천차만별이고. 자신에 대한 확신이 서지 않을 때는 그것을 발견하는 방법이 있다네. 자신의 믿음과 의지를 시험해보는 것이지. 어머니를 섬기는 사람이 되기 전에 일정 기간 동안 홀로 견디는 시간을 보내야 해. 그 시간 동안 큰 깨달음을 얻을 수 있지. 하지만 자기가 바랐던 것보다 자신에 대해 더 많이 알게 될 수도 있어. 어머니를 섬기고 싶다는 이들에게 난 곧잘 한동안 혼자 지내볼 것을 권하지. 혼자 있을 수 없다면, 그보다 더 힘든 시험은 결코 견디지 못할 테니까."

"어떤 종류의 시험이요?"

샤무드가 이렇게 솔직하게 이야기를 들려주는 것은 처음 있는 일이었다. 존달라는 그의 이야기에 완전히 사로잡혔다.

"모든 쾌락을 포기해야 하는 금욕의 기간. 누구와도 말을 해서는 안 되는 침묵의 기간. 잠까지 줄여야 하는 금식의 기간. 그 외에도 여러 가지가 있지. 특히 수련하는 이들은 이런 방식을 통해 답을 찾고 어머니에게 계시를 받는 법을 배우지. 그리고 일정 시간이 지나고 나면 자신의 의지에 따라 필요한 영적인 상태를 이끌어내는 것도 배우게 되지. 하지만 지속적으로 그러한 기간을 가끔은 갖는 게 도움이 많이 된다네."

그 뒤로 긴 침묵이 흘렀다. 샤무드는 존달라가 진짜 묻고 싶었던 이야기를 할 수 있도록 대화의 물꼬를 열어주었다. 이제 존달라는 묻기만 하면 되었다.

"제가 뭐가 궁금한지 아시겠지요. 샤무드는 아시겠지요. 그 일이…… 어떤 의미를 갖는지……."

존달라는 다소 모호하게 모든 것을 다 아우르는 것처럼 두 팔을 벌렸다.

"그래. 자네가 뭘 궁금해하는지 알지. 오늘 밤 일어난 일 때문에 동생을 걱정하는군. 더 넓게는 동생과 제타미오, 그리고 자네까지."

존달라가 고개를 끄덕였다.

"그 무엇도 확실한 것은 없지. 자네도 알다시피."

존달라는 다시 고개를 끄덕였다. 샤무드는 어디까지 알려주면 좋을지 가늠하려는 듯 존달라를 뚫어지게 바라보았다. 그러더니 고개를 돌리고는 초점 없는 눈으로 불길을 바라봤다. 존달라는 누구도 움직이지 않았는데도 갑자기 둘 사이에 커다란 거리가 생긴 것 같았다.

"동생에 대한 자네의 사랑은 강하네."

그의 목소리는 저세상에서 울려오는 듯 으스스하고 허허로 웠다.

"자네는 그 사랑이 너무 강할까봐 걱정하는군. 자네가 자기 자신의 삶이 아니라 동생의 삶을 따르게 될까봐 염려하고 있어. 자네 생각은 틀렸네. 동생은 자네가 가야만 하는 곳으로, 하지만 혼자서 가는 길은 아닌 곳으로 이끈 것이네. 자네는 자네만의 운명을 따르는 중이야. 동생의 길이 아니라. 그저 속도에 맞춰 둘이 함께 걸어온 것뿐이지.

그러나 자네의 힘은 그와는 다른 속성을 지녔지. 자네의 욕구가 클 때 그 힘은 아주 커진다네. 자네가 통나무에 걸쳐진 피묻은 옷을 내게 보내기 전에 난 이미 자네가 동생 때문에 나를 필요로 한다는 것을 느꼈지."

"제가 보낸 게 아니에요. 그건 우연이었어요. 운이 좋았죠."

"자네가 나를 필요로 한다고 느낀 건 우연이 아니었어. 다른 이들도 느꼈지. 자네를 누구도 부인할 수는 없네. 어머니조차 자네를 못 본 척할 수는 없으시지. 그게 자네가 받은 선물이야. 하지만 어머니께서 주신 선물은 조심히 다뤄야 하네. 선물을 받았다는 것은 어머니께 큰 은혜를 입었다는 뜻이지. 그렇게 강력한 선물이라면, 당연히 자네는 어딘가 쓰일 곳이 있다는 것이고. 무엇도 그에 걸맞는 의무 없이 주어지지 않네. 어머니가 주시는 쾌락의 선물조차 거저 주어지는 게 아니지. 거기에도 목적이 있어. 우리가 알든 모르든……

이것을 기억하게. 자네는 어머니가 뜻한 곳으로 가게 될 것이네. 자네에게는 소명 같은 게 필요 없지. 자네는 이런 운명으로 태어난 것이니. 하지만 시험을 받게 되겠지. 그 때문에 고통을 받을 것이고, 견뎌야 할 것이네."

청년의 눈이 놀라 휘둥그레졌다.

"자네는 상처를 입게 될 거야. 자네의 운명을 실현하고자 애쓰겠지만 절망을 하는 순간도 있을 거야. 확실한 것을 찾아 헤매지만 갈팡질팡하는 순간도 있겠지. 하지만 보상도 따를 것이네. 자네는 몸과 마음 모두에 큰 은총을 받았지. 특별한 능력과 독특한 재능이 있네. 평범한 감수성 이상을 타고났지. 한 번씩 괴로움을 느끼는 것은 자네가 받은 능력 때문이야. 넘치게 받았기 때문에. 자네는 시련을 거치면서 배워야만 하네.

하지만 이것 또한 잘 기억하게. 어머니를 섬기는 일이 희생만은 아니란 걸. 자네는 결국 자네가 구하는 것을 찾게 될 걸세. 그게 자네의 운명이네."

"하지만…… 소놀란은?"

"둘의 길이 갈리는 게 느껴져. 자네의 운명은 그와는 다른 길에 있어. 그도 자신의 길을 따라야 하니까. 소놀란은 무도가 총애하는 자거든."

존달라는 인상을 찡그렸다. 젤란도니족에도 그와 비슷한 표현이 있었다. 하지만 그게 꼭 길운을 뜻하는 것은 아니었다. 위대한 대지의 어머니는 자신이 총애하는 자를 매우 아껴서 일찍 그녀 곁으로 불러들인다는 말이 있었다. 그는 "필요"니 "힘"이니 "어머니가 뜻한 곳"이니 하는 말들을 완전히 이해하지는 못했다. 어머니를 섬기는 이들은 두리뭉실하게 말하는 경우가 많았다. 하지만 그가 한 말들이 어쩐지 불길하게 느껴졌다.

불이 꺼지자 존달라는 자리를 뜨기 위해 일어났다. 그가 뒤편의 집들이 있는 곳으로 발길을 옮기려는데 샤무드의 호소하는 듯한 목소리가 어둠 속에 울려 퍼졌다. 그의 말이 다 끝난 게 아니었다.

"안 돼! 그 어미와 아기는……."

화들짝 놀라 걸음을 멈춘 존달라는 등골이 오싹해지는 것을 느꼈다. 그는 톨리와 아기가 생각했던 것보다 더 크게 화상을 입은 것인지 걱정했다. 그리고 춥지도 않은데 왜 그리 진저리가 쳐지는지 의아했다.

12

"존달라!"

마르키노가 큰 소리로 불렀다. 키가 큰 금발 머리의 남자는 또 다른 키 큰 남자가 어서 따라오기를 기다리고 있었다.

"오늘 밤은 동굴로 돌아가는 시간을 뒤로 미뤄보려고."

마르키노가 나직한 목소리로 말했다.

"서약식 이후로 소놀란은 온갖 제약과 의례에 시달려야 했잖아. 이제 약간의 휴식이 필요할 때라고."

그는 물 부대의 마개를 빼내더니 존달라에게 월귤나무 열매로 만든 과일주 향을 맡게 하며 음흉한 미소를 지어 보였다.

존달라는 고개를 끄덕이더니 미소로 답했다. 젤란도니족과 샤라무도이족 간에는 차이도 있었지만 몇몇 관습은 부족들 사이에 널리 퍼져 있는 듯 비슷했다. 그는 청년들끼리 모이는 그들만의 '의식'을 모의하는 게 아닌지 짐작했다. 두 남자는 보폭을 맞춰 길을 내려갔다.

"톨리와 샤미오는 어떤지?"

"톨리는 샤미오 얼굴에 흉터가 남을까봐 걱정하고 있어. 그래도 둘 다 좋아지고 있어. 세레니오 말로는 흉이 안 질 거라고 하는데, 샤무드는 뭐라고 딱히 말해주지 않아서."

몇 발자국을 걷는 사이 존달라는 마르키노처럼 걱정스러운 표정을 지었다. 그들이 모퉁이를 돌자 나무를 유심히 살펴보고 있던 칼로노가 보였다. 그들을 본 칼로노가 활짝 웃었다. 그가 미소 지을 때면 자신의 불터에서 태어난 아들과 더욱 닮아 보였다. 그는 마르키노만큼 크지 않았지만, 호리호리하면서 강단 있는 체구는 똑같았다. 그는 나무를 한 번 더 보더니 고개를 저었다.

"아니, 이건 적당하지가 않아."

"적당하지 않다고요?"

존달라가 물었다.

"지지대로 쓰기에."

칼로노가 말했다.

"이 나무로는 배를 만들 수 없어. 안쪽으로 휘어진 가지가 하나도 없으니. 다듬어도 안 되겠어."

"어떻게 아세요? 배는 아직 완성되지 않았는데."

존달라가 말하자 마르키노가 끼어들었다.

"다 아시지. 칼로노는 언제나 딱 들어맞는 나뭇가지를 찾아

내거든. 원한다면 여기에서 나무에 대해 더 이야기를 듣든가.
나 먼저 작업장에 가볼게."

　존달라는 그가 성큼성큼 걸어가는 것을 지켜보다가 칼로노
에게 물었다.

　"어떻게 배에 딱 들어맞는 나무를 찾지요?"

　"감을 키워야지. 연습이 필요해. 이번에는 키가 크고 곧게 자
란 나무를 찾는 게 아니야. 나뭇가지가 안으로 굽어 자란 것을
찾아야지. 그런 다음 가지가 어떻게 매달려 있는지, 어느 쪽으
로 휘어졌는지 살펴봐야 하고. 그런 나무를 찾으려면 제멋대로
뻗어 자랄 만큼 혼자 자라는 나무를 찾아야 한다네. 나무도 사
람과 비슷해서 여럿이 함께 자라면서 경쟁해야 잘 크는 게 있
고, 혼자 있어야 잘 자라는 것도 있지. 외롭긴 해도 말이야. 뭐
어느 쪽이 낫다고 할 수는 없어. 둘 다 가치가 있으니까."

　칼로노는 큰길에서 벗어나 사람들이 잘 다니지 않는 샛길로
들어섰다. 존달라는 그 뒤를 따랐다.

　"두 나무가 한데 엉켜 자라는 것도 있지."

　라무도이족 족장은 계속 말을 이어갔다.

　"저 나무들처럼 말이야."

　그가 서로 뒤엉켜 있는 나무 한 쌍을 가리켰다.

　"우린 저런 나무를 연리지라고 해. 한 나무를 자르면 다른
나무가 죽을 때도 있지."

　칼로노가 말하자 존달라는 미간을 찡그렸다.

그들은 배를 만드는 공터에 도착했다. 칼로노는 양지 바른 비탈길로 존달라를 이끌더니 울퉁불퉁하고 비틀린 거대한 고목나무가 있는 곳으로 발걸음을 향했다. 그의 눈에 들어온 나무에는 이상하게 생긴 열매들이 주렁주렁 달려 있었다. 가까이 다가가 보니 열매가 아니었다. 놀랍게도 나무는 여러 가지 특이한 물건들로 장식되어 있었다. 그중에는 색을 들인 가시 털로 섬세한 무늬를 넣어 만든 작은 바구니, 조개껍데기로 장식한 작은 가죽 주머니, 여러 가지 모양으로 꼬아 매듭을 엮은 끈이 있었다. 목걸이 하나는 길이가 얼마나 긴지 거대한 나무줄기를 한 번 휘감고서 나무의 아래 몸통에 끼워져 있었다. 자세히 살펴보니 가운데 조심스레 구멍을 낸 조개껍데기와 원래 구멍이 있는 물고기의 척추 뼈를 번갈아 끼워 만든 것이었다. 가지에는 나무를 조각해 만든 작은 배를 비롯해 다람쥐 꼬리, 새의 깃털, 가죽끈으로 묶어놓은 송곳니도 매달려 있었다. 그는 이런 장식을 해놓은 나무는 한 번도 본 적이 없었다.

  칼로노는 눈이 휘둥그레진 존달라를 보더니 낄낄대고 웃었다.

  "축복의 나무라네. 제타미오는 벌써 이 나무에게 선물을 바쳤을 테지. 여자들은 주로 무도에게 아이를 점지해달라고 빌지. 여자들은 이 나무를 그들의 것이라 생각하지만 남자들도 드물지 않게 뭔가를 바치네. 첫 번째 사냥에 나갈 때나 새 배를 만들 때 행운을 빌어달라거나 혹은 새로 맺은 짝과의 행복을 빌

면서 말이지. 아주 특별한 일을 앞두고 기원을 드리는 것이지,
자주 빌어서는 안 된다네."

"엄청 크군요!"

"그렇지. 어머니께서 직접 심으신 나무니까. 한데 얼마나 큰
지 보여주려고 자네를 여기로 데려온 게 아닐세. 가지들이 어떻
게 휘어졌는지 보이나? 이 나무는 축복의 나무가 아니었다고
해도 너무 컸을 테지. 하지만 지지대로 쓸 나무는 이렇게 생겨
야 해. 그런 다음에 배 안에 채워 넣을 적당한 목재를 찾기 위
해 가지들을 유심히 봐야 하지."

그들은 아까와는 다른 길을 따라 배를 만드는 공터로 걸어
가 마르키노와 소놀란을 향해 다가갔다. 그들은 길이도 무척
길지만 둘레까지 엄청나게 굵은 통나무의 속을 파내느라 열심
이었다. 지금 단계에서 통나무는 우아한 모양의 배라기보다는
차를 끓일 때 쓰는 나무통에 더 가까웠다. 하지만 투박한 모양
새는 점점 깎여나가고 있었다. 배의 이물과 고물에 섬세한 조각
을 하기 전, 우선 배의 속을 파내는 게 우선이었다.

"존달라는 배를 만드는 것에 꽤 관심이 있어."

칼로노가 말했다.

"라무도이 사람이 되도록 강에 사는 여자와 짝을 지어줘야
겠어요. 동생이 샤무도이족이 되었으니 그래야 공평하죠."

마르키노가 농담을 던졌다.

"존달라에게 눈길을 던지는 여자들을 한둘쯤 아는데. 그중

하나는 설득할 수 있을 거야."

"세레니오라는 벽을 넘을 수 있을 것 같지 않은데."

칼로노가 존달라에게 한쪽 눈을 찡긋하며 말했다.

"배를 가장 잘 만드는 이들 몇은 샤무도이족이기는 하지만, 강 사람이 되게 하는 것은 땅 위의 배가 아니라 물 위에 뜬 배잖아."

"그렇게도 배를 만들어보고 싶다면 자귀 하나를 들고 와서 도와주지그래?"

소놀란이 말했다.

"형은 일하는 것보다 말하는 게 더 좋은 것 같아."

소놀란의 손과 한쪽 뺨에는 검은 자국이 묻어 있었다.

"내 자귀라도 빌려주지."

그는 그렇게 말하더니 자귀를 존달라에게 던졌다. 엉겁결에 자귀를 받아든 그의 손에도 검은 자국이 남았다. 자귀는 돌로 만든 단단한 날이 자루에 직각으로 박혀 있었다.

소놀란은 통나무에서 뛰어내리더니 근처에 피워놓은 모닥불을 확인하러 갔다. 점차 사그라지던 모닥불은 벌건 숯으로 변하며 이따금 주황색 불길을 널름거렸다. 소놀란은 끝부분이 새까맣게 탄 널빤지를 들더니 나뭇가지로 불 속에 있는 뜨거운 숯 몇 개를 쓸어 올렸다. 속을 파내던 통나무 안에 숯 덩어리들을 쏟아붓자 불꽃이 튀며 연기가 솟아올랐다. 마르키노는 모닥불에 땔감을 더 얹은 뒤 물을 담아놓은 그릇을 가져왔다. 통나무에 불을 붙이려는 게 아니라 통나무 속을 태우는 중이었다.

소놀란은 막대기를 들고 숯 덩어리들을 이리저리 굴리면서 필요할 때마다 물을 뿌렸다. 쉬익 하는 소리와 함께 김이 솟아오르고 매캐한 나무 타는 냄새가 났다. 통나무 안에서는 물과 불이 싸움을 벌이고 있었다. 하지만 결국에는 물이 불길을 잡았다. 물에 젖은 숯 덩어리를 퍼낸 소놀란은 다시 통나무 속으로 들어가 까맣게 탄 부분을 긁어내기 시작했다. 통나무 속은 더 깊고 넓어졌다.

"내가 한번 해볼게."

한참을 구경하던 존달라가 말했다.

"난 형이 하루 종일 서 있기만 할 줄 알았지."

소놀란은 웃으면서 말했다. 두 형제는 이야기를 시작하면 어느새 그들 부족 말을 쓰고 있었다. 익숙한 그들의 말로 대화하는 게 한결 편했다. 둘 다 새롭게 익힌 말을 제법 잘 구사했지만 소놀란이 훨씬 유창했다.

존달라는 몇 번 자귀질을 해보더니 자귀의 돌날을 살폈다. 몇 번 다른 각도에서 자귀질을 하고 나무의 잘려 나간 면들을 확인해보고 나서 어떻게 손을 움직이면 좋을지 파악했다. 세 남자는 아무 말 없이 일만 하다가 쉬는 시간이 되어 손길을 멈췄다.

"전에 본 적 없어. 속을 파내는 데 불 사용하는 거. 자귀로만 파내."

다 함께 달개집으로 걸어가던 중에 존달라가 말했다.

"자귀로만도 할 수 있지. 한데 불이 있으면 더 빠르지. 오크나무는 워낙 단단해서."

마르키노가 말했다.

"때로는 더 높은 곳에 있는 소나무를 쓰기도 해. 그건 재질이 부드러워 속을 파는 게 쉽지. 그래도 불이 있으면 도움이 되고."

"배 하나를 만드는 데 시간이 오래 걸리나?"

존달라가 물었다.

"얼마나 열심히 일에 몰두하느냐, 몇 사람이 함께 일하냐에 따라 다르지. 이 배는 오래 걸리지 않을 거야. 이건 소놀란이 소유권을 주장할 수 있는 배니까, 알다시피 제타미오와 짝을 짓기 전에 끝내야지."

마르키노가 미소 지었다.

"이렇게 열심히 일하는 사람은 본 적이 없다니까. 게다가 다른 사람들까지 일을 하도록 다 부추기고 말이야. 일단 시작하면 완성될 때까지 계속 하는 게 좋기는 해. 그래야 나무가 마르지 않으니까. 오늘 오후에는 나무를 켜서 뱃전에 쓸 널빤지를 만들 거야. 도와주겠어?"

"존달라는 당연히 해야지!"

소놀란이 말했다.

꼭대기의 가지를 쳐낸 거대한 오크나무가 공터로 옮겨져 왔다. 존달라가 작업을 도와주기로 했던 바로 그 나무였다. 나무를 옮기려면 사지가 온전한 사람은 다 힘을 보태야 할 정도로 나무가 컸기 때문에 자르는 일도 모두가 나서야 했다. 소놀란은 존달라가 도와주도록 부추길 필요도 없었다. 존달라가 이런 기회를 놓칠 리가 없었다.

먼저 나뭇결을 따라 통나무의 양 끝 사이에 직선으로 사슴뿔로 만든 쐐기를 박았다. 그런 다음 손잡이가 달린 묵직한 돌망치로 쐐기를 때려 통나무 속으로 더 깊이 넣었다. 쐐기들이 박힌 곳에 금이 생기기 시작했지만 처음에는 속도가 더뎠다. 돌망치를 내리칠 때마다 세모 모양 쐐기의 굵은 아랫부분이 나무 중심으로 깊게 파고들었다. 마침내 나무가 쪼개지기 시작하더니 쩍 하는 소리가 나며 통나무는 깨끗하게 반으로 갈라졌다.

존달라는 놀라서 고개를 절레절레 흔들었다. 하지만 이것은 시작일 뿐이었다. 이번에는 두 개로 갈라진 통나무 반쪽의 가운데에 각각 쐐기를 박고는 돌망치로 내리쳐서 다시 두 개로 쪼갰다. 이 작업은 날이 저물 무렵, 거대한 통나무가 가득 쌓인 널빤지로 바뀔 때까지 계속되었다. 방사형으로 쪼개진 널빤지는 나무 중심 쪽일수록 가늘고 나무 가장자리였던 곳은 다른 부분보다 더 가늘었다. 일부 널빤지는 옹이 때문에 길이가 짧았지만 그런 것들도 나름 쓰일 데가 있었다. 널빤지들은 뱃전을 다 올리고도 남을 만큼 많았다. 남은 널빤지로는 사암 지붕 아래에 있는 로샤리오와 돌랜도의 집과 연결해 신혼부부의 집을 지을 예정이었다. 가장 추운 시기에는 마르키노와 톨리, 샤미오와 함께 살 수 있을 만큼 넓게 집을 지어야 했다. 한 나무에서 나온 목재로 배와 집을 짓는 것은 오크나무의 기운을 두 가족의 관계에 불어넣어 준다는 의미도 있었다.

해가 저물자 존달라는 몇몇 젊은 남자들이 다른 사람 눈을 피해 조용히 숲속으로 들어가는 것을 봤다. 마르키노는 소놀란을 설득해서 다른 사람들이 모두 가버릴 때까지도 계속 일을 하도록 했다. 너무 어두워서 아무것도 보이지 않는다며 그만 해야겠다고 마지막으로 일손을 놓은 사람은 소놀란이었다.

"충분히 밝구먼."

뒤에서 목소리가 났다.

"뭐가 진짜 어두운 건지 아직 모르는군!"

누구의 목소리인지 확인하려고 뒤돌아볼 새도 없이 그의 머리 위로 눈가리개가 쓰이더니 누군가 그의 팔을 잡았다.

"왜 이러는 거야?"

그가 빠져나가려고 애쓰며 소리쳤다.

대답이라고는 숨죽인 웃음소리뿐이었다. 남자들은 그를 들어 올려 꽤 멀리까지 옮겼다. 그를 땅에 내려놓은 남자들은 이제 옷까지 벗기기 시작했다.

"그만해! 뭐 하는 거야? 춥잖아!"

"추위가 오래가지는 않을 거요."

눈가리개가 벗겨지자 마르키노가 말했다. 소놀란의 눈에 히

죽대며 웃는 남자들 대여섯 명이 보였다. 다들 벌거벗은 채였
다. 어스름이 깔린 주변은 낯설었지만 물가 근처라는 것만은 분
명했다.

　그를 에워싼 숲은 짙은 어둠이 깔렸으나 한쪽으로는 짙은
보랏빛 하늘을 배경으로 나무들의 윤곽이 희미하게 보였다. 남
자들 너머로는 강으로 이어지는 넓은 길이 나 있었다. 은빛으
로 빛나는 위대한 어머니 강이 물결치며 부드럽게 흘러가고 있
었다. 근처에는 직사각형 모양으로 쌓아 올린 작고 나지막한
나무집 사이로 빛이 새어 나왔다. 남자들은 지붕 위로 기어 올
라갔다. 지붕에는 구멍이 하나 나 있었는데, 그 구멍에 비스듬
하게 세운 통나무를 타고 내려갔다. 통나무에는 발 디딜 곳까
지 파여져 있었다.

　오두막의 가운데 파놓은 구덩이에서는 이미 모닥불이 피워
져 있었고 돌들이 불에 달궈지고 있었다. 땅바닥에 앉았을 때
벽에 기댈 수 있도록 사암으로 매끄럽게 문질러놓은 널빤지가
벽마다 기대어져 있었다. 모두가 오두막 안으로 들어오자 입구
로 사용했던 구멍을 느슨하게 덮어 그 틈새로 연기가 빠져나갈
수 있도록 했다. 뜨겁게 달궈진 돌멩이 아래로 벌건 숯이 보였
다. 소놀란은 마르키노의 말을 떠올리며 고개를 끄덕였다. 그는
더 이상 춥지 않았다. 누군가 달궈진 돌 위에 물을 뿌리자 자욱
하게 수증기가 피어올랐고, 희미한 불빛 속에서 앞은 더욱 보이
지 않았다.

"가져왔어, 마르키노?"

그 옆에 앉아 있던 남자가 물었다.

"여기, 찰로노."

그가 과일주가 든 물 부대를 들었다.

"자, 마시자고. 소놀란, 자네는 운이 좋아. 월귤나무로 이렇게 훌륭한 술을 빚는 여자와 짝을 맺다니."

그러자 여기저기서 이구동성으로 같은 생각이라며 웃음을 터뜨렸다. 찰로노는 술이 담긴 부대를 돌리더니 네모난 가죽을 주머니처럼 묶어놓은 것을 보여주며 음흉하게 웃었다.

"내가 또 찾은 게 있지."

"오늘 왜 안 보이나 했네."

한 남자가 말했다.

"진짜 제대로 찾은 거야?"

"걱정 마, 론도. 버섯에 대해서는 잘 안다고. 적어도 이런 종류의 버섯에 대해서는."

찰로노가 단언했다.

"그렇겠지. 기회만 되면 따러 다니니."

정곡을 찌른 그의 말에 모두들 한바탕 웃었다.

"샤무드가 되고 싶은 모양이야, 타루노."

론도가 비꼬는 투로 덧붙였다.

"그게 샤무드의 버섯은 아니겠지?"

마르키노가 물었다.

"빨간색에 흰 점이 있는 버섯은 제대로 손질하지 않으면 큰 일 난다고."

"아니야, 이건 그냥 기분을 좋게 해주는 안전한 버섯이라고. 샤무드의 버섯은 손도 대고 싶지 않아. 내 안에 여자가 있는 건 싫다고."

찰로노는 그렇게 말하더니 갑자기 키득대며 덧붙였다.

"차라리 여자의 몸 안에 들어가는 게 낫지."

"누구한테 술이 있나?"

타루노가 물었다.

"존달라에게 줬어."

"뺏으라고. 저 덩치면 혼자서 다 마시겠네!"

"찰로노에게 줬어."

존달라가 말했다.

"그런 버섯은 본 적이 없는데. 그런데 술이랑 버섯을 그냥 가지고만 있을 거야?"

론도가 물었다.

"보채지 마. 주머니를 열고 있잖아. 여기, 소놀란, 네가 오늘의 주인공이니까. 먼저 골라."

"마르키노, 마무토이족은 무슨 식물로 술을 만든다며? 과일주나 버섯보다 더 기분이 좋아진다던데?"

타루노가 물었다.

"더 좋아지는지는 모르겠고. 그래도 마셔본 적은 있어."

"수증기를 조금 더 피울까?"

론도가 묻더니 모두들 동의할 거라 짐작하고는 달궈진 돌 아래에 물 한 잔을 뿌렸다.

"서쪽에 사는 어떤 이들은 물에 뭔가를 타서 수증기를 만들더군."

존달라가 말했다.

"어떤 부족은 식물을 태워서 그 연기를 마시더라고. 한번 해 보라고는 하는데, 그게 뭔지는 안 알려주더군."

소놀란이 덧붙였다.

"둘은 거의 모든 걸 다 해봤겠어. 여행을 다니면서 말이야."

찰로노가 말했다.

"내가 하고 싶은 게 바로 그런 거야. 뭐든 다 해보는 거."

"납작머리들도 뭔가를 마신다던데."

타루노가 묻지도 않은 말을 꺼냈다.

"짐승들인데. 뭐든 다 마시겠지."

찰로노가 대꾸했다.

"네가 하고 싶다는 게 그런 거 아니었어? 뭐든 다 해보는 거."

론도가 비웃듯 말하자 한바탕 웃음이 일었다. 찰로노는 론 도가 자주 사람들을 웃게 한다는 것을 의식했다. 게다가 자기 를 놀림거리로 만들 때도 있었다. 그에게 지고 싶지 않았던 찰 로노는 언젠가 다른 사람들을 웃게 만든 적이 있던 이야기를 시작했다.

"왜 눈먼 노인 이야기 있잖아. 납작머리 암컷을 잡았는데 여자라고 생각하고는……."

"그래, 그래서 그 노인 자지가 떨어졌다고. 역겨워, 찰로노."

론도가 말했다.

"그리고 어떤 남자가 납작머리 암컷을 여자로 착각을 하겠냐?"

"실수가 아니라 일부러 하는 남자도 있던데."

소놀란이 말했다.

"서쪽에 있는 부족의 남자들 몇이 납작머리 암컷에게서 쾌락을 취해서 한바탕 소란이 났다더군."

"농담이겠지!"

"농담이 아니야. 납작머리 한 무리가 우리를 에워쌌어."

존달라가 사실이라고 덧붙였다.

"화가 많이 나 있었어. 나중에 우리가 들었어. 남자 몇이 납작머리 여자들에게, 그래서 문제를 일으켜."

"어떻게 빠져나왔어?"

"그냥 보내줬어."

존달라가 말했다.

"무리의 우두머리, 그자 똑똑해. 납작머리 우리 생각보다 더 똑똑해."

"대놓고 납작머리 암컷을 잡으려던 남자 이야기도 알아."

"누구? 너?"

론도가 비아냥댔다.

"넌 뭐든 다 해보고 싶다며."

찰로노는 뭔가 대꾸를 하고 싶었지만 웃음소리에 묻혔다. 웃음기가 잠잠해지자 그는 다시 입을 열었다.

"그런 뜻이 아니잖아. 나는 버섯이나 술을 말한 것이지. 그런 것들은 뭐든 다 해보고 싶다고."

그는 이제 슬슬 술이나 버섯으로 인한 어떤 기운이 올라오는지 자기 의지와 상관없이 혀를 놀리기 시작했다.

"한데 남자애들은 납작머리 암컷에 대해 많이들 얘기하지. 여자가 뭔지 알기도 전에. 어떤 녀석이 납작머리랑 했다고 떠들더라고."

"남자애들은 아무 얘기나 지껄이니까."

마르키노가 말했다.

"그럼 여자애들은 무슨 얘기를 하는데?"

타루노가 물었다.

"납작머리 수컷 얘기를 하겠지, 뭐."

찰로노가 말했다.

"이런 얘기는 그만하면 좋겠다."

론도가 말했다.

"어렸을 땐 너도 같이 이런 얘기 했잖아, 론도."

찰로노는 기분이 상하기 시작했다.

"그래, 하지만 이제 어른이잖아. 너도 빨리 철 좀 들어라. 그런 역겨운 얘기는 신물이 난다고."

술에 취한 찰로노는 모욕을 느꼈다. 역겹다는 비난을 받은 마당에 그는 일부러 더욱 역겨운 이야기를 꺼냈다.

"그래, 론도? 난 납작머리랑 놀아난 여자 얘기도 들었는데. 어머니께서 그 여자한테 정령이 섞인 아기를 점지……"

"으윽! 야아!"

론도는 경멸스럽다는 듯 입술을 비죽대며 혐오감에 몸을 떨었다.

"찰로노, 그런 건 농담거리가 아니야. 누가 이 녀석한테 여기 오라고 말했어? 저놈을 당장 끌어내. 내 얼굴에 오물을 뒤집어 쓴 느낌이야. 농담 조금 하는 거야 봐줄 수 있지만, 저놈은 도가 지나치잖아!"

"론도 말이 맞아."

타루노가 말했다.

"이제 그만 가지그래, 찰로노?"

"아니."

존달라가 끼어들었다.

"밖에 추워. 어두워. 안 떠나게 해. 사실이야, 정령이 섞인 아이들, 농담 아니야. 어떻게 그런 아이들 알지?"

"반은 짐승, 반은 사람, 가증스러운 것들!"

론도가 중얼거렸다.

"그 얘기는 더 이상 하고 싶지 않아. 여긴 너무 더워. 몸에 탈

이 나기 전에 난 가야겠어!"

"이건 소놀란에게 한숨 돌리라는 의미로 연 모임이잖아."

마르키노가 말했다.

"다 같이 나가서 강에서 헤엄이라도 치고 오는 게 어떨까? 돌아와서 다시 시작하자고. 아직 제타미오의 술도 많이 남았어. 내가 얘기 안 한 게 있어. 과일주를 두 부대나 가져왔거든."

"돌들이 아직 충분히 달궈지지 않은 것 같아요, 칼로노."

마르키노가 말했다. 그의 목소리에는 은연중에 긴장감이 드러났다.

"배에 물이 너무 오래 괴어 있으면 좋지 않아. 나무가 부드럽게 되는 정도여야 하지, 물에 불어서는 안 돼. 소놀란, 버팀목은 가까이에 두었지? 필요할 때 바로 가져다 써야 돼."

칼로노가 걱정스러운 표정을 지으며 물었다.

"여기 있어요."

그가 물이 가득 채워진 커다란 통나무 배 근처 땅바닥에 놓인 장대를 가리키며 답했다. 버팀목으로 쓸 장대는 오리나무 몸통을 길게 잘라 만든 것이었다.

"이제 시작해야겠어, 마르키노. 돌들이 달궈졌기를 바랄 수밖에."

존달라는 처음부터 직접 눈으로 지켜봤으면서도 통나무가 점차 배로 탈바꿈하는 과정에 여전히 감탄을 금치 못하고 있었다. 오크나무 줄기는 더 이상 통나무가 아니었다. 깊게 판 속은 매끄럽게 다듬어져 있었고, 바깥쪽은 길고 날렵한 배의 형태를 하고 있었다. 견고한 이물과 고물 쪽을 제외하면 선체의 두께는 남자의 손가락 마디 정도밖에 되지 않았다. 존달라는 칼로노가 끌처럼 생긴 자귀로 선체의 바깥 면을 깎아내는 것을 지켜보았다. 칼로노의 손을 거쳐 선체의 두께는 나뭇가지 정도로 얇아지며 최종 단계에 도달했다. 직접 나무를 깎아본 존달라는 그의 숙련된 솜씨에 더욱 감탄했다. 배는 물을 잘 가르도록 뱃머리 쪽으로 가며 더 날렵하게 깎여 있었다. 바닥은 평평한 편이었고 배의 뒷부분은 뱃머리만큼 날렵한 모양새는 아니었다. 배의 너비에 비해 길이가 매우 길었다.

네 사람은 커다란 모닥불에서 달군 돌멩이를 빠른 손놀림으로 물이 가득 채워진 배 안에 넣었다. 돌이 들어갈 때마다 물이 끓어오르며 연기를 피워 올렸다. 그 과정은 크기만 더 클 뿐 달개집 옆 나무통에다 찻물을 끓일 때와 같았다. 하지만 목적은 달랐다. 지금 이 과정은 배의 형태를 잡기 위한 것이었다.

어느새 배의 중간 부분에서 마주 보고 선 마르키노와 칼로노는 배의 폭을 넓히기 위해 조심스럽게 선체를 바깥쪽으로 잡아당기면서 선체의 유연성을 시험하고 있었다. 무엇보다 나무에 금이 가지 않게 하는 것이 중요했다. 배의 폭을 넓히는 과정에서 선체가 갈라지기라도 한다면 통나무를 옮기고 속을 파내던 그동안의 고생이 수포로 돌아가게 될 터였다. 참으로 긴장된 순간이었다. 선체 가운데가 벌어지자 소놀란과 존달라는 가장 긴 장대를 가로질러 끼우고는 숨을 죽였다. 배는 갈라지는 일 없이 그대로 잘 유지되는 듯했다.

가운데 버팀목이 자리를 잡자 배의 길이를 따라 점차 짧아지는 버팀목을 차례대로 끼워 넣은 다음, 네 사람이 배를 들어 올릴 만한 무게에 도달할 때까지 배 안의 물을 퍼냈다. 그러고 나서 배를 뒤집어 남은 물과 돌멩이를 쏟아낸 뒤 배가 마르도록 큰 돌 사이에 배를 세워놓았다.

남자들은 안도의 한숨을 내쉬고는 몇 발자국 떨어져서 완성된 배를 바라보며 감탄했다. 배의 길이는 15미터 정도, 가운데 부분의 너비는 2미터가 넘었다. 또한 선체를 넓히는 중요한 과정을 통해 배의 외형에도 변화가 생겼다. 배의 중앙 부분이 넓어지면서 이물과 고물의 양쪽 끝이 위쪽으로 우아한 곡선을 이루며 휘어진 형태를 띠게 된 것이다. 배 너비가 넓어짐에 따라 더 많은 사람과 짐을 수용할 수 있을 뿐 아니라 훨씬 안정적으로 물에 뜰 수 있었다. 또한 위로 휘어진 이물과 고물 덕분에 물살을 더욱 잘 가르고 거친 물결도 수월하게 헤쳐 나갈 수 있었다.

"게으름뱅이의 배가 완성되었구먼."

다른 배가 작업 중인 곳으로 발걸음을 옮기며 칼로노가 말했다.

"게으름뱅이라고요!"

소놀란이 그간의 고생을 떠올리며 소리쳤다. 칼로노는 그런 반응이 나올 줄 알았다는 듯 미소 지었다.

"옛날에 잔소리 심한 짝과 사는 게으름뱅이 남자가 있었지. 그 게으름뱅이가 겨울 내내 배를 밖에다 그냥 둔 거야. 나중에 보니 겨울 동안 내린 눈 때문에 배가 물을 잔뜩 먹었고. 그 물이 또 얼어서 배가 팽창했어. 다들 그 배가 못 쓰게 되었다고 생각했지만 그 남자에게는 배가 달랑 그거 하나였지. 배가 마르자 남자는 배를 물 위에 띄었어. 그런데 웬걸, 전보다 더 다루기가 쉬운 거야. 그래서 그 후부터 모두들 그런 방식으로 배를 만들었다는 거야."

"제대로 다 들려주셨다면 재미난 이야기인데 말이죠."

마르키노가 말했다.

"그런데 그 얘기에 일말의 진실이 담겨 있어."

칼로노가 덧붙였다.

"작은 배를 만드는 거라면, 안에 부속만 빼면 다 완성한 거나 다름없지."

그는 뼈로 만든 송곳으로 널빤지 가장자리를 따라 구멍을 뚫고 있는 사람들 쪽으로 다가가며 말했다. 그 일은 지루하고 지난해서 여럿이 할수록 빨리 끝낼 수 있었고, 함께 일해야 지루함도 덜 수 있었다.

"그랬다면 훨씬 더 일찍 짝을 맺을 수 있을 텐데요."

소놀란이 사람들 가운데 있던 제타미오에게 눈길을 주며 말했다.

"얼굴에 미소가 만연하신 걸 보니 배가 제대로 잘 팽창되고 있나봐요."

제타미오는 칼로노에게 말을 하면서도 눈은 빠르게 소놀란을 찾았다.

"나무가 다 말라야 더 잘 알 수 있지."

칼로노는 자만심을 경계하며 말했다.

"뱃전은 어떻게 되어가는가?"

"다 끝났어요. 지금은 집에 쓸 널빤지 작업이 한창이에요."

나이 지긋한 여자가 대답했다. 그녀는 마르키노처럼 웃을 때 특히 칼로노와 닮아 보였다.

"젊은 부부가 배만 필요한 게 아니잖아요. 살림을 하려면 필요한 게 얼마나 많은데, 오라버니."

"당신 오라버니는 당신을 짝지어줄 때만큼 걱정이 많구려, 카롤리오."

바로노가 웃으며 말했다. 두 젊은 연인은 말 한마디 하지 않으면서 서로 시선을 떼지 못한 채 애정이 담뿍 담긴 미소를 주고받았다.

"그래도 배가 없다면 집이 무슨 소용이리오."

카롤리오의 설명에 따르면, 그 말은 오래된 라무도이족의 경구였다. 재기 넘치는 표현이긴 했어도 워낙 귀에 못이 박히도록 들어 식상해진 말이었다.

"아아!"

바로노가 소리쳤다.

"또 부러졌네!"

"오늘 실수가 잦네요. 벌써 송곳을 세 개째 부러뜨린 거예요. 구멍 뚫는 일이 지루하니까 빠져나오려고 저러는 것 같아요."

카롤리오가 말했다.

"네 짝을 너무 탓하지 마라. 다들 송곳을 부러뜨리지. 어쩔 수 없다."

칼로노가 말했다.

"카롤리오가 하나는 제대로 말했어요. 구멍 뚫는 일이요. 이 보다 더 지루한 일이 또 있을까 싶어요."

바로노는 다른 작업하는 이들의 끙끙대는 소리에 활짝 웃으며 말했다.

"자기가 재미있는 줄 안다니까. 저런 짝하고 사는 게 얼마나 힘든데요?"

카롤리오가 모두에게 동의를 구하며 호소하자 다들 미소를 머금었다. 그들은 그런 농담 속에 따뜻한 애정이 담겨 있다는 것을 알았다.

"남는 송곳이 있다면 내가 구멍을 뚫어볼게요."

존달라가 말했다.

"이 청년이 뭘 잘못 먹었나? 구멍 뚫겠다고 나서는 이는 하나도 없는데."

바로노는 그렇게 말하면서도 벌떡 일어났다.

"존달라는 배를 만드는 일에 관심이 많지. 뭐든 직접 해보려고 한다네."

칼로노가 말했다.

"그럼 라무도이 사람으로 만들면 되겠어요!"

바로노가 말했다.

"늘 저 친구가 똑똑하다고 생각했거든요. 다른 친구는 잘 모르겠지만."

그는 오로지 제타미오에게만 정신이 팔린 소놀란을 보고 웃으며 덧붙였다.

"머리 위로 나무 하나가 쓰러져도 모르겠어. 소놀란이 할 만한 일이 더 없을까?"

"증기통을 만들 나무를 해 오든가, 널빤지를 엮는 데 쓸 버드나무의 실가지를 벗겨 오라고 해."

칼로노가 말했다.

"속을 파낸 통나무 선체가 마르면 구멍을 뚫어야 해. 그러고서 바로 널빤지를 휘게 한 다음 선체와 연결해야지. 배가 다 완성되려면 얼마나 걸릴 것 같은가, 바로노? 샤무드에게 알려줘야 짝지을 날을 잡을 테니. 돌랜도도 다른 동굴에 전갈을 보내야 할 테고."

"이제 뭘 더 하면 되나?"

바로노가 튼튼한 기둥들이 땅에 박혀 있는 작업장으로 발걸음을 옮기며 물었다.

"이물과 고물에 기둥을 끼워 이어야 하고, 또…… 소놀란, 안 와?"

"뭐! 아…… 그래, 가요."

그들이 떠나자 존달라는 사슴뿔로 된 손잡이가 있는 뼈송 곳을 집어 들고 카롤리오가 송곳을 가지고 작업하는 모습을 지켜봤다.

"어째서 구멍을?"

존달라는 직접 구멍을 몇 개 뚫고 나서 물었다.

칼로노의 쌍둥이 여동생은 모든 소란에도 불구하고 자신의 오빠만큼이나 배 만들기에 몰두하고 있었다. 그녀의 오빠가 배의 속을 파고 모양을 만드는 데 대가라면, 그녀는 선체의 측면에 널빤지를 이어 붙여 뱃전을 만들고 부속품을 채워 넣는 데 대가였다. 그녀는 설명하려다가 말고 일어나더니 존달라를 데리고 배를 부분별로 해체해놓은 작업장으로 갔다.

물에 뜨는 목재의 부력에 의지하는 뗏목과 달리 샤라무도이 족의 배가 물에 뜨는 원리는 목재로 된 선체 내부의 공간에 공기를 가득 채우는 것이었다. 이는 대단히 혁신적인 발명이었다. 뗏목에 비해 기동성도 좋았고 더 많은 짐을 실을 수 있었다. 속을 파낸 통나무에 연결해 더 큰 배로 거듭나게 하는 뱃전은 널빤지를 휘어진 선체에 꼭 들어맞도록 열과 증기를 이용해 구부린 다음, 미리 뚫어놓은 구멍에 버드나무 실가지를 꿰매어 연결한 뒤 이물과 고물에 못을 박아 고정해 만들었다. 후반 작업에서는 배의 강도를 보강하고, 앉는 자리를 마련하기 위해 선체의 양쪽 가장자리를 따라 적당한 간격을 두고 지지대를 끼워 넣었다.

모든 과정을 제대로 밟아 완성된 배는 몇 년을 사용해도 물이 스미지 않는 튼튼한 배가 되었다. 하지만 점차 버드나무 가지의 섬유질이 닳으면서 약해지기 때문에 결국에는 배를 해체해 다시 만들어야 했다. 약해진 널빤지를 교체하면 배의 수명이 상당 기간 늘어났다.

"여길 봐. 여기가 뱃전에서 널빤지들을 떼어낸 곳이야."

카롤리오는 존달라에게 해체된 배를 가리키며 말했다.

"속을 파낸 통나무 선체의 위쪽 가장자리를 따라 구멍이 있지?"

그러더니 그녀는 휘어진 배의 선체에 맞게 구부러진 널빤지하나를 보여주었다.

"이게 뱃전에 붙이는 첫 번째 널빤지야. 선체 밑에 딱 맞게 꿰어 붙일 수 있도록 얇은 가장자리를 따라 구멍이 있지. 봐봐, 이렇게 선체와 널빤지를 겹쳐 대서 통나무 선체 맨 위까지 꿰매듯이 엮는 것이지. 그리고 나서 맨 위 널빤지를 여기에 꿰어 붙이면 돼."

그들은 아직 해체되지 않은 배가 있는 곳으로 걸어갔다. 카롤리오는 몇몇 구멍에 꿰어진 버드나무 가지의 섬유질 가운데

닳아서 끊어진 부분을 가리켰다.

"이 배는 진작 보수를 했어야 해. 그래도 뱃전의 널빤지들이 어떻게 포개어져 있는지 볼 수 있어. 한두 사람이 타는 배는 양쪽 뱃전에 널빤지를 댈 필요가 없어. 그냥 속을 파낸 통나무면 충분하지. 물론 뱃전이 올라가지 않은 배는 다루기가 어려워. 눈 깜짝할 사이에 통제 불능이 되고 말거든."

"언젠가 나는 배우고 싶습니다."

존달라가 말했다. 그러더니 휘어진 뱃전을 가리키며 물었다.

"어떻게 널빤지를 구부립니까?"

"선체 밑판을 팽창시켰던 것처럼 증기와 장력을 이용하는 거지. 칼로노와 소놀란이 있는 곳에 막대들이 보이나? 저 막대는 양쪽 뱃전에 널빤지들을 꿰어 붙일 때 널빤지가 고정되도록 잡아주는 받침목으로 쓰이네. 일단 구멍만 다 뚫어놓으면 뱃전판 붙이는 것은 시간이 오래 걸리지 않아. 모두가 달라붙어 하면 금세 끝나지. 문제는 구멍을 뚫는 게 가장 어렵다는 거야. 뼈로 만든 송곳을 날카롭게 갈수록 쉽게 부러지니까."

저녁 무렵이 되자 모두들 동굴이 있는 암붕을 향해 걸어 오르기 시작했다. 소놀란은 형이 평소보다 말수가 줄었다는 것을 눈치챘다.

"무슨 생각해, 존달라?"

"배 만드는 일에 대해. 내가 상상했던 것 이상이야. 이런 방식으로 만드는 배에 대해서는 들어본 적도 없고, 라무도이족처럼 물 위에서 능수능란한 사람을 본 적도 없어. 어린아이들도 땅에서 걷는 것보다 작은 배에 있는 것을 더 편하게 느끼는 것 같아. 그리고 도구도 아주 능숙하게 다루고……."

소놀란은 형의 눈빛에서 불꽃같은 열정이 튀는 것을 보았다.

"내가 계속 도구들을 살펴봤거든. 칼로노가 쓰는 자귀의 날을 큼직하게 쪼개면 날의 안쪽 면에 매끄러운 요면이 생겨서 사용하기가 훨씬 수월해질 거야. 그리고 부싯돌로 정을 만들면 더 빠르게 구멍을 뚫을 수 있을 테고."

"그런 거였구나! 나는 형이 정말로 배 만들기에 관심이 있다고 생각했었는데 아니었어. 진작 알아차렸어야 했는데. 형은 배를 만드는 연장에 관심이 가는 거였어. 형은 언제까지나 뼛속 깊이 석공일 거야."

존달라는 소놀란의 말이 옳다는 것을 깨닫고는 미소 지었다. 배를 만드는 과정이 흥미롭긴 했지만 그의 상상력을 사로잡은 것은 연장들이었다. 이들 부족에도 괜찮은 석공들이 있었지만 특출하게 뛰어난 이는 없었다. 조금만 손질해도 훨씬 효율적인 도구를 만들 수 있다는 것을 누구도 알지 못했다. 존달라는 늘 특정 작업에 적합한 도구를 만드는 데 큰 즐거움을 느꼈다. 기술적인 면에서 창의적인 솜씨를 발휘하는 그는 어느새 샤라무도이족이 사용하는 도구들을 어떻게 개선하면 좋을지 마음속으로 그려봤다. 자신의 특별한 지식과 기술을 활용하면 그간 많은 신세를 졌던 이들에게 은혜를 갚을 길이 될 듯싶었다.

"어머니! 존달라! 방금 사람들이 더 왔어요. 벌써 천막들이 이렇게 많은데, 또 어디에 천막을 치려는지 모르겠어요."

다르보가 집으로 뛰어 들어와 외치더니 바로 뛰쳐나갔다. 그는 그저 소식을 전하려고 들른 것이었다. 그는 가만히 집 안에 있을 수가 없었다. 바깥에서 일어난 일들이 너무도 흥미진진했던 것이다.

"마르키노와 톨리가 짝을 짓던 때보다 손님들이 더 많이 왔어요. 큰 모임이 될 것 같네요."

세레니오가 말했다.

"그때는 대다수 사람들이 마무토이족에 대해 들어서 알고 있었어요. 직접 보지는 못했어도. 하지만 젤란도니족에 대해 들어본 사람은 하나도 없으니 궁금했겠지요."

"우리도 두 눈에, 두 팔, 두 다리가 있을 거라 생각하지 않나요?"

존달라가 말했다. 그는 사람 수에 다소 압도당하는 기분이 들었다. 보통 젤란도니족의 여름 축제 때면 이보다 더 많은 사람들이 모이긴 했지만, 이곳은 동굴에 사는 돌랜도 부족과 강에 사는 칼로노 부족을 제외하면 온통 낯선 사람들뿐이었다. 소문은 빠르게 돌아 샤라무도이 부족 말고도 다른 부족에서도 사람들이 많이 왔다. 톨리의 마무토이족 친척을 비롯해 그저 호기심에 따라온 이들까지 일찍이 도착해 진을 치고 있었다. 어머니 강과 자매 강의 상류에 사는 부족들도 와 있었다.

샤라무도이족의 짝짓기 의식과 관련된 관습은 상당수가 낯설었다. 젤란도니족에 속하는 부족들은 모두 미리 약속된 장소에 모여 한 번에 여러 남녀가 공식적으로 짝을 맺었다. 존달라는 이토록 많은 사람들이 한 쌍의 남녀가 연을 맺는 순간을 함께 하려고 모이는 것에 익숙하지 않았다. 소놀란의 유일한 혈육으로서 존달라는 이 의식에서 눈에 띄는 역할을 맡을 수밖에 없었고, 조금씩 긴장감이 찾아왔다.

"존달라, 당신이 겉으로 보이는 것처럼 항상 자신감에 넘치는 사람이 아니라는 것을 알면 다들 놀랄 거예요. 걱정하지 말아요. 괜찮을 거예요. 언제나 그랬듯이요."

세레니오는 자신의 몸을 존달라의 몸에 바짝 댄 채 팔로 그의 목을 두르며 말했다. 그녀는 존달라에게 필요한 일을 해주었다. 그녀가 가까이 있는 것만으로도 긴장이 기분 좋게 가라앉았고, 그녀의 말이 자신감을 되살려주었다. 세레니오는 수월하게 그의 생각을 다른 곳으로 돌렸다. 그는 여자를 더 가까이 끌어당겨 그의 따뜻한 입술을 여자의 입술에 댄 채 그대로 머무르며 잠시나마 감각적인 즐거움을 누렸다. 하지만 여지없이 불안감이 다시 찾아왔다.

"내 모습이 괜찮나요? 이 여행 옷은, 특별한 날 입는 거 아니어서."

그는 갑자기 자신이 입은 젤란도니족의 옷을 의식하며 물었다.

"여기 있는 사람은 아무도 모르잖아요. 당신의 옷은 독특하고 아주 특별해 보여요. 이런 큰 행사에 잘 어울리는 것 같아요. 당신이 여기 옷을 입는다면 너무 평범해 보일 거예요, 존달라. 사람들은 소놀란은 물론 당신도 보고 싶어서 여기 왔으니까요. 사람들이 멀리서도 당신을 알아볼 수 있다면 굳이 가까이 와서 보려고 하지 않을 수도 있고요. 그리고 지금 입은 옷이 당신에게도 편하잖아요. 당신에게 참 잘 어울리고요."

그는 안고 있던 세레니오를 풀어주고서 틈새로 밖에 모여 있는 군중을 보며 아직 저 많은 인파와 대면하지 않아도 된다고 생각하니 안심이 되었다. 그는 반대쪽 벽을 향해 걸어갔다. 경사진 천장 때문에 더 이상 갈 수 없을 때가 돼서야 출입문 쪽으로 돌아와 밖을 내다봤다.

"존달라, 차를 만들어줄게요. 샤무드에게서 배운, 여러 찻잎을 섞은 특별한 차예요. 긴장을 풀어줄 거예요."

"내가 긴장한 것 같아요?"

"아니요, 하지만 충분히 긴장할 만하잖아요. 금세 만들어줄게요."

그녀는 직사각형으로 된 조리용 통에 물을 붓더니 뜨겁게 달군 돌들을 넣었다. 존달라는 그의 키에 비해 굉장히 낮은 나무 의자를 끌어다가 앉았다. 생각이 다른 곳에 가 있는 그는 나무통에 조각된 기하학적인 무늬를 멍하니 바라보았다. 평행한 사선들이 교대로 방향을 바꾸며 오늬무늬를 이루었다.

나무통의 네 면은 한 장의 널빤지로 만든 것으로, 널빤지에 홈을 파서 완전히 잘리지는 않게 자귀로 자국을 남겨놓았다. 증기를 쐬서 나무가 유연해지면 홈을 따라 구부려 네 모서리를 만들고 나서 맞닿는 모서리를 못으로 고정했다. 그런 다음, 네 모서리의 아래쪽을 조금 잘라 밑면을 끼워 넣으면 네모난 나무통이 완성되었다. 특히 물을 가득 채워 넣으면 나무가 팽창하면서 물이 밖으로 새지 않았다. 분리되는 뚜껑을 따로 만들어 덮으면 조리용 통에서 저장 용기까지 다양하게 사용할 수 있었다.

나무통을 보고 있자니 소놀란이 떠오르며, 지금 당장에라도 짝짓기 의식 전에 그를 볼 수 있으면 얼마나 좋을까 하는 생각이 들었다. 소놀란은 나무를 구부려 모양을 다듬는 샤라무도이족의 기술을 빠르게 이해했다. 소놀란은 이미 열과 증기로 창을 곧게 다듬고 설피를 휘게 만드는 기술을 터득했다. 배를 만드는 데 필요한 원리도 그와 다르지 않았다. 설피 때문에 처음 여행을 시작하던 때가 떠올랐다. 그는 갑자기 극심한 향수에 젖어들며 다시 고향 땅을 밟을 수 있을까 하는 생각이 들었다. 그는 젤란도니족의 옷을 입은 이후로 전혀 예상치도 못한 순간에 생생한 기억이나 가슴 아픈 기억과 함께 느닷없이 찾아온 향수병에 시달리고 있었다. 이번에는 세레니오의 나무통에서 시작된 옛 생각들이 밀려들었다.

존달라는 벌떡 일어나다가 의자를 넘어뜨렸다. 넘어진 의자

는 하마터면 뜨거운 차가 담긴 잔을 들고 그를 향해 오던 세레
니오와 부딪칠 뻔했다. 자칫 일어날 뻔했던 사고 탓에 약혼 잔
치 때 일어났던 불운한 사건이 떠올랐다. 톨리와 샤미오의 화
상은 치유가 다 된 듯 보였지만 그 후에 샤무드와 나누었던 대
화가 떠올라 불안한 마음이 들었다.

"존달라, 차를 마셔요. 도움이 될 거예요."

그는 손에 든 차를 잊고 있다가 미소를 짓고는 한 모금 마셨
다. 맛도 좋았고, 차의 따뜻한 기운에는 진정 효과가 있었다. 여
러 찻잎을 섞은 차에서는 카밀레 맛이 느껴졌다. 얼마 후 긴장
이 가라앉는 것을 느꼈다.

"세레니오, 당신 말이 맞네요. 기분이 나아졌어요. 뭐가 문제
였는지 모르겠어요."

"동생이 짝을 맺는 날이 매일 있는 것은 아니잖아요. 약간
긴장하는 것도 당연하지요."

존달라는 다시 여자를 안고는 열정적으로 입을 맞추며 조
금 더 그녀와 같이 있고 싶다는 생각을 했다.

"오늘 밤에 봐요, 세레니오."

그가 여자의 귀에 속삭였다.

"존달라, 오늘 밤은 어머니를 기리는 축제가 열릴 거예요."

그녀가 그에게 상기시켰다.

"이렇게 손님들이 많은데, 우리가 오늘 밤에 만날 약속을 하
는 것은 무리일 것 같아요. 저녁에 일이 되어가는 것을 보는 게

어떨까요. 우린 언제라도 시간을 낼 수 있잖아요."

"내가 잊었어요."

그는 고개를 끄덕이며 말했지만 어떤 이유에서인지 거절을 당한 느낌이 들었다. 이상한 일이었다. 전에는 그런 식의 감정을 느껴본 적이 없었다. 사실 그는 그간의 어떤 축제에서든 자유로운 시간을 어떻게 해서든 만들었다. 세레니오가 그의 상황을 고려해서 정하자고 한 것뿐인데 어째서 그는 상처받은 기분이 드는 것일까? 순간적인 충동에서 그는 어머니를 기리는 축제이든 뭐든 그날 밤은 꼭 그녀와 보내야겠다고 마음먹었다.

"존달라! 어서 모시고 나오래요."

다르보가 다시 뛰어 들어왔다. 숨이 턱까지 찬 아이는 그토록 중요한 임무를 맡게 돼 흥분해서는 애가 타는 듯 온몸을 들썩였다.

"어서요, 존달라. 다들 기다려요."

"진정해, 다르보. 간다. 동생의 혼인식을 놓치지 않아."

존달라가 웃으며 말했다. 다르보는 존달라 없이 의식이 시작되지는 않을 것임을 깨닫고는 멋쩍은 듯 웃었지만 여전히 안달나 있었다. 다르보는 서둘러 밖으로 나갔다. 존달라는 숨을 들이마시고는 따라나섰다.

그가 나타나자 군중 사이에서 웅성거림이 일었다. 그를 기다리고 있던 두 여자를 보자 반가웠다. 로샤리오와 톨리는 그를 측벽 가까이에 흙 둔덕으로 데려갔다. 그곳에서 모든 사람들이 기다리고 있었다. 둔덕의 가장 높은 곳에 서자 군중의 머리와 어깨 위로 하얀 머리의 사람이 보였다. 그는 새 모양으로 만든 나무 가면으로 얼굴을 반쯤 가리고 있었다.

존달라가 가까이 다가가자 소놀란은 긴장한 미소를 지어 보였다. 존달라는 미소로 답하며 그의 마음을 이해한다고 전하려고 애썼다. 그 자신이 그토록 긴장했다면 소놀란이 어떤 기분일지 충분히 짐작이 되었다. 의식 전에 두 형제가 함께 있지 못하는 샤라무도이족 관습이 원망스럽기까지 했다. 의식을 앞둔 소놀란의 모습이 이들 부족과 참 잘 어울린다는 생각이 들자 그는 마음을 날카롭게 스치고 지나가는 애석한 감정을 느꼈다. 함께 여행을 하는 동안 누구도 그들 형제만큼 가까울 수 없었는데, 이제는 각자의 길을 가고 있었다. 그는 그 갈림길을 절절하게 느꼈다. 그 순간 존달라는 예상치도 못한 큰 슬픔에 휩싸였다.

그는 눈을 감고 주먹을 꼭 쥔 채 슬픔을 억누르려고 애썼다. 그때 사람들의 목소리가 귀에 닿았다. "크다", "옷" 같은 말들을 하는 듯싶었다. 눈을 떴을 때 소놀란이 주위와 그토록 잘 어울리는 이유 중 하나가 그가 온전히 샤무도이족처럼 옷을 입었기 때문이라는 생각이 스쳤다.

사람들이 자신의 옷에 대해 말하는 것도 무리는 아니었다. 그는 잠시 다른 사람들 눈에는 기이하게 보이는 옷을 입은 것이 후회되었다. 하지만 이제 소놀란은 이들 부족의 일원이 되어서 의식에 걸맞은 옷을 입은 것이었고, 존달라는 여전히 젤란 도니 사람이었다.

존달라는 동생의 새로운 친척이 모여 있는 무리에 들어갔다. 정식으로 샤라무도이족은 아니었지만 그들은 그의 친척이기도 했다. 제타미오의 친척과 함께 그들은 손님들에게 선사할 선물과 음식을 함께 준비했다. 사람들이 점점 더 많이 도착할수록 그들은 더 많은 선물과 음식을 준비해야 했다. 손님들이 많은 만큼 새로 짝을 맺은 부부의 위신이 높아졌지만 찾아온 손님들이 불만을 갖는 일이 없도록 하려면 크나큰 수고가 따랐다.

갑자기 주위가 조용해지더니 그들을 향해 걸어오는 한 무리의 사람들에게로 시선이 쏠렸다.

"신부가 보여?"

소놀란이 발돋움하고 선 채 물었다.

"아니, 어쨌든 오는 중이야. 알면서."

존달라가 말했다. 소놀란과 그의 친척 앞에 당도한 그들은 빽빽하게 밀집해 있던 대형을 느슨하게 하더니 그 안에 감추고 있던 보물을 드러냈다. 꽃으로 장식한 아름다운 여인이 눈에 들어온 순간, 소놀란은 목이 바짝바짝 말랐다. 그녀는 그 누구보다 환한 미소를 그에게 보내고 있었다. 소놀란이 느끼는 기쁨이 어찌나 생생하게 전해지는지 존달라는 흐뭇하게 미소 지었다. 벌이 꽃에게 끌리듯, 소놀란은 그가 사랑하는 여인에게 끌리듯 다가갔다. 남자 쪽 친척들이 소놀란의 뒤를 따라 걸었다.

둥근 대형의 가운데로 들어간 소놀란과 그의 친척은 제타미오의 친척들에게 둘러싸였다.

두 무리는 한데 합쳐지더니 둘씩 짝을 지었다. 그 순간 샤무드가 피리로 반복적인 선율을 연주하기 시작했다. 새의 가면을 쓴 어떤 사람은 한쪽 면에 쇠테를 두른 커다란 북을 치며 피리 소리에 장단을 맞췄다. 또 다른 샤무드로군. 존달라는 생각했다. 낯선 여자였지만 익숙한 느낌이 들었다. 어머니를 모시는 사람이면 누구나 갖는 비슷한 분위기인 듯싶었다. 그녀를 보자 다시 한 번 고향 생각이 났다.

양쪽 친척은 복잡해 보이는 여러 가지 대형을 선보였는데, 사실은 단순한 발동작을 여러 가지로 변형해가며 움직이는 것이었다. 하얀 머리를 한 샤무드는 계속해서 피리를 연주했다. 피리는 곧고 기다란 막대를 뜨거운 숯을 이용해 대롱처럼 속을 파낸 것으로, 위에는 입으로 부는 부분이 있었고 세로로 구멍들이 뚫려 있었다. 피리의 맨 끝에는 부리를 벌리고 있는 새의 머리가 조각되어 있었는데, 피리에서 흘러나오는 몇몇 소리는 새의 소리를 그대로 흉내 낸 것처럼 들렸다.

양측 친척은 서로 마주 본 채 두 줄로 서서 손을 맞잡고 높이 들어 아치형 길을 만들었다. 소놀란과 제타미오가 그 길을 지나자 다른 한 쌍이 연이어 뒤를 따랐다. 샤무드의 인도에 따라 둘씩 짝을 지은 사람들은 암붕의 가장자리까지 갔다가 절벽을 돌았다. 제타미오와 소놀란이 피리를 부는 샤무드의 바로 뒤에서 걸었고 그 뒤를 이어 마르키노와 톨리, 그다음에 신혼부부의 가장 가까운 인척으로 존달라와 로샤리오가 그 뒤를 따라갔다. 나머지 친척들이 그 뒤를 이었으며, 같은 부족 사람들과 멀리서 하객으로 참석한 다른 부족들도 뒤에서 따라왔다. 손님으로 참석한 북을 연주하는 샤무드는 자신이 속한 부족 사람들 가까이에서 걸었다.

백발의 샤무드가 그들을 이끌고 비탈길을 내려왔다. 배를 만드는 작업장이 있는 빈터를 향해 걷다가 중간에 샛길로 방향을 틀어 축복의 나무가 있는 곳에 당도했다. 뒤따르던 이들이 하나둘 도착해 수명이 오래된 커다란 오크나무 주위에 빙 둘러서는 동안, 샤무드는 짝을 맺게 된 남녀에게 행복한 관계를 유지하고 어머니의 축복을 받는 데 도움이 되는 조언을 나직한 목소리로 들려주었다. 가까운 친척과 샤무드의 목소리가 들리는 곳에 우연히 서 있던 사람들만이 그 의식에 동참했다. 뒷줄에 있던 이들은 자기들끼리 떠들다가 조용히 기다리고 있는 샤무드를 보고 나서야 잠잠해졌다.

서로 입을 다물라고 눈치를 주고받은 끝에 조용해졌지만 고요한 분위기에는 기대감이 가득 차 있었다. 극도의 정적이 흐르는 가운데, 까악 울어대는 어치의 요란스러운 소리와 점박이 딱따구리가 나무를 쪼아대는 소리가 숲속에 울려 퍼졌다. 얼마 후 하늘을 날아오르는 숲종다리의 아름다운 노랫소리가 대기를 가득 채웠다. 마치 새의 신호를 기다렸다는 듯, 새 가면을

쓴 샤무드가 곧 부부가 될 젊은 남녀에게 앞으로 나오라는 손
짓을 했다. 샤무드는 기다란 끈을 꺼내 외벌매듭을 지어 고리
를 만들었다. 누구도 끼어들 틈 없이 서로를 뚫어질 듯 바라보
며 소놀란과 제타미오는 서로의 손을 꼭 쥔 채 고리 속으로 손
을 넣었다.

"제타미오는 소놀란에게, 소놀란은 제타미오에게, 내가 너희
들을 서로에게 묶노라."

샤무드가 말하며 끈을 잡아당기자 두 사람의 팔목이 단단
한 매듭으로 묶였다.

"이 매듭을 지음에 따라 너희들은 서로에게 묶여 헌신해야
하느니라. 그리고 서로를 통해 맺게 된 친척의 연과 상대방의
부족에게도 묶이는 것이다. 둘이 연을 맺음으로써 마르키노와
톨리에게서 시작된 사각의 고리가 완성되었노라."

이름이 불리자 뒤에 서 있던 젊은 부부가 앞으로 나왔고, 네
사람은 손을 잡았다.

"샤무도이는 땅의 선물을 나누어 쓰고 있으며 라무도이는
물의 선물을 나누어 쓰고 있다. 이제 너희들은 샤라무도이가
되었으니 언제까지나 서로를 도우며 살지어다."

마르키노와 톨리가 뒤로 물러났다. 샤무드가 높은 음조로
피리를 불기 시작하자 소놀란과 제타미오는 고목나무 주위를
천천히 돌기 시작했다. 두 번째로 돌 무렵, 곁에 서 있던 하객들
은 큰 소리로 덕담을 건네며 모아둔 꽃잎과 솔잎을 둘에게 뿌

렸다.

축복의 나무를 세 번째로 돌기 시작하자 하객들은 웃고 소리치며 그 뒤를 따랐다. 누군가 오래된 노래를 부르기 시작하자 몇몇 사람들이 피리를 꺼내 들어 노래에 맞춰 반주를 해주었다. 북이나 속이 빈 통을 치는 이들도 있었다. 그 뒤를 이어 마무토이족 여인이 매머드의 어깨뼈를 꺼내 나무로 된 채로 치자 모두가 잠시 멈춰 섰다. 낭랑하게 울려 퍼지는 소리에 대다수 사람들이 놀랐고, 그녀가 계속해서 채로 뼈를 두들기자 놀라움은 더욱 커져갔다. 치는 지점을 달리함에 따라 높낮이가 다른 소리를 낼 수 있었다. 그녀는 노래와 피리 소리에 장단을 맞췄다. 세 번째로 나무를 다 돌고 나자 샤무드는 다시 사람들을 이끌고 강 옆 빈터로 발길을 향했다.

존달라는 배가 완성되는 마무리 과정을 보지 못하고 놓친 터였다. 배가 건조되는 거의 전 과정에 참여했던 그조차 완성된 배의 모습을 보고 숨이 멎을 듯 놀랐다. 배는 그가 기억하고 있었던 것보다 훨씬 커 보였다. 처음부터 작은 크기의 배는 아니었지만, 15미터가 넘는 길이에 그에 잘 어울리는 높은 뱃전이 부드럽게 곡선을 그리고 있었고, 배의 뒤 끝을 마무리하는 선미재가 높게 튀어나와 있었다. 하지만 무엇보다 감탄을 자아내는 것은 배의 앞부분이었다. 우아한 곡선을 한 뱃머리에는 목이 기다란 물새 모양의 나무 조각상이 못으로 끼워져 있었다.

뱃머리에는 황토로 색을 낸 짙은 붉은색과 노란색, 망간으

로 색을 낸 검은색, 석회암을 구워 색을 낸 하얀색으로 칠해져
있었다. 선체 아래쪽에는 물밑을 보며 숨겨진 위험을 피하라는
뜻으로 눈 두 개가 그려져 있었다. 이물과 고물 양쪽에는 기하
학적 무늬가 그려져 있었다. 노꾼의 자리가 넉넉하게 마련되어
있었고, 날이 넓고 자루가 긴 노도 준비되어 있었다. 배 가운데
에는 노랗게 물들인 샤모아 가죽으로 만든 차양을 세워놓아
비나 눈을 피할 수 있었다. 배 전체는 새의 깃털과 꽃들로 장식
되어 있었다.

　　배는 눈부시게 아름다웠다. 절로 경외감이 들 정도였다. 존
달라는 자신이 이 배를 만드는 데 손을 보탰다는 생각에 자부
심으로 가슴이 뻐근해지고 목이 메었다.

　　짝을 짓는 의식에서 배는 새로 만들거나 개조를 하던 간에
반드시 필요했다. 하지만 모든 배가 이토록 크고 아름답지는
않았다. 소놀란과 제타미오가 서로 짝을 맺겠다고 사람들에게
알렸을 무렵, 우연히도 이들 부족은 커다란 배 하나를 만들어
야겠다고 생각하던 참이었다. 하지만 둘의 혼인식에 이토록 많
은 하객이 온 것을 생각해볼 때 배의 엄청난 규모는 특히나 잘
어울리는 것처럼 보였다. 배를 만든 두 부족과 신혼부부 모두
그들이 이루어낸 결과물에 큰 찬탄을 받았다.

　　신혼부부가 손목이 묶인 채로 다소 엉거주춤 배에 올라 차
양 아래 가운데 자리에 앉았다. 가까운 친척들 여럿이 그 뒤를
따랐고 몇몇은 노를 잡았다. 배가 흔들리지 않도록 배의 양쪽

아래에 괴어놓은 통나무 두 개가 물가까지 뻗어 있었다. 부족 사람들과 하객들이 웃고 떠들며 몰려들어 배를 강으로 밀어 넣자 새로 만든 배가 진수되었다.

사람들은 배를 강기슭 가까이에 띄워둔 채 배가 한쪽으로 기울지는 않는지 물이 새는 곳은 없는지 확인했다. 모든 게 다 적합하다는 신호가 떨어지자 마침내 배는 라무도이 잔교가 있는 하류를 향해 첫 항해를 시작했다. 다양한 크기의 여러 배들이 새끼 오리들처럼 뒤따라와 큰 물새처럼 보이는 새 배를 에워쌌다.

동굴까지 배로 돌아가지 않는 사람들은 신혼부부보다 먼저 암붕에 도착하길 바라며 서둘러 비탈길을 올랐다. 부두에서는 몇몇 사람들이 폭포물이 튀기는 가파른 절벽 길을 올라가 소놀란과 존달라를 처음 동굴로 옮길 때 사용했던 커다란 바구니를 내리기 위한 준비를 했다. 하지만 이번에 바구니에 탈 사람은 여전히 손을 묶고 있는 소놀란과 제타미오였다. 그들은 적어도 그날이 지날 때까지는 서로 묶여 있어야 하기 때문에 떨어져 있을 일이 없었다.

초승달이 뜰 때 담근 민들레 술과 함께 엄청난 양의 음식이 나왔다. 모든 하객들에게 선물을 나누어주었고, 그만큼 새로 짝을 맺은 부부의 위신이 섰다. 저녁이 되자 신혼부부를 위해 지은 새 집에 하객들이 보이기 시작했다. 그들은 조용히 와서 신혼부부가 잘 살기를 기원하며 '작은 뭔가'를 놓고 갔다. 혼인식 잔치를 아낌없이 준비한 부족의 음식과 선물에 대한 관심을 딴 데로 돌리는 일이 없도록 하객들은 가져온 선물을 익명으로 놓고 갔다. 하지만 사실 선물이란 것은 이전에 그들이 받았던 물품에 상응하는 가치가 있는 것으로 준비한다. 따라서 이전에 받은 선물의 가치를 다 기억해두었다가 어느 정도 계산에 따라 선물을 주고받다 보니 전적으로 익명이라고는 볼 수 없었다.

선물의 모양이나 무늬, 색을 칠하거나 조각을 한 특색을 보면, 그 선물을 만든 특정 개인을 꼭 집어 말할 수는 없어도 어느 일가나 동굴에서 준 선물인지 한눈에 알 수 있었다. 서로의 이해 아래 세워진, 잘 알려진 가치 체계에 따라 그들이 주고받는 선물은 다양한 부족 간의 상대적인 명망과 명예, 위신에 중요한 영향을 미쳤다. 그러다 보니 자신들이 속한 부족의 위신을 걸고서 벌이는 경쟁은 아주 격렬하지는 않다 하더라도 나름 뜨거운 편이었다.

"당신 형이 많은 사람들의 관심을 한 몸에 받고 있네요, 소놀란."

제타미오는 사암 지붕 가까이에 있는 나무에 편안하게 기대서 있는 키 큰 금발 남자 주변을 맴도는 여자들을 보더니 말했다.

"늘 저랬어요. 형의 크고 파란 눈을 보면 여자들이 형에게 몰려들어요. 마치…… 나방이 불에 끌리듯이."

소놀란은 제타미오를 도와 하객들에게 낼 월귤나무 술이 담긴 오크나무 통을 들어 올리며 말했다.

"몰랐어요? 한 번도 저 눈에 끌린 적 없어요?"

"당신이 먼저 내게 미소를 지었잖아요."

그녀의 말에 소놀란이 활짝 미소를 짓자 제타미오는 따라서 아름다운 미소를 지어 보였다.

"하지만 이해는 되는 것 같아요. 눈 말고도 뭔가가 더 있어요. 무엇보다 옷 때문에 더 돋보이네요. 저 옷이 참 잘 어울려요. 하지만 그 무엇보다 여자들이 느끼는 것 같아요. 존달라가 뭐랄까, 누군가를 찾고 있다는 것을. 그리고 그는 굉장히 민감하고…… 세심하고…… 키가 크고, 몸도 아주 좋고. 또 대단히 잘생겼어요. 그리고 눈빛에도 뭔가가 있어요. 불빛에 비추면 눈이 보라색으로 변하는 걸 본 적 있어요?"

그녀가 말했다.

"난 당신이 안 끌린 줄 알았는데."

소놀란은 낙담한 표정으로 말하자 제타미오가 장난스럽게 눈을 찡긋했다.

"질투하는 거예요?"

그녀가 부드럽게 물었다. 소놀란은 잠시 생각하더니 말했다.

"아니. 한 번도 그런 적 없어요. 이유는 몰라요. 많은 남자들 질투해요. 형 봐요. 모든 것을 다 가진 것 같아요. 당신이 말한

대로 몸도 좋고 잘생기고. 주위에 있는 아름다운 여자들을 보라고요. 그것만이 아니에요. 손재주도 좋아서 최고의 석공이에요. 머리도 좋은데, 말이 많지는 않고요. 사람들은 그를 좋아해요. 남자든 여자든 모두. 그럼 행복해야 하는데, 그렇지 않아요. 그는 누군가를 찾아야 해요. 당신 같은 사람 말이에요, 제타미오."

"아니요, 나 같은 사람은 아니에요. 하지만 누군가겠죠. 난 당신의 형이 좋아요, 소놀란. 그가 찾고 있는 사람을 꼭 만나기를 바라고요. 혹시 저 여자들 중에 있을까요?"

"없을걸요. 전에도 저런 거 봤어요. 한두 명의 여자와는 즐기겠지만 그가 원하는 여인을 찾지는 못해요."

그들은 과일주를 부대 몇 개에 담더니 나머지는 술을 좋아하는 하객들을 위해 남겨두고서 존달라 쪽으로 발걸음을 옮겼다.

"세레니오는 어때요? 존달라가 세레니오를 좋아하는 것 같던데. 세레니오도 본인이 인정하는 것보다 더 그를 좋아하고 있어요."

"형도 세레니오를 좋아해요. 다르보도 좋아하고. 하지만······ 형에게 딱 맞는 여인은 아닐지도 몰라요. 아마도 형은 꿈을, 도니를 찾고 있는지도 몰라요."

소놀란이 애정이 가득 담긴 미소를 지었다.

"처음 당신이 내게 미소를 지었을 때 나는 당신이 도니라고 생각했어요."

"우린 어머니의 정령이 새로 나타난다고 생각해요. 새의 소리로 해를 깨우고, 남쪽에서 봄을 데리고 온다고요. 가을에도 어머니의 존재를 일깨우기 위해 새를 남겨두고 가시고요. 사냥하는 새들이나 황새, 모든 새에게 무도의 정령이 깃들어 있다고요."

그때 여러 명의 아이들이 줄줄이 그들의 앞길을 가로지르며 달리는 바람에 그들은 잠시 멈춰야 했다.

"어린아이들은, 특히 장난꾸러기들은 새를 좋아하지 않아요. 어머니께서 그들을 지켜보고 모든 것을 다 알고 있다고 생각하니까요. 아이들한테 그렇게 말하는 엄마들도 있고요. 다 자란 어른 남자가 새 앞에서 자신이 한 나쁜 행동을 고백했다는 이야기도 들은 적이 있어요. 그리고 또 어떤 이들은 길을 잃으면 새의 모습을 한 어머니의 정령이 집으로 가는 길을 안내한다고도 말하고요."

"우리는 어머니의 정령이 바람을 타고 나는 도니의 모습으로 나타난다고 말해요. 어쩌면 새의 모습을 하고 있을지도 모르지요. 어떤 모습일지는 생각해본 적이 없어요."

그가 여자의 손을 꼭 잡으며 말했다. 그녀를 바라보던 소놀란은 마음속에 사랑이 샘솟는 것을 느끼며 감동에 복받친 목소리로 속삭였다.

"당신을 찾을 거라고는 생각도 못 했어요."

그는 팔로 그녀를 안으려고 했지만 그녀의 팔목과 묶여 있는 것을 깨닫고는 인상을 썼다.

"이렇게 매듭으로 우리 둘이 묶여 있어 기뻐요. 하지만 언제 자르나요? 당신을 안고 싶어요, 제타미오."

"벌써 우리가 너무 꼭 묶였다고 생각되는 거로군요."

그녀가 웃었다.

"곧 축하 잔치를 떠나도 돼요. 술이 바닥나기 전에 형에게 조금 더 갖다주고요."

"그다지 반기지 않을걸요. 술을 마시는 것처럼 보이겠지만 많이는 안 마셔요. 형은 취해서 어리석게 구는 것을 좋아하지 않거든요."

그들이 사암 지붕의 그늘 밖으로 나오자 갑자기 모두의 주목을 받았다.

"여기 있었네! 아까부터 행복을 빌어주고 싶었다고, 제타미오."

한 젊은 여자가 말했다. 그녀는 다른 동굴에서 온 라무도이족 사람으로, 아주 쾌활했다.

"너는 운도 참 좋아, 우리 동굴에는 겨울을 함께 날 잘생긴 방문객은 하나도 없거든."

그녀는 키 큰 남자의 시선을 끌기 위해 애교 띤 미소를 보내며 큰 소리로 말했지만 그는 넋을 놓게 할 정도로 멋진 눈으로 다른 여인을 보고 있었다.

"맞아. 난 운이 좋아."

제타미오가 자신의 짝을 향해 부드러운 미소를 지어 보이며 말했다. 젊은 여인은 소놀란을 보더니 한숨을 내쉬었다.

"둘 다 정말 잘생겼다. 둘 중에 어떻게 하나를 선택할 수 있었단 말이야!"

"너라면 선택을 못 했겠지, 체루니오. 짝을 맺으려면 한 남자에게만 정착해야 할 텐데."

다른 여자가 말했다. 그러자 한바탕 웃음이 일었다. 하지만 젊은 여자는 자신에게 쏟아진 관심을 즐기며 말했다.

"내가 정착하고 싶은 남자를 아직 못 찾았을 뿐이야."

그 말끝에 그녀는 존달라를 향해 보조개를 지어 보였다.

체루니오는 그곳에 있는 여자들 중에 키가 가장 작았다. 그래서 바로 그 전까지만 해도 존달라는 그녀를 보지 못했다. 그제야 존달라의 눈에 그녀가 들어왔다. 키는 작았지만 완숙한 여자였고, 남자를 끌어당기는 쾌활하고 열정적인 기질이 엿보였다. 그녀는 세레니오와는 완전히 다른 과였다. 그의 눈에 관심이 서렸다. 그러자 그의 주의를 끌었다는 사실만으로도 체루니오는 기뻐서 몸을 떨 정도였다. 그녀는 갑자기 소리가 나는 쪽으로 고개를 돌렸다.

"음악이 들리네. 둘이 추는 춤이 시작되려나봐요. 존달라, 같이 춰요."

그녀가 말했다.

"발동작을 몰라요."

그가 말했다.

"가르쳐줄게요. 안 어려워요."

체루니오는 음악이 들리는 쪽으로 신이 나서 그를 끌어당기며 말했다. 그는 여자의 청을 받아들였다.

"잠깐, 우리도 가요."

제타미오가 말했다.

체루니오가 존달라의 관심을 순식간에 빼앗아가자 다른 여자는 꽤 불만인 표정이었다. 그는 라도니오가 "안 어렵다고? 아직까지는 그러시겠지!" 하고 말하자 뒤이어 왁자하게 터지는 웃음소리가 들렸다. 하지만 네 사람이 춤을 추는 곳으로 발걸음을 옮겼을 때 뒤에서 뭔가를 작당하고 수군대는 소리는 들을 수가 없었다.

"존달라, 이게 마지막 남은 과일주야."

소놀란이 말했다.

"제타미오가 그러는데, 우리가 춤을 시작하는 거래. 하지만 계속 있을 필요는 없대. 그래서 우린 가능한 빨리 빠져나가려고."

"술은 네가 가져가지그래? 둘만의 축하주를 나눠야지."

소놀란이 짝을 보며 활짝 웃었다.

"실은 마지막 남은 건 아니야. 한 부대 따로 챙겨뒀어. 하지만 그것도 필요할 것 같지는 않아. 제타미오랑 단둘이 있는 것만으로도 충분히 축하를 즐길 수 있거든."

"당신들이 하는 말은 참 듣기 좋군요. 안 그래, 제타미오?"

체루니오가 말했다.

"너는 저들이 하는 말을 이해할 수 있니?"

"조금, 하지만 더 배우려고. 마무토이 말도 배우고. 다 함께 다른 부족의 말을 배우자는 건 톨리의 생각이었어."

"톨리는 샤라무도이 말을 배우는 가장 좋은 방법이 항상 말하는 거라고 말해요. 그녀가 맞아요. 나 미안해요, 체루니오. 젤란도니 말을 한 건, 예의가 없어요."

존달라가 사과했다.

"오, 상관없어요."

체루니오는 신경이 쓰였으면서도 그렇게 말했다. 그녀는 대화에 끼지 못해 불만이었다. 하지만 그가 사과하자 마음이 누그러졌다. 무엇보다 새롭게 짝을 맺은 부부와 키 크고 잘생긴 젤란도니족 남자와 함께 있다는 것만으로도 으쓱한 기분이 들었다. 그녀는 다른 젊은 여자들의 시샘 어린 눈빛을 충분히 느끼고 있었다.

사암 지붕 그늘 밖, 풀밭 뒤쪽에서 모닥불이 타올랐다. 그들은 그늘 속으로 들어가 술을 돌려 마셨다. 그러더니 두 젊은 여인들이 남자들에게 간단한 춤동작을 가르쳐주었다. 피리, 북, 딸랑이가 경쾌한 선율로 연주를 시작하자 매머드 뼈로 만든 악기 소리가 가세해 마치 실로폰 같은 독특한 음색으로 장단을 맞췄다.

춤이 시작되자 존달라는 간단한 동작들이 춤을 추는 이의 상상력과 기술에 의해 다양하게 변할 수 있다는 것을 깨달았다. 간혹 혼자서 또는 짝을 이룬 남녀가 대단히 열정적인 춤사위를 보여 모두가 멈춘 채 환호하거나 때로는 발을 구르며 박자를 맞추기도 했다. 춤을 추는 이들 주변으로 사람들이 모여 몸을 흔들거나 노래를 불렀다. 음악은 쉬지 않고 다양한 박자로 계속되었다. 음악과 춤 모두 끊어지는 법이 없었다. 사람들은—연주자, 춤추는 사람, 노래하는 사람—자기들 마음대로 들어왔다가 빠져나가며 높낮이, 장단, 선율, 속도가 끝없이 달라지는 음악을 연주했다. 한 사람이라도 계속하고 싶어 하면 음악과 춤은 언제까지나 계속될 것 같았다.

체루니오는 활기찬 여자였다. 평소보다 과음한 존달라는 차츰 저녁 분위기에 빠져들었다. 누군가 익숙한 노래의 첫 구절을 받아 노래를 시작했다. 조금 듣다 보니 사람들을 웃길 요량으로 선물과 쾌락을 빗대어 그 상황에 어울리는 노랫말을 지어 부르는 것이었다. 이내 웃기려는 사람들과 웃지 않으려는 사람들 사이에 경쟁이 붙었다. 어떤 이들은 어떻게든 웃겨보려고 재미난 표정까지 지었다. 그때 한 남자가 노래의 장단에 몸을 흔들며 사람들 가운데로 걸어 들어갔다.

"키가 아주 큰 존달라라는 사내가 있었는데, 아무 여자나 선택을 할 수 있었지. 체루니오는 예뻤지만 작았다네. 자칫하면 허리가 부러지거나 넘어질지도 모르지."

남자의 노랫말은 소기의 효과를 거두었다. 웃음이 터졌다.

"어찌 하면 좋나, 존달라? 여자에게 뽀뽀 한 번 하려다가 허리가 부러지게 생겼네!"

다른 누군가가 소리쳤다.

존달라는 젊은 여자를 향해 활짝 웃었다.

"허리 안 부러져요."

그렇게 말한 그는 체루니오를 번쩍 들어 올려 입을 맞췄다. 그러자 사람들이 발을 구르며 웃으며 환호했다. 말 그대로 땅에서 두 발이 들린 체루니오는 팔로 존달라의 목을 감싸고는 감정을 실어 키스를 퍼부었다. 그는 짝을 이룬 몇몇 남녀가 사람들 곁을 벗어나 천막이나 구석진 곳으로 향하는 것을 봤다. 그도 그 대열에 합류를 할까 하는 생각이 들었다. 열정적인 입맞춤을 보건대 그녀도 허락할 것 같았다.

하지만 즉시 그 자리를 떠날 수는 없어서—그랬다가는 사람들의 웃음을 더욱 살 터였다—조금씩 뒤로 물러나기 시작했다. 새로운 사람들이 와서 노래를 부르고 구경을 하는 사이, 분위기가 변하고 있었다. 어둑한 곳으로 빠져나가기 좋은 때였다. 그가 체루니오를 데리고 무리에서 천천히 빠져나올 때 갑자기 라도니오가 나타났다.

"체루니오, 저녁 내내 너 혼자 남자를 독차지했어. 이제는 나눠야 할 때라는 생각이 안 드니? 어쨌든 어머니를 기리는 축제이니만큼 우리 모두 어머니의 선물을 나눠 가져야 하잖아."

라도니오는 그들 사이로 비집고 들어오더니 존달라에게 입을 맞췄다. 그러자 다른 여자가 그를 안았고 또 다른 여자들이 뒤를 이었다. 그는 젊은 여자들에게 에워싸였다. 처음에는 입맞춤과 애무하는 정도였다. 하지만 몇몇 손이 그의 은밀한 부분까지 닿자 그는 불편함을 느끼기 시작했다. 쾌락은 어디까지나 선택의 자유가 있어야 하는 문제였다. 그는 어디선가 작게 몸부림치는 소리를 들은 것 같았다. 하지만 그쪽을 돌아볼 겨를도 없이 그의 바지 끈을 풀어서 안으로 들어오려는 손을 내쳐야 했다. 도를 넘어선 행위가 시작됐다.

그는 다소 거칠게 여자들을 떼어냈다. 그가 누구도 만지지 못하게 거절의 의사를 내비쳤다는 것을 마침내 이해한 여자들은 쓴웃음을 지으며 뒤로 물러섰다. 그 순간, 누군가 사라진 게 눈에 들어왔다.

"체루니오는 어디 있습니까?"

그가 물었다. 여자들은 서로 눈빛을 주고받더니 키득키득 웃음을 터뜨렸다.

"체루니오 어디 있습니까?"

그가 재차 물었지만 여자들은 웃을 뿐이었다. 그는 빠른 걸음으로 라도니오에게 다가갔다. 그녀의 팔을 아플 만큼 꽉 잡았지만 그녀는 사실대로 말하려 하지 않았다.

"우린 체루니오가 당신을 다른 여자들에게 양보해야 한다고 생각했어요."

라도니오가 억지로 미소를 꾸미며 말했다.

"모든 여자들이 키 크고 잘생긴 젤란도니 남자를 원한다고요."

"젤란도니 남자는 모두를 원하지 않아. 체루니오 어디 있지?"

라도니오는 고개를 돌리고는 묵묵부답이었다.

"큰 젤란도니를 원한다고 말했나?"

그의 목소리에는 화가 난 기색이 역력했다.

"이제 큰 젤란도니를 손에 넣었군!"

그는 여자의 어깨를 눌러 무릎을 꿇게 했다.

"아프잖아요! 왜 아무도 나를 돕지 않는 거야?"

하지만 다른 젊은 여자들은 가까이 가기를 망설이고 있었다. 존달라는 모닥불 앞에서 라도니오의 어깨를 내려 눌러 땅바닥에 주저앉게 했다. 음악이 멈췄고 사람들이 끼어들어야 할지 망설이면서 주위를 서성댔다. 라도니오는 일어나려고 애썼지만 존달라가 힘으로 여자를 누르고 있었다.

"너는 큰 젤란도니를 원했고, 이제 가졌다. 자, 체루니오는 어디 있지?"

"나 여기 있어요, 존달라. 내 입에 뭘 물리고서 날 잡아두고 있었어요. 그냥 장난을 친 것뿐이래요."

"나쁜 장난."

일어선 존달라는 라도니오가 일어나도록 도와주며 말했다.

그녀는 눈물이 가득 차오른 채로 팔을 문질렀다.

"날 아프게 했어요."

그녀가 소리쳤다. 불현듯 존달라는 여자들이 친 장난에 자신이 지나치게 행동을 했음을 깨달았다. 그도 체루니오도 다치지 않았다. 그는 라도니오를 아프게 해서는 안 되었다. 순식간에 화가 가라앉더니 안타까운 마음이 들었다.

"……난 아프게 하려던 것이 아니었어요. 난……."

"존달라, 여자를 다치게 한 것도 아닌데. 그렇게 아프지도 않았을 거야."

구경하고 있던 남자들 중 하나가 말했다.

"당해도 싸지. 늘 먼저 나서서 일을 꾸미고 문제를 만든다니까."

"당신한테는 아무런 짓도 안 해 아쉬운 모양이지."

한 여자가 라도니오를 감싸며 말하자 그들의 기가 다시 살아났다.

"여자들이 그렇게 우르르 몰려가면 남자들이 다 좋아할 거라 착각하고 있네."

"아니거든."

라도니오가 끼어들었다.

"남자들끼리만 있을 때 이 여자 저 여자에 대해 한 말을 우리가 못 들었다고 생각하나보네? 한 번에 많은 여자를 상대하고 싶다는 말 다 들었거든. 초야 의식을 치르지도 않은 어린 여자애들에 대해 말하는 것도 들었어. 어머니께서 준비시키기 전에 개네들은 건드리면 안 된다는 것도 뻔히 알면서."

젊은 남자의 얼굴이 벌게지자 라도니오는 더욱 남자를 몰아세웠다.

"당신들 중 몇몇은 납작머리 여자들에 대해서도 말하더군!"

갑자기 불가의 어둠 속에서 불쑥 한 여자가 나타났다. 키는 그다지 크지 않았지만 뚱뚱하다고 할 정도로 몸집이 컸다. 샤무도이 가죽으로 만든 옷을 걸치고 있었지만 얼굴에 있는 문신을 비롯해 윗눈꺼풀의 주름으로 보아 다른 지역 태생이었다.

"라도니오! 어머니를 기리는 축제에서 상스러운 말을 해서야 되겠느냐."

그녀가 말했다. 존달라는 단박에 그녀를 알아보았다.

"죄송해요, 샤무드."

라도니오가 고개를 숙이며 말했다. 그녀의 얼굴은 당혹감에 벌게졌고, 진심으로 뉘우치는 표정이었다. 그러고 보니 라도니오는 존달라가 생각했던 것보다 더 어린 듯싶었다. 다들 소녀티가 남아 있는 처녀들이었다. 아직 어린 그들에게 험악한 모습을 보이고 만 것이다.

"얘야, 남자는 은밀하게 끌어당기는 여자를 좋아한단다. 들이대는 여자가 아니라."

존달라는 더 유심히 여자를 바라봤다. 그 역시 같은 생각이었다.

"하지만 우린 그를 다치게 하려는 게 아니었어요. 좋아할 거라고 생각해서……."

"너희들이 조금 더 섬세하게 다가갔다면 그랬을지도 모르지. 누구든 강요당하는 것은 좋아하지 않으니. 그가 너를 힘으로 제압하려고 했다면 너도 싫지 않았겠니?"

"날 아프게 했어요!"

"그래? 그가 너에게 네 의지에 반하는 뭔가를 하도록 시켰느냐? 그게 너를 훨씬 아프게 할 거라 생각하는데. 그리고 체루니오? 너희들이 그 아이를 아프게 했다는 생각은 들지 않느냐? 누구도 쾌락을 강요할 수는 없느니라. 그것은 어머니를 기리는 행동이 아니다. 어머니의 선물을 잘못 사용하는 것이다."

"샤무드, 샤무드가 걸 차례……."

"나 때문에 놀이가 중단되었군. 가자, 라도니오. 오늘은 축제다. 무도는 자신의 아이들이 행복하게 즐기길 바란다. 그저 작은 사건이니 네 즐거움을 망치지 마라. 다시 춤이 시작되었구나. 가서 즐기려무나."

샤무드가 내기를 하던 노름장으로 돌아가자 존달라는 라도니오의 손을 붙잡았다.

"내가…… 미안. 생각 못 했어. 널 아프게 하려는 게 아니었다. 부끄럽다. 용서해주겠어?"

입이 쑥 나온 채로 화가 나서 뿌리치려던 원래의 충동은 그의 진지한 얼굴과 진한 보랏빛 눈동자를 보자 눈 녹듯 사라져

버렸다.

"그냥 어리석은…… 유치한 장난이었어요."

라도니오가 말했다. 그녀는 존달라에게서 뿜어져 나오는 엄청난 존재감에 압도된 채로 그를 향해 몸을 기울였다. 존달라는 그녀를 안아주더니 더 가까이 다가가 노련한 솜씨로 입을 맞춰주었다.

"고마워, 라도니오."

존달라는 인사를 하고 뒤돌아 걸어갔다.

"존달라!"

체루니오가 뒤에서 불렀다.

"어디 가요?"

존달라는 그녀의 존재를 잊고 있었다는 사실에 가책을 느꼈다. 그는 작고 예쁘장하며 쾌활한 처녀에게 성큼성큼 걸어갔다. 그녀는 두말할 것도 없이 호감이 가는 여자였다. 그는 체루니오를 들어 올려 뜨겁게 입맞춤을 나눴지만 곧 후회가 되었다.

"체루니오, 나 약속 있어. 약속을 깨지 않았으면 이런 일도 없었을 텐데. 하지만 네가 있어 약속을 잊을 뻔했어. 언젠가 기회가 되면…… 화내지 마."

존달라는 그렇게 말하고는 사암 지붕 아래에 있는 집을 향해 빠르게 걸어갔다.

"라도니오, 넌 꼭 이렇게 일을 망쳐야 속이 시원하니?"

체루니오는 멀어져가는 그를 보며 말했다.

세레니오와 함께 쓰는 막집의 문에 걸어놓은 가죽 덮개가 내려져 있었지만 빗장이 걸려 있지는 않았다. 그는 안도의 한숨을 내쉬었다. 적어도 그녀가 집에 다른 누군가와 있는 것은 아니었다. 문 덮개를 젖히자 안은 어두웠다. 어쩌면 그녀가 없을지도 몰랐다. 다른 누군가와 함께 있을 수도 있었다. 생각해 보니 의식이 끝난 이후로 저녁 내내 그녀의 모습이 보이지 않았다. 약속을 하지 않으려고 한 사람도 그녀였다. 그 혼자서 그녀와 밤을 보내고 싶다고 약속한 것뿐이었다. 어쩌면 세레니오에게는 다른 계획이 있거나 혹은 체루니오와 있는 그를 봤는지도 몰랐다.

그는 어둠 속에서 더듬더듬 집의 뒷벽 쪽으로 걸어갔다. 침상에는 깃털을 채워놓은 깔개와 털가죽이 덮여 있었다. 옆쪽 벽에 있는 다르보의 침상은 비어 있었다. 당연한 일이었다. 그 또래 아이에게 이렇게 다른 부족 사람들이 많이 방문하는 일은 드문 경험이었다. 그는 다른 남자아이들과 친해져서 어딘가에서 함께 밤을 새울 터였다.

그는 세레니오의 침상이 있는 곳으로 다가가서 귀를 쫑긋 세웠다. 익숙한 숨소리인가? 침상에 손을 뻗어 팔을 더듬어본 그의 얼굴에 기쁨의 미소가 번졌다.

그는 다시 밖으로 나와 모닥불에서 숯 하나를 꺼내 나무 덩어리 위에 얹어 가지고 왔다. 작은 등잔의 이끼 심지에 불을 붙인 다음, 나무 막대 두 개를 문가에 걸쳐놓았다. 방해받고 싶지 않다는 표시였다. 그는 등잔을 들고 조용히 침상으로 걸어와 잠자고 있는 여인을 지켜보았다. 깨워야 하나? 그래, 천천히 부드럽게 깨워야지. 그는 마음의 결정을 내렸다.

생각만으로도 그의 아랫도리가 흥분하기 시작했다. 그는 옷을 벗고 그녀가 덮고 있는 털가죽 속으로 들어가 따뜻한 여자의 몸을 안았다. 그녀가 웅얼거리듯 말하며 벽 쪽으로 돌아누웠다. 그는 손 아래에서 느껴지는 온기를 느끼며 부드럽게 그녀의 몸을 쓸어내리고 여인의 향기를 들이마셨다. 그는 여체의 모든 곡선을 탐사하듯 손으로 쓸어내렸다. 팔에서 손가락 끝, 각이 진 어깨뼈에서부터 등줄기를 따라 내려오다가 예민하게 감각을 느끼는 등의 잘록한 허리에서 멈췄다. 그리고 다시 봉긋하게 솟아오른 엉덩이에서 허벅지와 무릎 뒤, 종아리, 발목까지 그의 손길이 닿았다. 그가 발바닥을 만지자 세레니오는 발을 움츠렸다. 그가 팔을 뻗어 가슴을 감싸자 그의 손바닥 안에서 유두가 단단해졌다. 그는 가슴을 한입 가득 물고 빨고 싶은 충동을 느꼈지만, 대신 자신의 몸을 여자의 등에 바싹 붙이고서 어깨와 목에 키스를 퍼붓기 시작했다.

그는 여자의 몸을 어루만지고 탐색하며 새로운 곳을 발견하는 것을 좋아했다. 그녀의 몸만이 아니었다. 그는 자신이 모든 여자들의 몸을 그 자체로 사랑한다는 것을 알았다. 여자의 몸이 그에게 불러일으키는 느낌을 좋아했다. 그의 남성이 어느새 흥분해 욱신거리며 꿈틀댔지만 아직은 참을 만했다. 너무 빨리 굴복하지 않는 게 늘 더 좋았다.

"존달라?"

잠에 취한 목소리가 말했다.

"네."

그가 말했다. 그녀는 등을 돌려 눈을 떴다.

"아침이에요?"

"아니요."

그는 한 팔을 괴고 일어난 채 다른 팔로 가슴을 애무하며 그녀를 내려 보더니 몸을 숙여 조금 전부터 입안 가득 넣고 싶었던 유두를 빨기 시작했다. 그는 배를 어루만지고는 허벅지 사이의 따뜻한 곳에 손을 뻗어 그녀의 수풀 위에 손을 얹었다. 그녀는 지금까지 그가 아는 모든 여자들 중에 가장 부드러운 음모를 가지고 있었다.

"당신을 원해요, 세레니오. 오늘 밤 당신과 어머니를 기리고 싶어요."

"깨어날 시간은 좀 줘야죠."

그렇게 말하는 그녀의 입가에는 미소가 번져 있었다.

"식은 차가 남아 있나요? 입을 헹구고 싶어서. 술을 마시면 꼭 뒤끝이 써요."

"찾아볼게요."

그는 일어나며 말했다. 세레니오는 물 잔을 들고 걸어오는 그를 보며 나른하게 웃었다. 때로는 그저 그를 보고 있는 것만으로도 좋았다. 그는 참으로 멋진 남자였다. 그가 움직일 때마다 등의 근육이 물결쳤고, 금발의 털이 난 가슴팍은 강인해 보였다. 배는 단단했고, 강인한 힘이 느껴지는 다리에는 힘줄이 툭 튀어나와 있었다. 그의 얼굴은 지나치다 싶을 정도로 완벽했다. 강한 턱, 곧게 뻗은 코, 관능적인 입. 세레니오는 그의 입술이 얼마나 관능적일 수 있는지 알고 있었다. 그의 이목구비는 섬세하게 조각을 한 것처럼 대단히 균형이 잘 맞아서 그토록 남자다운 모습에도 불구하고 아름답다는 생각이 들 정도였다. 남자에게 **아름답다**는 말을 써도 된다면 말이다. 그의 손은 강인하면서도 예민했다. 믿을 수 없게 파란 그의 강렬하고 매혹적인 눈은 단 한 번의 눈길로도 여자의 심장을 뛰게 만들었다. 그의 눈빛은 여자들로 하여금 자랑스러운 듯 당당하게 튀어나온 단단한 그의 남성을 눈으로 보지 않고도 원하게 할 수 있었다.

세레니오는 처음 그의 남근을 봤을 때 약간 두렵기까지 했다. 하지만 얼마 후 그가 자신의 남성을 얼마나 잘 다루는지 알게 되었다. 그는 한 번도 그녀에게 억지로 밀어붙인 적이 없었다. 언제나 그녀가 받아들일 수 있을 만큼만 그녀의 몸속에 들어왔다. 오히려 세레니오 쪽에서 남자의 전부를 다 받아들이고 싶어 애를 썼다. 그녀는 존달라가 자신을 깨워서 기뻤다. 그가 잔을 건네자 그녀는 일어났다. 하지만 차를 마시기 전에 몸을 숙여 꿈틀거리는 남근의 머리를 입안에 넣었다. 그는 눈을 감은 채 쾌감이 몸을 타고 흐르도록 두었다.

그녀는 일어나 앉더니 차를 마시고는 일어났다.

"나갔다 올게요. 밖에 사람들이 아직 많이 있나요? 옷을 입고 싶지 않은데."

그녀가 말했다.

"아직도 춤을 추고 있어요. 아직 이른 시간이라. 저 통을 써도 되고요."

그는 침상으로 돌아오는 그녀를 지켜봤다. 오, 어머니시여! 그녀는 아름다운 여인이었다. 얼굴은 너무도 사랑스러웠고 머릿결은 비단처럼 고왔다. 긴 다리는 우아했으며 엉덩이는 작지만 예뻤다. 가슴은 작았지만 예쁜 모양에 탄탄했으며 유두가 봉긋 솟아 있어서 여전히 처녀의 가슴 같았다. 배에 난 임신선만이 그녀가 출산을 한 여자임을 보여주었고, 눈가의 가는 주름이 그녀를 지나간 세월을 암시할 뿐이었다.

"늦게 돌아올 거라 생각했는데. 축제잖아요."

그녀가 말했다.

"당신은 그럼 왜 여기 있는지? 당신은 약속 없다고 말하지 않았어요?"

"관심 가는 사람을 못 만나서요. 그리고 피곤했고."

"당신이 관심 가요. 나 안 피곤해요."

그가 웃으며 말했다. 그는 두 팔로 여자를 안고 따뜻한 입속을 혀로 헤집고 들어가며 바싹 끌어당겼다. 세레니오는 단단해진 뜨거운 그의 남성이 자신의 배에 닿자 따뜻한 기운이 온몸으로 밀려드는 것을 느꼈다.

그는 여자가 자신을 받아들일 준비가 될 때까지 기다리려고 했지만, 어느새 그녀의 입과 목을 배고픈 아이처럼 탐하고 있었다. 그의 손은 여자의 도톰한 수풀을 더듬으며 뜨겁게 젖은 곳을 찾았다. 그가 그녀의 따뜻한 틈새 속에 숨겨진 작고 단단한 돌기를 만지자 그녀의 입술 사이로 작은 탄성이 새어 나왔다. 그녀가 몸을 일으켜 그에게 몸을 더욱 밀착시키자 그는 여자에게 쾌락을 선사하는 곳을 부드럽게 애무했다.

남자는 여자가 지금 원하고 있다는 것을 느꼈다. 그들은 위치를 바꿨다. 그가 몸을 옆으로 돌린 사이, 여자가 바닥에 등을 대고 누웠다. 여자는 다리 하나로 남자의 엉덩이를 감쌌고 다른 다리는 남자의 다리 사이에 넣었다. 여자가 쾌락에 젖어 들도록 돌기를 애무하자 여자는 잔뜩 달아오른 남자의 그것을 손으로 쥐고서 자신의 깊은 틈 속으로 이끌었다. 남자가 들어오자 여자의 입에서 열에 들뜬 소리가 새어 나왔다. 그녀는 동시에 두 가지 쾌감을 느끼며 격렬한 흥분에 휩싸였다.

따뜻한 질벽이 감싸는 것을 느끼며 그녀의 몸속으로 들어가자 여자는 온 힘을 다해 남자를 받아들이려고 애썼다. 그는 뒤로 뺐다가 다시 돌진하기를 거듭하더니 더 이상 들어갈 수 없을 때까지 깊숙이 들어갔다. 그녀가 몸을 일으켜 세우자 남자는 다시 여자의 몸속으로 돌진해 거칠게 남성을 비벼댔다. 그의 남성은 완전히 발기된 채 언제라도 절정에 이를 준비가 되어 있었다. 여자는 온몸이 강하게 수축되는 것을 느끼는 순간, 소리를 내질렀다. 그녀가 그를 밀어 내렸고, 남자는 그의 음부가 더욱 부풀어 오르는 것을 느꼈다. 그는 거세게 여자의 몸속을 짓치기를 반복했다. 몸속으로 돌진할 때마다 흥분은 점점 거세졌다. 마침내 둘 다 더 이상 참을 수 없는 절정에 이르자 그들은 불꽃같은 쾌감을 완전히 터뜨렸다. 마지막 순간까지 흥분에 전율하며 완벽한 쾌락에 몸을 맡겼다.

그들은 여전히 서로의 다리를 휘감은 채 거칠게 숨을 내쉬며 누워 있었다. 그녀가 더욱 가까이 자신의 몸을 남자에게 밀착시켰다. 그의 남근에서 힘이 빠지기 직전, 하지만 완전히 발기가 되지 않은 그 순간이 되어서야 그녀는 그를 자신의 몸속에 온전히 넣을 수 있었다. 남자는 언제나 그녀가 그에게 줄 수 있는 것보다 더 많은 것을 줄 수 있는 것처럼 보였다. 그는 가만히 있고 싶었다. 거의 잠이 들 뻔했지만 자고 싶지는 않았다. 마침내 그가 힘이 빠진 남근을 빼더니 여자 곁에 몸을 둥글게 말고 누웠다. 여자는 가만히 누워 있었지만 그녀가 잠들지 않았다는 것을 그는 알았다.

그의 생각은 이리저리 떠돌고 있었다. 문득 체루니오와 라도니오, 그리고 다른 처녀들이 생각났다. 그 처녀들과 한 번에 어울리면 어떨까? 그를 에워싼 처녀들의 따뜻한 여체를, 따뜻한 허벅지와 둥그런 엉덩이, 촉촉한 샘을 동시에 느껴본다면. 입 한가득 가슴을 물고, 양손으로 다른 두 처녀의 몸을 탐험한다면.

　그는 또 한 번 찌르르 흥분이 밀려드는 것을 느꼈다. 어째서 그 처녀들을 내친 것일까? 그는 때로 자신이 참으로 바보 같다는 생각이 들었다.

　그는 옆에 누운 여자를 보더니 그녀가 다시 준비가 되려면 얼마나 걸릴지 생각하다가 그녀의 귓가에 훅 숨을 불어 넣었다. 그녀가 그를 보고 웃었다. 그가 그녀의 목에 키스를 하더니 입으로 다가갔다. 이번에는 더 천천히 즐길 생각이었다. 그녀는 아름답고 멋진 여성이었다. 사랑에 빠지지 못할 이유가 어디 있단 말인가?

13

계곡에 도착하자마자 에일라는 고민에 빠졌다. 원래는 예전처럼 강가에서 야영하며 사냥감을 손질해 말릴 생각이었다. 하지만 다친 새끼 사자를 동굴에 데려다 놓아야 보살필 수 있을 터였다. 새끼 사자는 여우보다 크고 훨씬 다부지긴 했어도 안아서 옮길 수 있는 무게였다. 하지만 사냥해 온 다 자란 사슴을 혼자 옮기는 것은 무리였다. 히힝이가 끌고 온 운반대는 동굴까지 올라가는 비좁은 비탈길을 지날 수 없었다. 운반대를 받치고 있는 창 두 개가 꽤 벌어져 있기 때문이었다. 힘겹게 잡은 사슴을 어떻게 동굴까지 옮길지 막막하기만 했다. 그렇다고 하이에나들이 뒤따라오고 있는데 강변에 두고 갈 수도 없는 노릇이었다.

걱정했던 일이 벌어졌다. 에일라가 새끼 사자를 동굴에 옮겨 놓는 짧은 시간 동안, 그새 하이에나들이 몰려와 있었다. 잔뜩 긴장한 히힝이가 몸을 옆으로 움직였지만 녀석들은 깔개로 둘둘 말린 채 운반대 위에 놓인 사슴 고기를 향해 으르렁댔다. 에일라는 비탈길을 내려오다 말고 줄팔매를 꺼내 들었다. 힘차게 날아간 돌이 녀석 중 하나에 명중했다. 에일라는 하이에나를 만진다는 생각만으로도 치가 떨렸지만 녀석의 뒷다리를 잡고 질질 끌어다가 절벽을 돌아 들판에 가져다 놓았다. 하이에나에게서 썩은 고기 냄새가 진동했다. 그녀는 개울에서 손을 씻고 돌아갔다.

히힝이는 흥분된 상태로 꼬리를 흔들고 몸을 부르르 떨며 땀을 흘리고 있었다. 동굴사자보다 하이에나의 냄새가 더 견디기 힘들었는데 에일라가 동굴에 간 사이, 하이에나들이 눈앞에 나타난 것이었다. 녀석들이 에일라의 사냥감을 향해 거리를 좁혀오자 암말은 원을 그리며 돌 작정이었다. 하지만 운반대의 창 하나가 바위틈에 끼는 바람에 말은 극심한 공포에 사로잡혔던 터였다.

"히힝아, 참 힘든 하루였어, 그렇지?"

에일라는 손짓으로 말하더니 놀란 아이를 달래듯 팔을 둘러 암말의 목을 안아주었다. 히힝이는 에일라에게 몸을 기댄 채 떨며 거칠게 콧김을 내뿜었다. 에일라와 몸을 맞대고 있자 마침내 말은 진정되었다. 말은 언제나 사랑과 인내심으로 대해준 에일라에게 보답이라도 하는 듯 그녀를 깊이 믿었고, 할 수 있는 한 그녀를 도우려고 노력했다.

에일라는 임시로 만든 운반대를 해체하기 시작했다. 하지만 여전히 사슴을 동굴까지 어떻게 옮길지는 감이 오지 않았다. 한데 지지대 노릇을 하던 창을 묶어놓은 끈이 느슨해지더니 창끼리 간격이 가까워졌다. 마침내 그녀의 문제가 해결되었다. 그대로 끈을 다시 묶자 운반대의 폭이 좁아지면서 비탈길을 지나가는 게 가능해졌다. 짐은 불안정하게 실려 있긴 했지만 먼 길을 가야 하는 것도 아니었다.

히힝이는 비탈길을 오르기 위해 평지에서보다 더욱 힘을 써야 했다. 순록과 말의 무게는 비슷했고, 길은 가팔랐다. 이번 일을 계기로 에일라는 말이 얼마나 힘이 센지 새삼 깨달았다. 무엇보다 히힝이의 힘을 빌리면 얼마나 큰 도움이 되는지 알 수 있었다. 동굴 입구에 다다르자 에일라는 암말에게 딸려 있던 짐들을 다 풀어주고 고마운 마음을 담아 안아주었다. 그녀는 히힝이가 따라올 거라고 생각하며 동굴 안으로 들어갔지만 히힝이의 불안해하는 울음소리에 뒤돌아봤다.

"무슨 일이야?"

그녀가 손짓했다. 새끼 사자는 에일라가 눕혀놓은 곳에 그대로 있었다. 새끼 사자! 에일라는 생각했다. 히힝이가 새끼 사자 냄새를 맡은 것이었다. 에일라는 다시 동굴 밖으로 나갔다.

"괜찮아, 히힝아. 저 아기 사자는 너를 해치지 못해."

그녀는 히힝이의 부드러운 코를 쓸어주고는 단단한 목에 팔을 두르고 부드럽게 말을 동굴 안으로 끌었다. 에일라에 대한 신뢰가 또 한 번 히힝이가 두려움을 이겨내도록 도왔다. 에일라는 말을 작은 사자에게 데려갔다. 히힝이는 조심스레 코를 킁킁대더니 뒤로 물러났다가 히힝 하고 울었다. 그러다가 다시 움직이지 않는 새끼에게 코를 박고는 냄새를 맡았다. 포식 동물의 냄새가 나긴 하지만 어린 사자는 아무런 해도 끼치지 않았다. 히힝이는 주둥이로 새끼 사자를 찔러보고 다시 냄새를 맡아보더니 동굴에 들어온 새 식구를 받아들이기로 마음먹은 듯했다. 말은 자기 자리로 걸어가 건초를 먹기 시작했다.

에일라는 다친 새끼 사자를 자세히 살펴봤다. 아직 보송보송한 솜털이 남아 있었고 옅은 베이지색에 군데군데 희미한 황갈색 털들이 섞여 있었다. 꽤 어려 보였지만 그것도 확신할 수는 없었다. 동굴사자는 초원의 포식자였다. 에일라는 동굴곰족의 동굴 가까이 있는 숲에 사는 포식 동물만 관찰해왔다. 지금까지 탁 트인 초원에서 사냥을 한 경험은 없었다.

그녀는 씨족의 사냥꾼들이 동굴사자에 대해 한 말들을 전부 기억해내려고 애썼다. 새끼 사자는 전에 본 동굴사자보다 훨씬 옅은 색 같았다. 동굴사자가 눈에 잘 안 띄기 때문에 조심하라고 경고했던 말이 떠올랐다. 동굴사자의 색은 건초나 먼지가 자욱한 초원의 땅 색깔과 거의 흡사해 잘못하다가는 동굴사자의 몸에 발이 걸려 넘어질 수도 있었다. 덤불 그늘이나 동굴사자가 사는 동굴 근처의 노두에서 잠자고 있는 사자 무리는 아주 가까이에서 본다 해도 큰 바위로 착각할 수도 있었다.

그러고 보니 이 근처의 초원은 전체적으로 색이 훨씬 옅은 편이었고, 동굴사자들 역시 주변 환경에 자신들의 색을 맞춘 게 분명했다. 이곳에 사는 동굴사자들이 남쪽의 사자들보다 색이 더 옅은 것도 이해가 되었다. 이제 그녀는 한동안 동굴사자에 대해 탐색하는 시간을 갖게 될 터였다.

젊지만 뛰어난 솜씨를 지닌 치료사인 에일라는 새끼 사자의 상처가 얼마나 심한지 살폈다. 갈비뼈 하나가 부러지긴 했지만 주위 내장을 찌른 것 같지는 않았다. 경련이 일어나는 곳과 가냘픈 소리를 통해 어디가 아픈지 알 수 있었다. 내상을 입은 것 같기도 했다. 머리에 벌어진 상처가 가장 심각해 보였다. 단단한 발굽에 밟힌 게 분명했다.

아주 오랫동안 모닥불이 꺼져 있었지만 불은 더 이상 걱정거리가 아니었다. 부싯깃만 있으면 불을 피우는 돌로 순식간에 불을 피울 수 있었다. 물이 끓기 시작하자 아기 사자의 갈비뼈를 가죽끈으로 부드러우면서도 단단하게 싸맸다. 동굴로 돌아오는 길에 캐 온 나래지치 뿌리의 진갈색 껍질을 벗기자 끈적끈적한 점액이 나왔다. 끓는 물에 금잔화 꽃을 넣자 꽃이 우러나며 물은 노란색이 되었다. 그 물을 흡수력이 좋은 가죽에 흠뻑 적신 다음, 그것으로 새끼 사자의 머리에 난 상처를 닦았다.

말라붙은 피를 닦자 상처에서 다시 피가 흘렀다. 두개골에 가느다란 금이 가긴 했지만 부서진 것은 아니었다. 에일라는 잘게 다진 끈끈한 하얀 나래지치 뿌리를 상처에 바르고서—피를 멎게 하고 뼈를 붙게 하는 데 도움이 될 터였다—부드러운 가죽으로 머리를 감쌌다. 그녀는 사냥한 짐승의 가죽을 어디에 사용하게 될지 모르면서도 매번 손질을 해두었다. 하지만 그 가죽을 설마하니 새끼 사자의 상처에 사용하게 될 거라고는 전혀 상상도 하지 못했다.

브룬이 나를 보면 깜짝 놀랄 텐데. 그런 생각이 들자 슬며시 미소가 번졌다. 그는 사냥하는 짐승을 동굴에 들이도록 허락하지 않았다. 그녀가 데려온 작은 새끼 늑대조차 내쳤었다. 하지만 지금의 나를 좀 봐, 새끼 사자와 함께 있다니! 빠른 시간 안에 동굴사자에 대해 많은 것을 배우게 될 거야. 녀석이 살아만 준다면.

에일라는 나래지치 잎과 카밀레를 넣은 차를 만들기 위해 물을 더 끓였지만 몸 안의 손상된 장기는 어떻게 치료해야 할지 감이 오지 않았다. 그녀는 새끼 사자를 두고 순록의 가죽을 벗기기 위해 동굴 밖으로 나갔다. 혀 모양으로 얇게 자른 고기를 널어서 말리려는 순간, 아차 싶은 것이 있었다. 동굴 앞 절벽에서 툭 튀어나온 암붕에는 흙이 깔려 있지 않아서 줄을 걸어 세워두는 막대를 땅바닥에 묻을 수가 없었다. 사냥한 짐승을 동굴까지 가져오는 방법을 찾는 것에만 골몰한 나머지 거기까지는 생각할 겨를이 없었다. 왜 이토록 사소한 문제들이 끊임없이 생기는 것일까? 그 무엇도 그냥 넘어가는 게 없었다.

좌절감에 휩싸여 어떤 해결책도 떠오르지 않았다. 그녀는 지친 데다가 동굴사자를 데려오느라 온 신경을 다 쏟아부은 터였다. 새끼 사자를 데려온 게 잘한 일인지, 앞으로 어떻게 해야 할지도 자신할 수 없었다. 그녀는 막대를 집어던지고 일어났다. 암봉 끝까지 걸어간 그녀는 얼굴에 바람을 맞으며 계곡을 내려다보았다. 도대체 무슨 생각으로 보살핌이 필요한 새끼 사자를 데려온 거야? 다른 종족을 찾아 언제든 떠날 준비를 해야 하는 마당에? 지금이라도 초원에 새끼 사자를 데려다 놓고 자연의 방식에 맡겨야 할지도 모르겠어. 혼자 오래 살다 보니 판단 능력이 흐려진 게 아닐까? 무엇보다 그녀는 새끼 사자를 보살피는 방법에 대해서도 전혀 몰랐다. 새끼 사자에게 뭘 먹여야 한단 말인가? 다 낫는다고 해도 그 다음엔 어떻게 하지? 그때 가서 초원으로 돌려보낼 수도 없는 노릇이었다. 어미 사자가 받아들이지 않을 것이고, 그러면 죽을 수밖에 없을 것이었다. 그녀가 새끼 사자를 키우게 되면, 결국 그녀는 이 계곡에 계속 머물러야 했다. 다른 종족을 찾으려면 녀석을 다시 초원으로 돌려보내는 수밖에 없었다.

에일라는 동굴 안으로 돌아가 새끼 사자를 곁에서 지켜보았다. 여전히 미동도 없었다. 가슴에 손을 대보니 몸은 따뜻했고 숨도 계속 쉬고 있었다. 보드라운 털은 히힝이가 새끼였을 때를 떠오르게 했다. 새끼 사자는 귀여웠다. 머리에 붕대를 감은 모습은 또 어찌나 웃긴지 에일라는 자기도 모르게 미소를 지었다. 하지만 이렇게 귀여운 새끼 사자도 언젠가 엄청나게 거대한 동굴사자가 될 거야. 그녀는 스스로에게 그 사실을 상기시켰다. 에일라는 일어나 다시 새끼 사자를 물끄러미 내려다보았다. 상관없어. 그녀는 훗날이 걱정된다고 해서 새끼 사자가 죽도록 초원에 내다 버릴 수는 없었다.

에일라는 밖으로 나가 사냥해 온 고기를 바라봤다. 계속 머무를 생각이라면 다시 식량을 비축해놓아야 할 때였다. 게다가 입이 하나 더 늘어났다. 그녀는 막대를 집어서 똑바로 세워둘 방법이 없을지 궁리해보았다. 그때 암붕 가장자리 뒷벽을 따라 부서진 암석이 돌무더기를 이루고 있는 게 에일라의 눈에 들어왔다. 그녀는 돌무더기 틈새에 막대를 꽂아보았다. 막대가 똑바로 서 있는 것은 가능했지만 거기에 줄을 걸어 고기를 널었을 때 그 무게를 감당해낼 것 같지는 않았다. 하지만 좋은 생각이 떠올랐다. 그녀는 동굴에서 바구니 하나를 들고 나오더니 강가로 달려 내려갔다.

여러 번의 시행착오 끝에 에일라는 강가에서 가져온 돌을 삼각뿔 모양으로 쌓고 길이가 더 긴 막대를 꽂으면 단단하게 세울 수 있음을 깨달았다. 에일라는 돌을 모아 오기 위해 몇 번이나 오르락내리락한 뒤, 적당한 나무를 구해다가 잘랐다. 암붕 위 쌓아놓은 돌무더기 속에 막대를 꽂고 줄을 여러 개 묶은 뒤에 다시 고기를 자르는 일로 돌아갔다. 에일라는 저녁으로 먹을 고기를 꼬챙이에 꽂아 굽는 사이, 새끼 사자에게 무엇을 먹일지, 약은 어떻게 삼키도록 할지 또다시 고민에 빠졌다.

새끼들도 어른과 같은 음식을 먹을 수 있다는 게 생각났다. 하지만 더 부드럽게 조리해야 씹고 삼키기가 좋았다. 고기를 잘게 다져서 고기죽을 만들면 될 것 같았다. 두르크도 그렇게 먹었는데, 새끼 사자라고 못 먹기야 하겠는가? 그리고 약초를 우린 물에 죽을 끓이지 못할 이유도 없지 않은가?

그녀는 고기죽을 만들기 위해 곧장 사슴 고기를 잘게 다지기 시작했다. 자른 고기를 동굴 안으로 가지고 들어가 나무 솥에 넣은 뒤 남은 나래지치 뿌리도 넣기로 했다. 새끼 사자는 여전히 미동도 없었지만 편히 쉬고 있는 듯했다.

얼마 후 새끼 사자가 뒤척이는 소리에 에일라는 다시 살펴보았다. 눈을 뜬 새끼 사자는 몸을 돌릴 수도, 일어날 수도 없자 가냘픈 소리로 울었다. 몸집만 큰 고양이 같은 사자는 에일라가 다가가자 이를 드러내며 으르렁대더니 뒷걸음치려고 안간힘을 썼다. 에일라는 미소 지으며 사자 곁에 앉았다.

가여워라, 많이 놀랐구나. 그녀는 생각했다. 그럴 만도 하지. 낯선 동굴에서 깨어나 보니 아프고, 게다가 어미 사자도 형제도 아닌 사람이 보이고. 그녀는 손을 내밀었다. 이리 와, 널 해치지 않아. 아야! 작은 이빨이 날카롭기도 하구나! 이리 와봐, 새끼 사자야. 내 손을 맛보고 냄새를 맡아보렴. 익숙해지면 편해질 거야. 이제는 내가 네 어미가 되어야 하니까. 네가 살던 동굴이 어디에 있는지 알고, 네 어미가 널 받아들인다 해도 치료해주지는 못해. 난 동굴사자에 대해 아는 게 별로 없어. 하지만 말에 대해 아는 것도 아니었지. 하지만 아기는 어디까지나 아기니까. 배고프니? 네게 젖을 줄 수는 없지만 이 고기죽을 잘 먹어 주면 좋겠다. 그리고 약도 넣었으니 아픈 것도 좋아질 거야.

에일라는 일어나서 죽을 담아 놓은 그릇을 보러 갔다. 식은 죽을 살펴보니 전체적으로 훨씬 걸쭉해져 있었다. 갈빗대로 죽을 휘저어보니 잘게 자른 고기들이 그릇 밑바닥에서 한데 엉겨 있었다. 끝이 날카로운 꼬챙이로 덩어리를 찍어 올리자 엉겨 붙은 고기 덩어리에서 끈끈한 액체가 실처럼 길게 떨어졌다. 단박에 무슨 일인지 이해했다는 듯 에일라가 웃음을 터뜨렸다. 웃음소리가 어찌나 큰지 깜짝 놀란 새끼 사자가 벌떡 일어날 정도였다.

나래지치 뿌리가 상처 치료에 좋은 이유가 여기 있었어. 고기를 이렇게 엉기게 하듯 찢어진 살이 붙어서 아물면, 당연히 내상에도 잘 듣겠지!

"아기야, 이걸 좀 마실 수 있겠니?"

에일라는 새끼 사자에게 손짓했다. 그녀는 자작나무로 만든 작은 접시에 먹기 좋게 식은 걸쭉한 고기죽을 담았다. 꿈틀거리던 새끼 사자는 일어나 보려고 몸을 버둥댔다. 그녀가 접시를 녀석의 코밑으로 밀었다. 새끼 사자는 에일라를 향해 하악 하악 소리를 내며 뒤로 물러섰다.

에일라는 비탈길을 올라오는 말발굽 소리를 들었다. 잠시 후, 히힝이가 동굴로 들어왔다. 히힝이는 완전히 깨어나 움직이

는 사자를 보더니 다가가서 살펴보기 시작했다. 고개를 숙이고
는 보드라운 털로 덮인 짐승의 냄새를 킁킁대며 맡았다. 다 자
란 사자라면 히힝이와 같은 부류의 짐승에게 엄청난 공포를 안
겨주었을 테지만 새끼 사자는 커다란 낯선 짐승이 다가오자 겁
에 질렸다. 새끼 사자는 으르렁 이빨을 드러내며 뒷걸음칠 치
다가 에일라의 무릎에 살짝 닿았다. 에일라의 따뜻한 다리에서
나는 냄새가 익숙했는지, 새끼 사자는 그 자리에 주저앉았다.
이곳에는 너무도 낯설고 새로운 것이 많아서 오히려 에일라가
익숙한 느낌이 드는 모양이었다.

에일라는 새끼 사자를 무릎 위로 들어 올려 꼭 껴안더니 흥
얼흥얼 콧노래를 시작했다. 어떤 아기든 간에 달래는 데 효과가
있는 방법이었다. 자신의 아이도 그렇게 달래곤 했었다.

괜찮아. 우리에게 익숙해질 거야. 히힝이는 고개를 흔들더니
울음소리를 냈다. 히힝이는 본능적으로 새끼 사자의 냄새에서
위험을 느끼긴 했지만 에일라의 품에 안긴 새끼 사자는 위험해
보이지 않았다. 에일라와 함께 살면서 습성에 변화가 생긴 것이
었다. 어쩌면 이 동굴사자도 견뎌낼 수 있을 터였다.

에일라가 품에 안고서 토닥여주자 새끼 사자는 주둥이를 여
기저기 비벼댔다. 배가 고프구나, 아기야? 그녀는 걸쭉한 죽이
담긴 접시를 가져다가 녀석의 코 밑에 갖다 댔다. 냄새를 맡긴
했지만 뭘 어쩌란 것인지는 모르고 있었다. 에일라는 손가락
두 개에 죽을 떠서 입에 넣어주었다. 그제야 녀석은 뭘 해야 할

지 깨달았다. 여느 새끼 동물처럼 녀석은 손가락에 묻은 죽을 빨았다.

작은 동굴에 앉아 새끼 사자를 품에 안고 앞뒤로 몸을 흔들며 손가락으로 죽을 먹이고 있자니 아들에 대한 그리움이 물밀 듯이 몰려왔다. 자신도 모르는 사이에 흐른 눈물이 얼굴을 타고 새끼 사자의 보드라운 털 위로 떨어졌다.

며칠 사이에―밤마다 아기 사자를 데려다가 얼러주며 손가락을 빨게 해주었더니―외로운 여인과 새끼 동굴사자 사이에 애틋한 정이 싹텄다. 그것은 새끼 사자와 어미 사자 사이에는 결코 형성될 수 없는 유대감이었다. 자연의 법칙은 가혹했다. 특히 가장 강력한 포식 동물의 새끼들에게는 더욱 무자비했다. 어미 사자도 태어나 첫 몇 주는 젖을 먹였지만―간혹 6개월간 젖을 먹이기도 했다―보통은 처음 눈을 뜨기 시작하면 젖을 떼고 고기를 먹이기 시작했다. 하지만 사자 무리 내에서 먹이를 차지하는 서열은 엄격하게 정해져 있어서 연민 같은 감정을 허용하지 않았다.

사냥을 하는 것은 암사자였다. 그리고 다른 고양잇과 암컷들과 다르게 암사자는 여러 마리가 협력해 사냥을 했다. 서너 마리의 암사자가 뭉치면 가공할 만한 사냥단이 만들어졌다. 암사자들은 건장한 큰뿔사슴이나 가장 힘센 수컷 오록스도 쓰러뜨릴 수 있었다. 다 자란 매머드만이 암사자들의 공격에서 안전했지만 어리거나 늙은 매머드는 희생양이 될 때도 있었다. 한데 암사자는 새끼를 위해 사냥하는 것이 아니었다. 암사자는 수사 자를 위해 사냥했다. 언제나 우두머리 수사자가 가장 큰 몫을 차지했다. 수사자가 나타나면 암사자들은 그 즉시 물러났다. 수 사자가 실컷 먹고 난 뒤에야 암사자들은 그들 몫을 챙길 수 있 었다. 그다음은 아직 다 자라지 않은 꽤 큰 수사자들, 그리고 그나마 남은 고기가 있다면 마지막으로 새끼 사자들이 얼마 남 지 않은 고기를 두고 다툼을 벌였다.

굶주림을 견디다 못한 새끼 사자가 차례를 어기고 고깃덩어 리를 낚아챘다가는 치명타를 입을 수 있었다. 어미 사자는 새 끼 사자가 아무리 굶더라도 수사자에게 맞아 죽는 일은 없도 록 사냥감에서 떨어진 곳으로 데려갈 때가 많았다. 새끼 사자 들 중 4분의 3은 다 자라지 못하고 죽었다. 남은 사자들 중 대 부분은 무리에서 쫓겨나 떠돌이 생활을 했다. 떠돌이 사자는 특히 수컷일 경우 어디에서도 환영받지 못하는 존재였다. 암사 자들은 그나마 형편이 나아서 어떤 무리에서 사냥꾼이 모자라 면 주변에서 머무르는 게 허락됐다.

수사자가 인정받는 유일한 방법은 우두머리가 되기 위해 죽 음까지 불사하며 싸우는 것이었다. 무리의 우두머리가 노쇠하 거나 다치면 무리의 젊은 사자나 떠돌이 사자가 우두머리를 몰 아내고 그 자리를 차지하기도 했다. 수사자는 자신의 체취나 우두머리 암컷의 소변으로 영역을 지키고 번식을 통해 무리를 존속시켰다.

때로는 떠돌이 수사자와 암사자가 만나 새로운 무리를 만들기도 했다. 하지만 다른 동굴사자 영역 주변의 틈새를 노리며 조심히 사냥해야 했기 때문에 불안정한 환경에서 살 수밖에 없었다.

그러나 에일라는 사자 어미가 아니라 인간이었다. 부모로서 인간은 자신의 새끼를 보호할 뿐 아니라 책임지고 돌봐주었다. 그녀가 계속해서 '아기'라고 부르는 사자는 다른 동굴사자들이 한 번도 경험하지 못한 보살핌을 받았다. 아기는 먹다 남은 고기를 두고 형제와 싸울 필요도 없었고, 자신보다 나이가 많은 수사자들에게 타격을 입을 위험도 없었다. 에일라는 아기를 보살펴주고 아기를 위해 사냥했다. 하지만 아기에게 사냥한 고기를 나눠주기는 하되 자신의 몫을 내주지는 않았다. 그녀는 아기가 원할 때면 언제든 손가락을 빨게 해주고, 잠도 함께 잘 때가 많았다.

새끼 사자는 초반에 움직이기 힘들 때를 제외하면 늘 동굴 밖에서 지냈지만 자연스럽게 에일라에게 길들여졌다. 밖에 나가 흙탕물을 휘젓고 다니다가 더러워진 자신의 모습에 울상을 짓는 사자를 보면 에일라의 얼굴에 절로 미소가 떠올랐다. 새끼 사자가 에일라를 미소 짓게 하는 것은 그때만이 아니었다. 아기의 우스꽝스러운 행동 때문에 그녀는 터놓고 웃을 때가 많았다. 아기는 에일라 뒤를 밟는 것을 무척 좋아했다. 아기가 뒤에 가까이 온 것을 모른 척하고 있다가 아기가 에일라의 등을 톡 칠 때 깜짝 놀라는 시늉을 하면 아기는 더욱 좋아했다. 때로 는 막판에 에일라가 확 뒤를 돌아 아기를 팔로 안아서 놀래줄 때도 있었다.

동굴곰족 아이들은 마음껏 응석을 부리며 자랐다. 야단이라 고 해봐야 관심을 끌기 위해 하는 그릇된 행동을 무시하는 정 도였다. 아이들은 자라면서 나이 많은 형제와 어른들의 지위를 더욱 인식하게 되었고, 자연스레 자신을 아기 취급하는 것을 거부하며 어른 흉내를 내기 시작했다. 그러면 어른들도 이러한 단계를 당연하게 받아주며 계속해서 어른다운 행동을 하도록 이끌었다.

에일라도 특히 초반에는 이와 비슷하게 새끼 사자의 응석을 받아주었다. 하지만 새끼 사자가 점차 커가면서 녀석이 무심코 한 장난이 에일라를 아프게 할 때도 있었다. 다소 사납게 장난 을 치며 할퀴거나 공격이라도 하듯 에일라를 덮치려고 하면 그 녀는 장난을 멈추게 하려고 '멈춰!'라는 의미의 동굴곰족 손짓 을 했다. 아기는 그녀의 기분에 민감했다. 막대나 낡은 가죽을 가지고 줄다리기 장난을 치자고 왔다가 에일라가 거절하면 아 기는 전에 에일라를 자주 미소 짓게 했던 행동으로 에일라의 기분을 풀려고 들거나 에일라의 손가락을 빨려고 했다.

새끼 사자는 '멈춰'라는 에일라의 손짓에 반응하기 시작했 다. 행동이나 태도를 예민하게 포착해내는 에일라는 새끼 사자의 행동을 멈추게 하고 싶을 때 그만하라는 손짓을 사용하기 시작했다. 일부러 훈련을 시켰다기보다는 상호작용의 결과였고, 새끼 사자는 빠르게 습득했다. 새끼 사자는 성큼성큼 걸어오다가 혹은 장난스럽게 펄쩍 뛰어올랐다가도 에일라의 손짓 한 번에 멈췄다. 그녀가 엄한 표정으로 단호하게 '멈춰'라는 신호를 보내면, 자신이 그녀의 기분을 상하게 한 것을 알기라도 한다는 듯 에일라의 손가락을 빨며 그녀의 마음을 풀어보려고 했다.

한편 그녀 역시 새끼 사자의 기분을 예민하게 알아차렸고, 그 어떤 물리적인 구속도 하지 않았다. 그녀나 말이 그러하듯 사자 또한 자유롭게 오갈 수 있었다. 에일라의 머릿속에 함께 사는 동물을 가둬두거나 묶어두겠다는 생각은 전혀 없었다. 그들은 동굴에서 함께 생활하는 가족이었다. 그녀의 외로운 세상에서 그 둘만이 유일한 친구였다.

에일라는 짐승과 함께 사는 것이 동굴곰족의 관점에서 얼마나 이상하게 보일지는 곧 잊어버렸다. 하지만 말과 사자 사이에 형성되는 관계에 대해서는 호기심이 생겼다. 그 둘은 본능에 따르면 천적 관계였다. 하나는 포식자, 다른 하나는 먹잇감이었다. 부상당한 새끼 사자를 발견했을 때 이에 대해 생각해보았더라면 그녀는 말과 함께 사는 동굴에 사자를 데리고 오지 못했을 터였다. 더더구나 그 둘이 함께 한 동굴에서 살 수 있으리라고는 생각조차 못 했을 것이다.

처음에 히힝이는 새끼 사자를 그저 견뎌내고 있었지만 일단 녀석이 일어나 돌아다니자 모른 척하기가 어려웠다. 어느 날 히힝이는 새끼 사자와 에일라가 장난을 치는 모습을 보게 되었다. 에일라가 가죽 조각의 한쪽 끝을 잡아당기고 있었고, 새끼 사자가 가죽의 반대쪽을 이빨로 문 채 머리를 흔들며 으르렁댔다. 타고나기를 호기심이 강한 히힝이는 본능적인 두려움에도 아랑곳하지 않고 둘이 무엇을 하고 있는지 궁금해서 가까이 다가왔다. 쿵쿵 가죽 냄새를 맡아본 히힝이가 이빨로 가죽 한 귀퉁이를 물자 이제는 셋이서 줄다리기를 하게 되었다. 에일라가 손을 놓아버리자 말과 사자의 줄다리기가 되었다. 어느새 아기에게는 가죽을 끌어당기는 버릇이 생겨서 말이 지나가면 가죽을 물고 와서는 줄다리기 놀이를 하자고 꾀었다. 녀석은 언젠가 다 자라 사냥감을 덮칠 때처럼 두 앞발 사이에 온몸을 싣고 가죽을 찍어 누른 채 말이 한쪽을 잡아당기기를 기다렸다. 히힝이는 자주 사자의 요구를 들어주었다. 함께 놀 형제가 없다 보니 아기는 아쉬운 대로 가까이에 있는 짐승과 놀이를 시도했다.

히힝이는 그다지 좋아하지 않는데 아기가 포기할 수 없는 놀이가 있었다. 다름 아닌 꼬리잡기 놀이였다. 아기는 특히 히힝이의 꼬리를 좋아했다. 아기는 히힝이에게 몰래 접근했다. 납작 쭈그리고 앉아 마치 유혹하듯 살랑살랑 흔들리는 꼬리를 주시하다가 흥분감에 전율하며 살금살금 다가갔다. 그러고는 와락 뛰어올라 입안 가득 꼬리털을 물고는 좋아했다. 에일라는 히힝이가 새끼 사자와 놀아주고 있다고 확신했다. 히힝이는 새끼 사자가 자신의 꼬리를 노리고 있다는 것을 잘 알면서도 꼭 모른 척하는 것 같았다. 암말도 장난기가 다분했다. 지금껏 함께 놀 상대가 없을 뿐이었다. 에일라는 놀이를 생각해낼 줄 몰랐고, 한 번도 놀이 방법에 대해 배운 적이 없었다.

한데 얼마 후, 히힝이도 충분히 참아주었다는 생각이 들었던지 자신의 꼬리를 자꾸 노리는 아기의 엉덩이를 물었다. 히힝이도 아기의 응석을 받아주기는 했지만 자신의 영역을 결코 양보하지 않았다. 아기가 동굴사자이긴 했어도 아직 새끼에 불과했다. 에일라가 어미 역할을 한다면 히힝이는 보모였다. 시간이 흐르면서 둘 사이의 놀이가 새로 생겨나면서 아기를 그저 참아주는 정도였던 히힝이는 점차 적극적으로 아기를 보살펴주기 시작했다. 그리고 이렇게 된 데에는 아기가 똥을 좋아하는 습성도 한몫했다.

아기는 육식동물의 배설물에는 관심이 없었다. 오로지 초식동물의 똥만 좋아했다. 초원에 나갔다가 초식동물의 똥이라도 발견했다 하면 언제나 그 위에서 몸을 굴리며 놀았다. 새끼 사자가 하는 놀이 대부분은 미래의 사냥을 준비하는 과정이었다. 초식동물의 똥을 묻히면 사자의 체취를 숨길 수 있었다. 에일라는 새끼 사자가 새로운 똥 무더기를 발견하고 좋아하는 모습에 웃지 않을 수 없었다. 매머드의 똥은 특히 놀기에 더 좋았다. 녀석은 커다란 덩어리 위를 와락 덮쳐서 부수더니 그 위에 벌렁 누웠다.

하지만 아기에게 최고로 좋은 것은 히힝이의 똥이었다. 에일라가 땔감으로 쓰려고 모아둔 말린 똥을 보더니 얼마 되지 않는 양인데도 사방에 늘어놓고는 그 위에서 온몸을 굴리며 마음껏 놀았다. 동굴에 돌아온 히힝이는 새끼 사자에게서 자신의 냄새를 맡았다. 그 때문에 녀석이 멀게 느껴지지 않는 듯했다. 그간 새끼 사자에 느꼈던 긴장감은 모두 사라지고 이제 암말은 녀석을 보살피기 시작했다. 새끼 사자를 보호하고 이끌어주었으며, 간혹 새끼 사자가 당황스러운 행동을 할 때도 있었지만 그렇다고 관심을 끊지는 않았다.

그해 여름, 에일라는 동굴곰족을 떠나온 이후로 그 어느 때보다 행복한 시간을 보냈다. 히힝이는 동반자였고 친구 이상의 존재였다. 길고 외로운 겨울 내내 히힝이가 없었다면 어떻게 지냈을지 상상조차 할 수 없었다. 그런데 새끼 사자 한 마리가 동굴에 들어오자 또 완전히 새로운 분위기를 만들어냈다. 녀석은 웃음을 자아냈다. 장난꾸러기 새끼 사자와 그런 사자를 보호하려드는 말 사이에는 언제나 재미난 일들이 일어났다.

어느 화창한 여름날, 에일라는 새끼 사자와 말이 들판에서 새로운 놀이를 하고 있는 것을 지켜보았다. 둘은 커다란 원을 그리며 서로를 쫓아다녔다. 처음에는 히힝이가 따라올 정도로 속도를 늦추던 아기 사자는 갑자기 전속력으로 내달렸다. 그러면 히힝이는 새끼 사자가 한 바퀴를 다 돌고 올 때까지 천천히 돌다가 새끼 사자가 뒤에 붙을 즈음에 질주를 시작했다. 그러면 뒤에 있던 사자가 놀란 듯이 다시 속도를 내고 앞질렀다. 앞서거니 뒤서거니 뛰어다니는 두 녀석들의 모습은 그 어느 때보다 우습기 그지없었다. 어찌나 웃음이 나던지 그녀는 배를 움켜쥐고 나무에 기댄 채 깔깔댔다.

쉴 새 없이 터져 나오던 웃음이 잦아들자 어떤 이유에서인지 에일라는 갑자기 자기 자신에 대해 의식하기 시작했다. 뭔가 재미난 일이 있을 때마다 그녀가 내는 이 소리는 대체 무엇일까? 그녀는 왜 그런 소리를 내는 걸까? 잘못된 행동이라고 나무라는 사람이 주위에 없다 보니 자연스럽게 웃음이 터져 나왔다. 그게 정말 잘못된 행동일까? 씨족 사람들도 유머를 알고, 재미난 이야기를 주고받았지만 그들은 고개를 끄덕이거나 눈빛에 즐거운 기색이 엿보일 뿐이었다. 미소와 그나마 비슷한 표정은 얼굴을 찡그리는 것이었다. 하지만 그런 표정에는 기쁨이 아니라 긴장감 가득한 두려움 혹은 상대방을 위협하는 감정만이 담겨 있을 뿐이었다.

하지만 웃고 나면 이렇게 기분이 좋아지지. 게다가 웃는 게 어려운 일도 아닌데, 어째서 웃음이 나쁘다는 걸까? 다른 종족도 그녀처럼 웃을까? 다른 종족. 즐거웠던 기분이 순식간에 가라앉았다. 그녀는 이제 다른 종족에 대해 생각하는 일이 꺼려졌다. 그 생각은 곧 그녀가 그들을 찾는 일을 중단했다는 사실을 상기시켰다. 그러면 여러 가지 복잡한 감정들이 올라왔다. 이자는 그녀에게 혼자 사는 것은 위험하다며 그들을 찾으라고 말했다. 하긴 아프거나 사고라도 난다면 누가 그녀를 도울 수 있겠는가?

하지만 에일라는 그녀의 동물 식구와 계곡에서 지내는 생활이 무척 행복했다. 히힝이와 아기는 그녀가 동굴곰족의 관습을 깜박 잊고 뛰어다녀도 탐탁지 않은 눈길로 바라보는 일이 없었다. 웃거나 울지 말라고 말하는 일도 없었고, 무엇을, 언제 사냥해야 하는지 무슨 무기를 써야 하는지 제약을 가하지도 않았다. 그녀는 스스로 선택할 수 있었고, 그로 인해 자유를 느꼈다. 그녀 자신의 필요를 위해 해야만 하는 일들, 이를테면 음식이나 따뜻한 주거지를 준비하기 위해 소요되는 시간이 그녀의 자유를 좀먹는다는 생각도 하지 않았다. 물론 온갖 수고를 감내해야 했지만 그녀는 그 과정에서 무척이나 자유로웠다. 스스로를 돌볼 수 있다는 사실에 자신감도 얻었다.

시간이 흐름에 따라, 특히 아기가 동굴에서 함께 지내게 된 이후로 그녀가 사랑하는 사람들에게 느꼈던 지독한 그리움은 조금씩 옅어졌다. 공허함이나 다른 인간 존재에 대한 갈망은 워낙 오래된 고통이다 보니 어느 정도 무뎌지기도 했다. 그러한 고통이 조금씩 줄어들자 그 자리에 기쁨이 찾아왔다. 두 동물 친구가 마음속이 뻥 뚫린 듯한 공허감을 채워주는 데 큰 도움이 되었다. 그들과 함께 하는 생활은 그녀가 어린 시절 이자와 크렙과 함께 살던 때를 떠올리게 했다. 다만 조금 다른 게 있다면 그녀와 히힝이가 아기를 돌본다는 점이었다. 밤이면 에일라는 새끼 사자를 꼭 안고 잤다. 새끼 사자도 발톱을 한껏 오므린 채 에일라를 안아서 마치 두르크처럼 느껴질 정도였다.

그러다 보니 에일라는 이제 미지의 다른 종족을 찾으러 떠난다는 게 망설여졌다. 그들의 관습이나 제약에 대해서는 전혀 아는 게 없었다. 다른 종족은 어쩌면 그녀에게서 웃음을 앗아갈지도 몰랐다. 그럴 수는 없어. 그녀는 혼잣말을 했다. 다시는 나를 못 웃게 하는 사람하고는 살지 않을 거야.

히힝이와 아기는 놀이에 싫증이 난 모양이었다. 히힝이는 풀을 뜯고 아기는 근처에서 혀를 내민 채 숨을 헐떡이며 쉬고 있었다. 에일라의 휘파람 소리에 히힝이가 달려왔고 뒤이어 아기가 그 뒤를 터벅터벅 따라왔다.

"사냥하러 가야겠어, 히힝아. 아기가 어찌나 많이 먹는지. 점점 더 커지고 있어."

새끼 사자는 부상에서 회복된 이후로 언제나 에일라나 히힝이를 졸졸 따라다녔다. 새끼 사자들은 무리에서 혼자 떨어지는 법이 없었고, 동굴곰족 사람들도 아기들을 혼자 있게 방치하지 않았기 때문에 아기의 그런 행동은 당연한 것이었다. 그런데 한 가지 문제가 생겨났다. 동굴사자가 뒤따라오면 사냥을 어떻게 한단 말인가? 하지만 아기에 대한 히힝이의 보호본능 덕분에 문제는 저절로 해결되었다. 어미 사자는 새끼들과 아직 다 자라

지 않은 암사자들을 소집단으로 묶어서 함께 있도록 했다. 암
사자들이 사냥을 나가면 어린 암사자들이 새끼들을 돌봤다. 아
기도 히힝이가 자신을 돌보는 것을 받아들였다. 새끼 사자를
보호하기 위해 신경을 곤두세우며 단단한 발굽을 구르는 암말
에게 덤벼들 하이에나는 없다는 것을 에일라는 알았다. 하지만
이는 에일라가 또다시 걸어서 사냥을 나가야 한다는 뜻이었다.
줄팔매로 사냥할 만한 짐승을 찾아 동굴 근처 초원을 다니다
가 에일라는 뜻밖의 기회와 맞닥뜨렸다.

에일라는 계곡 동쪽으로 동굴사자들이 배회하는 영역을 늘
피해 다녔다. 하지만 처음으로 왜소하게 자란 소나무 그늘에서
쉬고 있는 몇 마리의 사자를 본 순간, 자신의 토템인 동굴사자
에 대해 더 많이 알 수 있는 기회라는 생각이 들었다.

그것은 위험한 일이었다. 에일라는 사냥꾼이기도 했지만 언
제든 포식 동물의 먹이가 될 수도 있었다. 하지만 오래전부터
포식 동물을 관찰하면서 눈에 띄지 않는 방법을 나름대로 터
득하고 있었다. 사자들은 그녀가 주시하고 있다는 것을 알면서
도 얼마 후에는 그냥 무시하기 시작했다. 그렇다고 위험하지 않
은 것은 아니었다. 언제든 심기가 불편해지기라도 하면 별다른
이유 없이 그녀를 공격할 수도 있었다. 하지만 동굴사자들은 오
래 관찰하면 할수록 더욱 매혹적인 동물이었다.

동굴사자는 대부분의 시간 동안 쉬거나 잠을 잤다. 하지만
사냥에 나서면 맹렬한 속도를 냈다. 늑대들은 무리를 지어 큰

사슴을 잡을 수 있었지만 암사자는 혼자서 늑대 무리보다 더 빨리 사슴 한 마리를 사냥했다. 동굴사자들은 배가 고플 때 사냥을 했고 며칠에 한 번 꼴로 먹는 듯했다. 사자들은 그녀처럼 음식을 미리 저장해둘 필요가 없었다. 그들은 1년 내내 아무 때고 사냥을 했다.

무더운 여름날이면 밤에 사냥을 나선다는 것도 알게 되었다. 털이 더 두툼해지고 초원의 변화에 맞춰 색도 더 옅어지는 겨울이 되면 동굴사자들이 대낮에 사냥하는 모습을 목격할 수 있었다. 낮이라고 해도 혹독한 추위 탓에 사냥을 하는 동안 엄청난 에너지를 소모하기 때문에 사자들의 체온이 지나치게 높아지는 일은 없었다. 기온이 갑자기 떨어지는 밤이면 바람이 들이닥치지 않는 동굴이나 절벽의 바위가 튀어나온 곳에서 서로 몸을 포개고 잤다. 때로는 낮 동안 햇볕의 따뜻한 온기를 흡수하고 밤에 그 복사열을 내뿜는 협곡의 돌투성이 바닥에서 잠을 자기도 했다.

한나절 내내 동굴사자를 관찰한 후 계곡으로 돌아온 에일라는 동굴사자의 정령에 대한 존경심이 더욱 깊어졌다. 앞으로 휘어진 엄니가 어찌나 긴지 끝에서 교차할 정도인 나이 많은 매머드를 암사자들이 쓰러뜨리는 광경까지 목격한 뒤였다. 사자 무리 전체가 달려들어 사냥한 고기를 실컷 먹었다. 그녀는 어떻게 겨우 다섯 살의 나이에 동굴사자를 맞닥뜨리고도 단지 몇 줄의 흉터가 남을 정도로만 다치고 살아남을 수 있었을까?

그녀는 그제야 씨족 사람들이 그토록 놀랐던 이유를 이해하게 되었다. 동굴사자가 왜 나를 선택했을까? 그 순간 에일라에게 뭔가 이상한 육감 같은 게 찾아왔다. 구체적으로 설명할 수는 없는 느낌이었지만 두르크를 떠올리게 했다.

계곡에 다다랐을 무렵 빠르게 날아간 돌이 토끼를 쓰러뜨렸다. 아기에게 줄 먹이였다. 그때 문득 완전히 자란 수사자가 된 아기의 모습이 그려지면서 새끼 사자를 동굴에 데리고 온 것이 잘한 일이지 의문이 들었다. 그러나 불안감은 멀리서 그녀가 돌아온 것을 보고 기뻐 달려 나온 아기 덕분에 오래가지 못했다. 아기는 에일라의 손가락을 찾아 거친 혓바닥으로 핥아댔다.

그날 저녁 늦게 에일라는 토끼의 가죽을 벗겨 고기를 잘라 아기에게 준 뒤 히힝이의 잠자리를 정리하고 신선한 건초를 주었다. 그러고 나서 자신의 저녁을 만들어 먹고는 차를 홀짝이며 불을 응시한 채 그날의 일들에 대해 생각했다.

새끼 사자는 모닥불의 열기에서 떨어진 동굴 뒤쪽에서 잠자고 있었다. 에일라는 새끼 사자를 데리고 오게 했던 당시의 상황에 대해 곱씹었다. 아무리 봐도 그것은 토템이 바라던 일이라는 생각이 들었다. 이유를 알 수는 없었지만 위대한 동굴사자의 정령이 그 자신의 아이를 에일라에게 키우도록 보낸 것이었다.

그녀는 목에 걸린 부적에 손을 뻗고 그 안에 든 물건을 손으로 느껴보며 동굴곰족의 격식을 갖춘 손짓언어로 정령에게 감사의 말을 전했다.

"이 여인은 동굴사자가 얼마나 강력한지 잘 알지 못했습니다. 제게 그 힘을 보여주셔서 감사드립니다. 왜 이 여인을 선택하셨는지 알지 못하지만 아기와 말을 보내주셔서 감사드립니다."

그녀는 잠시 멈추고는 다시 손짓을 이어갔다.

"위대한 동굴사자시여, 언젠가 이 여인은 새끼 사자가 제게 온 이유를 알게 되겠지요. 토템께서 알려줘야겠다는 생각을 하게 된다면……."

동굴사자가 함께 살게 되었으므로 다가올 겨울을 준비해야 하는 여름날의 일거리는 더욱 늘어났다. 새끼 사자는 그야말로 육식동물이기 때문에 빠르게 성장하는 녀석의 식욕을 채우려면 많은 양의 고기를 저장해놓아야 했다. 줄팔매로 사자를 먹일 작은 짐승들을 다 잡으려면 시간이 너무 오래 걸렸다. 사자뿐만 아니라 자신을 위해서도 더 큰 사냥감을 잡아야 할 때였다. 하지만 큰 짐승을 잡으려면 히힝이의 도움이 필요했다.

아기는 에일라가 뭔가 특별한 일을 준비하고 있다고 눈치를 채고 있었다. 그녀는 마구를 가지고 나오더니 휘파람으로 히힝이를 불러서 두 개의 튼튼한 장대를 마구와 연결해 끌고 갈 수 있도록 끈을 조절했다. 운반대의 편리성이야 이미 다 알고 있지만 이번에는 운반대에 짐바구니까지 싣고 갈 생각이었다. 동굴로 사냥감을 끌고 올라갈 때 운반대의 폭을 쉽게 조절할 수 있도록 장대 중 하나를 움직이도록 만들었다. 암봉 위에서 고기를 말리는 것 또한 이제는 어려움 없이 잘 되었다. 다만 사냥에 나갈 때 아기가 무슨 짓을 할지, 혹은 자신이 아기와 함께 사냥을 할 수는 있을지 그 무엇도 자신할 수 없었다. 그냥 부딪쳐보는 수밖에 없었다. 모든 준비를 마친 에일라는 히힝이를 타고 출발했다. 아기는 어미 사자를 따르는 것처럼 뒤쫓아 왔다. 강의 동쪽 지역에 가는 것이 훨씬 수월했다. 서쪽 지역은 탐사를 위해 몇 번 가봤을 뿐이었다. 서쪽으로는 절벽이 수 킬로미터나 이어지다가 돌이 많은 가파른 비탈길을 내려가야 마침내 초원이 나타났다. 에일라는 말을 타고 멀리 이동할 수 있게 된 이후로 서쪽보다는 동쪽의 익숙한 길로 다녔고, 동쪽으로 난 초원이 사냥을 하기에도 수월했다.

에일라는 초원의 짐승 무리에 대해 많은 것을 꿰뚫게 되었다. 이동 습성이나 경로, 강을 건너는 지점까지 많은 것들을 파악했다. 하지만 짐승들이 다니는 길에 함정을 파야 한다는 사실은 변하지 않았다. 게다가 가만히 있지를 못하는 새끼 사자가 방해를 하는 탓에 구덩이를 파는 게 쉽지 않았다. 녀석은 에일라가 새로운 놀이를 한다고 생각하는 듯했다.

아기는 구덩이 가까이로 살금살금 기어오더니 앞발로 가장자리를 무너뜨리고는 구덩이 속으로 들어왔다가 훌쩍 밖으로 나갔다. 그러더니 에일라가 가죽 천막 위에 모아놓은 흙더미 위에서 뒹굴었다. 그녀가 퍼놓은 흙을 버리려고 가죽을 끌어당기자 아기도 다른 한쪽을 물어 자기 쪽으로 끌어당기기 시작했다. 가죽 천막을 두고 줄다리기가 시작되자 그 위에 있던 흙이 바닥으로 쏟아졌다.

"아기! 이러면 내가 어떻게 구덩이를 팔 수 있겠어."

에일라가 몹시 화난 표정으로 말했지만 이내 웃음이 터져 나왔고 녀석은 더 신이 나서 가죽을 잡아당겼다.

"이리 와, 잡아당기고 놀 만한 다른 가죽을 줄게."

에일라는 히힝이가 편하게 풀을 뜯을 수 있도록 내려놓았던 바구니를 뒤져서 비가 올 경우를 대비해 가져온 사슴 가죽을 찾았다.

"이걸로 해, 아기."

그녀가 손짓하더니 아기 앞에서 가죽을 죽 끌어당겼다. 그 가죽이면 충분했다. 녀석은 땅에 끌리는 가죽만 보면 사족을 못 썼다. 앞발로 가죽을 끼고 어찌나 재미있게 노는지 에일라는 웃을 수밖에 없었다.

새끼 사자가 계속 끼어들긴 했지만 에일라는 마침내 구덩이를 파서 낡은 가죽으로 그 위를 덮은 다음 흙을 한 겹 깔아놓았다. 가죽은 구덩이 속으로 꺼지지 않게 네 개의 말뚝으로 헐겁게 고정시켜놓았다. 모든 준비를 끝냈을 때 아기는 아무래도 궁금했던 모양인지 살펴보러 갔다가 그대로 구덩이에 빠지고 말았다. 크게 놀란 채로 구덩이 위로 홀쩍 뛰어오른 아기는 그 이후로 함정 근처는 얼씬도 하지 않았다. 다시 가죽을 덮어 함정을 만든 에일라는 휘파람으로 히힝이를 불러 타고는 초원을 빙 둘러 오나거 무리의 뒤를 밟았다. 그녀는 다시는 말을 사냥할 생각이 없었다. 오나거조차 말을 닮아서 마음이 불편해졌다. 당나귀와 섞인 오나거는 생김새가 말과 무척 닮았다. 하지만 함정으로 몰아가기에 딱 좋은 위치에 오나거 무리가 있어서 그냥 지나칠 수 없는 기회였다.

아기가 함정 주위에서 장난을 치다가 빠지는 모습을 본 뒤로는 아기가 사냥에 방해가 되지 않을까 더욱 걱정이 앞섰다. 하지만 그들이 오나거 무리 뒤를 밟기 시작하자 태도가 사뭇 달라졌다. 녀석은 히힝이의 꼬리잡기 놀이를 할 때처럼 오나거의 뒤를 살금살금 뒤따랐다. 아직 사냥을 하기에는 너무 어린데도 사냥감을 직접 쓰러뜨리기라도 할 것처럼 조용히 주시했다. 그제야 에일라는 그간의 놀이가 앞으로 배워야 할 사냥 기술을 연습하는 과정이라는 것을 깨달았다. 새끼 사자는 태생이 사냥하는 동물이었다. 태어나면서부터 사냥꾼이었다. 녀석은 소리 없이 움직여야 한다는 것을 본능적으로 알고 있었다.

에일라는 놀랍게도 새끼 사자가 사냥에 도움이 된다는 사실을 깨달았다. 함정 주변에 당도한 오나거 무리가 인간과 사자 냄새를 맡고 방향을 틀자 그녀는 무리를 몰기 위해 소리를 지르면서 히힝이를 타고 무리 쪽으로 다가갔다. 새끼 사자 또한 움직이라는 신호라고 생각하고 오나거 무리를 뒤쫓기 시작했다. 동굴사자의 냄새는 오나거들을 더욱 공포로 몰아넣었다. 녀석들은 곧장 함정을 향해 질주했다.

에일라는 구덩이 속에서 몸부림을 치며 울부짖는 오나거를 향해 전속력으로 달려와서는 한 손에 창을 든 채 히힝이의 등에서 내렸다. 하지만 아기가 그녀를 앞질렀다. 아직 사냥감의 숨통을 끊는 법을 모르는 아기는 오나거의 등 위로 뛰어내려 목덜미를 물었지만 젖니로는 역부족이었다. 그래도 아기의 나이를 보건대 아주 일찍 사냥을 접한 셈이었다.

아기가 여전히 사자 무리 속에서 살았더라면 지금처럼 사냥감에 뛰어드는 일은 상상도 할 수 없었다. 단 한 번의 시도만으로 다 자란 사자들의 일격에 목숨이 위태로울 수 있었다. 속도로만 보면 사자들은 단거리 주자인 반면, 사냥감들은 장거리에 강했다. 사자들이 초반에 전속력으로 달려 결판을 짓지 못하면 사냥감을 잃을 가능성이 얼마든지 있었다. 그러다 보니 새끼들은 놀이를 통해 사냥 연습을 할 뿐 거의 다 자랄 때까지 실전에서 사냥 기술을 연마할 기회를 얻지 못했다.

그러나 에일라는 인간이었다. 포식자는커녕 사냥감에 버금가는 속도도 내지 못했다. 날카로운 발톱이나 송곳니도 없었다. 그녀의 무기는 머리였다. 사냥을 하기에 적합한 천성은 부족했지만 이를 극복할 수단들을 생각해냈다. 속도도 느리고 힘도 약한 인간이 사냥을 할 수 있도록 고안한 함정 덕분에 새끼 사자 또한 사냥 기술을 연습해볼 기회를 얻었다.

에일라가 가쁜 숨을 몰아쉬며 도착해보니 구덩이에 갇힌 오나거의 눈빛은 공포에 질려 있었다. 새끼 사자는 오나거의 등 위에 올라타 으르렁대며 젖니로 사냥감의 숨통을 끊어보려고 안간힘을 쓰고 있었다. 에일라는 단호하게 창을 내리꽂아 단번에 사냥감의 숨통을 끊었다. 오나거는 등에 새끼 사자를 매단 채—아기의 날카로운 작은 이빨이 가죽을 찢어놓았다—그대로 쓰러졌다. 오나거가 더 이상 움직이지 않자 그제야 아기는 사냥감을 놓았다. 아기를 바라보고 미소 짓는 에일라는 꼭 자식을 대견스러워하는 어미 같았다. 에일라의 미소에 고무된 새끼 사자는 자기보다 훨씬 큰 사냥감 위에 선 채로 자신이 사냥감을 죽였다고 확신에 찬 채 자랑스러운 표정으로 울부짖으려고 했다.

그때 에일라가 구덩이 안으로 뛰어들더니 새끼 사자를 옆으로 밀어냈다.

"아기, 저리 가 있어. 히힝이가 사냥감을 끌어내도록 목에 이 밧줄을 묶어야 돼."

가슴과 연결된 끈에 묶인 오나거를 말이 구덩이 밖으로 끌어 올리는 동안 새끼 사자는 흥분해 이리저리 날뛰었다. 아기는 구덩이 속을 들락날락하다가 마침내 오나거가 구덩이 밖으로 나오자 사냥감 위에 올라서더니 다시 훌쩍 뛰어내렸다. 아기는 잡은 사냥감을 어떻게 해야 할지 몰랐다. 보통은 사냥감의 목숨을 끊은 사자가 먼저 자기 몫을 챙기는데, 새끼 사자들은 사냥을 하지 못했다. 서열에 따라 가장 마지막에 남은 고기를 맛볼 뿐이었다.

에일라는 오나거를 펼쳐놓고 항문에서 시작해 배를 죽 갈라 목까지 잘랐다. 사자도 같은 방법으로 짐승의 배를 갈라 먼저 부드러운 내장부터 뜯어내곤 했다. 에일라는 아랫부분을 가르더니 몸을 돌려 양쪽으로 다리를 벌리고 사냥감 위에 올라타서 나머지 부분을 자르기 시작했다.

아기는 더 이상 기다릴 수 없었다. 녀석은 쩍 벌어진 배 속으로 달려들더니 피가 흥건한 내장을 향해 와락 입을 벌렸다. 바늘처럼 날카로운 이빨이 부드러운 내장을 찢으며 뭔가를 꼭 물었다. 새끼 사자는 몸을 바짝 수그린 채 줄다리기 놀이를 하듯 내장을 잡아당겼다.

사냥감을 큰 덩어리로 다 자른 에일라는 뒤를 돌아다보고는 폭소를 터뜨리고 말았다. 온몸을 들썩이며 웃다 보니 눈물이 날 정도였다. 아기가 창자의 일부를 이빨로 앙 문 채 잡아당기면서 뒤로 물러났지만 반대쪽에서 끌어당기는 힘이 전혀 느껴지지 않았다. 창자는 쭉쭉 늘어나며 따라왔다. 아기는 초조하게 창자를 계속 잡아당겼지만 길게 풀어진 창자는 하염없이 늘어났다. 아기의 놀란 표정이 어찌나 우습던지 에일라는 웃음을 참을 수가 없었다. 그녀는 땅바닥에 주저앉아 옆구리를 움켜쥔 채 웃음을 가라앉혀 보려고 애썼다.

땅바닥에 앉아 에일라가 뭘 하는지 궁금하다는 듯 새끼 사자는 창자를 놓아버리고는 그녀를 보러 왔다. 새끼 사자가 성큼성큼 다가오자 에일라는 활짝 웃으며 녀석의 귀 뒤를 붙잡고 자신의 뺨을 사자의 털에 비볐다. 그러더니 귀 뒤를 문질러주고 피로 얼룩진 턱을 쓸어주었다. 새끼 사자는 무릎 위로 털썩 올라앉더니 그녀의 손을 핥으며 몸을 꿈틀댔다. 새끼 사자는 앞발을 에일라의 허벅지 위에 교차로 올려놓고는 목 깊은 곳에서 가르릉 소리를 내며 에일라의 손가락 두 개를 찾아 빨았다.

네가 어째서 내게 왔는지 모르겠어. 에일라는 아기를 보며 생각했다. 하지만 네가 있어 무척 기쁘구나.

14

가을이 되자 새끼 사자는 늑대보다 커졌다. 새끼 사자의 통통하고 귀여운 느낌은 사라지고 근육이 붙은 길고 쭉 뻗은 다리에는 힘이 넘쳐 보였다. 하지만 몸집만 컸지 아직 새끼였다. 에일라는 새끼 사자와 장난을 치다가 발톱에 할퀴거나 멍이 들 때도 잦았다. 그렇다고 에일라는 녀석을 때린 적은 없었다. 아직 아기였던 것이다. 하지만 장난이 심해질 때는 "멈춰, 아기!"라는 신호로 아기를 나무라며 녀석을 밀어냈다. "그거면 충분해! 너무 거칠어!"라는 손짓도 잊지 않았다.

사자 무리에서 서열이 높은 사자에게 고분고분하듯 그 정도로만 에일라가 나무라도 아기는 자신이 잘못했다는 것을 아는 듯 그녀의 신호에 따랐다. 에일라는 새끼 사자의 버릇을 고쳐 줄 수밖에 없었다. 곧 에일라가 아기를 용서해주면 신이 나서 이리저리 날뛰면서도 아기의 행동은 훨씬 조심스러워지곤 했다. 아기가 에일라를 안겠다고 뛰어올라 그녀의 어깨에 앞발을 올려놓을 때면 꼭 발톱을 오므리곤 했다. 갑자기 덮친 아기 때문에 뒤로 넘어가는 경우는 있어도 아예 쓰러지는 경우는 드물었다. 아기가 안으면 에일라도 같이 껴안아주어야 했다. 녀석은 이를 드러내고 에일라의 어깨나 팔을 물었지만 살갗에 상처가 나는 일이 없도록 조심했다. 이빨로 무는 행위는 언젠가 짝을 지을 암사자를 만나면 하게 될 사자들의 애정 표현이었다.

그녀는 많이 자란 아기의 애정 표현을 받아주었고 또 성장한 만큼 그에 맞게 아기를 대해주었다. 하지만 동굴곰족에서는 첫 사냥에 성공해 어른이 될 때까지 아들은 어머니에게 복종했다. 에일라 또한 다른 관습을 알지 못했으므로 어디까지나 아기는 자신보다 아래였다. 새끼 사자는 그런 그녀를 어미로 받아들였다. 따라서 자연스럽게 동굴에서 에일라는 아기보다 서열이 높았다.

에일라와 히힝이가 이제는 새끼 사자의 가족이었다. 에일라와 함께 초원에 갔다가 다른 사자들을 몇 번인가 만난 적이 있었지만 호기심에 접근했다가 호되게 쫓겨났다. 코에는 흉터까지 남았다. 코에 피까지 날 정도로 작은 소란이 있었던 그날 이후로는 새끼 사자와 있을 때면 다른 사자를 피해 다녔다. 하지만 혼자 나갈 때면 여전히 동굴사자를 관찰했다.

에일라는 자기도 모르게 야생의 새끼 사자들과 아기를 비교하곤 했다. 첫 인상은 아기가 나이에 비해 크다는 것이었다. 갈비뼈가 앙상하게 튀어나오고 꾀죄죄한 털을 한 무리 속의 새끼 사자와 달리 아기는 굶주림에 시달려본 적이 없었다. 에일라의 지속적인 보살핌을 받으며 녀석의 몸집은 제 또래 사자 중에서도 제일 컸다. 건강한 아기를 키우는 씨족의 여인처럼 에일라는 야생 새끼 사자들보다 더 크고 날렵한 모습으로 자라는 아기를 보며 뿌듯함에 젖었다.

또한 아기에게는 또래 사자들보다 훨씬 발달한 부분이 있었다. 아기는 사냥에 일찍 눈을 떴다. 오나거 무리를 쫓는 데서 큰 희열을 느꼈던 녀석은 그 후로 항상 에일라를 따라나섰다. 다른 새끼 사자들이 서로의 뒤를 밟고 장난을 치며 사냥의 기술을 배우는 사이, 아기는 진짜 먹이를 두고 사냥 연습을 했다. 어미 사자였다면 새끼 사자가 사냥에 끼어드는 것을 엄격하게 금했겠지만 에일라는 녀석의 도움을 반겼을 뿐 아니라 부추기기까지 했다. 그의 본능적인 사냥 감각과 에일라의 기술이 한데 어우러지면서 둘은 한 팀이 되어 사냥에 나섰다.

아기가 단 한 번, 너무 일찍 무리를 쫓기 시작하다가 함정을 앞에 두고 짐승들을 다 뿔뿔이 흩어지게 한 적이 있었다. 그때 에일라가 아기에게 크게 역정을 낸 녀석은 자신이 엄청난 잘못을 했다는 것을 깨달았다. 그 이후로는 에일라를 가까이서 주시하고 있다가 그녀가 움직이기 전까지 가만히 기다렸다. 아기는 에일라보다 먼저 사냥감이 빠져 있는 함정에 도착했지만 아직 짐승의 숨통을 끊지는 못했다. 하지만 머지않아 스스로 사냥감을 죽이는 날이 올 것이라고 확신했다.

아기는 에일라와 함께 줄팔매로 작은 짐승을 사냥하는 것도 재미있어했다. 아기는 에일라가 자신이 관심 없는 먹을거리를 채집할 때와 잠잘 때를 빼곤 움직이는 모든 것을 쫓아다녔다. 하지만 그녀가 사냥을 할 때면 아기도 사냥감 앞에서 숨을 죽이고 얼어붙은 듯 기다리는 법을 배웠다. 그녀가 줄팔매로 표적을 겨냥하는 동안 가만히 기다리며 주시하고 있다가, 돌이 날아가는 순간 아기는 쏜살같이 뛰어나갔다. 종종 길 중간에서 사냥감의 목덜미를 입에 앙 문 채 끌어오는 아기와 마주치기도 했다. 에일라는 간혹 그럴 때면 사냥감을 죽인 게 자신의 돌멩이인지 혹은 사자들이 그러하듯이 아기가 녀석의 숨통을 끊어 놓은 것인지 궁금했다. 얼마 후 그녀는 자신이 사냥감을 눈으로 보기 전에 아기가 먼저 냄새로 먹이를 감지하고는 가만히 멈추고 기다린다는 것을 알게 되었다. 그리고 아기는 마침내 작은 짐승의 배를 처음으로 혼자서 가르게 되었다.

아기는 에일라가 건네준 고깃덩어리를 가지고 놀다가 시들해지면 잠이 들곤 했다. 에일라가 동굴 위 초원으로 이어지는 가파른 비탈을 올라가는 소리에 아기는 배고픔을 느끼며 눈을 떴다. 동굴에는 히힝이도 없었다. 야생에서 홀로 남겨진 새끼 사자는 하이에나를 비롯한 맹수들의 먹이가 되기 십상이었다. 아기는 일찍이 그런 경험을 해봤기 때문에 누구보다 그런 위험을 잘 알고 있었다. 아기는 벌떡 일어나 에일라를 뒤쫓아 갔다.

절벽의 꼭대기에서 이어지는 초원에 에일라보다 먼저 도착한 아기는 그녀 옆에서 나란히 걸었다. 비단털쥐가 있다는 것을 에일라가 알아채기 전에 아기가 돌연 멈춰 섰다. 하지만 비단털쥐도 그들을 봤는지 그녀가 돌을 던지기도 전에 달아나기 시작했다. 과연 사냥감을 맞혔는지 확신할 수 없었다.

그 순간, 아기가 뛰어나갔다. 에일라가 아기에게 갔을 때 녀석은 피 묻은 내장에 주둥이를 처박고 있었다. 그녀는 누가 사냥감을 죽인 것인지 확인하고 싶었다. 돌에 맞은 자국이 있는지 찾아보려고 아기를 옆으로 밀치자 잠시 저항하는 듯하더니 에일라의 엄한 눈빛에 순순히 비켜섰다. 아기는 에일라가 언제나 자신에게 충분한 몫을 준다는 것을 잘 알고 있었다. 죽은 짐승을 살펴봤지만 무엇 때문에 죽은 것인지는 확인할 수 없었다. 하지만 에일라는 비단털쥐를 아기에게 다시 주며 칭찬을 아끼지 않았다. 스스로 비단털쥐의 가죽을 찢고 배를 가른 것만 해도 잘한 일이었다.

아기가 처음으로 혼자서 사냥한 것이 틀림없다고 생각된 짐승은 토끼였다. 그녀의 돌이 빗나가는 경우는 드물었지만 그날따라 그녀는 제대로 돌을 날리지 못했다. 돌은 몇 발자국 앞에서 떨어졌다. 그런데 돌을 던지는 것을 신호로 알고 있던 새끼사자가 토끼를 쫓기 시작했다. 아기에게 달려가 보니 어느새 토끼의 배를 갈라 내장을 꺼내고 있었다.

"대단하구나, 아기!"

그녀는 동굴곰족의 남자아이들이 처음으로 작은 짐승을 제 손으로 잡아 왔을 때처럼 목소리와 손짓을 섞어 아낌없이 새끼 사자를 칭찬해주었다. 새끼 사자는 무슨 말인지 알아듣지 못했지만 그녀가 기뻐한다는 것만은 눈치챘다. 에일라의 미소나 태도, 행동으로 새끼 사자는 그녀의 감정을 고스란히 느꼈다. 아기는 사냥을 하기에 어렸지만 본능적인 사냥 욕구를 충족했을 뿐 아니라 제 무리의 우두머리에게 인정을 받았다. 녀석은 혼자서 사냥에 성공했고 스스로도 이를 알고 있었다.

겨울을 알리는 찬바람이 불며 기온이 떨어지고 강가에는 살얼음이 얼었다. 에일라는 이런저런 걱정으로 마음이 무거웠다. 자신이 먹을 푸성귀와 고기를 넉넉하게 저장해두고 아기를 위한 말린 고기도 따로 준비해두었다. 하지만 아기가 겨우내 버티기에 그 정도 양으로는 충분치 않다는 걸 알고 있었다. 히힝이를 위한 알곡과 건초도 따로 저장했지만 어쩌다 한 번 주기 위해서지 반드시 필요한 것은 아니었다. 말들은 겨울 내내 마른 풀을 찾아다녔다. 들판에 눈이 쌓이면 건조한 바람이 눈을 쓸어낼 때까지 굶주려야 할 때도 있어 추운 겨울을 넘기지 못하는 말들도 있었다.

포식 동물도 겨우내 사냥을 했다. 같은 포식 동물 중에서도 약한 것은 도태되고 강한 것에게 더 많은 먹잇감이 돌아갔다. 포식자 종과 먹이가 되는 종의 개체 수는 주기적으로 증가와 감소를 반복해 전체 개체 수는 서로 균형을 유지했다. 초식동물이 감소하는 해에는 굶어 죽는 육식동물이 증가했다. 겨울은 모두에게 가장 힘든 계절이었다.

겨울이 다가오자 에일라의 걱정은 더욱 커져만 갔다. 땅이 단단하게 얼어붙어 큰 짐승을 사냥할 수 없었다. 함정을 팔 수 없게 된 것이다. 작은 짐승들은 대부분 겨울잠을 자거나 저장해놓은 먹이를 가지고 둥지에서 나오지 않으니 냄새로 추적하지 않는 한 찾기 힘들었다. 그녀는 점점 커가는 새끼 사자를 먹일 만큼 충분히 사냥을 할 수 있을지 의문이었다.

사냥한 고기가 꽁꽁 얼 정도로 기온이 뚝 떨어진 겨울 동안, 그녀는 되는대로 큰 짐승들을 사냥한 뒤 돌로 쌓아 만든 저장고에 보관했다. 그러나 겨울철 초식동물의 이동 경로에 대해서는 몰랐기 때문에 사냥에 나섰다가도 계획대로 되지 않는 날이 많았다. 계속된 걱정으로 잠을 이루지 못하는 밤도 있었지만 새끼 사자를 동굴로 데려온 일에 대해서는 결코 후회하지 않았다. 암말과 새끼 사자가 곁에 있어서 에일라는 긴 겨울날이면 찾아오던 외로움과 그리움에 마음 아파하지 않아도 되었다. 오히려 동굴 안은 그녀의 웃음으로 가득 차곤 했다.

그녀가 밖에 나가 고기를 넣어둔 저장고의 돌을 치우기 시작하면, 아기가 어느새 달려와 꽁꽁 언 고기를 꺼내려고 안간힘을 썼다.

"아기! 비켜!"

　그녀는 새끼 사자가 돌 아래에서 고기를 입에 물고 끙끙대
는 것을 보며 미소 지었다. 아기는 얼어서 딱딱해진 고기를 동
굴 안으로 끌고 갔다. 예전에 동굴사자들이 동굴 뒷벽의 틈새
에서 지냈다는 것을 알고 있다는 듯, 녀석은 그곳에다 고기를
놓아두고 녹기를 기다렸다. 아기는 먼저 꽁꽁 언 덩어리를 자
근자근 깨물고 당기는 것을 좋아했다. 에일라는 고기가 녹기를
기다렸다가 자기 몫으로 한 덩이를 잘라갔다.

　저장고의 고기가 차츰 줄어들자 에일라는 날씨를 살피기 시
작했다. 춥긴 해도 맑고 상쾌한 하루가 시작되자 그녀는 오늘
이 사냥에 나설 때라고 판단했다. 적어도 시도는 해보자는 생
각이었다. 사냥에 대해 생각하지 않은 날이 없었지만 아직 구
체적인 계획을 세운 것은 아니었다. 밖을 돌아다니다가 좋은 생
각이 떠오르기를 바랄 뿐이었다. 적어도 주변 지형과 주위 환
경을 자세히 살피다 보면 뭔가 새로운 방법이 생겨날지도 모를
일이었다. 저장해놓은 고기가 다 떨어져갈 때까지 넋 놓고 앉
아 있을 수만은 없었다. 무엇이든 해보기로 마음먹었다.

　그녀가 히힝이 등에 싣는 바구니를 꺼내자마자 아기는 사냥
에 나선다는 것을 알았다. 녀석은 신이 나서 그르렁 소리를 내
며 동굴을 들락날락 뛰어다녔다. 히힝이도 기대가 된다는 듯
고개를 흔들며 소리를 냈다. 날은 춥지만 태양이 환하게 비추
는 초원에 도착하자 에일라 또한 오랜만에 몸을 움직여서인지
기분이 좋아지면서 어느새 걱정과 긴장은 사라지고 희망에 부

풀었다.

초원에는 바람이 약하게 불었지만 새로 내린 눈은 날아가지 않고 그대로 하얗게 쌓여 있었다. 공기는 대단히 차갑고 건조했다. 햇볕이 내리쬐고 있었지만 온기는 전혀 느낄 수 없었다. 그들이 숨을 내쉴 때마다 입김이 서렸고, 히힝이가 코를 힝힝댈 때마다 입가에 얼어붙었던 입김이 사방으로 흩어졌다.

그녀는 한 마리의 유연한 사자가 우아한 자태로 조용히 움직이는 것을 내려다보고는 크게 놀랐다. 아기는 어느새 어깨부터 엉덩이까지의 길이가 히힝이에게 버금갈 정도로 자라 있었다. 키도 히힝이와 엇비슷할 정도였다. 아기의 머리에는 불그스름한 갈기털이 나고 있었다. 이제는 새끼 티를 완전히 벗고 수사자다운 모습으로 변해가고 있었다. 에일라는 왜 진작 아기의 변화를 알아보지 못했는지 의아했다. 그때 아기는 더욱 날카로운 눈빛으로 꼬리를 곧추세운 채 주춤 멈춰 섰다.

에일라는 겨울날 초원의 짐승을 추적하는 데 익숙하지 않았지만 말 위에 앉아서 보니 눈 위에 늑대들의 발자국이 뚜렷하게 찍혀 있었다. 햇빛이나 바람에 흩어지지 않고 날카로운 발자국이 선명한 것으로 보아 얼마 되지 않은 것이었다. 아기가 앞으로 뛰어나갔다. 늑대들이 근처에 있는 것이었다. 에일라가 히힝이에게 신호를 보내 전속력으로 달려 때마침 아기를 따라잡았다. 늑대 한 무리가 사이가산양 무리에서 뒤처진 늙은 수컷 한 마리를 빙 둘러싸고 있었다. 아직 경험이 많지 않은 사자는 그 광경을 보고 흥분한 나머지 한가운데로 뛰어 들어갔고, 늑대들은 혼비백산해 달아났다. 놀란 늑대들을 보자 에일라는 웃고 싶었지만 괜히 아기를 자극하고 싶지 않았다. 너무 오래 사냥을 못 해 아기가 더 흥분한 듯 보였던 것이다.

공포에 질린 사이가산양이 초원을 가로질러 도망가기 시작했다. 늑대들이 다시 무리를 짓더니 빠르면서도, 산양 무리를 따라잡기 전에 지치지 않도록 속도를 조절해가며 그 뒤를 따라갔다. 에일라는 마음을 가다듬고 못마땅한 시선으로 아기를 노려봤다. 다시 돌아온 아기는 에일라 곁에 섰지만 짐승들을 쫓아갔던 게 무척 재미있었던지 그다지 잘못을 뉘우치는 표정은 아니었다.

에일라, 히힝이, 아기는 늑대 무리 뒤를 따라갔다. 그때 머릿속에 어떤 생각이 구체적으로 그려지기 시작했다. 줄팔매로 사이가산양을 잡을 수 있을지는 확신할 수 없었지만 늑대는 잡을 수 있었다. 에일라는 늑대를 먹지 않지만 아기는 배가 고프면 먹을 수도 있었다. 어차피 지금의 사냥은 아기를 위해 나선 것이었다.

늑대들이 속도를 높여 달리기 시작했다. 늙은 사이가산양은 너무 지쳐 무리를 따라잡을 수 없었다. 에일라가 몸을 앞으로 숙이자 히힝이도 속도를 높였다. 늑대들이 사이가산양의 발굽과 뿔을 조심하며 산양을 에워쌌다. 에일라는 털가죽 덮개 안에서 돌을 꺼낸 뒤 늑대 한 마리를 정해 겨냥하며 다가갔다. 히힝이가 거리를 충분히 좁혀 다가간 순간, 에일라는 연속으로 돌 두 개를 날렸다.

날아간 돌은 정확히 표적을 맞혔다. 늑대는 쓰러졌고 에일라는 처음에 늑대의 죽음으로 아수라장이 된 거라 생각했다. 하지만 원인은 따로 있었다. 아기는 에일라가 돌을 날리자 그것을 신호로 받아들였다. 하지만 녀석은 훨씬 맛있어 보이는 산양이 눈앞에 있으니 늑대에는 관심도 없었다. 늑대 무리는 말 위에 탄 채 돌을 날리는 여자와 사냥감에 대한 완강한 의지를 드러낸 사자에게 사냥감을 내주고 달아났다.

하지만 아기는 의욕만 앞설 뿐 아직 사냥꾼으로서는 완벽하지 못했다. 다 자란 사자에 비하면 힘이나 정확한 기술이 부족했다. 에일라는 잠시 후 상황을 파악했다. 아니야, 아기! 산양을 사냥하려던 게 아니야. 그녀는 생각했다. 하지만 이내 자신의 생각이 틀렸다는 것을 깨달았다. 아기가 제대로 된 사냥감을 선택한 것이었다. 사이가산양은 공포에 질려 마지막으로 안간힘을 다해 도망갔고, 아기는 사냥감의 숨통을 끊을 생각으로 전속력으로 쫓았다.

에일라는 바구니 뒤에 꽂혀 있던 창을 움켜쥐었다. 긴급한 상황을 감지한 히힝이도 늙은 사이가산양을 향해 질주했다. 마지막 힘을 쏟아낸 산양의 질주는 오래가지 못했다. 산양의 속도는 점차 느려졌다. 히힝이는 금방 산양을 따라잡았다. 산양과 나란히 설 정도로 다가가자 창을 던질 태세를 하고 있던 에일라는 자신도 모르는 사이 깊은 곳에서 올라오는 원시적인 고함을 내지르며 창을 내리꽂았다.

에일라가 말을 타고 한 바퀴를 돌고 돌아오니 새끼 사자가 늙은 산양 위에 올라타 있었다. 그러더니 처음으로 우렁차게 포효하며 자신의 용맹함을 만천하에 알렸다. 녀석의 포효는 다 자란 수사자의 우레 같은 소리에는 아직 못 미쳤지만 승리감에 가득 차 머지않은 그의 미래를 가늠하게 해주었다. 히힝이조차 그 소리를 듣고 주춤했다.

에일라는 암말의 등에서 내려와 목을 토닥이며 안심시켜주었다.

"괜찮아, 히힝아. 아기가 좋아서 그러는 것뿐이야."

에일라는 사자가 저항하거나 심각한 상처를 입힐지도 모른다는 염려는 하지 않은 채 아기를 옆으로 밀어내고 동굴로 가져가기 위해 배를 가를 준비를 했다. 아기는 순순히 자신보다 서열이 높은 에일라에게 양보했지만 그 이유가 서열 때문만은 아니었다. 에일라가 아기에게 이렇게 스스럼없이 대할 수 있는 이면에는 새끼 사자에 대한 흔들림 없는 애정이 존재했다.

에일라는 죽은 늑대의 가죽도 벗기기로 했다. 늑대 털가죽은 따뜻해서 유용할 터였다. 늑대 가죽을 벗긴 후 돌아왔더니 아기가 산양을 이빨로 물고 끌고 가는 게 보였다. 그 광경에 에일라는 내심 놀랐다. 아무래도 아기가 동굴까지 산양을 끌고 갈 생각인 것 같았다. 산양은 다 자라 굉장히 몸집이 컸지만 그에 비하면 아기는 아직 작았다. 그 작은 몸에서 폭발하는 아기의 힘은 대단했다. 그리고 앞으로도 더 세질 터였다. 하지만 아기가 이빨로 물어 산양을 동굴까지 끌고 가면 보나마나 가죽이 손상될 것이었다. 사이가산양은 초원뿐만 아니라 산에도 서식하며 넓게 퍼져 있는 짐승이었지만 개체 수는 많지 않았다. 게다가 사이가산양은 처음 잡아보는 동물이었고 그녀에게는 특별한 의미가 있었다. 사이가산양은 이자의 토템이었다. 에일라는 꼭 그 가죽을 가지고 싶었다.

"멈춰!"

에일라가 손짓하자 아기는 잠시 망설이더니 사냥감을 내려놓았다. 에일라가 운반대에 싣고 동굴로 가는 내내 사냥감을 지키려는 듯 초조하게 주위를 어슬렁대며 따라왔다. 에일라가 산양의 가죽을 벗기고 뿔을 잘라내는 동안, 아기는 평소보다 유심히 지켜봤다. 그녀에게서 가죽을 벗긴 고기를 통째로 받은 아기는 동굴 뒤쪽의 후미진 틈새로 가져갔다. 실컷 고기를 먹고 나서도 여전히 경계 태세를 보이더니 남은 고기 옆에서 잠이 들었다.

에일라는 흐뭇했다. 녀석이 자신의 사냥감을 지키려는 게 눈에 보였기 때문이다. 아기 또한 이 사냥감이 특별한 모양이었다. 이유는 달랐지만 에일라에게 이 사냥감은 특별했다. 폭발적으로 솟아오른 흥분이 여전히 그녀의 핏속을 흐르고 있었다. 엄청난 속도로 사냥물을 추적해 성공한 사냥에서 에일라는 희

열을 느꼈다. 하지만 더 중요한 것은 이제 그녀는 새로운 방식
으로 사냥을 할 수 있었다. 히힝이의 도움, 거기에 아기까지 합
세하니 여름이고 겨울이고 언제든 사냥이 가능해졌다. 든든한
자신감이 붙었다. 한편으로는 감사한 마음도 들었다. 이제 그녀
는 아기를 충분히 먹일 수 있겠다고 안심했다.

　그때 별다른 이유가 있었던 것은 아니지만 에일라는 히힝이
를 살피러 갔다. 다행히 히힝이는 사자가 가까이 있는데도 편
안하게 누워 있었다. 에일라가 다가가자 암말은 고개를 들었다.
몸을 쓸어주다 보니 가까이 있고 싶은 마음이 들어 히힝이 옆
에 누웠다. 히힝이는 에일라가 옆에 있어 기분이 좋다는 듯 나
직하게 콧바람을 힝힝 불었다.

　힘들게 함정을 파지 않고 히힝이와 아기의 도움을 받으니 겨
울 사냥은 일종의 놀이이자 운동이 되었다. 에일라는 어린 시
절 처음 줄팔매로 연습을 할 때부터 사냥을 무척 좋아했다. 매
번 새로운 기술들, 이를테면 짐승의 흔적을 찾아 뒤를 밟는 법,
돌 두 개를 연속으로 던지는 기술, 구덩이를 파 창으로 사냥하
는 법을 터득할 때마다 에일라는 성취감을 느꼈다. 하지만 그
어떤 사냥도 말과 동굴사자와 함께 하는 것보다 신나지 않았
다. 두 동물 역시 그녀만큼이나 사냥을 즐기는 것처럼 보였다.
에일라가 사냥 준비를 하면, 히힝이는 두 귀를 앞으로 쫑긋 세
우고 머리를 휘익 쳐들고는 꼬리를 휘두르며 또각또각 경쾌하
게 걸어 다녔다. 아기는 기대감에 가득 차서 그르렁 소리를 내

며 동굴을 들락날락했다. 한번은 우려스러운 날씨에 사냥에 나선 적이 있었는데, 앞이 안 보일 만큼 눈보라가 쳤는데도 히힝이는 동굴까지 에일라를 데려다주었다.

에일라, 히힝이, 아기는 대개 동이 튼 직후에 출발했다. 일찍 사냥감을 발견하여 정오도 안 되어서 동굴로 돌아올 때도 많았다. 그들이 주로 사용하는 방법은 사냥감을 조용히 따라가다가 공격하기에 적당한 위치가 되면 순식간에 튀어나가는 것이었다. 에일라가 줄팔매를 던져 신호를 보내면 공격할 태세를 취하고 있던 아기가 앞으로 달려 나갔다. 에일라의 신호를 느낀 히힝이도 아기를 따라 전력 질주했다. 사자가 공포에 질린 사냥감의 목덜미를 물고 있으면—아기의 송곳니와 발톱은 상처를 입히긴 했어도 아직 짐승의 숨통을 끊을 정도는 아니었다—머지않아 에일라를 태운 히힝이가 당도했다. 말이 사냥감 앞에 섰을 때 에일라는 가까이서 창으로 찔렀다.

처음에는 실패를 하는 날도 있었다. 사냥감이 너무 빠르거나 아기가 제대로 물지 못해 사냥감을 놓칠 때도 있었다. 에일라 또한 전력 질주하는 말 위에서 묵직한 창을 휘두르기 위해서는 어느 정도 연습을 할 필요가 있었다. 에일라가 던진 창이 빗나가거나 그저 짐승의 몸을 스치고 말 때도 많았다. 가끔은 히힝이가 충분히 가깝게 다가가지 못할 때도 있었다. 하지만 사냥감을 놓쳤다고 해도 여전히 그들에게는 흥미진진한 활동이었다. 그리고 언제든 다시 시도할 수 있었다.

거듭된 시도를 통해 그들의 실력은 날로 향상되었다. 서로의 필요성과 능력을 이해하기 시작하자 현실에서 있음직하지 않은 이 특별한 삼총사는 한 몸처럼 움직였다. 어찌나 손발이 잘 맞는지 아기가 처음으로 누구의 도움도 받지 않고 사냥을 했을 때도 그저 모두가 협동한 결과라고 넘어갈 뻔했다.

히힝이를 타고 사슴 무리를 쫓아 돌진하던 에일라의 눈에 쓰러져 있는 사슴 한 마리가 보였다. 그녀가 도착하기도 전에 이미 누워 있었다. 히힝이가 그 부근에서 속도를 늦췄다. 에일라는 말이 완전히 멈추기도 전에 말 위에서 훌쩍 뛰어내렸다. 창을 높이 들어 마지막 공격을 가하려던 순간, 에일라는 아기가 이미 사냥감의 숨통을 끊어놓은 것을 발견했다. 그녀는 다가가 죽은 사슴을 동굴에 가져갈 준비를 하기 시작했다.

얼마간의 시간이 흐른 뒤에야 그녀는 이 상황을 완전히 파악했다. 아기가 아직 다 자라지 않았는데도 사냥하는 사자가 된 것이다! 씨족에서라면 이는 아기가 성인이 될 것이라는 의미였다. 그녀가 신체적으로 여자가 되기 전에 사냥하는 여자라는 호칭을 얻었던 것처럼, 아기도 완전한 수사자로 자라기 전에 사냥에 성공한 것이다. 아기에게 성인식을 치러줘야겠어. 그녀는 생각했다. 하지만 어떤 의식을 치러야 아기에게 의미가 있을까? 생각에 잠겼던 에일라가 이내 미소를 지었다.

그녀는 운반대에 묶어놓은 사슴을 풀어서 깔개와 장대들을 바구니에 다시 넣었다. 이번에 사냥한 사슴은 온전히 아기의 힘으로 잡은 것이니 아기에게 온전히 맡길 셈이었다. 아기는 처음에 에일라의 뜻을 이해하지 못했다. 녀석은 죽은 사슴과 그녀 사이를 서성대기만 했다. 얼마 후 에일라가 먼저 떠나자 아기는 이빨로 사슴의 목덜미를 물어 자기 몸 아래쪽으로 끌어당기더니 그 상태로 강가를 지나 가파른 비탈길을 올라 동굴까지 끌고 갔다.

에일라는 아기가 혼자서 사냥에 성공한 이후, 그 즉시 달라진 점을 알아차리지는 못했다. 그들은 여전히 함께 사냥했다. 하지만 점점 더 자주 아기의 뒤를 쫓는 히힝이의 질주는 그저 운동에 불과하고 에일라의 창도 필요 없어졌다. 약간의 고기나 가죽이 필요한 경우에 한해서만 에일라가 먼저 손질을 한 뒤 아기에게 주었다. 야생에서는 언제나 무리의 수사자가 제일 먼저 가장 많은 양을 차지했지만 아기는 아직 다 자란 것은 아니었다. 또한 빠르게 커가는 몸집이 보여주듯이 녀석은 굶주린 적이 없어서 에일라가 서열상 먼저 사냥감에 손을 대도 순순히 따랐다.

한데 봄이 다가오자 아기는 혼자 이곳저곳을 탐험하러 나가기 시작했다. 오래 동굴을 비우지는 않았지만 먼 곳까지 나갔다 오는 일이 잦아졌다. 하루는 귀 한쪽에 상처를 입고 피를 흘리며 돌아왔다. 에일라는 아기가 다른 사자들을 찾아낸 것이라 짐작했다. 그 순간 에일라는 이제 아기가 더 이상 자신의 품에서 만족하지 못하리라는 것을 깨달았다. 녀석도 제 종족을 찾아다니고 있었던 것이다. 그녀는 사자의 귀를 깨끗이 닦아주었다. 다음 날 아기는 에일라에게 방해가 될 정도로 그녀만 따라다녔다. 밤에는 에일라 옆에 웅크리고 누워 그녀의 손가락 두 개를 핥았다.

아기도 곧 떠나겠구나. 에일라는 생각했다. 자신을 위해 사냥을 해줄 암사자들을 찾고, 새끼들도 낳고, 그래서 자기만의 무리를 만들고 싶은 거야. 아기에게는 자기 종족이 필요해. 그러자 이자가 떠올랐다. 너는 젊어, 그러니 네 종족의 남자가 필요해. 네 종족을 찾아서 네 짝을 찾아라. 이자는 그렇게 말했었다. 곧 봄이 올 거야. 떠나는 것에 대해 생각해야겠지만 아직은 일러. 아기는 동굴사자니까 더 클 거야. 벌써 제 또래 사자들보다 훨씬 크지만, 그래도 다 자란 건 아니니까. 혼자 있게 두면 아직은 살아남지 못할 거야.

폭설이 내리고 얼마 안 되어 봄이 왔다. 홍수 때문에 활동에 제약이 생겼지만 누구보다 히힝이는 운신의 폭이 좁아졌다. 에일라는 동굴이 있는 절벽 위를 올라 초원으로 나갈 수 있었고, 아기도 쉽게 경중경중 뛰어 비탈길을 올랐다. 하지만 말이 오르기에는 경사가 너무 가팔랐다. 마침내 물이 빠지자 새로 짐승의 뼈들이 쌓였고 강기슭도 예전과는 사뭇 달랐다. 히힝이도 드디어 비탈길을 내려가 들판에 다닐 수 있게 되었지만 뭔가 예민해진 상태였다.

에일라가 처음 히힝이에게서 이상한 점을 감지하게 된 계기는, 아기가 소리를 내지를 정도로 히힝이의 뒷발에 세게 걷어차였던 일이었다. 히힝이는 언제나 어린 사자에게 너그럽게 굴었기 때문에 에일라는 깜짝 놀랐다. 가끔 아기가 선을 넘어서 장난을 칠 때면 옆구리를 슬쩍 물기도 했지만 이렇게 대놓고 발로 찬 것은 처음이었다. 그녀는 히힝이의 이런 이례적인 행동이 그간 홍수로 인해 너무 오래 동굴 속에 갇힌 채 생활해 예민해진 탓이라 여겼다. 하지만 그간 새끼 사자도 자라면서 히힝이의 영역을 존중해 잘 침범하지 않았었다. 그런데 무엇에 이끌려 아기가 히힝이에게 갔다가 그런 봉변을 당했는지 모를 일이었다. 그녀는 아침 내내 희미하게 느껴지던 어떤 냄새가 강해진 것을 깨닫고는 히힝이를 살펴보러 갔다. 히힝이는 고개를 푹 숙이고 다리를 넓게 벌린 채 서 있었다. 꼬리는 한쪽으로 쏠려 있었다. 가까이 가서 보니 암말의 부풀어 오른 질구가 벌름대고 있었다. 암말은 고개를 들어 에일라를 보더니 신경질적인 울음을 토해냈다.

일련의 상반된 감정들이 빠르게 밀려들었다. 처음에는 안도감이었다. 그러니까 네 문제가 이거였구나. 에일라는 동물의 발정기에 대해 알고 있었다. 일부 동물의 경우 짝을 짓는 시기가 자주 돌아왔지만, 초식동물의 경우 발정기는 보통 한 해에 한 번이었다. 이 시기가 되면 수컷들은 암컷과 교미하기 위해 자주 다른 수컷과 싸움을 벌였다. 또한 따로 사냥을 하며 지내거나 성별로 무리를 지어 생활하던 암컷과 수컷들은 발정기가 되면 함께 어우러져 지냈다.

동물들의 여러 행동 가운데 에일라가 가장 불가해하다고 생각되는 것도 바로 이런 교미기였다. 사슴의 뿔이 1년에 한 번씩 떨어지고 더 크게 자라는 것도 신기했지만 짐승들의 짝짓기는 더욱 호기심을 불러일으켰다. 에일라는 어린 시절 짐승들의 짝짓기가 궁금해 크렙에게 많은 질문을 쏟아내곤 했었다. 그러면 크렙은 궁금한 게 너무 많다고 면박을 주곤 했다. 수컷이 암컷보다 우월하다는 것을 과시하는 시기라든가, 혹은 인간처럼 짐승 수컷들도 욕구를 풀 필요가 있을 거라고 설명해주면서도 크렙 역시 왜 짐승들이 짝짓기 하는지 알지 못했다.

지난봄에도 히힝이에게 발정기가 찾아왔다. 하지만 그때는 수말의 울음소리가 동굴 위 절벽에서 이어지는 초원에서 들려왔기 때문에 히힝이는 비탈길을 오를 수가 없었다. 한데 이번에는 암말의 욕구가 더 강해진 듯 보였다. 이렇게 아랫부분이 부어오르고 크게 운 적은 이번이 처음이었다. 에일라가 토닥이며 안아주자 히힝이는 고분고분 고개를 숙이는 것 같더니 다시 높은 소리로 울었다.

에일라는 불현듯 마음속에 불안한 감정들이 들끓어 오르는 것을 느꼈다. 히힝이가 예민해지거나 놀랐을 때 자신에게 기대오던 것처럼, 에일라는 히힝이에게 기댄 채 서 있었다. 히힝이가 곧 그녀를 떠날 것이었다! 꿈에도 생각하지 못했던 일이었다.

에일라는 히힝이를 진작 보냈어야 했는데, 전혀 마음의 준비를 하지 못했다. 그녀가 아기와 자신의 미래에 대해서 골몰하는 사이, 히힝이의 교미기가 먼저 찾아온 것이다. 암말에게는 수말, 그러니까 짝이 필요했다.

에일라는 참으로 마음이 내키지 않았지만 동굴 밖으로 걸어 나가더니 히힝이에게 따라오라고 손짓했다. 동굴 아래 강가에 도달하자 에일라는 말 위에 올랐다. 아기가 따라오려고 나섰지만 에일라는 멈추라는 신호를 보냈다. 지금은 동굴사자가 곁에 있을 때가 아니었다. 그녀는 사냥을 나가는 게 아니었지만 아기는 이해하지 못하는 듯했다. 에일라가 따라나서려는 사자에게 다시 한 번 단호하게 멈추라고 지시하자, 그제야 사자는 뒤에 남아 그들이 가는 것을 지켜봤다.

초원의 날씨는 따뜻하면서도 습한 바람이 불어와 시원했다. 푸른 하늘에는 희미한 햇무리를 두른 태양이 중천으로 떠오르며 초원에 햇볕을 내리쬐고 있었다. 파란 하늘은 눈부시도록 강렬한 햇살로 인해 옅어 보이는 것 같았다. 눈이 녹으면서 피어오르는 아지랑이가 시야를 가릴 정도는 아니었지만 사물의 윤곽들을 부드럽게 덮었고 땅 아래로는 연무가 드리워져 있었다. 원경과 근경이 섞여드는 것처럼 모든 게 가깝게 보이면서 다른 시간이나 공간은 존재하지 않고 마치 지금 이 순간, 이곳만이 지속될 것 같았다. 먼 거리에 있는 사물도 몇 발자국만 가면 닿을 듯 보였지만 실은 그곳에 닿으려면 아주 오랜 시간이 걸릴 터였다.

　에일라는 히힝이에게 어떤 신호도 보내지 않았다. 무의식적으로 이정표나 방향을 확인할 뿐 히힝이가 마음대로 가도록 내버려두었다. 어디로 가고 있는지 신경 쓰지 않았고 자신의 눈물이 연무로 촉촉이 젖은 대기에 소금기 어린 물기를 더해주고 있다는 사실도 깨닫지 못했다. 그녀는 말 위에 힘없이 앉아 흔들리고 있었고, 생각은 내면으로만 향했다. 그녀는 처음 이 계곡에 도착했을 때 보았던 들판에 무리 지어 있던 말들을 떠올렸다. 이곳에서 머물면서 사냥을 계획했던 일에 대해서도 생각했다. 히힝이를 안전하게 동굴의 불가로 데리고 오던 순간도 생각났다. 그녀는 히힝이와 함께 하는 생활이 영원히 지속될 수 없다는 것을 미리 생각했어야 했다. 그녀가 자신의 종족을 찾아야 하듯, 언젠가는 히힝이도 자기 종족으로 돌아가야 했던 것이다.

　말의 속도가 빨라지자 상념에서 벗어난 에일라는 주위를 둘러봤다. 마침내 히힝이는 찾고 있던 것을 발견했다. 한 무리의 말들이 저 앞에 있었다.

　태양은 어느새 낮은 언덕을 덮고 있던 눈을 모두 녹인 뒤였다. 땅에는 작고 푸른 새싹들이 돋아나 있었다. 그간 건초로 간신히 굶주림을 면하던 말들이 새로 돋아난 신선한 풀을 뜯고 있었다. 다른 말들이 고개를 들어 히힝이를 보자 히힝이는 걸음을 멈췄다. 에일라는 수말의 울음소리를 들었다. 언덕 옆에 전에는 본 적이 없던 수말이 서 있었다. 전체적으로 짙은 적갈색인 수말은 갈기와 꼬리, 다리 아래만 검은색이었다. 에일라는 이렇게 짙은 색의 털을 가진 말을 본 적이 없었다. 대다수의 말들은 회색빛이 도는 갈색이거나 옅은 담황색, 혹은 히힝이처럼 황갈색이었다.

수말이 길게 울부짖으며 머리를 들더니 윗입술을 비죽거렸다. 그러더니 뒷발로 섰다가 땅을 박차고 달려와서는 히힝이에게 몇 걸음 떨어진 곳에 서서 땅을 발로 긁어댔다. 목은 동그랗게 구부리고 꼬리는 치켜든 수말은 엄청나게 발기해 있었다.

히힝이가 대답하듯 울자 에일라가 암말의 등에서 내려왔다. 그녀는 히힝이를 꼭 안아주고는 뒤로 물러섰다. 히힝이는 고개를 돌려 망아지 때부터 자신을 보살펴주던 젊은 여인을 바라봤다.

"수말에게 가, 히힝아. 이제 네 짝을 찾은 거야, 어서 가."

에일라가 말했다. 그러자 히힝이는 머리를 치켜들더니 나직하게 울고는 수말 앞에 섰다. 수말은 히힝이 뒤를 돌더니 히힝이가 반항하는 아이라도 되는 양 히힝이의 무릎을 주둥이로 살짝 물며 무리 쪽으로 몰아갔다. 에일라는 발길을 돌리지 못한 채 히힝이가 멀어지는 모습을 지켜봤다. 수말이 히힝이 뒤에 올라타자 에일라는 브라우드와 그 끔찍했던 고통이 떠올랐다. 나중에는 아프지 않고 불쾌할 뿐이었지만 브라우드가 그녀 위로 올라탈 때마다 얼마나 끔찍했는지 몰랐다. 나중에 그가 자신에게 싫증을 냈을 때는 속으로 무척이나 좋아했었다.

하지만 히힝이는 높게 울음을 토해내긴 해도 수말을 밀치려는 것 같지 않았다. 그 모습을 지켜보고 있던 에일라는 뭐라고 설명할 수 없는 이상한 감각이 몸속 깊은 곳에서 몽글몽글 솟아오른 것을 느꼈다. 그녀는 앞다리를 히힝이의 등에 올리고서 높은 소리를 내지르며 안간힘을 다해 몸을 흔드는 수말에게서 눈을 뗄 수 없었다. 다리 사이가 따뜻하게 젖어들더니 수말이 몸을 흔들 때마다 그에 맞춰 맥박이 뛰는 것 같았다. 그러면서 참으로 이상한 갈망 같은 게 몸에서 느껴졌다. 숨이 가빠왔고 마치 심장이 머리에서 고동치는 것 같았다. 그녀도 설명할 수 없는 뭔가에 대한 열망으로 마음 한편이 찌르르 아팠다.

얼마 후 황갈색 암말은 뒤돌아볼 생각은 하지 않은 채 스스로 수말을 따라갔다. 에일라는 가슴이 텅텅 빈 듯한 그 공허함을 참아낼 수 없을 것만 같았다. 그녀는 자신이 계곡에 홀로 세워놓은 세상이 얼마나 쉽게 허물어질 수 있는지, 그녀의 행복이 얼마나 덧없는 것이었는지, 그간의 생활이 얼마나 위태로운 것인지 깨달았다. 그녀는 몸을 돌려 계곡까지 달렸다. 숨이 턱까지 차오를 때까지, 옆구리에 극심한 고통이 느껴질 때까지 달렸다. 그녀는 할 수 있는 한 빨리 달리면 마치 이별의 아픔과 외로움을 남겨두고 올 수 있을 것만 같았다. 그녀는 들판으로 이어지는 비탈에서 발을 헛디뎌 넘어지며 그대로 구르다가 멈췄다. 그녀는 심장이 터질 것만 같았다. 가쁜 숨을 다시 몰아쉬면서도 그녀는 일어나지 않았다. 움직이고 싶지 않았다. 또다시 이 고통을 이겨내고 살고자 애쓰고 싶지 않았다. 그래봐야 무슨 소용이 있겠는가? 이미 죽음의 저주를 받은 몸이 아니던가?

그때 나는 왜 그냥 죽을 수 없었을까? 죽어야만 하는 상황이었는데……. 나는 왜 사랑하는 모든 것을 잃어야만 할까? 그 순간 따뜻한 숨결이 느껴졌다. 그녀의 뺨을 타고 흐르는 소금기 어린 눈물을 꺼칠한 혀가 핥아주었다. 눈을 떠보니 거대한 동굴사자가 곁에 있었다.

"오, 아기!"

그녀는 아기를 향해 손을 뻗으며 외쳤다. 아기는 에일라 곁에서 큰 대자로 눕더니 발톱을 오므리고는 커다란 앞발로 그녀를 감쌌다. 에일라는 아기의 털북숭이 목을 꼭 끌어안고는 기다란 갈기에 얼굴을 묻었다.

실컷 울고 나서 마침내 일어나려고 하는데 넘어지면서 다친 곳이 그제야 아파왔다. 손바닥에는 찢어진 상처가 있었고, 무릎과 팔꿈치도 까져 있었다. 엉덩이와 정강이에는 멍이 들었고, 오른쪽 뺨도 욱신댔다. 그녀는 다리를 절룩이며 동굴에 도착했다. 상처 난 곳을 치료하던 그녀는 갑자기 정신이 번쩍 들었다. 뼈라도 부러졌으면 어찌했을까 하는 생각이 들었던 것이다. 도와줄 사람이 아무도 없는데 그런 사고라도 난다면 차라리 죽는 게 나았다.

그래도 그런 큰 사고가 일어난 건 아니잖아. 내 토템이 내가 살아 있기를 원한다면, 어떤 이유가 있을 거야. 어쩌면 동굴사자 정령이 그래서 아기를 내게 보내주었는지도 몰라. 히힝이가 언젠가 떠나리라는 것을 알고서.

아기도 언젠가 떠나겠지. 머지않아 짝이 필요할 거야. 야생에서 사는 동굴사자만큼 다 성장한 것은 아니지만 아기는 곧 짝을 찾을 거야. 몸집도 아주 커서 충분히 자기 영역을 지킬 수 있을 테고. 그리고 사냥은 또 얼마나 잘해. 자기 무리나 짝을 찾는 동안에 굶어 죽는 일은 없을 거야.

에일라는 문득 쓴웃음을 지었다. 마치 아들이 용감한 사냥꾼으로 자라길 바라는 동굴곰족의 어머니처럼 아기를 걱정하고 있었던 것이다. 하지만 사실 아기는 내 아들이 아니잖아. 그저 사자, 평범한…… 아니, 아기는 평범한 동굴사자가 아니야. 이미 다 자란 동굴사자만큼이나 덩치가 크잖아. 그리고 이른 나이에 사냥을 시작했고. 그래도 아기는 언젠가 나를 떠나야 하겠지.

지금쯤이면 두르크도 많이 컸겠구나. 우라도 잘 자라고 있겠지. 우라가 두르크의 짝이 되기 위해 브룬의 씨족에게로 떠나면 오다도 슬퍼하겠지. 아니지, 이제는 브라우드의 씨족이지. 다음 씨족 모임까지는 얼마나 남았을까?

그녀는 잠자리 뒤에 보관해둔 막대기 묶음을 꺼냈다. 그녀는 지금도 매일 밤마다 막대기에 빗금을 표시하고 있었다. 그것은 습관이자 의식이었다. 그녀는 막대기를 묶어놓았던 끈을 풀고는 바닥에 늘어놓았다. 이 계곡을 찾은 이후로 몇 날이 흘렀는지 셈을 해볼 작정이었다. 그녀는 빗금에 손가락을 대보았지만 빗금은 넘치게 많았다. 그렇게 아주 많은 날들이 흐른 것이었다. 그녀는 표시한 빗금을 몇 개씩 묶어서 세어보면 그녀가 여기에 온 지 얼마나 많은 날이 흘렀는지 알 것 같았지만 어떻게 시작하면 좋을지 막막했다. 참으로 답답한 노릇이었다. 그때 문득 막대기는 필요 없다는 생각이 들었다. 여기에 온 이후로 몇 번의 봄이 지났는지 생각하면 될 터였다. 두르크는 씨족 모임이 열리기 직전 봄에 태어났다. 그다음 봄에 첫 돌을 맞았다. 그녀는 흙바닥에 줄을 그어 표시를 했다. 그러고 나서 걷는 해였다. 그녀는 다시 흙 위에 표시했다. 그다음 봄은 젖을 떼는 해였다. 비록 사정이 있어 두르크는 더 빨리 젖을 떼야 했지만. 그녀는 세 번째 줄을 그었다.

내가 떠난 게 이때야. 그녀는 북받치는 감정을 삼키려고 노력하며 눈을 깜박였다. 그리고 그해 여름에 이 계곡을 찾았고 히힝이와 만났다. 그리고 그다음 봄에 아기를 찾았고. 그녀는 네 번째 표시를 했다. 그리고 이번 봄에는 히힝이를 잃은 해였지만 그렇게 단정 짓고 싶지 않았다. 하지만 사실이었다. 그녀는 다섯 번째 표시를 했다.

그녀가 왼손을 들어 표시한 줄을 손가락으로 하나하나 짚었더니 다섯 손가락이 모두 필요했다. 두르크가 그만큼 나이를 먹었다는 뜻이었다. 그리고 오른손을 들어 엄지와 검지를 들었다. 다음 씨족 모임까지는 2년이 더 남은 것이었다. 다음 번 씨족 모임을 끝내고 돌아올 때면 두르크의 짝이 될 우라가 함께 올 것이었다. 물론 짝을 맺을 나이가 되려면 더 기다려야 했다. 우라를 보기만 해도 그 아이가 두르크의 짝이라는 것을 알 수 있겠지. 두르크가 날 기억할까? 아이에게는 씨족의 기억이 있을까? 나를 얼마나 많이 닮았을까? 브라우드…… 아니 씨족과는 얼마나 닮았을까?

에일라는 빗금이 표시된 막대기를 모으다가 그녀의 정령이 싸우다가 피를 흘리는 시기마다 주기적으로 빗금에 따라 표시가 되어 있는 것을 발견했다. 어떤 남자의 토템 정령이 이곳에 있는 내 정령과 싸울 수 있겠어? 내 토템이 생쥐라고 해도 이곳에 있는 나는 결코 아기를 갖지 못할 거야. 아기가 생기려면 남자가, 남자의 음경이 필요하니까. 내 생각은 그래.

히힝이! 그렇다면 수말이 히힝이에게 하는 그 행위도? 수말이 히힝이에게 새끼를 배게 하는 걸까? 언젠가 무리 속에서 너를 찾으면 알게 되겠지. 오, 히힝아, 새끼를 가지면 얼마나 좋겠니.

히힝이와 수말을 생각하자 갑자기 몸서리가 일었다. 그녀의 호흡도 조금 더 빨라졌다. 그러다가 브라우드가 떠오르자 기분 좋게 간질이던 느낌이 뚝 끊겼다. 하지만 두르크를 생기게 한 건 브라우드의 음경이었다. 자기로 인해 내게 아기가 생겼다는 것을 미리 알았다면 결코 내게 욕구를 푸는 일은 없었을 거야.

두르크에게는 우라가 있어. 우라도 기형이 아니야. 다른 종족의 남자가 강제로 오다를 취했을 때 우라가 생겨난 것 같아. 우라는 두르크에게 딱 맞는 짝이야. 우리도 반은 씨족 사람이고, 반은 다른 종족 사람이니까. 다른 종족의 남자라니⋯⋯.

에일라는 안절부절못했다. 아기는 나가고 없었다. 그녀는 나가서 몸이라도 움직여야 할 것 같았다. 그녀는 밖으로 나가 개울을 끼고 띠처럼 자란 덤불을 따라 산책했다. 히힝이를 타고 다닐 때는 더 멀리도 다녔지만 걸어서 이렇게 먼 곳까지 가는 것도 오랜만이었다. 그녀는 다시 걷는 것에 익숙해져야 할 터였다. 그러고 보니 이제 다시 등에 바구니를 짊어지고 다녀야 했다. 계곡 끝에 이르자 그녀는 작은 강을 따라서 높은 벼랑의 모퉁이를 돌았다. 물굽이를 돌자 강물에는 꼭 누가 일부러 징검다리를 놓아둔 것처럼 바위들이 가지런히 놓여 있었고, 그 주위를 강물이 소용돌이쳤다. 벼랑은 가파른 경사를 이루고 있었다. 그녀는 손을 짚어가며 힘겹게 벼랑을 오른 후 서쪽으로 펼쳐진 초원을 내려다보았다.

조금 더 험준해 보이는 지형을 제외하면 동쪽과 서쪽에는 큰 차이가 없어 보였다. 에일라에게 서쪽 지역은 아직 낯설었다. 그녀는 계곡을 떠나게 되면 서쪽으로 가야 한다고 늘 생각했다. 그녀는 다시 발걸음을 돌렸다. 비탈을 내려가 작은 강을 건너고서 오랜 시간 계곡을 걸었다.

동굴로 돌아왔을 때는 이미 어둠이 내리고 있었다. 아기는

아직 돌아오지 않았다. 모닥불이 꺼져서 동굴 안은 춥고 적막
했다. 처음 이 동굴에 발을 디디던 때보다 더 텅 빈 것 같았다.
불을 지피고 물을 끓인 다음 차를 만들었지만 요리를 하고 싶
은 마음은 들지 않았다. 그녀는 말린 고기와 열매를 가지고 와
서 잠자리 위에 앉았다. 동굴에 혼자 있는 것도 참으로 오랜만
이었다. 그녀는 낡은 짐바구니가 있는 곳으로 가서 바닥을 뒤
져 두르크의 포대기를 찾았다. 포대기를 둘둘 뭉쳐 품에 꼭 안
은 채 불을 응시했다. 얼마 후 몸을 눕힌 그녀는 포대기로 몸을
감쌌다.

　그녀의 잠은 여러 꿈들로 어지러웠다. 그녀는 어른이 된 두
르크와 우라가 짝을 맺는 꿈을 꿨다. 낯선 곳에서 암갈색 망아
지와 함께 있는 히힝이 꿈도 꿨다. 한 번은 땀에 젖은 채 화들
짝 놀라 깨기도 했다. 잠이 완전히 깨고 나서야 그녀는 땅이 흔
들리는 악몽이 다시 찾아온 것을 깨달았다. 어째서 그 꿈은 잊
을 만하면 한 번씩 다시 찾아오는 것일까?

　그녀는 일어나서 불을 뒤적이고는 차를 데워 홀짝였다. 아
기는 아직도 돌아오지 않았다. 그녀는 두르크의 포대기를 집어
들더니 또 한 번 오다에게 강제로 욕구를 풀었다는 다른 종족
남자에 대한 이야기를 떠올렸다. 오다는 그 남자가 나처럼 생겼
다고 말했어. 나처럼 생긴 남자라니, 도대체 어떻게 생겼을까?

　에일라는 자신과 닮은 남자를 그려보려고 애썼다. 그녀는 예
전에 샘물에 비춰 보던 자신의 얼굴을 떠올려봤다. 하지만 기억

나는 것이라고는 그녀의 얼굴 옆으로 흘러내리던 머리카락밖에 없었다. 그때는 지금처럼 꼭꼭 땋아서 올린 머리가 아니라 길게 풀어 헤쳐 있었다. 히힝이의 털처럼 옅은 갈색이었어. 하지만 금빛이 도는 색이었지.

　에일라가 남자의 얼굴을 떠올리려 할 때마다 조롱 섞인 눈빛으로 자신을 노려보는 브라우드의 얼굴이 생각났다. 그녀는 다른 종족 남자의 얼굴을 상상할 수가 없었다. 눈꺼풀이 감겨 오자 에일라는 다시 누웠다. 이번에는 꿈에 히힝이와 수말이 나왔다. 그리고 나서 한 남자가 꿈에 나타났다. 그의 얼굴은 그림자에 가리어진 듯 흐릿했다. 하지만 딱 한 가지 뚜렷한 게 있었다. 그는 금발이었다.

15

"존달라, 잘하는데! 우리가 자네를 강 사람으로 만들어놓았군그래!"

칼로노가 말했다.

"큰 배라면 한두 번 노질을 놓쳐도 상관없어. 노 젓는 사람이 여럿이니까 오히려 박자를 놓치는 게 더 문제가 될 수 있지. 이렇게 작은 배라면, 배를 잘 조정하는 게 중요해. 노질을 한 번만 놓쳐도 위험해. 목숨까지 위태롭다고. 그러니 늘 강에서는 조심해야 한다고. 강은 전혀 예측할 수 없다는 것을 잊어서는 안 돼. 여기는 깊어서 이렇게 잔잔해 보이지. 하지만 자네 노를 강 깊이 넣어서 물살이 얼마나 센지 느껴보라고. 이 물살과 싸우려들어서는 안 돼. 물살을 잘 타는 게 중요해."

라무도이족의 잔교 근처에서 칼로노는 존달라와 함께 2인용 통나무배에서 노질을 하며 쉴 새 없이 설명했다. 존달라는 자신이 가고자 하는 방향으로 노를 젓는 것에 집중하느라 그의 말을 반은 흘려들었다. 하지만 칼로노가 하는 말들의 의미를 그의 몸이 직접 받아들이는 중이었다.

"물살을 거스를 필요가 없으니 하류로 내려가는 게 더 쉽다고 생각할지 몰라. 하지만 그게 문제라네. 물의 흐름을 거스를 때야 항시 배와 강에 집중을 하지. 잠시라도 방심하면 자네가 얻은 모든 것을 한 번에 잃게 될 테니. 그리고 물살과 반대로 노를 저어 갈 때는 떠내려오는 걸 보고 피할 수도 있어.

하지만 강물의 흐름에 따라가다 보면 마음이 해이해지면서 생각은 딴 곳으로 흐르게 마련이야. 한데 강 중간에는 깊숙이 자리 잡은 바위들이 있어. 자기도 모르는 새 물살에 휩쓸려 튀어나온 바위에 부딪치거나 물속에 반쯤 가라앉아 있던 물을 잔뜩 먹은 통나무에 충돌하는 수도 있다네. '어머니 강에서 결코 등을 돌리지 말 것.' 절대로 잊어서는 안 되는 규칙이지. 강에는 놀라운 것들로 가득하니까. 강을 당연히 여기면서 뭐든 다 안다고 생각하는 순간 강은 예기치 못한 일을 선사할 걸세."

칼로노는 뒤로 기대앉더니 물 밖으로 노를 잡아당겼다. 그는 노질에 집중하고 있는 존달라를 유심히 살펴보았다. 금발의 머리카락은 뒤로 넘겨 목 뒤에서 끈으로 묶어 앞을 보는 데 방해가 되지 않았다. 그는 샤무도이족 옷을 강에서 생활할 때 편리하도록 수선한 라무도이족 옷을 입고 있었다.

"다시 잔교로 돌아가서 나를 내려주지 않겠나, 존달라? 자네도 혼자 배를 타볼 때가 된 것 같은데. 강 위에 오로지 혼자 있는 것은 전혀 색다른 경험이지."

"제가 혼자 해도 될까요?"

"여기에서 태어난 사람도 아닌데 참 빠르게 배우는군."

존달라는 전부터 혼자 배를 탈 수 있는지 자신을 시험해보고 싶었다. 라무도이족 소년들은 성인이 되기 전에 자기만의 통나무배를 가졌다. 그는 오래전에 젤란도니족에서 자신의 존재를 증명한 적이 있었다. 다르보보다 훨씬 어렸을 때, 석공 기술을 배우기도 전이고 아직 키도 다 크지 않았을 때 그는 혼자서 사슴 사냥에 성공했다. 이제 그는 대다수의 남자보다 창을 더 힘차게, 더 멀리 던질 수 있었지만 그것은 어디까지나 평지에서 가능한 일이었다. 강에서는 평지에서와 같은 자신감을 느끼지 못했다. 강에서 사는 라무도이족 남자는 작살로 거대한 철갑상어 한 마리를 잡은 뒤에야 남자라고 내세울 수 있었다. 뭍에 사는 샤무도이족 남자는 산에서 샤모아영양을 잡아야 남자로서 인정받았다.

존달라는 샤무도이족과 라무도이족 모두에게서 인정받을 때까지 세레니오와 짝을 맺지 않겠다고 마음먹었다. 돌랜도는 짝을 짓기 전에 꼭 그렇게까지 할 필요는 없다고 그를 설득하려고 애썼다. 사실 존달라의 남성성에 대해 의심하는 이는 없었다. 증거가 필요하다면 그가 코뿔소 사냥에서 보여주는 용맹함으로 충분했다. 나중에서야 존달라는 이곳 사람들이 전에 코뿔소를 사냥해본 적이 없다는 것을 알게 되었다. 평지는 그들이 자주 찾는 사냥터가 아니었다.

존달라는 왜 자신이 다른 누구보다 뛰어나다고 느껴야 하는지 그 이유를 굳이 찾을 생각이 없었다. 전에는 한 번도 다른 남자보다 사냥을 잘해야 한다는 부담감을 가진 적이 없었다. 그가 지대한 관심을 가지고 누구보다 뛰어나게 잘하고 싶은 것은 석공 기술이었다. 그렇다고 다른 누군가와 경쟁하는 마음이 있었던 것도 아니었다. 자신의 기술을 완벽하게 연마하는 데서 오는 개인적인 만족감만이 있을 뿐이었다. 샤무드는 나중에 돌랜도를 따로 불러 큰 젤란도니 청년은 스스로의 노력으로 인정을 받아야 직성이 풀릴 거라고 넌지시 말해주었다.

세레니오와 그는 꽤 오랫동안 함께 살았기 때문에 이제 그는 정식으로 짝을 맺어야겠다는 생각이 들었다. 그녀는 그의 짝이나 마찬가지였다. 다른 사람들 모두 그렇게 생각했다. 존달라는 애정 어리고 사려 깊게 세레니오를 대했고, 다르보에게 있어 그는 불터의 남자 어른이었다. 하지만 톨리와 샤미오가 불에 데는 사건이 있은 후로 그가 세레니오에게 짝을 맺는 일에 대해 말하려고 결심할 때마다 뭔가 다른 일들이 끼어드는 것 같았다. 그러다 보니 그의 결심이 흔들리기도 했다. 이제 그녀와의 생활은 편안한 일상으로 자리 잡았다. 그런데 굳이 짝을 맺는 게 그렇게 중요할까? 그는 스스로에게 묻곤 했다.

세레니오 또한 그 문제에 대해 전혀 부담을 주지 않았다. 그녀는 여전히 그에게 어떤 요구도 하지 않았다. 여전히 상처받지 않기 위해 거리를 두고 있었다. 하지만 최근에 그녀는 자신의 영혼 깊은 곳에서 우러나오는 것 같은 심란한 눈빛으로 그를 응시하는 일이 많아졌다. 존달라는 그런 세레니오를 보고 불편한 마음이 들어서 시선을 먼저 피했다. 그는 무엇보다 자신이 완전한 샤라무도이 남자라는 것을 증명하기로 마음먹었고, 자신의 의도를 다른 사람들에게도 알리기 시작했다. 이는 따로 언약식을 열지는 않아도 그가 어느 정도 세레니오와 짝을 맺겠다는 의지를 보이는 것이라고 받아들이는 이들도 있었다.

"아직은 너무 멀리 가지는 말게. 혼자서 배를 모는 것에 익숙해질 정도로만 해보게."

칼로노가 작은 배에서 내리며 말했다.

"그래도 작살은 가지고 가겠습니다. 배에 탄 채로 작살을 던지는 연습을 한다고 크게 해될 것은 없겠지요."

존달라가 잔교에 놓여 있던 작살에 손을 뻗으며 말했다. 그는 통나무배 바닥에 긴 장대와 밧줄 꾸러미를 놓았다. 뼈로 만든 갈고리는 배 옆에 붙은 통 속에 넣고서 뚜껑을 닫았다. 끝이 날카롭고 뒤로 휘어진 작살 갈고리는 배 안에 아무렇게나 놓아두면 안 되는 물건이었다. 사고라도 난다면 물고기가 갈고리에 걸리듯이 사람 피부에 갈고리가 박혀 빼내기 어려울 수도 있었다. 또한 석기를 가지고 뼈로 갈고리를 만드는 것은 참으로 힘들었다. 통나무배가 뒤집힌다 해도 가라앉는 일은 드물었지만 힘들게 만든 도구를 아무렇게나 놓았다가 물속에 가라앉기라도 하면 낭패였다.

존달라는 칼로노가 배를 붙잡고 있는 동안, 뒷자리로 옮겨 앉았다. 작살을 통에 넣고서 양날 노를 집어 들어 잔교에서 배를 밀어냈다. 앞에 앉아 무게중심을 잡아주는 사람이 없으니 작은 배는 물결 위에서 더 높게 출렁거렸고 조정하기도 쉽지 않았다. 하지만 부력의 변화에 익숙해지자 노를 배의 키로 삼아 방향을 잡아가며 빠르게 물살을 따라 내려갔다. 하지만 이내 그는 노를 저어 상류로 거슬러 가보겠다고 마음먹었다. 지금 힘이 빠지지 않았을 때 물살의 반대 방향으로 노를 저었다가 나중에 물살을 따라 내려오는 게 쉬울 것 같았다.

그는 생각했던 것보다 훨씬 먼 하류까지 내려와 있었다. 노를 저어 마침내 저 앞에 잔교가 보이자 거기서 멈출까 하는 생각도 들었다. 하지만 마음을 고쳐먹고는 잔교를 지나 노를 저었다. 유심히 물속을 들여다보던 그의 눈에 조용히 물속을 가르는 거대한 철갑상어가 들어왔다. 이동 중이야! 바로 이것이 그에게는 기회가 될 터였다. 잘하면 그가 올해 첫 철갑상어를 잡아 올릴 수 있을 터였다!

존달라는 노를 배 안에 넣어두고 작살을 조립했다. 잡아주는 사람이 없는 작은 배는 빠르게 흘러가는 물살에 따라 조금씩 좌우로 흔들리며 빙그르 돌았다. 존달라가 밧줄을 뱃머리에 동여맸을 때 배는 물살 쪽으로 기울었지만 뒤집어지지 않았다.

간절하게 철갑상어를 기다리던 그의 바람은 실망으로 끝나지 않았다. 아주 커다란 검은 형체가 물결을 일으키며 그가 있는 쪽으로 헤엄쳐 오고 있었다. 그는 이제야 '하두마' 물고기가 어디에서 왔는지 알게 되었다. 하지만 이곳의 철갑상어는 하두마 이족에서 머물 때 소놀란이 잡은 것들보다 훨씬 컸다.

존달라는 라무도이족과 낚시를 하며 물속에 있는 고기는 실제 위치와는 조금 다른 곳에 있다는 것을 배웠다. 그것이 어머니의 창조물을 숨겨주는 하나의 방법인지 물고기가 있을 거라고 보이는 곳에 실제로는 없는 것이었다. 하지만 라무도이족은 그 비밀을 밝혀내고야 말았다. 그는 철갑상어가 다가오자 물에서 굴절되어 보이는 각도를 고려해 작살을 겨냥했다. 뱃전에 기댄 채 기다리다가 마침내 작살을 내리꽂았다.

힘껏 작살을 내리꽂다 보니 동시에 통나무배가 반대쪽 방향으로 튕겨 나가며 강폭의 중간까지 흘러갔다. 하지만 그의 작살은 명중했다. 날카로운 갈고리가 거대한 철갑상어의 몸에 깊이 박혔다. 하지만 그것으로 철갑상어를 잡기에는 어림도 없었다. 철갑상어는 작살을 몸에 매단 채 그대로 물속으로 들어가더니 상류로 이동하기 시작했다. 빠른 속도로 둘둘 말아놓은 줄이 풀리며 팽팽하게 당겨졌다.

배에 묶어놓은 줄이 갑자기 홱 잡아당겨지는 바람에 존달라는 배 밖으로 튀어나갈 뻔했다. 그가 요동치는 통나무배 안에서 옆구리를 꽉 잡고 노를 들어 올리려다가 균형을 잃으며 강 속으로 빠졌다. 다시 배에 올라타려는데 한쪽으로만 무게를 너무 싣는 바람에 배가 뒤집어졌다. 그는 배 옆을 꼭 움켜잡았다. 그 순간, 철갑상어가 물살을 타더니 상류로 헤엄치기 시작했다. 뒤집어졌던 배가 갑자기 기적처럼 다시 제자리로 돌아오자 동시에 그도 배 안으로 처박히듯 끌어 올려졌다. 그는 일어나 앉아 배에 부딪친 정강이를 싹싹 문질렀다. 작은 배가 그 어느 때보다 빠르게 상류를 거슬러 오르고 있었다.

존달라는 빠른 속도로 나아가며 옆으로 휙휙 지나가는 강기슭을 봤다. 덜컥 겁이 나기 시작했다. 그는 놀라 휘둥그레진 눈으로 뱃전을 꼭 붙잡았다가 철갑상어에 박힌 갈고리를 빼낼 생각으로 팽팽해진 줄을 잡아당겼다. 그러자 배가 덜컥 하더니 뱃머리가 앞으로 기울다가 수면 아래로 가라앉았다. 철갑상어가 빠르게 헤엄치자 작은 배가 중심을 잃고 앞뒤로 기울어졌다. 여전히 줄을 꼭 붙잡은 그는 배 양옆으로 마구 흔들렸다.

그는 자신이 배를 만드는 작업장 부근을 지나간 것도 몰랐다. 거대한 물고기에게 빠르게 끌려가는 통나무배를 본 사람들이 입을 떡 벌리고 있는 것도 보지 못했다. 존달라는 뱃전에 몸을 기대고 양손으로 줄을 꼭 쥔 채 작살을 빼내기 위해 사투를 벌였다.

"저거 봤어?"

소놀란이 물었다.

"형이 도망가는 물고기를 잡고 있어! 내가 제대로 본 게 맞나 모르겠네."

입가에 띤 미소가 깔깔대는 웃음으로 바뀌었다.

"형이 밧줄을 꼭 붙들고 있는 거 봤지? 저 물고기를 풀어주려는 거야, 뭐야? 그런데 형이 물고기를 잡은 게 아니라 물고기가 형을 잡았네!"

그는 웃음기 가득한 얼굴로 자신의 허벅지를 쳤다.

"소놀란, 지금 웃을 때가 아니야. 네 형이 위험하다고."

마르키노가 자못 심각한 표정을 지으려고 애쓰며 말했다.

"나도 알아. 하지만 봤지? 고기한테 끌려가고 있잖아. 이게 웃을 일이 아니냐고!"

소놀란은 또다시 웃음을 터뜨리면서도 마르키노와 바로노가 강에 배를 띄우는 것을 도왔다. 돌랜도와 카롤리오도 배에 탔다. 그들은 할 수 있는 한 빨리 노를 저어 상류로 올라갔다. 존달라는 난처한 상황에 빠진 게 분명했다. 위험할 수도 있었다.

철갑상어의 힘이 점차 약해지고 있었다. 몸에 꽂힌 작살이 이미 녀석의 생명을 조금씩 앗아갔고, 배와 배에 매달린 남자까지 끌고 가느라 이미 진을 다 뺀 상태였다. 저돌적인 속도도 느려졌다. 덕분에 존달라에게 생각할 시간이 주어졌다. 그는 여전히 자기 마음대로 방향을 조절하지 못했다. 그는 이미 꽤 먼 상류에 와 있었다. 눈보라가 치던 날 이곳에 도착한 이후로 이렇게 멀리까지 나온 것은 처음이었다. 문득 그냥 줄을 끊어버릴까 하는 생각이 들었다. 철갑상어에 매달린 채 더 멀리 상류로 올라가 봐야 아무런 소용이 없었다.

그는 뱃전을 잡고 있던 손을 놓고 칼을 찾았다. 하지만 그가 칼집에서 사슴뿔로 만든 손잡이가 있는 칼을 꺼내는 순간, 철갑상어가 고통스러운 갈고리에서 벗어나기 위해 마지막 몸부림을 쳤다. 어찌나 힘이 센지 녀석이 몸부림을 칠 때마다 뱃머리가 깊숙이 가라앉았다. 배는 뒤집어져도 물에 떠 있지만, 떠 있을 때 배 안으로 물이 들어오면 가라앉을 수도 있었다. 그는 위아래, 좌우로 심하게 흔들리는 배가 수면 아래로 가라앉았다가 올라오는 사이 줄을 끊어보려고 안간힘을 썼다. 그러다 보니 물을 잔뜩 머금은 통나무가 빠른 물살을 타고 다가오는 것을 보지 못했다. 결국 통나무는 배에 쿵 하고 부딪쳤고, 그 와중에 존달라는 손에 들고 있던 칼을 놓쳤다.

그는 빠르게 정신을 차리고 배가 가라앉지 않도록 다소 느슨하게 처진 줄을 당겼다. 작살에서 벗어나기 위해 마지막으로 죽을힘을 다하던 철갑상어가 강가 쪽으로 돌진했을 때, 마침내 찢어진 살 사이로 작살이 빠져나왔다. 하지만 너무 늦었다. 작살이 빠져나오는 동시에 놈은 마지막 숨을 내쉬었다. 거대한 철갑상어는 가라앉아 강바닥을 툭 치더니 배를 드러낸 채 다시 떠올랐다. 철갑상어 주위의 수면에서 퍼져가는 거센 물살의 파동만이 이 태곳적 물고기가 얼마나 극심하게 몸부림을 쳤는지 보여줄 뿐이었다.

구불구불 길게 이어지던 강은 철갑상어가 죽기로 선택한 곳에서 완만하게 휘어 돌아갔다. 물굽이 주위에는 빠른 물살이 소용돌이쳤고 죽은 철갑상어는 강가의 잔잔한 후미까지 떠내려갔다. 느슨해진 끈을 매달고 있는 배는 강물의 흐름과 물굽이의 소용돌이 사이에서 갈 곳을 정하지 못한 채 통나무와 부딪치며 위아래로 흔들렸다.

한숨 돌린 존달라는 그제야 자신이 줄을 끊지 못한 게 다행이었음을 깨달았다. 노가 없으면 배가 하류로 떠내려간다고 해도 방향을 조정할 수 없을 터였다. 강기슭은 가까이에 있었다. 좁은 돌투성이 강변은 물굽이를 따라 둥글게 나 있었다. 강둑은 꽤 가파르게 형성되어 있었다. 나무들은 생명을 유지하기 위해 공기라도 잡으려는 듯 뿌리를 다 드러낸 채 물가 가까이에서 무성하게 자랐다. 이 근처에서 노로 쓸 만한 나무를 구할 수도 있겠다는 생각이 들었다. 그는 숨을 깊이 들이쉬고 나서 차가운 강 속으로 뛰어들어 헤엄치기 위해 옆으로 몸을 기울였다.

물은 예상보다 더 깊었다. 존달라의 키보다 깊었다. 이러지도 저러지도 못하고 한가운데서 흔들리던 배가 강의 흐름을 찾았는지 떠내려가기 시작했다. 철갑상어는 저절로 강가까지 떠밀린 채였다. 존달라는 배를 따라 헤엄쳐서는 밧줄을 움켜잡았다. 가벼운 몸체의 통나무배는 수면 위를 돌면서 그가 따라잡을 수 있는 속도보다 더 빠르게 요동치며 멀어져 갔다.

얼음 같이 차가운 수온 때문에 온몸의 감각이 마비된 듯했다. 그는 방향을 틀어 강가로 갔다. 철갑상어가 기슭에 부딪치고 있었다. 그는 다가가 벌어진 입을 잡고서 철갑상어를 끌어당겼다. 이제 와서 물고기를 포기하면 그간의 고생이 다 수포로 돌아갈 것이다. 그는 철갑상어의 반 정도를 뭍으로 끌어당겼다. 하지만 어찌나 무거운지 더는 무리였다. 사냥한 물고기가 그저 그 자리에 있어주기를 바랄 수밖에 없었다. 이제 배도 없으니 노로 쓸 만한 나무를 찾을 필요도 없겠군. 그래도 불을 피우려면 나무를 찾아야지. 온몸이 젖은 그는 한기를 느꼈다.

칼을 꺼내려고 보니 칼집만 남아 있었다. 칼을 강물에 빠뜨렸다는 것도 잊고 있었다. 여분의 칼도 없었다. 그는 주로 비상용으로 허리춤에 찬 주머니에 칼을 하나 더 가지고 다녔는데, 그것도 젤란도니족의 옷을 입고 다닐 때 이야기였다. 그는 라무도이족 옷을 입기 시작하면서 칼 주머니를 놓고 다녔다. 주변에서 불을 피우는 데 필요한 나무판과 막대기를 구할 수는 있을 터였다. 하지만 칼이 없으면 나무를 자를 수 없잖아. 존달라는 혼잣말을 했다. 부싯깃이나 불쏘시개를 만들 수도 없고. 그는 몸서리를 쳤다. 그래도 나무를 구할 수는 있을 거야.

그는 주변을 둘러봤다. 그때 수풀 속에서 부스럭거리는 소리가 들렸다. 땅은 축축하게 젖어 썩은 나무와 낙엽, 이끼로 덮여 있었다. 마른 나무는 어디에도 없었다. 마른 '작은 땔감'은 구할 수 있을 거야. 그는 푸르게 새로 자라나는 가지 아래에서 말라죽은 침엽수의 밑가지를 찾으며 생각했다. 그러나 그가 발 딛고 있는 그곳은 자신의 고향 근처에 있는 침엽수림이 아니었다. 이

지역의 기후는 북쪽의 빙하에 큰 영향을 받지 않아 비교적 온
난한 편이었다. 꽤 추울 때도 있었지만 시원한 편이었다. 하지만
습했다. 이곳은 아한대 기후대가 아니라 온대 기후에 속한 숲
이었다. 나무들은 배를 만들 때 사용했던 활엽수들이었다.

　주변에는 오크나무와 너도밤나무, 서어나무, 버드나무가 숲
을 이루고 있었다. 껍질이 단단한 갈색 몸통의 아름다운 나무
와 껍질이 연하고 회색인 호리호리한 나무도 있었지만 '작은 땔
감'이 될 만한 마른 나무는 없었다. 게다가 계절은 봄이어서 나
뭇가지에도 물이 올라 새싹을 틔우고 있었다. 튼튼한 돌도끼가
있어도 나무를 자르기는 쉽지 않겠어. 그는 다시 한 번 몸서리
를 쳤다. 이제는 이까지 다닥다닥 부딪쳤다. 그는 체온을 높이
기 위해 손바닥을 비비고 팔을 휘젓고 주변을 달렸다. 그때 또
한 번 수풀에서 부스럭거리는 소리가 들렸다. 그는 웬 짐승이
한 마리 있나 보다 생각했다.

　문득 그는 자신이 얼마나 심각한 상황에 처했는지 자각했
다. 분명 사람들이 내가 없어진 것을 알고 찾아 나서겠지. 소놀
란은 내가 안 보인다는 것을 알아차렸을까? 이들 형제는 마주
치는 일이 점점 뜸해졌다. 특히 존달라는 라무도이족의 생활
방식을 익히고 있었고, 소놀란은 샤무도이족 사람이 되어가고
있었다. 그날 역시 존달라는 동생이 어디에 있는지조차 알지
못했다. 샤모아영양을 잡으러 산에 갔는지도 모를 일이었다.

　그렇다면 칼로노. 칼로노가 찾지 않겠어? 그는 내가 배를 타

고 상류로 가는 것을 봤으니까. 그러자 갑자기 다른 종류의 오한이 찾아왔다. 통나무배! 떠내려갔잖아. 사람들이 빈 배를 발견하면 내가 물에 빠져 죽었다고 생각할지도 몰라. 그러면 뭐하러 나를 찾아 나서겠어? 그는 다시 주위를 돌며 펄쩍펄쩍 뛰고 팔을 휘저었다. 하지만 몸은 계속해서 오들오들 떨렸고 피곤도 몰려왔다. 체온이 급격하게 떨어지면서 사고력에도 영향을 미쳤다. 이제 주위를 뛰어다닐 체력도 고갈되었다.

그는 숨을 헐떡이며 그대로 주저앉아서는 최대한 체온을 유지하려고 몸을 둥글게 말았다. 하지만 이는 계속해서 부딪쳤고, 몸은 떨렸다. 가까이서 부스럭거리는 소리가 또 들려왔지만 보러 갈 힘도 없었다. 그때 그의 눈앞에 뭔가가 모습을 드러냈다. 발이었다. 더러운 인간의 맨발이었다.

흠칫 놀라 고개를 든 그의 심장이 쿵 떨어졌다. 팔을 뻗으면 닿을 거리에 한 아이가 서 있었다. 툭 튀어나온 눈썹뼈 아래로 커다란 갈색 눈이 그를 응시했다. 납작머리! 존달라는 생각했다. 어린 납작머리였다.

입이 벌어질 만큼 놀랐지만 또 한편으로는 이 어린 짐승이 그냥 수풀 속으로 재빨리 사라져주기를 바랐다. 하지만 어린 짐승은 꿈쩍도 하지 않았다. 그 자리에 서서 한동안 존달라와 눈빛을 주고받더니 따라오라는 것 같은 손짓을 했다. 납작머리는 다시 손짓을 하더니 조심스럽게 발을 디뎠다.

어쩌라는 것이지? 나보고 자기를 따라오라는 것인가? 어린 녀석은 다시 손짓했고 그는 분명 저 녀석이 줄행랑을 놓겠지, 생각하며 뒤따라 발걸음을 옮겼다. 하지만 그 아이는 뒷걸음치며 다시 손짓했다. 처음에는 천천히 걸음을 옮기던 존달라는 여전히 몸을 떨면서 빠르게 뒤따라갔다. 호기심이 일기도 했다.

조금 걸어간 어린 납작머리가 빽빽한 수풀을 한쪽으로 제치자 작은 빈터가 나왔다. 그 가운데는 거의 연기가 나지 않는 불이 피워져 있었다. 존달라가 불 쪽으로 다가오자 그곳에 있던 암컷이 고개를 들고는 깜짝 놀라 뒷걸음쳤다. 그는 고마운 마음으로 불 앞에 쭈그리고 앉았다. 그는 어린 납작머리와 여자가 손을 흔들며 그르렁대는 소리를 내는 것을 보았다. 마치 서로 이야기를 주고받는 듯했지만 무엇보다 불을 쬐는 게 우선이었다. 털가죽이나 망토라도 있으면 좋겠다는 생각이 들었다.

그는 여자가 그의 뒤로 사라지는 것도 눈치채지 못했다. 그때 그의 어깨 위로 털가죽이 둘러져 깜짝 놀랐다. 여자가 고개를 숙이고 물러가기 직전, 여자의 눈과 얼핏 마주쳤다. 한눈에 봐도 여자는 그를 두려워하고 있었다.

젖어 있긴 했지만 그가 입고 있는 부드러운 샤모아 가죽 옷은 체온을 지켜주는 데 탁월했다. 게다가 불과 털가죽이 있으니 존달라는 온기를 느꼈고 더 이상 몸도 떨리지 않았다. 그제야 그는 자신이 어디에 있는지 깨달았다. 위대한 어머니시여! 여기는 납작머리 야영지야. 그는 손을 펴 따뜻한 불을 쬐고 있다가 마치 손을 불에 데기라도 한 것처럼 깜짝 놀랐다.

불! 납작머리가 불을 피운다고? 그는 눈앞에 있는 불을 보고도 믿기 힘들다는 듯 주저하며 불꽃을 향해 손을 뻗었다. 그리고 자신의 어깨에 걸친 털가죽을 보았다. 그는 손가락으로 털가죽을 쓸어보았다. 늑대 가죽이야. 손질도 잘 되어 털가죽은 부드러웠다. 특히 안쪽은 놀라울 정도로 부드러웠다. 샤라무도 이족 가죽에 견줄 정도였다. 가죽은 모양을 내서 자른 것은 아니었다. 커다란 늑대 가죽을 통째로 벗겨 손질한 것이었다.

마침내 온기가 몸속까지 퍼져 일어날 수 있게 되자 존달라는 불 가까이 가보았다. 어린 납작머리가 그를 주시했다. 그는 무슨 이유에서인지 몰라도 어린 납작머리가 수컷이라고 생각했다. 그는 털가죽을 둘러 긴 끈으로 묶고 있었다. 경계의 눈빛을 하고 있었지만 존달라를 응시하는 그의 눈에는 암컷 같은 두려움은 없었다. 존달라는 로사두나이족 사람이 말한 것이 떠올랐다. 납작머리 암컷은 저항하지 않는다고 했다. 도대체 누가 저런 납작머리 암컷을 원한다는 말인가?

납작머리를 계속 보고 있자니 녀석은 아이라기보다는 소년에 가까워 보였다. 작은 키 때문에 아이 같아 보였지만 근육이 잘 발달해 있었고 더 가까이서 보니 수염도 가뭇가뭇 자라고 있었다.

납작머리 수컷이 그르렁대자 암컷이 빠르게 땔감 몇 개를 불에 넣었다. 존달라는 이렇게 가까이서 납작머리 암컷을 본 적이 없었다. 그는 고개를 돌려 암컷을 보았다. 나이가 많아 보이는 것으로 보아 수컷의 어미인 듯싶었다. 암컷은 그의 시선을 불편해하는 것처럼 보였다. 암컷은 고개를 숙이고 뒤로 물러나더니 빈터 끝으로 향했다. 그가 잠깐 고개를 돌린 사이에 암컷은 수풀 속으로 들어갔다. 어찌나 몸을 잘 숨겼는지 거기에 있다는 것을 알지 못한다면 그냥 못 보고 지나갈 정도였다.

암컷은 겁에 질려 있어. 그런데도 도망가지 않고 수컷이 말하니까 땔감을 가져오다니 놀랍군.

수컷이 말했다고! 어떻게 말을 할 수 있단 말인가! 납작머리들은 말을 못 한다. 설마 땔감을 가져오라고 말한 것은 아니겠지. 오한 때문에 잠깐 내 머리가 어떻게 되었나보군.

존달라는 아무리 부인해보려고 해도 어린 수컷이 암컷에게 나무를 가지고 오라고 말한 것 같은 느낌을 지울 수 없었다. 어떤 식으로든 그가 뜻을 전달한 게 분명했다. 그가 다시 고개를 돌려 수컷을 보니 그의 눈빛에는 분명한 적개심이 드러나 있었다. 갑자기 왜 그러는지 이유를 알 수 없었다. 어쩌면 그가 암컷을 본 게 문제일 수 있었다. 그가 한 발자국이라도 암컷에게 다가간다면 큰 곤경에 빠질 게 분명해 보였다. 나이가 몇 살이든 옆에 수컷이 있는데, 납작머리 암컷에게 너무 관심을 보이는 것은 현명한 처사가 아님을 즉시 깨달았다.

존달라가 더 이상 움직이지 않고 암컷에게 향한 시선을 돌리자 긴장이 풀어졌다. 하지만 납작머리와 그렇게 얼굴을 맞대고 서 있자니 녀석도 자신을 뚫어지게 관찰하고 있다는 느낌이

들었다. 더욱 당황스러운 것은, 마치 남자 대 남자로 서 있는 것 같은 느낌이었다. 하지만 이 수컷은 그가 아는 어떤 남자와도 비슷하게 생기지 않았다. 그간 여행을 하면서 그가 만났던 사람은 모두 인간의 모습을 하고 있었다. 서로 다른 말을 하고, 다른 집에서 살고, 관습은 달라도 어쨌든 인간이라는 공통점이 있었다.

한데 이 수컷 납작머리는 달랐다. 그렇다고 짐승이라고 할 수 있을까? 그는 체격이 다부졌지만 보통의 남자들에 비해 키가 훨씬 작았다. 하지만 맨발은 존달라의 발과 다르지 않게 생겼다. 다리가 밖으로 약간 휘어 있었지만 다른 인간처럼 똑바로 서서 걸었다. 그리고 팔과 어깨를 중심으로 유난히 털이 많았지만 그렇다고 짐승의 털가죽이라고 할 수는 없었다. 그는 털이 많은 남자들을 본 적이 있었다. 납작머리는 딱 벌어진 가슴팍에 체격이 건장해서 나이는 어리지만 굳이 몸싸움을 벌이고 싶은 상대는 아니었다. 지금껏 그가 봐왔던 다 자란 납작머리 수컷들은 다들 엄청난 근육질을 자랑하고 있었지만 어쨌든 인간과 비슷한 몸을 하고 있었다. 다만 얼굴과 머리는 달랐다. 하지만 얼마나 다른가? 존달라는 차이점을 살펴보기 시작했다. 눈썹이 두툼했고 이마는 뒤로 경사져 있었다. 게다가 머리도 컸다. 목은 짧았고, 입 부분은 튀어나왔지만 턱 끝은 나오지 않았다. 그리고 콧마루가 높은 큰 코가 인상적이었다. 내가 아는 누구와도 닮지 않았지만 그래도 인간의 얼굴이야. 인간과 닮았어. 게다가 불을 사용하잖아.

하지만 그들은 말을 못 해, 모든 인간은 말을 하지. 한데 저들은 꼭 서로 말을 주고받는 것 같았다. 세상에! 게다가 내 마음까지 읽었어! 내게 불이 필요하다는 것은 어찌 알았을까? 그리고 어째서 납작머리가 인간을 도운 것일까? 존달라는 당혹스러웠다. 어린 납작머리가 그의 목숨을 구한 것이나 마찬가지였다.

그 수컷은 마음의 결단을 내린 모양이었다. 갑자기 불가에 있던 존달라에게 손짓을 하더니 빈터를 빠져나가 그들이 왔던 방향으로 발걸음을 옮겼다. 그는 존달라가 따라오기를 기다리는 것 같았다. 여전히 젖은 옷을 입은 채 불가를 떠나니 털가죽을 두른 게 얼마나 다행인지 새삼 깨달았다. 그들이 강가에 다가가자 녀석은 앞으로 달려가더니 팔을 휘두르며 큰 소리를 내질렀다. 작은 짐승 하나가 강가에 놓인 철갑상어의 살을 뜯어먹고 있었다. 그 물고기가 아무리 커도 저렇게 강가에 방치해 두었다가는 얼마 안 가 다 사라질 터였다.

작은 짐승을 쫓아내는 납작머리를 보며 존달라는 그제야 짐작되는 게 있었다. 납작머리가 자신을 도와준 게 어쩌면 저 철갑상어 때문인지 몰랐다. 저 철갑상어를 원하나?

납작머리는 자신이 두르고 있던 털가죽 속에서 날이 날카로운 부싯돌 박편을 꺼내더니 마치 자를 것처럼 물고기 위에 대고 돌칼로 가르는 몸짓을 했다. 그러더니 그는 존달라를 한 번

가리키고, 자신을 가리켰다. 그의 손짓은 분명했다. 어린 납작머리가 철갑상어의 일부를 나눠 받기를 원하고 있었다. 순간 온갖 질문들이 머릿속을 가득 채웠다.

대체 저 도구는 어디서 났을까? 가까이서 보지는 못했지만 한눈에 봐도 투박했다. 그가 사용하는 돌칼보다 격지도 두툼하고 날도 예리하지 않았지만 그래도 칼로 쓰기에는 부족함이 없어 보였다. 분명 누군가가 의도적으로 만든 게 분명했다. 하지만 그 칼보다 그의 마음을 더욱 어지럽히는 질문은 따로 있었다. 납작머리는 소리 내어 말한 것은 아니었지만 분명히 자신의 뜻을 그에게 전달했다. 존달라는 어떻게 납작머리가 자신의 뜻을 그에게 그토록 쉽고 분명하게 전했는지 어안이 벙벙했다.

납작머리는 기대에 찬 눈빛으로 기다리고 있었다. 존달라는 녀석이 알아들을까 걱정이 되면서도 고개를 끄덕였다. 하지만 녀석은 그가 고개를 끄덕이기도 전에 그의 의중을 파악한 듯 한 치의 망설임도 없이 철갑상어를 반으로 가르기 시작했다.

그 모습을 지켜보던 젤란도니족의 청년은 깊이 자리 잡고 있던 믿음이 송두리째 흔들리는 것을 느꼈다. 과연 저 납작머리가 짐승이란 말인가? 짐승이라면 모름지기 철갑상어에 달려들어 물어뜯어야 했다. 더 똑똑한 짐승이라면 인간이 위험하다고 여겨 그자가 떠나거나 죽을 때까지 기다릴 터였다. 게다가 어떤 짐승이 물에 젖은 인간에게 불이 필요할 거라고 생각한단 말인가. 그리고 짐승이라면 불을 피우지 못할뿐더러 그를 불가로 데려가지도 못한다. 또한 그의 사냥감을 나누어달라고 **요청**하지도 못할 터였다. 그것은 인간의 행동이었다. 심지어 인정이 느껴지기까지 했다.

갓난아기 시절부터 뼛속 깊이 새겨진 신념의 체계가 흔들렸다. 납작머리는 짐승이었다. 모두가 짐승이라고 말했다. 하지만 과연 그럴까? 녀석들은 말을 못 한다. 그게 다인가? 그게 짐승과 인간을 가르는 차이인가?

존달라는 녀석이 철갑상어를 통째로 다 가져간다고 해도 상관하지 않을 터였다. 하지만 그는 납작머리가 얼마나 가져갈지 궁금했다. 어쨌든 혼자 짊어지고 가기에는 너무 무겁기 때문에 자를 수밖에 없었다. 철갑상어는 네 사람이 들고 가도 끙끙댈 만큼 컸다.

그때 문득 무슨 소리가 들려오는 것 같았다. 이제 납작머리에 대한 생각은 안중에도 없었다. 그의 심장이 뛰기 시작했다.

"존달라! 존달라!"

납작머리가 깜짝 놀랐다. 하지만 존달라는 강을 잘 보기 위해 수풀을 제쳤다.

"여기! 나 여기 있어, 소놀란!"

동생이 그를 찾으러 온 것이다. 그는 강 한가운데 떠 있는 배에 가득 탄 사람들을 보고는 그들을 향해 손을 흔들었다. 그들도 존달라를 보더니 손을 흔들고는 강가를 향해 노를 저었다.

긴장이 섞인 그르렁 소리에 그는 다시 납작머리를 내려다보았다. 강가에는 철갑상어가 등뼈를 따라 정확하게 반으로 나뉘어 있었다. 납작머리 수컷은 거대한 철갑상어의 반을 땅바닥에 펼쳐놓은 큰 가죽 위로 옮겼다. 존달라가 지켜보는 가운데 납작머리는 가죽의 네 귀퉁이를 모아 움켜쥐더니 그대로 등 위에 짊어졌다. 철갑상어의 머리와 꼬리 반쪽이 바깥으로 삐죽하게 튀어나온 보퉁이를 메고는 숲속으로 사라졌다.

"기다려!"

존달라가 그를 쫓아 달리며 외쳤다. 그는 빈터에서 납작머리들을 따라잡았다. 그가 다가가자 등에 큰 바구니를 멘 암컷이 나무 그림자 속으로 미끄러지듯 사라졌다. 빈터에는 누군가 다녀간 흔적이 전혀 없었다. 불을 피운 흔적마저 없었다. 따뜻한 온기를 느끼지 못했다면 과연 여기에 불이 있었는지 의심할 뻔했다.

그는 어깨에 걸친 늑대 털가죽을 벗어 건넸다. 남자가 그르렁 소리를 내자 여자가 나와서 털가죽을 받더니 이내 둘은 조용히 숲속으로 사라졌다.

강가로 돌아가면서 젖은 옷을 걸친 존달라는 다시 오한을 느꼈다. 그가 강가에 당도하자 배가 뭍에 도착해 있었다. 소놀란이 배에서 내리는 것을 보면서 존달라가 미소 지었다. 그들은 두 팔을 벌려 서로를 안았다.

"소놀란! 널 보니 어찌나 반가운지! 빈 배를 보고 나를 찾지 않으면 어찌나 걱정이 되었지."

"형, 우리가 함께 건넌 강만 해도 몇 개인데? 형이야 헤엄을 잘 치잖아. 배를 발견했을 때 형이 상류 어딘가에 있을 거라 확신했어."

"이 물고기 절반은 누가 가져갔나?"

돌랜도가 물었다.

"제가 주었어요."

"주었다고! 대체 누구에게 주었단 말이야?"

마르키노가 물었다.

"자네가 여기서 누구에게 줄 수 있었단 말이야?"

카롤리오도 덧붙였다.

"납작머리에게."

"납작머리?"

모두가 이구동성으로 외쳤다.

"저렇게 큰 철갑상어의 반을 왜 납작머리에게 주었는가?"

돌랜도가 물었다.

"저를 도와주었어요. 그러더니 달라고 하더군요."

"무슨 이런 말도 안 되는 소리가 다 있나? 어떻게 납작머리가 뭘 달라고 한단 말이야?"

돌랜도가 말했다. 그의 말투에는 화가 섞여 있어 존달라는 내심 놀라고 말았다. 샤라무도이의 족장은 좀처럼 노여움을 드러내는 일이 없었다.

"녀석이 어디 있는가?"

"가버렸어요. 숲속으로. 제가 물에 젖어서 심하게 몸을 떨고 있었어요. 주위에 불을 피울 만한 도구도 없고. 그런데 어린 납작머리 하나가 나타나더니 불가로 데려가더군요."

"불? 언제부터 저들이 불을 사용했어?"

소놀란이 물었다.

"전에 불을 사용하는 납작머리를 본 적이 있어."

바로노가 말했다.

"나도 전에 이쪽 강가에서 불을 피우고 있는 납작머리들을 본 적이 있어. 멀리에서."

카롤리오가 말했다.

"놈들이 돌아온 줄 몰랐군. 몇이나 있었나?"

돌랜도가 물었다.

"어린 수컷이랑 나이 든 암컷이요. 어미 같더군요."

존달라가 대답했다.

"암컷이 있다면 놈들이 더 많이 있다는 걸세."

다부진 몸의 족장은 숲 주위를 둘러봤다.

"조만간 사냥단을 꾸려 납작머리들을 소탕해야겠어."

돌랜도의 적개심 어린 말투에 존달라는 다시 한 번 그의 표정을 살폈다. 전부터 그가 납작머리에게 악감정을 가지고 있다는 것은 느꼈지만 이 정도로 앙심을 품고 있는 줄은 몰랐다.

샤라무도이족의 지도자로서 갖춰야 하는 자질은 자신감과 사람들을 설득하는 능력이었다. 돌랜도가 족장으로서 암묵적인 인정을 받는 이유는 그가 모든 면에서 가장 뛰어나기 때문이 아니라 강한 자신감으로 일을 밀어붙이는 역량이 있어서였다. 또한 사람들을 끌어모으고 문제가 생겼을 때 해결하는 능력도 뛰어났다. 그는 사람들에게 지시를 내리지 않았다. 오히려 사람들을 회유하고 설득하거나 타협하는 데 더 능했다. 함께 살아가는 사람들 사이에서 불가피하게 일어나는 마찰을 매끄럽게 넘어가도록 중간에서 중재하는 역할도 했다. 사람들과의 관계에서 참으로 기민하게 활약하는 유능한 족장이었고 그의 결정은 대체로 받아들여졌다. 하지만 그의 결정을 반드시 따라야 하는 것은 아니었다. 시끄러운 논쟁이 오갈 수도 있었다.

그의 말이 절대적인 것은 아니었지만 돌랜도는 옳다고 생각하면 자신의 결정을 밀어붙일 만큼 결단력이 있었고, 어떤 문제가 일어났을 때 필요하다면 훨씬 경험이 많거나 그 분야에 지식이 많은 이의 의견을 따르는 데도 주저함이 없었다. 그러나 문제가 걷잡을 수 없이 커지거나 그의 도움을 요청할 때가 아니면 개인 간에 일어난 다툼에는 잘 끼어들지 않았다. 보통의 경우 그는 감정에 좌우되지 않고 공평하게 모든 일을 처리했지만 부족 전체의 안녕에 위협이 되거나 해가 될 만한 일의 빌미를 제공한 이들에게는 큰 분노를 드러냈다. 잔인하거나 어리석은 이들, 또는 부주의한 이들이 주로 그의 분노의 대상이었는데, 그중에는 어김없이 납작머리도 포함되었다. 그는 납작머리들을 혐오했다. 그에게 있어 납작머리는 보통의 짐승을 넘어서 반드시 제거되어야 하는 위험하고 해로운 짐승이었다.

"제가 추위에 떨고 있는데, 어린 납작머리가 도와주었어요."

존달라가 그들을 두둔이라도 하듯 말했다.

"불가로 데려가더니 털가죽도 주었고요. 제가 보기에는 철 갑상어 한 마리를 통째로 가져가도 될 텐데 절반만 가져갔고요. 납작머리 사냥은 별로 내키지 않네요."

"원래 보통은 그렇게 말썽을 부리지는 않았지."

바로노가 말했다.

"하지만 이 근처에 있다는 걸 알게 되어 다행이야. 그놈들은 영리해. 넋 놓고 있다가 불시에 놈들을 맞닥뜨리는 것보다야……"

"놈들은 사람도 죽이는 악독한 짐승이야."

돌랜도가 말했다. 바로노는 돌랜도의 말을 모른 척하고는 존 달라에게 말했다.

"어린 녀석이랑 암컷만 있었다니 운이 좋았어. 암컷들은 싸우지 않으니까."

소놀란은 이야기가 흘러가는 방향이 못마땅했다.

"그렇게 사투를 벌이고도 절반을 남에게 주다니 아주 깜짝 놀랄 일이야."

다른 사람들도 얼굴에 웃음을 떠었지만 긴장감과 안도감이 뒤섞여 있었다.

"그럼 이제 존달라는 반쪽짜리 라무도이라는 말인가?"

마르키노가 말했다.

"형을 사냥에 데려가서 샤모아영양의 절반만 잡으라고 하면 어때요? 그러면 나머지 반은 샤무도이가 되는 거잖아요."

소놀란이 말했다.

"세레니오는 어느 반쪽을 원할까?"

바로노가 눈짓하며 말했다.

"반쪽이라도 다른 남자들보다 크겠지."

카롤리오가 농담을 던졌다. 그녀는 단지 존달라의 키를 말하는 게 아니었다. 부족이 한데 모여 살아가는 공간에서 그의 잠자리 실력은 비밀이 아니었다. 존달라는 얼굴이 붉어졌지만 다소 외설적인 농담에 모두들 자지러지게 웃다 보니 긴장된 분위기가 일시에 해소되었다.

그들은 식물의 질긴 섬유질로 엮은 그물을 꺼내 반으로 갈린 채 피를 흘리고 있는 철갑상어 옆에 펼쳐 놓았다. 몇 사람이 달라붙어 끙끙대며 사냥한 물고기를 그물에 넣고는 물속으로 끌고 가서 선미에 묶었다.

다른 이들이 모두 철갑상어를 옮기느라 정신이 없는 동안, 카롤리오가 존달라에게 나직하게 말했다.

"로샤리오의 아들이 납작머리의 손에 죽었지. 아직 짝도 맺지 않은 청년이었을 때. 유쾌하고 대담한 청년이라 돌랜도의 자랑이었는데. 누구도 무슨 일이 있었는지는 몰랐어. 한데 돌랜도가 부족 사람 모두를 이끌고 납작머리를 잡으러 갔었지. 몇은 죽었고, 나머지는 종적을 감추었고. 돌랜도는 원래 납작머리를 별로 신경 쓰지 않았었어. 하지만 그 이후로는……."

존달라가 알겠다는 듯 고개를 끄덕였다.

"그런데 납작머리는 철갑상어 반쪽을 어떻게 가져갔어?"

소놀란이 배에 올라타며 물었다.

"그 녀석이 번쩍 들더니 등에 메고."

존달라가 말했다.

"녀석들이 아니고? 혼자서 들고 가져갔다고?"

"그래, 혼자서. 그리고 아직 다 자란 수컷도 아니었어."

소놀란은 존달라와 세레니오, 다르보가 함께 사는 나무로 지은 막집에 다다랐다. 땅바닥에 비스듬하게 들보를 세워 나무 판자로 지은 집이었다. 나무로 만든 천막처럼 보이는 집은 뒤보다 앞이 더 높고 넓었다. 앞쪽에서 보면 세모 모양이었고 양옆은 사다리꼴을 이루었다. 집의 측면은 뱃전을 올리듯이 나무 널빤지에 구멍을 뚫어 가장자리를 포개어 줄로 엮어 만들었다.

나무로 단단하게 지어진 집 안은 아늑했다. 무엇보다 널빤지들이 워낙 촘촘하게 엮여 있어서 나무가 오래돼 마르고 비틀어지지 않으면 빛이 새어 나갈 틈도 없을 정도였다. 집 위로는 사암 바위가 지붕처럼 툭 튀어나와 있어 악천후로부터 보호가 되었을 뿐 아니라 통나무배처럼 주기적으로 유지 보수를 할 필요가 없었다. 집 안에는 돌을 둘러놓은 불터가 있어서 불을 피워

주위를 밝히거나 앞을 터놓아 햇빛이 들어오게 했다.

소놀란은 형이 여전히 자고 있는지 확인하려고 집 안을 들여다보았다.

"들어와."

존달라가 코를 훌쩍이며 말했다. 털가죽을 깔아놓은 침상에 앉아 있는 그는 몸에도 여러 겹의 털가죽을 두른 채, 모락모락 김이 나는 잔을 양손으로 감싸고 있었다.

"감기는?"

소놀란이 침상의 가장자리에 앉으며 물었다.

"감기는 더 심해졌어. 기분은 괜찮아졌고."

"형 옷이 젖었다는 건 아무도 몰랐네. 돌아올 무렵에는 협곡에서 바람까지 세게 불고."

"네가 나를 찾아줘서 얼마나 기쁜지 몰라."

"나야말로 형 기분이 괜찮다니 정말 기뻐."

소놀란은 무슨 이유에서인지 어떻게 말을 시작할지 막막해하는 눈치였다. 그는 안절부절못하며 일어나서 입구 쪽으로 걸어갔다가 다시 침상으로 돌아오더니 말했다.

"내가 뭐 가져다줄 건 없고?"

존달라는 고개를 젓고는 기다렸다. 뭔가 고민이 있어 보였고, 그 이야기를 털어놓고 싶은 모양이었다. 지금 그에게 필요한 것은 시간이었다.

"존달라……"

소놀란이 입을 열더니 이내 주저했다.

"형이 세레니오와 다르보랑 산 지 꽤 오랜 시간이 흘렀잖아."

잠시 존달라는 자신이 정식으로 짝을 맺지 않은 일에 대해 소놀란이 이야기하고 싶은 게 아닌가 하는 생각이 들었다. 하지만 그의 짐작은 빗나갔다.

"자기 불터의 남자 어른이 된다는 게 어떤 기분일까?"

"짝을 맺어 불터를 꾸린 건 너잖아."

"그렇지, 하지만 불터에 아이가 있으면 뭐가 다른지 궁금해서. 제타미오는 아기를 가지려고 엄청 애쓰고 있는데. 또……유산했어."

"이런……."

"난 아기가 없어도 상관없거든. 그저 제타미오만 있으면 돼."

소놀란은 갈라진 목소리로 소리치듯 말했다.

"이제 그만 노력했으면 좋겠어."

"제타미오가 선택할 수 있는 일이 아닌 것 같은데. 어머니께서 주시는……."

"그렇담 왜 어머니는 꼭 중간에 아기를 잃게 하냐고!"

소놀란은 소리를 버럭 지르더니 마침 들어오던 세레니오를 지나 달려 나갔다.

"제타미오에 대해 말하던가요?"

세레니오가 물었다. 존달라가 고개를 끄덕였다.

"이번에는 전보다 오래 배 속에 품고 있어서 그런지 더 많이 힘들어해요. 그래도 소놀란과 행복하게 잘 지내서 다행이에요. 제타미오는 소놀란의 사랑을 받을 자격이 충분한 여자거든요."

"제타미오는 괜찮아요?"

"여자가 아기를 잃는 게 처음 있는 일도 아닌걸요, 존달라. 제타미오는 걱정하지 마세요. 괜찮아질 거예요. 차를 찾아 마시고 있군요. 박하와 보리지, 라벤더를 섞은 차예요. 이미 알고 있을지도 모르지만. 이 차가 감기에 좋을 거라고 샤무드가 말해주었어요. 기분은 어때요? 깼는지 보려고 잠시 들렀어요."

"괜찮아요."

그가 말했다. 그는 괜찮다는 것을 보여주고 싶어 미소 지었다.

"그럼 다시 제타미오에게 가볼게요."

그녀가 떠나자 그는 잔을 한쪽에 놓아두고 다시 누웠다. 코는 꽉 막혔고 머리는 지끈지끈 쑤셨다. 정확히 무엇이라고 꼭 집을 수 없었지만 세레니오가 한 어떤 말이 그의 뇌리에 남아 괴롭혔다. 하지만 더 이상 아무 생각도 하고 싶지 않았다. 생각을 하면 할수록 명치끝이 조이듯 아팠다. 감기 때문이겠지. 그는 생각했다.

16

봄이 지나고 여름이 완연해지면서 열매가 영글었다. 에일라는 무르익은 열매들을 땄다. 꼭 필요해서가 아니라 습관에 가까운 행동이었다. 이미 먹을거리는 충분해서 굳이 힘들여 일하지 않아도 되었다. 지난해에 저장해둔 식량도 남아 있었다. 하지만 에일라는 여가에 대한 개념이 없었고, 남는 시간을 어떻게 활용해야 할지도 몰랐다.

겨울에 사냥을 하게 된 덕분에 손질할 가죽이 넘쳐났다. 일부 가죽은 손질해 털가죽을 만들고 몇몇 짐승의 가죽은 털을 제거해 매끄럽게 만들었다. 하지만 그 정도 일거리로는 성에 차지 않았다. 그녀는 끊임없이 바구니, 깔개, 그릇을 만들고, 씨족 하나가 쓰고도 남을 온갖 도구와 세간도 만들어 쌓아놓았다. 여름이 오면 먹을거리를 채집할 생각에 들뜨기도 했다.

또한 여름 사냥도 기대했다. 이제 히힝이가 없기 때문에 사냥 방식을 약간 바꿔야 했다. 아기와 단둘이 하는 사냥은 성공률이 높아졌다. 무엇보다 사자의 사냥 기술이 눈에 띄게 늘었다. 그녀가 원한다면 더 이상 사냥에 함께 나서지 않아도 될 정도였다. 에일라는 저장해둔 고기로 충분했지만, 아기가 혼자 나가서 사냥을 해 오면—빈손으로 오는 날보다 성공하는 날이 많았다—망설임 없이 자신의 몫을 떼어놨다. 에일라와 아기의 특별한 관계는 계속되었다. 에일라가 아기의 어미나 마찬가지였기 때문에 그녀가 아기보다 서열이 높았다. 그리고 함께 사냥에 나설 때면 둘은 동등하게 각자의 역할을 해냈다. 그리고 이제 에일라가 사랑을 베풀 수 있는 상대는 아기밖에 없었다.

에일라는 야생 사자들을 유심히 관찰한 뒤 아기의 습성과 비교해 사자들의 사냥 습관을 알아냈다. 동굴사자는 더운 계절에는 밤에, 추운 계절에는 낮에 움직였다. 봄마다 털이 한 번씩 빠지긴 해도 여전히 털이 두툼해서 여름은 사냥을 하기에 너무 더웠다. 사냥감을 쫓는 동안 체온이 갑자기 크게 오를 수 있었다. 그러다 보니 여름이 되면 아기는 낮 동안 시원한 동굴에서 잠을 자느라 여념이 없었다. 북쪽 빙하에서 매서운 바람이 부는 겨울이 되면 두터운 털옷을 입은 동물조차 얼어 죽을 정도로 밤에는 기온이 급격하게 내려갔다. 추운 겨울밤이면 동굴사자는 바람을 막아주는 동굴 속에서 몸을 둥글게 말고 꼼짝하지 않았다. 동굴사자들은 환경에 잘 적응하는 맹수였다. 동굴사자의 털은 기후에 따라 색깔과 두툼한 정도가 바뀌었고, 먹이가 충분히 있는 한 사냥 습관도 환경에 따라 달라졌다. 히힝이가 떠난 다음 날, 아침잠에서 깬 에일라는 사냥해 온 큰뿔사슴의 새끼인 점박이사슴을 곁에 놓고 잠든 아기를 보고는 한 가지 결심을 했다. 그녀는 계곡을 언젠가 떠날 테지만 이번 여름에는 머물기로 했다. 다 자라지 않은 사자는 여전히 자신을 필요로 했다. 아직은 어려서 홀로 남겨둘 수 없었다. 야생 사자 무리에서는 아기를 받아들이지 않을 터였다. 무리의 우두머리 사자가 아기를 죽일 수도 있었다. 아기가 짝을 찾아 자신의 무리를 꾸릴 수 있을 때까지는 안전한 동굴이 필요했다.

이자는 에일라에게 자신의 종족을 찾아 짝을 찾으라고 말했었다. 그녀는 언젠가 또다시 길을 나설 것이었다. 하지만 지금 당장 미지의 사람들을 찾아 낯선 생활 방식에 맞춰 사느라 현재 누리고 있는 자유를 포기하지 않아도 된다는 생각에 그녀는 안도했다. 그리고 스스로 인정하지는 않았지만 더 중요한 다른 이유도 있었다. 히힝이가 돌아오지 않는다는 게 확실해질 때까지 동굴을 떠나고 싶지 않았다. 에일라는 히힝이를 몹시 그리워했다. 히힝이는 이 계곡에 살게 된 초반부터 함께 살아온 식구나 마찬가지였다. 에일라는 히힝이를 깊이 사랑했다.

"어서, 게으름뱅이 사자야."

에일라가 말했다.

"사냥감이 있는지 보러 나갔다 오자. 어젯밤에도 동굴에만 있었잖아."

그녀는 사자를 쿡 찌르더니 따라오라고 손짓하며 동굴 밖으로 나갔다. 고개를 들고 뾰족한 이빨이 다 드러나도록 크게 하품한 사자는 마지못해 일어나더니 에일라 뒤를 따라나섰다. 아기는 배가 고프지 않아서 사냥보다는 잠이나 더 잤으면 하는 눈치였다.

어제 그녀는 자신이 좋아하는 일 중에 하나인 약초를 채집하며 다녔다. 약초를 모으다 보면 즐거운 기억들이 떠오르곤 했다. 씨족과 함께 살던 어린 시절, 이자를 위해 약초를 채집하러 들과 숲으로 나갈 때면 그녀는 조금만 관습에 어긋나는 행동을 해도 못마땅한 눈초리를 하던 사람들에게 벗어나 한숨 돌릴 수 있었다. 혼자 있다 보면 씨족의 관습에 어긋나는 그녀만의 천성이 드러나도 나무랄 사람이 없었다. 나중에 치료술을 본격적으로 배울 때는 새로운 것을 알아가는 기쁨을 맛보았다. 이제 약초에 대한 지식은 그녀의 몸에 천성처럼 배어 있었다.

에일라는 약초로 쓰이는 식물의 특징을 잘 익히고 있어서 생김새는 물론 용도도 하나하나 구분했다. 어둡고 따뜻한 동굴 안쪽에는 머리를 아래로 해서 매달아놓은 짚신나물 다발이 있었다. 그녀는 길고 가느다란 줄기에 자그마한 노란색 꽃송이가 달리고 가장자리가 톱니모양인 이파리가 있는 짚신나물을 한눈에 알아보았다. 그리고 거의 동시에 꽃과 잎을 잘 말려 물에 우리면 타박상은 물론 내상을 치료하는 데에도 효과가 있다는 것이 떠올랐다.

발 모양을 한 이파리가 달린 머위는 선반 위에 펴서 잘 말렸다가 말린 잎을 태운 연기를 마시면 천식의 증상을 완화하는 데 좋았다. 또한 다른 약재와 섞어 감기약을 만들 수도 있었고 짭짤한 맛 덕분에 음식의 간을 하는 데도 쓰였다. 동굴 밖 양지에서 뿌리와 함께 말리고 있는 솜털이 달린 커다란 나래지치 이파리를 보면 그 잎이 다친 뼈나 상처에 잘 듣는다는 게 떠올랐다. 금잔화는 피부에 난 상처나 궤양을 치료하는 데 효과적이었다. 카밀레는 소화를 돕고 가볍게 상처를 씻는 용도로도 쓰였다. 그리고 물을 넣은 그릇에 들장미 꽃잎을 넣어 양지에 놓아두면 향이 좋은 피부 수렴제로 사용할 수 있었다.

에일라는 사용하지 않고 오래된 약초를 새로 갈기 위해 식물을 채집해 왔다. 약전을 가득 채울 이유가 전혀 없었지만 그녀는 그저 즐거워서 들과 숲을 훑으며 다녔고, 그 덕분에 약재에 대한 그녀의 지식은 녹슬지 않을 수 있었다. 하지만 손질 중인 꽃과 잎, 뿌리, 나무껍질들이 사방에 늘어져 있었고, 계속해서 채집을 한다 해도 더 이상 손질하고 보관할 공간도 없었다. 채집을 그만두고 나니 그녀는 또다시 무료해졌다.

에일라는 강가로 내려와 절벽 모퉁이를 돌아 물가에 줄지어 자란 수풀을 따라 걸었다. 그 뒤로 거대한 동굴사자가 크릉크릉 하는 소리를 내며 따라오고 있었다. 에일라는 아기가 평상시에 그 소리를 잘 낸다는 것을 알고 있었다. 다른 사자들도 비숫한 소리를 냈지만 저마다 조금씩 달랐다. 에일라는 멀리에서도 아기의 이런 소리를 구분할 수 있었다. 또한 아기의 포효도 바로 알아들었다. 처음에는 몇 번의 그르렁 소리와 함께 가슴 깊은 곳에서 시작된 울음소리는 우레처럼 사방으로 퍼져나갔다. 가까이서 들으면 귓전이 쩌렁쩌렁 울렸다.

평소 쉬어가는 커다란 바위 앞에 다다르자 그녀는 멈춰 섰다. 딱히 사냥을 해야겠다는 생각도 없었고 자신이 뭘 하고 싶은지도 몰랐다. 아기가 에일라의 관심을 바라며 머리를 들이밀었다. 그녀는 아기의 귀 주변과 갈기 속을 시원하게 긁어주었다. 아기의 털은 여전히 담갈색이었지만 겨울보다 더 짙어졌다. 또한 붉은 황토색과 비슷한 적갈색 갈기가 길게 자라났다. 녀석이 고개를 들자 이번에는 턱 아래를 긁어주었다. 사자는 만족스럽다는 듯 나직하게 그르렁 소리를 내며 가만히 앉아 있었다. 다른 쪽을 긁어주려고 일어났다가 문득 아기를 보고는 깜짝 놀라고 말았다. 등까지의 높이가 어느새 자신의 어깨 바로 아래에 닿았다. 히힝이의 키만큼 자란 데다 몸집은 말보다 훨씬 거대했다. 에일라는 그제야 아기가 얼마나 컸는지 깨달았다.

빙하의 영향을 받는 한대 지역의 초원을 떠돌아다니는 동굴사자는 저마다 그들의 사냥 방식에 가장 잘 맞는 환경을 찾아 그곳에서 살았다. 초원이 펼쳐진 대륙에는 다양한 종류의 초식동물이 서식했다. 이들 중 상당수가 거대한 몸집을 자랑했다. 들소 같은 솟과 동물들은 훗날 그들의 후손보다 몸집이

1.5배 이상 컸고, 큰뿔사슴은 큰 놈의 경우 뿔의 길이만 3.3미터가 넘었다. 또한 엄청나게 큰 털매머드와 털코뿔소도 있었다. 그토록 거대한 짐승들을 사냥할 수 있을 만큼 엄청나게 크게 자라도록 자연이 호의를 베푼 맹수는 단연 동굴사자였다. 동굴사자는 거대한 사냥감을 잡을 수 있는 생태적 지위를 누렸다. 동굴사자에 비하면 몸집이 절반도 채 되지 않는 후대의 사자들은 왜소한 편이라 할 수 있었다. 동굴사자는 고양잇과 동물 중에서 가장 거대한 몸집을 자랑했다.

아기는 이러한 맹수들 사이에서 단연 돋보였다. 크기는 물론 힘도 엄청났다. 영양 상태가 아주 좋았기 때문에 털은 윤기가 흘렀고 언제나 혈기왕성했다. 맹수의 제왕이라고 할 만한 동굴사자가 간지러운 곳을 긁어주는 젊은 여인의 손길을 만끽하며 고분고분 앉아 있었다. 동굴사자가 여자를 공격하기로 마음먹는다면 손을 쓸 새도 없을 터였다. 하지만 에일라는 아기를 위험하다고 여기지 않았다. 그녀에게 아기는 그저 아주 커다란 아기 고양이일 뿐, 전혀 위협적인 맹수가 아니었다. 오히려 아기는 그녀를 지켜주는 존재였다.

에일라는 무의식적으로 아기를 통제했고, 아기 역시 그러한 통제를 받아들였다. 동굴사자가 머리를 위아래로 움직이거나 이쪽저쪽 돌려가며 간지러운 곳을 들이대면 에일라는 기꺼이 즐거워하며 긁어주었다. 바위 위에 올라서서 아기의 등에 기댄 채 반대편을 긁어주다가 문득 스치는 생각이 있었다. 그러더니 그 생각이 뇌리에서 떠나지 않았다. 그녀는 히힝이의 등에 오르듯이 한쪽 발을 올려 아기의 등에 타보았다.

뜻밖의 일이었지만, 목을 두르는 팔은 익숙했고 등 위에 올라탄 여자의 무게는 무시해도 될 만큼 가벼웠다. 에일라도, 사자도 한동안 가만히 있었다. 그들이 함께 사냥을 할 때 에일라는 아기가 움직여야 할 때가 오면 "가"라는 말과 함께 줄팔매를 던질 것처럼 팔을 휘둘렀다. 퍼뜩 그 신호가 떠오르자 그녀는 한 치의 망설임도 없이 팔을 휘두르며 "가"라고 말했다.

사자의 등 근육에 힘이 들어가는 것이 느껴졌다. 에일라는 사자가 앞으로 달리기 시작하자 갈기를 움켜잡았다. 아기는 에일라를 등에 태운 채 우아하고 날렵하게 계곡을 질주했다. 에일라는 바람을 맞으며 눈을 가늘게 떴다. 땋아 올린 머리에서 흘러내린 머리카락이 그녀의 뒤에서 휘날렸다. 에일라는 히힝이에게 그랬던 것처럼 아무런 지시도 내리지 않았다. 그녀는 아기에게 모든 것을 맡긴 채 기쁜 마음으로 아기와의 질주를 즐겼다. 지금껏 경험한 그 무엇에도 견줄 수 없는 희열이 느껴졌다.

폭발적인 힘으로 단시간에 사냥을 하듯이 빠른 질주는 오래가지 못했다. 동굴사자는 천천히 속도를 줄이며 계곡을 크게 돌더니 동굴로 향했다. 아기는 에일라를 등에 태운 채 동굴로 이어지는 비탈길을 오르더니 동굴로 들어가 에일라의 자리에 멈춰 섰다. 등에서 내려온 에일라는 말로 표현할 길 없는 벅찬 감정을 느끼며 아기를 꼭 끌어안았다. 에일라가 아기를 놓아주자 녀석은 꼬리를 획획 흔들며 동굴 구석으로 걸어갔다. 녀석은 좋아하는 자리를 찾아 눕더니 순식간에 잠들어버렸다.

에일라는 잠든 동굴사자를 보며 미소 지었다. 나를 태워줬으니 오늘 할 일은 다 했다 이거지? 아기, 그렇게 뛰었으니 자고 싶은 만큼 실컷 자.

여름이 끝나가자 아기가 사냥을 나갔다가 돌아오지 않는 기간이 점차 길어졌다. 처음으로 하루가 지나도록 아기가 동굴로 돌아오지 않은 날, 에일라는 걱정이 되어 정신을 차릴 수가 없었다. 둘째 날 밤에는 너무 불안해서 한숨도 자지 못했다. 마침내 그다음 날 아침에 아기가 나타났을 때 에일라는 아기만큼이나 피곤에 절은 추레한 몰골이었다. 아기는 빈손으로 왔다. 에일라가 저장고에서 말린 고기를 주자 평소 장난을 치던 것과는 달리 급하게 달려들어 먹었다. 그녀는 무척 피곤했지만 줄팔매를 가지고 나가 토끼 두 마리를 잡아왔다. 피곤에 지쳐 잠이 들었던 동굴사자는 에일라의 기척에 눈을 뜨더니 동굴 입구까지 달려 나와 토끼 한 마리를 받아 입에 물고는 동굴 구석으로 가져갔다. 그녀는 다른 한 마리도 동굴 뒤쪽에 놓아두고는 자신의 잠자리로 갔다.

얼마 후 아기가 사흘 동안 동굴에 돌아오지 않았지만, 전처럼 걱정이 크지는 않았다. 하지만 텅 빈 동굴에서 하루하루 지낼수록 마음은 더욱 무거워졌다. 아기는 여기저기 할퀸 상처를

입은 채 돌아왔다. 다른 사자들과 다툼을 벌인 게 분명했다. 그
리고 이제는 암사자를 의식할 정도로 성장한 것 같았다. 말과
는 달리 암사자에게는 따로 짝짓기를 하는 시기가 있는 게 아
니었다. 암사자는 어느 때나 암내를 풍겼다.

　가을이 완연해지자 동굴사자는 점점 더 자주 동굴을 비웠
다. 돌아와도 잠을 자기 바빴다. 에일라는 아기가 다른 곳에서
도 잠을 자고 있다고 확신했지만 아기에게 있어 에일라의 동굴
만큼 안전한 곳은 없을 터였다. 그녀는 아기가 언제, 어느 방향
에서 올지 예측할 수 없었다. 녀석은 불쑥 나타나 강가에서 동
굴로 이어지는 비탈길을 터벅터벅 올라왔다. 에일라가 더욱 놀
라는 순간은, 녀석이 절벽 위 초원에서 펄쩍 뛰어내려 암붕에
갑자기 모습을 드러낼 때였다.

　에일라는 아기를 볼 때마다 반갑기 그지없었다. 동굴사자도
에일라를 보면 애정 어린 표현을 서슴지 않았다. 때로는 너무
살가워서 탈일 때도 있었다. 녀석은 반갑다고 달려들며 묵직한
앞발을 에일라의 어깨에 턱 올려놓아 그녀를 쓰러뜨린 적도 있
었다. 그날 이후로 에일라는 동굴사자가 그녀를 보고 너무 지나
치게 흥분할 때면 미리 "멈춰"라는 신호를 보냈다.

　아기는 한 번 돌아오면 보통 며칠씩 머물다 갔다. 가끔 함께
사냥을 나갈 때도 있었고, 아기 혼자 나갔다가 사냥감을 가지
고 오기도 했다. 때론 사냥감을 가져와서도 전전긍긍하는 때가
있었다. 에일라는 아기가 늑대나 하이에나, 썩은 고기를 먹고

사는 새들로부터 자기가 잡은 사냥감을 지키려는 본능이 발동한 것이라고 확신했다. 이제 에일라는 아기가 불안하게 서성이기 시작하면 얼마 안 있어 동굴을 나간다는 것을 알게 되었다. 아기가 떠나고 나면 동굴이 어찌나 텅 빈 것 같은지 다가올 겨울이 두려웠다. 외로움에 사무치는 겨울이 될 것만 같았다.

올가을은 다른 해와 달랐다. 이상하게도 덥고 건조한 날들이 계속 이어졌다. 나뭇잎들은 노란색으로 변하더니 바로 갈색으로 옷을 갈아입었다. 첫서리에 화려한 빛으로 물들던 단풍은 찾아볼 수 없었다. 보통 때 같으면 땅바닥에 수북이 쌓였을 이파리들은 칙칙한 갈색을 하고 바짝 말라 바스락 소리를 내며 여전히 나뭇가지에 매달려 있었다. 이상한 날씨 탓에 모든 게 다 더욱 심란하기만 했다. 가을은 모름지기 습하고 시원해야 했다. 거센 바람이 불어닥치거나 갑자기 소나기가 내리는 게 정상이었다. 가을이 오지 못하게 여름이 붙들고 있다가 결국에는 갑자기 혹독한 겨울이 찾아오는 것은 아닐지 불안해졌다.

아침마다 밖으로 나가 극적으로 날씨가 바뀌지나 않았는지 살폈지만 실망의 연속이었다. 맑은 하늘에 해가 떠오르며 무더운 하루가 시작되기 일쑤였다. 저녁에는 암붕에 나가 해가 지는 것을 지켜봤다. 물기를 머금은 구름을 물들이는 화려한 노을 대신 뿌연 하늘에는 칙칙한 붉은 기운만이 감돌 뿐이었다. 별들이 반짝이기 시작하며 어두운 하늘을 가득 채웠지만 그토록 많은 별들이 떠 있는 하늘은 마치 부서져 쩍쩍 갈라진 것처럼 보였다.

　그녀는 며칠째 멀리 가지 않고 계곡 근처만 다녔다. 하지만 다음 날 아침, 어김없이 맑고 따뜻한 하루가 시작되자 이 아름다운 날씨를 즐기지도 못하고 있다는 게 바보처럼 여겨졌다. 겨울이 되면 싫어도 외로운 동굴에서 갇혀 지내야 할 터였다.

　아기가 없다니 너무 아쉬워. 에일라는 생각했다. 사냥하기에 좋은 날인데. 혼자서 가도 되겠지. 그녀는 창을 들었다. 창은 아니야. 아기나 히힝이가 없으니 새로운 사냥법을 찾아야 해. 그냥 줄팔매만 챙겨야겠어. 털가죽은? 날이 이렇게 더운데 괜히 땀만 흘리겠지. 그러면 바구니에 넣어 가면 되겠다. 하지만 이미 식량은 충분히 모아두었고, 바구니도 필요 없겠어. 그냥 오래 산책이나 하고 싶어. 그러니 바구니도, 털가죽도 필요 없어. 빠르게 걷다 보면 몸에 열도 오를 테고.

　에일라는 이상할 정도로 거추장스러운 게 없다는 생각을 하며 비탈을 내려왔다. 짊어져야 할 짐도 없고 신경 써야 할 동물도 없었다. 동굴에는 모든 게 잘 구비되어 있었다. 그녀는 자신을 제외하면 그 무엇도 걱정할 필요가 없었다. 하지만 누군가 신경 쓸 대상이 있었으면 좋겠다는 생각이 들었다. 자신이 책임져야 할 대상이 없다고 생각하니 여러 복잡한 감정이 뒤섞였다. 낯설게 느껴지는 자유로움과 설명할 수 없는 절망감이 동시에 느껴졌다.

　그녀는 들판에 도착하자 완만한 비탈을 올라 동쪽 초원으로 향했다. 초원에 도착하자 빠른 걸음으로 걸었다. 딱히 목적지를 정해놓은 건 아니었다. 그저 기분 내키는 대로 아무 곳이나 가볼 생각이었다. 풀은 시든 채 바싹 말라 있었다. 바스락대는 풀잎을 뜯어 손으로 쥐어봤더니 그대로 부서져 먼지처럼 날렸다. 바람이 불어 바스러진 나뭇잎이 그녀의 얼굴로 날렸다.

단단하게 굳어 바위 같은 발밑의 땅은 쩍쩍 갈라져 있었다. 에일라는 땅바닥이 갈라지며 생긴 틈이나 고랑에 발이 빠지거나 튀어나온 흙덩어리에 발이 걸려 넘어지지 않도록 조심조심 걸었다. 이토록 극심하게 건조한 초원은 처음이었다. 대기가 그녀의 숨결에서마저 습기를 빨아들이는 것 같았다. 그녀는 개울을 만나면 물을 채우면서 다니려고 작은 물 부대를 챙겨 왔는데, 물은 하나 같이 말라 있었다. 오전이 끝나기도 전에 그녀는 물을 반 이상 마셨다.

물이 있을 거라 확신했던 개울도 진흙탕이 된 것을 본 에일라는 돌아가야겠다고 마음먹었다. 물 부대를 채울 수 있기를 바라며 강바닥을 따라 걷다 보니 물이 고인 진창의 웅덩이가 보였다. 몸을 숙여 마실 수 있는지 맛을 보려는데, 찍힌 지 얼마 안 된 발굽 자국들이 보였다. 분명 얼마 전에 말 떼가 이곳을 지나간 게 분명했다. 발자국 중 어느 하나가 특별히 그녀의 관심을 끌었다. 에일라는 짐승을 추적하는 데 일가견이 있었다. 그녀는 의식해서 히힝이의 발자국을 관찰한 적이 없었지만 워낙 많이 봐왔던 터라 다른 말들과는 다른 히힝이만의 특징을 모르지 않았다. 그녀는 발자국을 보고 그곳에 얼마 전 히힝이가 다녀갔다고 확신했다. 근처에 있는 게 틀림없었다. 에일라의 심장이 빨라졌다.

말 떼의 흔적을 찾는 것은 어렵지 않았다. 진흙에 남겨진 자국, 땅 틈새 모양이 흐트러진 자국, 새롭게 앉은 먼지, 휘어진 풀 등 모든 게 말들이 지나간 방향을 가리키고 있었다. 에일라는 설레는 마음으로 숨을 죽인 채 그 흔적을 따라갔다. 바람 한 점 없는 대기마저 기대감으로 숨을 참고 있는 것 같았다. 벌써 오랜 시간이 흐른 뒤였다. 히힝이가 나를 기억할까? 그녀는 살아 있는 히힝이를 그저 보기만 해도 좋을 것 같았다.

말 떼는 에일라가 생각했던 것보다 멀리 있었다. 무언가에 쫓겨 전속력으로 초원을 질주한 듯했다. 소란스럽게 으르렁대는 소리가 들려 다가가보니 사냥감을 두고 다투는 늑대 무리가 있었다. 그때 그녀는 뒤돌아 갔어야 했다. 하지만 쓰러진 짐승이 히힝이가 아닌지 확인하기 위해 더 가까이 다가갔다. 짙은 갈색 털을 보고 그녀는 안심했지만, 희생양이 된 말은 히힝이가 따라간 무리의 우두머리 수말처럼 특이한 색깔이었다. 히힝이의 무리에 속한 그 말이 틀림없었다.

에일라는 계속해서 말 떼의 자취를 따라가며 야생에서 지내는 말들이 얼마나 공격에 취약한지 새삼 깨달았다. 히힝이는 젊고 강했지만 사고는 언제든 일어날 수 있었다. 에일라는 암말을 데리고 가고 싶어졌다.

그녀가 마침내 말들을 발견한 것은 정오 전이었다. 말들은 맹수에 쫓긴 뒤로 여전히 불안한 모습이었다. 그리고 에일라는 역풍을 맞으며 서 있었다. 바람에 실려 온 에일라의 체취를 맡자마자 말들은 동요하기 시작했다. 그녀는 빙 둘러 바람이 부는 쪽으로 자리를 옮겼다. 말 하나하나를 관찰할 수 있을 만큼 가까이 다가간 순간, 그녀는 한눈에 히힝이를 알아봤다. 심장이 두근댔다. 그녀는 자꾸만 나오려는 눈물을 참으려고 안간힘을 써야 했다.

건강해 보여. 에일라는 생각했다. 살이 쪘나봐. 아니야, 살이 찐 게 아냐. 새끼를 밴 것 같아! 오, 히힝아, 정말 잘됐다. 에일라는 너무 기쁜 나머지 더 이상 참을 수가 없었다. 그녀는 말이 자신을 기억하는지 확인하지 않을 수 없었다. 그녀는 휘파람을 불었다.

그 즉시 히힝이는 고개를 들어 에일라가 있는 방향을 바라봤다. 다시 휘파람을 불자 암말은 그녀를 향해 걷기 시작했다. 에일라는 기다릴 수가 없었다. 그녀는 황갈색의 히힝이를 맞으러 달려갔다. 그러자 갑자기 담갈색 암말 한 마리가 그들 가운데로 달려와 히힝이와 에일라 사이를 가로막더니, 히힝이의 무릎을 물어 다시 무리 쪽으로 보냈다. 그러더니 암말들의 우두머리로 보이는 그 말은 위험할지 모르는 낯선 여자와 더욱 거리를 두기 위해 다른 말들을 이끌고 움직이기 시작했다.

에일라는 마음이 너무 아팠다. 계속해서 따라가는 것은 무

리였다. 이미 계획했던 것보다 계곡에서 너무 먼 곳까지 와 있
었다. 말들은 그녀가 따라갈 수 없을 만큼 빠르게 멀어졌다. 어
두워지기 전에 동굴에 도착하려면 당장 서둘러야 할 때였다.
그녀는 다시 한 번 크고 길게 휘파람을 불었지만 이미 때는 너
무 늦었다. 그녀는 크게 낙심한 채 발길을 돌렸다. 그녀는 두르
개를 어깨까지 치켜올리고는 차갑게 불어오는 맞바람에 고개
를 숙인 채 동굴로 향했다.

그녀는 실의에 빠진 나머지 자신의 슬픔과 실망스러운 감정
만을 곱씹을 뿐 주위에는 관심을 기울이지 않았다. 그때 으르
렁대는 소리를 듣고서야 갑자기 걸음을 멈췄다. 그녀는 주둥이
에 피를 뚝뚝 흘린 채 진한 갈색 말을 뜯고 있던 늑대 무리와
마주하고 있었다.

앞을 보고 조심했어야지. 그녀는 뒤로 물러나며 생각했다.
내 잘못이야. 내가 조금 더 인내심을 가지고 천천히 접근했으면
우두머리 암말이 무리를 이끌고 다른 곳으로 이동하지 않았을
텐데. 그녀는 크게 빙 둘러 가며 쓰러져 있는 말에게 힐끗 눈길
을 주었다. 말치고는 짙은 색깔이었다. 히힝이의 무리에 있던 수
말과 비슷한 색이야. 그녀는 더 자세히 보았다. 머리의 특징이
나 색깔, 몸 전체를 보자 에일라는 갑자기 온몸에 전율을 느꼈
다. 우두머리 수말이야! 어떻게 혈기왕성한 수말이 늑대의 먹이
가 되고 말았을까?

그리고 보니 왼쪽 앞발이 이상한 각도로 틀어져 있었다. 젊

고 힘이 넘치는 말이라도 쩍쩍 갈라져 곳곳에 틈이 생긴 위험한 땅을 달리다 보면 실수로 다리가 부러질 수 있었다. 메마른 땅에 깊게 파인 틈 때문에 수말이 넘어졌고, 그 기회를 놓치지 않고 늑대들이 달려든 게 분명했다. 에일라는 고개를 저었다. 너무 안 됐어. 한창때의 나이에 저렇게 죽고 말다니 너무도 안타까웠다. 그녀는 늑대에게서 발길을 돌리다가 그제야 자신이 처한 위험을 감지했다.

오전에만 해도 그토록 청명했던 하늘에 불길해 보이는 구름이 뭉게뭉게 피어오르고 있었다. 겨울이 오는 길목을 막고 있던 고기압이 마침내 그 세력을 다하고 물러나자 기다렸다는 듯이 한랭전선이 밀고 들어왔다. 바람에 풀들이 누웠고, 바싹 메마른 풀들은 부서지며 날렸다. 기온이 빠르게 떨어지고 있었다. 그녀는 대기에 감도는 눈 냄새를 맡았다. 동굴에 도착하려면 먼 길을 가야 했다. 에일라는 주위를 둘러보며 방향을 잡은 뒤 달리기 시작했다. 눈보라를 맞닥뜨리기 전에 동굴에 도착하려면 속도를 내는 수밖에 없었다.

하지만 눈이 내리기 전에 동굴에 도착할 가능성은 없었다. 반나절 이상 계곡에서 초원까지 빠르게 걸어오는 내내, 겨울은 언제든 들이닥칠 준비를 하고 있던 터였다. 에일라가 메마른 개울에 닿았을 즈음, 물기를 머금은 함박눈이 떨어지기 시작했다. 거센 바람이 불어닥치자 차가운 눈이 살갗을 때리기 시작했다. 어느새 함박눈은 앞이 보이지 않는 눈보라로 변했고, 땅

위로도 눈이 쌓여갔다. 소용돌이치는 바람에 휘청거리던 에일라는 급기야 방향감각마저 잃고 말았다.

그저 계속해서 걷는 수밖에 별다른 희망이 없었지만 과연 계곡 방향으로 잘 가고 있는지 자신이 없었다. 이정표들도 흐릿하기만 했다. 그녀는 목을 조여오는 공포를 억누르려고 애쓰며 자신이 있는 위치를 가늠해보려고 멈춰 섰다. 털가죽도 없이 길을 나서다니 얼마나 어리석었던가. 그녀는 바구니에 천막을 담아 가져올 생각도 하지 않았다. 천막이 있었다면 최소한 바람막이 정도는 만들어 눈보라를 피할 수 있을 터였다. 기온이 갑자기 낮아져 귀가 떨어져 나갈 듯 했고 다리에는 감각이 없었다. 이는 계속해서 맞부딪쳤다. 그녀는 추위에 오들오들 떨었다. 그때 휘파람 같은 바람 소리를 들었다.

그녀는 다시 귀를 기울였다. 바람 소리가 아닌가? 그때 또 한 번 그 소리가 들려왔다. 에일라는 두 손을 오므려 입가에 대고 할 수 있는 한 크게 휘파람을 불고는 귀를 기울였다.

높은 소리로 울부짖는 말의 울음이 가까이서 들렸다. 그녀가 다시 한 번 휘파람을 불자 황갈색 말의 형체가 눈보라 속에서 유령처럼 어렴풋이 나타났다. 에일라는 차가운 눈물을 흘리며 말에게 달려갔다.

"히힝아, 오, 히힝이."

에일라는 말의 이름을 반복해서 부르며 단단한 말의 목을 꼭 끌어안은 채 덥수룩한 겨울 털에 얼굴을 묻었다. 그러고는 말에 올라타서 몸을 낮게 숙이고 말의 따뜻한 체온을 느꼈다.

말은 자신의 본능에 의지해 동굴로 향했다. 말은 동굴을 향하던 중이었다. 갑자기 수말이 죽자 말들은 동요했다. 우두머리 암말은 다른 수말이 그들을 발견할 거라 믿으며 암말들을 한데 모아두려고 했다. 만약 히힝이가 익숙한 휘파람 소리를 듣지 않았다면, 그래서 에일라와 안전한 동굴을 떠올리지 않았다면, 히힝이 역시 무리에 남았을지도 모를 일이었다. 하지만 무리 속에서 자라지 않은 암말에게 우두머리가 미치는 영향은 미미했다. 폭풍우가 시작되자 히힝이는 거센 바람과 눈보라에도 안전하던 동굴과 함께 여인의 따뜻한 보살핌이 떠올랐다.

드디어 동굴에 도착했을 때 에일라는 너무도 심하게 몸을 떨고 있어서 불조차 피울 수 없었다. 가까스로 불을 피우긴 했지만 불가에 가까이 쪼그리고 앉는 대신, 털가죽을 움켜쥔 채 히힝이 자리로 가서 따뜻한 말 곁에 몸을 동그랗게 말고 누웠다.

그 이후로 며칠 동안 그녀는 사랑하는 친구가 돌아온 것을 제대로 기뻐할 수가 없었다. 열에 들떠 깨어난 에일라는 깊은 곳에서 올라오는 마른기침을 했다. 조금 정신이 들었을 때는 일어나 약차를 만든 뒤 며칠째 차만 홀짝이며 연명했다. 히힝이가 그녀의 목숨을 구한 것이나 마찬가지였지만 말은 그녀를 덮친 폐렴을 낫게 할 수는 없었다.

병마와 싸우며 기진한 그녀는 고열로 의식이 혼미한 상태였다. 하지만 아기가 동굴에 돌아오자 에일라는 히힝이의 울음소리에 정신을 차렸다. 아기는 초원으로 이어지는 동굴 위 절벽에서 암붕으로 훌쩍 뛰어내려 동굴로 들어오려다가 히힝이 때문에 망설였다. 정신이 혼미한 가운데서도 공포에 질린 히힝이의 울음소리가 에일라를 깨웠다. 그녀의 눈에 극도로 흥분한 암말이 귀를 뒤로 눕힌 채 불안하게 서성이는 게 들어왔다. 동굴사자는 이빨을 드러내고 목에서 낮게 으르렁대며 금방이라도 뛰어 오를 자세를 취하고 있었다. 그녀는 잠자리에서 벌떡 일어나 자연에서는 포식자와 먹이의 관계에 있는 두 짐승 가운데로 달려갔다.

"멈춰, 아기! 그러면 히힝이가 놀라잖아. 히힝이가 돌아왔으니 반가워해야지."

그러고 나서 에일라는 말을 돌아다보았다.

"히힝아! 아기잖아. 아기는 무서워하지 않아도 돼. 둘 다 그만해."

그녀가 나무랐다. 그녀는 그 어떤 위험한 일도 일어나지 않을 거라 믿었다. 둘은 동굴에서 함께 자라며 식구처럼 지내왔던 것이다.

동굴에서 나는 냄새, 특히 에일라의 체취는 두 짐승에게 모두 익숙했다. 아기는 반갑다는 듯 에일라에게 달려들더니 그녀에게 주둥이를 비벼댔다. 히힝이도 관심을 받고 싶다는 듯 가까이 다가왔다. 그러더니 암말은 두려움에서 나오는 울음소리가 아닌, 아기를 돌볼 때 내던 히이힝 소리를 냈다. 그제야 동굴사자도 자신을 돌봐주던 말을 알아봤다.

"아기라고 그랬잖아."

그녀가 발작적으로 기침을 하며 말에게 말했다. 에일라는 불을 뒤적이고 나서 물 부대를 들었지만 비어 있었다. 그녀는 털가죽으로 몸을 둘둘 말고는 동굴 밖으로 나가 눈을 한 그릇 퍼 왔다. 녹은 눈이 끓기를 기다리면서 그녀는 목을 잡아뜯을 것 같이 발작적으로 나오는 기침을 참으려고 안간힘을 썼다. 마침내 목향 뿌리와 벗나무 껍질을 우린 차를 마시고 나서야 기침이 잠잠해져 잠을 청할 수 있었다. 아기는 동굴 후미의 자기 자리로 가서 편하게 누웠다. 히힝이도 동굴 벽 쪽 자기 자리에서 휴식을 취했다.

마침내 에일라는 타고난 건강한 체력과 생명력으로 병마를 이겨냈다. 하지만 몸이 완전히 회복되기까지는 오랜 시간이 걸렸다. 동물 식구들이 모두 다 돌아오자 에일라는 기쁨에 넘쳤지만 예전과 같은 분위기는 아니었다. 히힝이와 아기 모두 변했던 것이다. 히힝이는 새끼를 배고 있었고 야생말들과 살면서 맹수의 위험성에 대해 실감하고 온 터였다. 예전에는 함께 장난을 치며 어울렸던 사이였지만 지금은 되도록 사자 가까이에 가지 않았다. 아기도 더 이상 장난꾸러기 새끼 사자가 아니었다. 녀석은 눈이 그치자 곧장 동굴을 떠났다. 겨울이 깊어갈수록 녀석이 동굴로 돌아오는 횟수는 줄어들었다.

한겨울이 지나서까지 무리하게 몸을 쓰면 여전히 기침이 나왔다. 에일라는 세심하게 자기 몸을 관리했다. 그녀가 먹으려고 모아서 키질해놓은 곡물을 말에게 먹이면서 암말도 정성스레 보살폈다. 한번씩 함께 산책을 나갔지만 금세 돌아오곤 했다. 차갑지만 맑았던 어느 날, 에일라는 모처럼 기운이 솟는 것을 느끼며 잠에서 깨어났다. 약간의 운동을 하는 것이 말과 자신 모두에게 좋을 것이라는 생각이 들었다.

그녀는 말 위에 바구니를 실어 묶고 창과 운반대, 비상식량, 물 부대 몇 개, 털가죽, 천막을 챙겼다. 일어날 수 있는 비상 상황을 다 고려해 챙긴 짐들이었다. 다시는 갑작스럽게 위험한 상황에 노출되고 싶지 않았다. 한 번의 부주의로도 목숨이 위험할 수 있었다. 그녀는 말 위에 오르기 전에 부드러운 가죽을 히힝이의 등 위에 깔았다. 히힝이가 돌아오고 나서 그녀가 새롭게 생각해낸 방식이었다. 오랜만에 말을 탔더니 말에 닿는 허벅지 살갗이 헐어서 쓰라렸다. 가죽을 등 위에 도톰하게 깔았더니 아픈 게 훨씬 덜했다.

에일라는 밖에 나온 기분을 한껏 즐겼다. 무엇보다 지독했던 기침이 더 이상 나오지 않으니 한결 살 것 같았다. 초원에 도착한 이후로 에일라는 아무런 신호도 주지 않고 암말이 알아서 가도록 내버려 두었다. 그녀는 편안하게 말 위에 앉은 채 끝나가는 겨울을 생각하며 상념에 젖었다. 그런데 갑자기 히힝이의 근육이 긴장하는 게 전해졌다. 그녀는 퍼뜩 정신을 차렸다. 무언가가 그들을 향해 다가오고 있었다. 포식 동물이 살금살금 걸어오는 모양새였다. 히힝이는 곧 출산을 앞두고 있어 맹수의 공격에 더 취약한 상태였다. 에일라는 한 번도 동굴사자를 공격하려고 시도해본 적이 없었지만 창을 집어 들었다.

짐승이 다가오는데 그녀의 눈에 적갈색 갈기와 코에 있는 낯익은 흉터가 들어왔다. 그녀는 말에서 미끄러져 내려와서는 거대한 맹수에게 달려갔다.

"아기! 어디 갔다 오는 거야? 이렇게 오래 안 돌아오면 내가 얼마나 걱정하는지 몰라?"

동굴사자가 그녀를 보고는 무척 반가운 듯 몸을 비벼대는 통에 에일라는 쓰러질 뻔했다. 그녀는 사자의 목을 꼭 끌어안고는 녀석이 긁어주기를 좋아하는 귀 뒤와 턱 아래를 마구 문질러주었다. 동굴사자는 기분이 좋다는 듯 낮게 그르렁댔다.

그때 멀지 않은 곳에서 그르렁대는 또 다른 동굴사자의 소리가 들렸다. 아기는 그르렁거리던 소리를 멈추고 등을 쭉 펴더니 긴장된 듯 다소 뻣뻣하게 일어났다. 에일라로서는 처음 보는 자세였다. 아기의 어깨 너머로 암사자가 조심스럽게 다가오고 있었다. 암사자는 아기의 소리에 딱 멈춰 섰다.

"짝을 찾았구나! 그럴 줄 알았어. 언젠가 네 무리를 꾸리게 될 줄 알았어."

에일라는 암사자들이 더 있는지 주위를 둘러보았다.

"아직은 하나구나. 아마도 떠돌이 사자였겠지. 이제는 네 영

역을 찾아 싸워야 해. 지금이야 시작에 불과해. 언젠가 아주 멋
진 거대한 무리의 우두머리가 될 거야, 아기."

　동굴사자는 이제 조금 안심이 된 듯 에일라를 향해 고개를
들이밀었다. 에일라는 사자의 이마를 긁어주고 마지막으로 짧
게 안아주었다. 히힝이가 극도로 긴장하고 있는 게 느껴졌다.
아기의 냄새는 익숙했지만 암사자의 냄새는 그렇지 않았다. 에
일라가 말에 올라타자 아기가 그들을 향해 다가왔다. 에일라는
아기를 향해 "멈춰" 하고 신호를 보냈다. 녀석은 잠시 한 자리에
가만히 있더니 크릉크릉 소리를 내고는 뒤돌아 갔다. 아기가 떠
나자 아기의 짝도 그 뒤를 따라갔다.

　아기는 자기 종족과 살게 되어 떠났구나. 동굴로 돌아가며
그녀는 생각에 젖었다. 한번씩 동굴에 들를 수는 있어도 히힝
이처럼 다시 살러 오는 일은 결코 없을 것이었다. 에일라는 손
을 아래로 뻗어 애정 어린 손길로 말을 토닥였다. 네가 돌아와
서 정말 기뻐. 그녀는 속으로 생각했다.

　암사자와 함께 있는 아기를 보자 에일라는 자신의 불확실한
미래를 다시 한 번 생각하게 되었다. 이제 아기에게는 짝이 있
어. 히힝아, 너에게도 짝이 있었지. 궁금하구나. 나도 언젠가는
내 짝을 찾을 수 있을까?

17

존달라는 집 위로 툭 튀어나온 사암 지붕 밖으로 나와 눈으로 뒤덮인 암붕에서 아래를 내려다보았다. 동굴 앞에 널찍하게 자리 잡은 암붕 아래는 깎아지르는 절벽이 이어졌다. 강 저편으로는 높은 절벽들이 침식작용으로 생겨난 언덕을 둘러싸고 있었다. 언덕도 눈으로 하얗게 덮인 채 부드러운 곡선을 그리고 있었다. 그를 기다리고 있던 다르보가 손을 흔들었다. 다르보는 들판에서 한참 걸어 들어가는 절벽 옆 나무 그루터기에 서 있었다. 그곳은 존달라가 석공 일을 하는 작업장으로 정한 곳이었다. 그곳은 탁 트여 있어서 햇볕도 잘 들었고, 사람들의 왕래가 적어 날카로운 돌조각을 밟을 염려도 적었다.

"존달라, 기다려."

"소놀란."

그는 동생을 보고 빙긋이 웃으며 기다렸다. 둘은 눈으로 다

져진 길을 함께 걸었다.

"오늘 아침에 다르보에게 석공 기술을 몇 가지 가르쳐주기로 약속했어. 샤미오는 어때?"

"괜찮아. 감기도 많이 나았고. 걱정이 많이 되긴 했지. 아이 기침 소리 때문에 제타미오도 잠을 이루지 못했거든. 다음 겨울이 오기 전에는 집을 더 넓히자고 얘기했어."

존달라는 소놀란을 유심히 바라봤다. 참으로 속 편하게 살아온 동생에게 짝과 늘어난 가족에 대한 책임이 무겁게 다가오는 것은 아닌지 내심 걱정이 되었다. 하지만 소놀란은 안정되고 만족스러운 모습이었다. 갑자기 소놀란은 저 혼자서 얼굴 한가득 웃음을 떠었다.

"형, 할 말이 있어. 제타미오 말이야, 요즘 부쩍 살이 좀 붙은 것 같지 않아? 난 그냥 건강하고 보기 좋다고만 생각했거든. 그런데 내 생각이 틀렸어. 다시 어머니의 축복을 받아 아기를 가진 거였어."

"잘됐다! 제타미오가 아기를 무척이나 기다렸잖아."

"벌써 오래전부터 알았지만 내가 걱정할까봐 말하고 싶지 않았대. 이번에는 아기를 잘 낳을 수 있을 것 같아, 존달라. 샤무드는 새 생명에 대해서는 장담하는 게 아니라고는 하지만 그래도 모든 게 잘 되면 봄에 아기를 낳을 거라고. 제타미오가 그러는데, 내 정령의 아기가 분명할 거래."

"제타미오 말이 틀림없을 거야. 내 자유로운 동생이 한 불터의 가장이 되다니. 짝은 곧 아기를 낳을 테고."

소놀란의 미소가 더욱 커졌다. 그가 어찌나 좋아하는지 존달라도 따라 웃을 수밖에 없었다. 아기가 생긴다는 생각에 정말로 기뻐하고 있어. 존달라는 생각했다.

"저기, 왼쪽 방향."

돌랜도가 시야를 완전히 가린 채 높이 솟아 있는 바위투성이 산마루의 툭 튀어나온 모퉁이를 가리키며 속삭였다.

존달라도 그쪽 방향으로 고개를 돌렸지만 눈앞에 펼쳐진 엄청난 전경에 압도된 나머지 어느 한곳에 시선을 집중할 수 없었다. 그들은 수목한계선 근처에 있었다. 산마루까지 올라오는 동안 숲을 지나왔는데, 가장 고도가 낮은 곳에는 오크나무가 울창했다. 그다음에는 너도밤나무가 많았다. 한참 더 올라갔을 때는 소나무, 전나무, 가문비나무 같은 존달라에게 익숙한 침엽수들이 자라고 있었다. 멀리서도 단단한 지각이 융기해 형성된 장엄한 산봉우리들이 보였다. 나무들을 뒤로하고 그 봉우리를 향해 오르며 존달라는 예상치 못했던 장관에 숨이 턱 막힐 정도로 감탄했다. 이미 여러 번 산을 올랐으면서도 그 광경을 볼 때마다 탄복하지 않을 수 없었다.

산봉우리가 눈앞에 있다는 사실이 큰 감동으로 다가왔다. 마치 손을 뻗으면 닿을 듯 가깝게 느껴졌다. 경외감으로 가득한 침묵 속에서 산 정상은 대지가 엄청난 고통 속에서 지각의 대변동을 겪으며 품고 있던 벌거벗은 암석을 낳았음을 보여주고 있었다. 숲으로 덮이지 않은 위대한 어머니의 태곳적 뼈대가 경사진 사면에 그대로 드러나 있었다. 구름 한 점 없는 하늘에서 눈이 부실 정도로 내리쬐는 햇빛은 강한 바람에 노출된 고산 목초지의 튀어나온 바위와 바위틈 속에 얼어붙은 빙하에 부딪혀 산산이 부서졌다.

"보인다!"

소놀란이 외쳤다.

"약간 오른쪽으로, 존달라. 보여? 노두 위에."

존달라가 시선을 돌리자 벼랑 끝에 서 있는 날렵한 몸집의 작은 샤모아영양이 보였다. 두툼한 검은 털이 옆구리 쪽으로 여전히 군데군데 보였지만 회색빛이 도는 담갈색 여름털은 바위 색과 비슷해 절묘하게 어우러졌다. 염소 뿔과 비슷한, 끝이 뒤로 살짝 휜 작은 뿔 두 개가 이마에서 솟아나 있었다.

"녀석이 이제야 보이는군."

존달라가 말했다.

"수컷이 아닐지도 모르지. 암놈에게도 뿔이 있으니까."

돌랜도가 말했다.

"아이벡스와 닮았지 않았나, 소놀란? 샤모아가 더 작긴 하지. 뿔도 그렇고. 하지만 멀리서……."

"존달라, 젤란도니 사람들은 아이벡스를 어떻게 사냥하나요?"

한 젊은 여인이 호기심과 설렘, 사랑으로 반짝이는 눈빛으로 물었다.

다르보보다 겨우 한두 살 위인 그녀는 키가 큰 금발의 남자를 향한 사랑의 열병을 앓고 있었다. 그녀는 샤무도이족으로 태어났지만 그녀의 어머니가 라무도이 남자와 두 번째 혼인을 하게 되면서 강에서 자랐다. 하지만 그 관계가 소란스럽게 끝나 버리자 다시 산으로 올라와 살았다. 그녀는 대다수의 샤무도이 젊은이들과는 다르게 산을 오르는 데 익숙하지 않았다. 최근까지만 해도 샤모아영양 사냥에는 관심이 없었다. 하지만 존달라가 사냥하는 여자들에게 호의적인 감정을 가지고 있다는 것을 알고 난 이후로 그녀는 사냥에 따라오기 시작했다.

"나도 그런 쪽은 아는 게 별로 없군, 라카리오."

존달라가 부드럽게 미소 지으며 답했다. 그는 전부터 젊은 여인이 보내는 신호를 읽고 있었다. 그도 그녀의 관심에 어느 정도 반응을 보이기는 했지만 그렇다고 적극적으로 그녀의 마음을 키워주고 싶은 생각은 없었다.

"우리가 사는 남쪽 산에도 아이벡스가 있지. 동쪽 산맥에는 더 많고. 하지만 우린 산에서 사냥하지 않아. 산이 너무 멀리 있으니까. 여름 축제 때는 간혹 사냥단을 꾸려서 산에 오를 때도 있긴 해. 하지만 난 그저 재미 삼아 따라갔을 뿐이야. 노련한 사냥꾼들의 지시를 따랐고. 나 역시 계속 배우는 중이니까. 돌랜도야말로 산짐승을 잡는 데 뛰어난 사냥꾼이시지."

샤모아영양이 벼랑에서 더 높은 뾰족한 바위로 펄쩍 뛰어오르더니 그 자리에서 조용히 주변을 살펴봤다.

"저렇게 뛰어다니는 짐승을 어떻게 사냥해요?"

라카리오는 험준한 바위투성이 지대를 가볍게 뛰어다니는 짐승을 보고는 목소리를 낮춘 채 놀랍다는 듯 물었다.

"그리고 저렇게 좁은 곳에서 어떻게 저리 서 있을 수 있는 거죠?"

"라카리오, 이따 놈을 잡으면 꼭 발굽을 살펴보거라."

돌랜도가 말했다.

"샤모아영양의 발굽은 바깥쪽 가장자리만 딱딱해. 안쪽은 네 손바닥처럼 부드럽지. 그래서 미끄러지거나 발을 헛디디는 일이 없다. 부드러운 부분이 꽉 움켜쥐면서 바위에 찰싹 달라붙거든. 샤모아영양을 사냥하기 위해서는 저 짐승들이 늘 아래를 내려 본다는 것을 명심하는 게 가장 중요해. 항상 가려는 쪽을 바라보고, 제 발 아래 있는 것을 잘 알지. 눈이 머리 옆쪽에 붙어 있어서 측면은 잘 둘러보지만 뒤쪽 위까지 보기는 힘들지. 그게 우리가 노리는 점이다. 녀석들 뒤로 빙 돌아서 뒤를 노려야 해. 뒤에서 손에 닿을 정도로 가까이 가면 잡기가 쉽다. 다만 아주 조심히 접근하고 인내심을 가져야지."

"우리가 도착하기도 전에 가버리면 어쩌죠?"

"저 위를 보렴. 푸른 기운이 보이지? 겨우내 건초만 먹다가 봄날 새로 돋은 풀은 참으로 별미일 테지. 저기 있는 녀석이 망을 보고 있구나. 수컷, 암컷, 새끼 할 것 없이 다른 영양들은 눈에 잘 안 띄는 바위 사이나 덤불 뒤에서 풀을 뜯고 있을 게다. 풀이 맛있고 충분하면 안전하다고 느끼는 한 그 자리에서 잘 떠나지 않는다."

"왜 여기 서서 이야기만 하고 있는 건가요? 어서 가요."

다르보가 말했다. 라카리오가 항상 존달라 주변을 도는 게 내심 신경 쓰였던 그는 어서 사냥을 시작하고 싶어 좀이 쑤셨다. 존달라는 샤무도이 사람들과 사냥을 시작하면서 항상 다르보를 데리고 다녔다. 그래봤자 짐승의 뒤를 밟고 지켜보면서 배우는 게 전부였다. 이번에는 다르보도 직접 사냥에 참여해도 된다는 허락을 받았다. 이번에 성공한다면 그가 처음으로 잡는 사냥감이 될 것이고, 큰 주목을 받게 될 터였다. 하지만 그가 도를 넘어선 중압감을 느끼는 것은 아니었다. 꼭 이번에 사냥에 성공할 필요는 없었다. 앞으로도 기회는 많았다. 산악지대에서 적응해 사는 민첩한 사냥감을 사냥한다는 것은 결코 쉽지 않았다. 누구든 가깝게 다가갈 수는 있었지만 사냥에 성공하려면 마지막 순간까지 조심하고 신중해야 했다. 험준한 바위와 노두 사이의 깊은 틈을 펄쩍 뛰어넘어 도망가는 샤모아를 쫓아가 잡는다는 것은 어불성설이었다. 게다가 녀석들은 무언가에 놀라면 일단 무작정 도망갔다.

돌랜도는 지층과 약간 비스듬한 평행선을 그리며 형성된 암반층을 빙 둘러 올라가기 시작했다. 겉으로 드러난 퇴적광상의 부드러운 지질층은 바람에 풍화되어 마치 계단처럼 발을 디디기에 좋았다. 샤모아영양 무리가 있는 뒤쪽으로 돌아서 올라가는 고된 일이기는 해도 위험하지는 않았다. 험준한 산을 오르는 것과는 달랐다.

다른 이들도 족장의 뒤를 따랐다. 존달라는 가장 뒤에서 기다리고 있었다. 거의 모든 이들이 계단처럼 층층이 난 지층을 오르기 시작했을 무렵, 그를 부르는 세레니오의 목소리가 들렸다. 그는 놀라서 뒤돌아보았다. 세레니오는 사냥에 관심이 없는 여자였다. 집에서 멀리 떨어진 곳까지 산책을 가는 일도 드물었다. 도대체 무슨 일로 이렇게 멀리까지 온 것인지 그 이유가 짐작되지 않았다. 하지만 점차 다가오는 세레니오의 표정을 보자 갑자기 등줄기를 타고 서늘한 기운이 흘렀다. 그녀는 가쁜 숨을 몰아쉬며 간신히 말을 이어갔다.

"다행…… 당신을 따라잡아서…… 소놀란을…… 제타미오가…… 진통…….."

그는 양손을 둥글게 입가에 모으고 소리쳤다.

"소놀란! 소놀란!"

앞서 올라가던 이들 중 하나가 고개를 돌리자 존달라는 돌아오라는 손짓을 했다. 소놀란이 오기를 기다리는 동안 어색한 침묵이 흘렀다. 그는 제타미오가 괜찮냐고 묻고 싶었지만 선뜻 입이 떨어지지 않았다.

"진통이 언제 시작됐는지?"

그가 마침내 물었다.

"어젯밤부터 등 쪽으로 통증이 왔다고. 하지만 소놀란에게 는 말하지 않았대요. 전부터 샤모아 사냥을 기대하고 있었는 데, 진통이 왔다고 말하면 그가 가지 않을까봐. 그리고 진통인 지는 확실하지 않았다고 해요. 그가 돌아왔을 때 아기를 보여 주며 소놀란을 깜짝 놀래주고 싶었던 것 같아요. 자신이 진통 을 하는 동안 그가 초조하게 기다리면서 걱정할까봐 말을 안 한 거예요."

제타미오다워. 그가 속으로 생각했다. 제타미오는 자기 짝에 게 심려를 끼치고 싶지 않았던 것이다. 소놀란은 지나치다 싶 을 정도로 자기 짝을 애지중지했다. 불현듯 존달라는 불길한 생각에 사로잡혔다. 제타미오가 바라던 대로 소놀란을 깜짝 놀 래주려고 했다면, 세레니오가 그를 데리러 이렇게 급하게 산을 오르지는 않았을 것 아닌가?

"무슨 문제가 생긴 건가요?"

세레니오는 땅바닥을 내려 보더니 눈을 감았다. 그리고 심호 흡을 하고는 입을 열었다.

"아기가 거꾸로 있었어요. 그런데 제타미오의 산도가 너무 좁아서 나오기가 힘들 것 같아요. 어렸을 때 겪은 마비 때문에 그런 것 같다고 샤무드가 말하더군요. 그리고 내게 소놀란을 데려오라고…… 그리고 당신도…… 그를 위해서."

"오, 이런! 도니시여. 제발!"

"설마! 아니야! 아니라고! 그럴 리 없어! 왜 어머니는 축복으로 아기를 내려주시고는 둘 다 데려가는 거냐고?"

소놀란은 제타미오와 함께 쓰던 집에서 주먹 쥔 손을 다른 손으로 마구 치며 발을 쿵쿵 굴렀다. 존달라는 그저 무력하게 서 있을 뿐이었다. 곁에 있어주는 것 말고는 달리 해줄 일이 없었다. 다른 이들은 그마저도 해줄 수 없었다. 슬픔을 넘어 분노에 사로잡힌 소놀란이 모두에게 당장 나가라고 고래고래 소리를 지른 뒤였다.

"존달라, 왜 내 짝이? 어머니께서 왜 그녀를 데려간 걸까? 그녀가 가진 게 뭐 그리 많다고. 그간 얼마나 큰 고통을 겪었는데. 그게 그렇게 무리한 소원이었나? 아이 하나가? 그녀의 피와 살을 나눠 가진 아이가?"

"나도 모르겠다, 소놀란. 젤란도니라고 해도 대답을 해줄 수는 없을 거야."

"꼭 그래야 했을까? 그것도 그토록 큰 고통을 겪게 하고."

소놀란은 그의 형 앞에 서서 간절히 호소하듯 말했다.

"날 알아보지도 못했어. 제타미오는 무척 고통스러워했어. 눈빛만 봐도 알겠더라고. 왜 죽어야만 했을까?"

"어머니께서 생명을 주셨다가 다시 거두어 가는 이유에 대해서는 누구도 모르지."

"어머니, 어머니! 어머니는 우리에게 관심도 없어. 제타미오는 어머니를 섬겼어. 나도 마찬가지고. 그래봤자 무슨 소용이야? 제타미오를 데려갔잖아. 어머니라면 지긋지긋해!"

그는 다시 발을 쿵쿵 구르기 시작했다.

"존달라……."

로샤리오가 안으로 들어오기를 망설이며 입구에서 불렀다. 존달라가 밖으로 나갔다.

"무슨 일입니까?"

"샤무드가 아기를 꺼내려고 배를 갈랐어. 제타미오가 숨을 거두고……."

로샤리오는 눈을 깜박이며 눈물을 참았다.

"아기를 구할 수 있을지도 모른다고 생각해서. 때로 그런 경우도 있거든. 하지만 이미 너무 늦었어. 아기는 사내아이였지. 소놀란에게 알려야 할지 모르겠어."

"고마워요, 로샤리오."

존달라는 그녀가 큰 슬픔에 빠져 있다는 것을 알 수 있었다. 제타미오는 그녀에게 딸 같은 존재였다. 로샤리오는 제타미오를 키워주었을 뿐 아니라 그녀의 몸에 마비가 왔을 때, 그리고 길었던 회복 기간 내내 정성껏 보살펴주었다. 그리고 결국 불행하게 끝났지만 참으로 고통스러웠던 진통 과정 내내 곁을 지킨 사람도 그녀였다. 갑자기 소놀란이 그의 낡은 배낭을 들더니 그들을 밀치고 지나쳐 절벽 모퉁이로 이어지는 길을 향해 성큼성큼 걸어갔다.

"아무래도 지금은 때가 아닌 것 같아요. 제가 나중에 말할게요."

존달라는 그렇게 말하고서 동생 뒤를 쫓아 달렸다.

"어디 가?"

동생을 따라잡은 그가 물었다.

"떠나. 이곳에 머물지 말았어야 했어. 내 여행의 목적지에 도달하지도 못했고."

"지금 떠날 수는 없어."

존달라가 동생의 팔을 잡은 손에 힘을 꾹 주며 말했다. 소놀란이 거칠게 자신의 팔을 잡아 뺐다.

"왜 안 돼? 여기 남아 있을 이유가 뭔데?"

소놀란이 흐느끼며 뒤돌아 다시 걸어갔다. 존달라는 그를 다시 멈춰 세워 그의 몸을 자기 쪽으로 돌린 뒤 얼굴을 들여다보았다. 슬픔에 일그러진 그의 얼굴은 존달라가 알던 동생이 아니었다. 그의 고통은 너무도 극심해 그의 마음 깊은 곳까지 갈가리 찢어놓았다. 존달라는 한때 제타미오를 사랑하는 기쁨에 한껏 젖어 있는 소놀란을 부러워한 적도 있었다. 그는 도대체 자신의 어떠한 성격적 결함 때문에 그러한 사랑을 하지 못하는 것인지 고민에 빠졌었다. 과연 이러한 사랑이 그만한 가치가 있는 것일까? 이런 고통을, 이토록 쓰디쓴 비참함을 감당할 만큼 사랑이 그리 대단한 것인가?

"제타미오와 그녀의 아들을 너 없이 그냥 땅속에 묻히게 할 셈이야?"

"아들? 아들인 줄 어떻게 알아?"

"샤무드가 배 속에서 꺼냈다더군. 적어도 아기는 구할 수 있을지도 모른다고 생각했대. 하지만 이미 때가 늦었고."

"그녀를 죽게 한 아들은 보고 싶지 않아."

"소놀란. 그녀가 축복을 기원한 거잖아. 그녀는 아기를 갖고 싶어 했고, 아기가 생기자 정말로 행복해했어. 그 행복을 빼앗을 셈이었어? 차라리 슬픔에 젖은 긴 세월을 감내했기를 바란 거냐고? 아이 없는 여자로, 애절하게 소원하면서? 그녀는 사랑받았고 행복했어. 너와 짝을 맺고, 어머니의 축복도 받았으니까. 비록 짧은 기간이긴 했지만 그녀는 자신이 상상했던 것보다 훨씬 행복하다고 내게 말했어. 그 무엇도 너만큼 기쁨을 주는 사람은 없다고. 그리고 아기를 가져서 너무나 기쁘다고 했어. 제타미오는 네 아이라고 말했어, 소놀란. 네 정령의 아이. 어머니는 그녀가 어떤 선택을 했을지 아셨을 거야. 그래서 그녀에게 기쁨을 주기로 결정하신 거겠지."

"존달라, 제타미오는 날 알아보지도 못했어."

소놀란의 목소리가 갈라졌다.

"마지막에 샤무드가 그녀에게 뭔가를 먹였을 거야, 소놀란. 아기가 산도를 빠져나올 가망이 없으니까. 그래서 극심한 고통을 줄여주려고. 제타미오는 네가 곁에 있다는 것을 분명 알았을 거야."

"어머니가 제타미오를 데려가면서 내게서 모든 것을 앗아갔어. 나는 사랑으로 넘쳐흘렀는데, 이제는 빈껍데기야. 내게 남은 건 아무것도 없어. 어떻게 그녀가 떠날 수 있어?"

소놀란이 몸을 들썩였다. 존달라는 땅바닥으로 주저앉으려는 그를 붙잡았다. 동생이 절망으로 흐느껴 우는 동안 그는 자신의 어깨를 빌려주었다.

"왜 고향으로 돌아가지 않겠다는 거야, 소놀란? 지금 떠나면 겨울쯤에 빙하지대에 도착할 거야. 겨울 동안 빙하를 건너면 봄에는 고향에 도착할 테고. 그런데 어째서 동쪽으로 가겠다는 거야?"

존달라의 목소리에서는 그리움이 느껴졌다.

"형은 고향으로 가. 형은 진작 고향으로 돌아갔어야 해. 내가 늘 말했잖아. 형은 젤란도니 사람이고, 앞으로도 죽 그럴 거라고. 난 동쪽으로 갈 거야."

"위대한 어머니 강 끝까지만 가보겠다고 했잖아. 베란해에 도착하면 그다음에는 뭘 하려고?"

"누가 알겠어? 바다 주변 지역을 둘러보지, 뭐. 아니면 북쪽으로 가서 톨리의 부족 사람들과 매머드 사냥을 할 수도 있고. 마무토이족 사람이 말하길, 동쪽으로도 산맥이 있대. 고향은 내게 아무런 의미가 없어, 존달라. 차라리 새로운 것을 찾아 나서고 싶어. 지금이 우리가 다른 길을 갈 때야, 형. 형은 서쪽으로, 나는 동쪽으로."

"고향에 가고 싶지 않다면, 여기서 살지 못할 이유가 뭐야?"

"그래, 소놀란. 그냥 여기서 사는 게 어때?"

돌랜도가 끼어들었다.

"그리고 자네도, 존달라. 샤무도이든 라무도이든, 그런 게 중요한 게 아냐. 자네들은 이제 우리 부족에 속한 이들이네. 여기에 가족과 친구가 다 있네. 자네 중 누구라도 떠난다면 우리 모두 다 섭섭할 거야."

"돌랜도, 제가 평생 여기에서 살려고 했던 것을 아시잖아요. 하지만 지금은 그럴 수 없어요. 모든 것에 다 그녀가 너무 많이 깃들어 있어요. 여기 있다 보면 계속 그리워할 거예요. 그리고 매번 다시는 그녀를 볼 수 없다는 게 떠올라 괴로울 거고요. 죄송해요. 다 그리울 테지만, 그래도 가야 해요."

돌랜도가 고개를 끄덕였다. 그는 두 형제에게 머물라고 강요하지 않았다. 다만 그들이 한 가족이라는 사실을 상기시켜주고 싶었던 것이었다.

"언제 떠나려는가?"

"곧. 길어야 며칠 후에요."

소놀란이 답했다.

"한 가지 부탁드리고 싶은 게 있어요, 돌랜도. 여행용 짐과 옷만 가져가고 나머지는 다 그대로 두고 떠날게요. 대신 제가 작은 배 하나를 타고 가고 싶어요."

"당연히 그렇게 해주겠네. 작은 배라고 하면 하류로 가겠다는 말이군. 동쪽으로? 젤란도니 동굴로 돌아가는 게 아니고?"

"동쪽으로 갈 거예요."

소놀란이 말했다.

"그럼 자네는, 존달라?"

"저는 모르겠어요. 세레니오와 다르보도 있고 해서……."

돌랜도가 고개를 끄덕였다. 존달라가 공식적으로 짝을 맺은 것은 아니었지만 결정을 내리기가 쉽지는 않을 것이었다. 존달라는 서쪽으로 갈 이유도, 머물 이유도, 동쪽으로 갈 이유도 모두 있었다. 그가 어떤 선택을 할지는 누구도 확신하지 못했다.

"로샤리오가 하루 종일 음식을 만들고 있어. 계속 부산하게 움직이려는 것이지. 생각할 시간이 없도록. 자네들이 와서 함께 식사를 하면 로샤리오가 좋아할 거야. 존달라, 세레니오와 다르보도 부르지. 소놀란, 자네는 그저 뭐라도 먹어준다면 내 짝이 무지 기뻐할 걸세."

돌랜도가 말했다. 존달라는 돌랜도 역시 마음이 많이 아플 거라는 생각이 들었다. 그는 소놀란을 너무 걱정한 나머지 부족 사람들의 슬픔에 대해서는 다독일 겨를이 없었다. 여기가 제타미오의 고향이었다. 돌랜도는 그녀를 자기 불터의 아이처럼 사랑했을 터였다. 제타미오는 많은 사람들과 가깝게 지냈었다. 톨리와 마르키노가 그녀의 가족이기도 했다. 세레니오도 계속해서 울고 있다는 것을 존달라는 알고 있었다. 다르보는 말은 안 했지만 크게 상심해 있었다.

"세레니오에게 물어볼게요. 다르보도 오고 싶어 할 거예요."
존달라가 말했다.

"다르보는 족장의 말씀을 더 잘 들을 것 같군요. 저는 세레니오에게 말해볼게요."

"다르보를 이리로 보내게."

돌랜도는 세레니오와 존달라가 결정을 내릴, 둘만의 시간을 가질 수 있도록 다르보를 밤새 데리고 있어야겠다고 생각했다.

세 남자는 사암 지붕 아래로 들어갔다가 잠시 한가운데 있는 모닥불 앞에 멈춰 섰다. 아무 말도 하지 않았지만 함께 있는 것만으로도 위안이 되었다. 하지만 앞으로 다시는 이렇게 함께 서 있을 일이 없을 거라 생각하니 마음 한편이 씁쓸하기도 했다.

동굴 주위로 어스름이 내려앉자 쌀쌀한 기운이 찾아왔다. 하지만 지고 있는 태양의 마지막 햇살이 골짜기 사이를 비추고 있었다. 불가에 함께 서 있으니 그들은 마치 아무것도 변한 게 없다는 느낌마저 들었다. 비극적인 사고마저 잊을 수 있을 것만 같았다. 그들은 그 순간을 붙잡고 싶은 듯 황혼 속에서 오래도록 서 있었다. 그들이 서로의 생각을 물었다면 같은 생각을 했다는 것에 무척 놀랐을 터였다. 그들 모두 젤란도니 사람 둘이 샤라무도이의 동굴에서 살게 된 사고를 떠올리고 있었다. 그러면서 저 두 사람을 다시 보게 될 날이 있을까 상념에 젖었다.

"안 들어올 거예요?"

마침내 더는 못 기다리겠다는 듯 로샤리오가 물었다. 그녀는 세 사람이 마지막으로 조용히 함께 할 시간이 필요할 테니 방해하지 말아야겠다고 생각했지만 시간이 너무 지체되었다. 그때 샤무드와 세레니오가 집에서 나왔고, 다른 아이들과 함께 있던 다르보도 모닥불 쪽으로 뛰어왔다. 다른 이들도 모닥불로 모여들면서 좀 전의 분위기는 사뭇 달라지고 말았다. 로샤리오는 모두를 자신의 집으로 데리고 들어왔다. 하지만 존달라와 세레니오는 잠시 머물러 있다가 곧 집을 나섰다. 그들은 침묵 속에서 암붕 가장자리까지 걸어 절벽 모퉁이를 돌면 보이는 쓰러진 통나무 앞에 다다랐다. 자연은 형언할 수 없을 정도로 아름다운 일몰을 그들 앞에 펼치며 의도적으로 그들을 침묵하게 만드는 것 같았다. 금속성의 빛깔들이 파노라마처럼 펼쳐졌다. 이글이글 불타오르는 태양이 골짜기 아래로 가라앉는 동안, 납빛 구름들의 가장자리가 은빛으로 빛나더니 곧이어 황금색 빛줄기가 쏟아지며 강물 위에서 부서졌다. 붉게 타오르던 태양은 황금빛에서 반짝이는 구릿빛으로 변하더니 다시 은빛으로 희미해졌다.

은빛 하늘이 탁해지다가 마침내 더 무겁게 어스름이 내려왔을 때 존달라는 마음의 결정을 내렸다. 그는 몸을 돌려 세레니오와 마주했다. 그녀는 참으로 아름다워. 그는 생각했다. 그녀는 함께 살기에 편안한 여자였다. 그가 말문을 열려는 순간, 그녀가 먼저 말했다.

"이제 그만 돌아가요, 존달라."

"세레니오…… 난…… 우리가 함께 살면서……."

그가 입을 떼었다. 그녀는 손가락을 들어 그의 입을 막았다.

"지금 말하지 말아요. 우선 집으로 가요."

이번에는 그녀의 목소리가 채근했다. 눈빛에도 갈망이 서려 있었다. 그는 그녀의 손을 잡아 손가락들을 그의 입술에 대더니 다시 손을 뒤집어 손바닥에 키스했다. 그의 따뜻한 입술은 여자의 팔목에서 팔로 거슬러 올라갔다. 그리고 소매를 올리고는 팔꿈치 안쪽까지 입을 맞추었다.

세레니오는 나직하게 탄성을 내지르더니 두 눈을 감은 채 그를 유혹하듯 고개를 뒤로 젖혔다. 존달라는 여자의 목과 머리를 받치고 맥박이 뛰고 있는 목덜미에 입을 맞추고 귀를 애무하더니 입을 맞췄다. 그녀는 열망에 가득 차 기다렸다. 그는 마음을 담아 천천히 키스했다. 부드러운 혀 아래를 음미하다가 자신의 혀로 입천장을 애무하고 그녀의 혀를 자신 쪽으로 끌어들였다. 두 사람이 떨어졌을 때 세레니오는 거칠게 숨을 몰아쉬고 있었다. 그녀의 손이 뜨겁게 흥분한 그의 남성으로 향했다.

"돌아가요."

그녀가 허스키한 목소리로 다시 말했다.

"왜 돌아가야 하지요? 여기서 하면 어때요?"

"여기에서는 너무 금방 끝날 거예요. 따뜻한 불가와 털가죽이 있는 곳에서 하고 싶어요. 서두를 필요가 없게."

몸을 섞는 그들의 사랑은 최근 들어 형식적으로 변해갔다. 서로에게 식상해진 것은 아니었지만 그들은 상대방이 어떻게 하면 만족하는지를 알고 있었다. 그러다 보니 늘 비슷한 애무가 반복되었고 새로운 것을 시도하거나 서로의 몸을 구석구석 탐사하는 일도 뜸해졌다. 오늘 밤, 세레니오가 평소와 다른 뭔가를 원하는 것이 느껴졌고 그는 기꺼이 그녀의 욕구를 들어주고 싶었다. 그는 두 손으로 여자의 머리를 받치고서 눈, 코끝, 부드러운 뺨에 입을 맞추고 귓속에 숨결을 불어 넣었다. 그는 귓불을 살짝 물더니 혀로 목을 애무했다. 그러더니 여자의 몸을 자신에게로 바싹 끌어당기고는 열정적으로 키스를 퍼부었다.

"내 생각에도 돌아가는 게 좋겠어요, 세레니오."

그가 속삭였다.

"내가 계속 가자고 말했잖아요."

존달라는 그녀의 어깨를 팔로 두르고 세레니오는 그의 허리를 감은 채 함께 걸어 절벽 모퉁이를 돌았다. 이번에 그는 뒤로 물러서지 않고 비좁은 길을 세레니오와 나란히 걸었다. 바로 옆 깎아지르는 절벽조차 의식하지 못했다.

밤이 되자 탁 트인 들판은 절벽의 그림자에 덮여 더욱 어두웠다. 달빛은 주변의 높은 절벽에 가려져 있었다. 구름 사이로 보이는 군데군데 흩어진 별도 얼마 되지 않았다. 그들은 생각했던 것보다 늦게 사암 지붕에 도착했다. 동굴 앞 큰 모닥불에는 여전히 불이 활활 타오르고 있었지만 밖에 나와 있는 사람들은 없었다. 로샤리오와 돌랜도, 그리고 몇몇이 그들의 집 안에 있는 게 보였다. 입구를 지나치는데, 다르보가 소놀란과 함께 뼈를 깎아 만든 막대를 던지고 있었다. 존달라는 미소 지었다. 긴 겨울밤마다 그와 동생이 자주 함께 했던 놀이였다. 한번 시작했다 하면 밤이 어떻게 가는 줄 모를 만큼 집중해야 해서 무언가를 잊는 데 도움이 되었다.

세레니오의 집은 캄캄했다. 그는 경계석으로 둘러놓은 불터에 땔감을 쌓아놓은 뒤, 불을 붙이기 위해 밖에 있는 모닥불에서 불붙은 장작을 가지고 왔다. 집 입구에는 막대기 두 개를 가로질러 놓은 다음, 가죽 천을 내려뜨려 둘만의 따뜻한 공간을 만들었다.

존달라는 겉옷을 벗었다. 세레니오가 잔을 가져오는 동안, 그는 월귤나무 술이 담긴 부대를 가지고 와 잔 두 개에 따랐다. 빠르게 달아올랐던 욕망의 순간은 지나갔다. 그리고 걸어오면서 생각할 시간도 있었다. 그녀는 내가 지금껏 만났던 어느 여자들 못지않게 사랑스럽고 열정적인 여자야. 그는 과일주를 마시며 생각했다. 진작 공식적으로 짝을 맺었어야 했는데. 내가 고향으로 돌아갈 때 그녀도 기꺼이 따라나설지 몰라. 다르보도. 여기 남든 고향으로 돌아가든, 그녀가 내 짝이 되면 좋겠어.

그렇게 결정을 내리자 마음이 편해졌다. 불확실했던 여러 문제들 중 하나를 해결한 셈이었다. 그는 자신의 결정에 기뻐했다. 그렇게 하는 게 제대로 된 순서였고 옳은 결정이란 생각이 들었다. 왜 그토록 결정을 미뤄왔던 것일까?

"세레니오, 난 결정을 내렸어요. 당신이 내게 얼마나 큰 의미가 있는 사람인지 내가 말한 적이 있었는지 모르겠네요."

"지금은 말하지 마요."

세레니오가 술잔을 내려놓으며 말했다. 그러고는 팔을 뻗어 그의 목에 두르고는 그의 입술 위에 자신의 입술을 포개며 가까이 끌어당겼다. 천천히, 오래 계속된 입맞춤으로 그의 식었던 욕구가 되살아났다. 그녀 말이 맞아, 나중에 얘기하는 게 좋겠어. 그는 생각했다.

강한 흥분이 되살아나자 그는 여자를 털가죽이 덮여 있는 침상으로 데려갔다. 여자의 몸 구석구석을 새롭게 탐사하며 발견하는 동안, 잊은 줄 알았던 불꽃이 나직하게 타오르기 시작했다. 세레니오는 늘 몸의 반응을 예민하게 느꼈지만 이번에는 남자에게 자신을 더욱 활짝 열어 보였다. 그녀는 언제나 쾌락을 느끼며 만족했지만 그의 전부를 받아들인 적은 없었다. 파도처럼 밀려드는 쾌락의 감정이 그들을 가득 채웠다. 그가 절정에 다다랐다고 생각한 순간, 그녀는 새롭게 그의 기교를 실험하며 다시 자극했다. 마지막으로 회열을 느끼며 몸속의 열기를 다 풀어내고서 마침내 그들은 욕구를 다 채운 채로 기진해져 함께 누웠다.

그들은 전처럼 털가죽 위에 벌거벗은 몸으로 잠시 눈을 붙였다. 불이 꺼지자 새벽의 한기에 두 사람은 깨어났다. 세레니오가 불씨를 되살려 새로 불을 피우는 동안, 그는 옷을 입고 물 부대를 채워 오기 위해 밖으로 나갔다. 물을 떠서 들어온 그는 따뜻하게 감싸는 집 안의 온기를 느꼈다. 그는 늘 그랬듯이 차가운 물속에 잠깐 몸을 담갔다가 왔다. 그러자 다시 몸에 원기가 살아나며 기분이 상쾌해졌다. 그는 뭐든 할 수 있을 것처럼 흡족한 기분이 들었다. 돌을 뜨거운 불 속에 넣은 뒤 볼일을 보러 나갔다 온 세레니오도 그처럼 온몸이 젖어 있었다.

"떨고 있어요."

존달라가 그녀의 몸을 털가죽으로 감싸며 말했다.

"당신이 물속에 몸을 담그는 걸 무척 좋아하는 것 같아서, 나도 해봤어요. 정말 차갑네요!"

그녀가 웃었다.

"차가 다 됐어요. 가져다줄 테니 여기 앉아 있어요."

그가 말하더니 여자의 몸을 침상에 눕히고서 얼굴만 나오도록 털가죽을 끌어 올려 두툼하게 털가죽을 덮어주었다. 세레니오 같은 여자와 사는 것도 나쁘지 않을 거야. 그는 생각했다. 나와 함께 내 고향으로 가자고 설득할 수 있을까? 그때 불쑥 그의 마음을 괴롭히는 생각이 끼어들었다. 고향으로 돌아가자고 소놀란을 설득할 수 있다면 얼마나 좋을까. 어째서 동쪽으로 가겠다는 것인지 도통 모르겠어. 그는 세레니오와 자신이 마실 곽향의 잎을 우린 따뜻한 차를 가져와 침상 끝에 걸터앉

왔다.

"세레니오, 혹 여행을 해보고 싶다는 생각을 한 적은 없었어요?"

"내가 한 번도 가보지 못한 곳을 여행하는 거요? 내가 이해 못 하는 말을 하는 새로운 사람들을 만나고요? 아니요, 존달라, 난 한 번도 여행을 해보고 싶다는 생각을 한 적이 없어요."

"하지만 이제는 젤란도니 말을 이해하잖아요. 그것도 아주 잘. 우리가 톨리와 다른 이들 몇몇과 함께 서로의 말을 배울 때 당신이 어찌나 빨리 배우는지 깜짝 놀랐어요."

"무슨 말을 하려는 건가요, 존달라?"

그가 미소 지었다.

"나와 함께 내 고향으로 가는 여행을 하자고 설득하려는 거예요. 우리가 짝을 맺은 후예요. 당신도 젤란도니……."

"우리가 짝을 맺은 후? 그게 무슨 말이죠? 왜 우리가 짝을 맺을 거라 생각하는 거죠?"

그는 조금 당황했다. 물론 그가 먼저 그녀에게 물어봤어야 했다. 여행에 대한 질문을 하다가 불쑥 말할 게 아니라. 여자들은 당연하게 남자의 뜻을 따를 거라고 여겨지는 것보다는 미리 물어봐 주는 것을 좋아하는 것이다. 그는 세레니오를 보며 겸연쩍은 듯 씩 웃었다.

"저는 우리가 공식적으로 짝을 맺어야겠다는 생각을 했어요. 벌써 오래전에 그렇게 했어야 했는데. 당신은 아름답고 사랑스러운 여자예요, 세레니오. 그리고 다르보는 훌륭한 아이고 요. 그 아이가 내 불터의 아이가 된다면 나는 무척 뿌듯할 거예요. 하지만 당신이 나와 함께 고향으로 돌아가는 일에 대해서도 고민해주면 좋겠어요. 젤란도니 동굴로. 물론, 당신이 원하지 않으면……."

"존달라, 우리가 짝을 맺는다는 결정은 내릴 필요가 없었어요. 난 당신과 짝을 맺지 않을 거예요. 오래전에 난 그렇게 결정했어요."

그는 완전히 당황해 얼굴이 달아올랐다. 존달라는 그녀가 자신과 짝을 맺고 싶어 하지 않을 가능성에 대해서는 생각하지도 못했던 것이다. 그는 그저 자기 자신의 생각에 대해서만 고민했을 뿐, 그녀가 자신을 짝으로 어떻게 생각하는지는 미처 가늠해보지 못했다.

"미안해요, 세레니오. 난 당신도 나를 마음에 두고 있다고 생각했어요. 지레짐작해서는 안 되는 거였는데. 그렇다면 내게 미리 떠나라고 말하지 그랬어요. 그러면 지낼 만한 곳을 찾아봤을 텐데."

그는 일어나더니 주섬주섬 자신의 물건을 챙기기 시작했다.

"존달라, 뭐 하는 거예요?"

"제 물건들을 챙겨서 나가려고요."

"왜 나가고 싶은 건데요?"

"나가고 싶은 건 아니에요. 내가 여기에 있는 것을 당신이 원치 않는다면······."

"오늘 밤을 함께 하고도 어떻게 내가 당신을 원치 않는다고 말할 수 있어요? 이 집에서 나가는 게 당신과 짝을 맺는 것과 무슨 상관이 있는 거죠?"

그는 다시 침상 가장자리에 걸터앉더니 그녀의 수수께끼 같은 눈을 들여다보았다.

"왜 나랑 짝을 맺지 않으려는 거죠? 내가······ 내가 당신에게 충분한 남자가 아니라서?"

"충분한 남자가 아니라서······."

그녀는 목이 메는 듯했다. 그녀는 눈을 감고 나서 몇 번 깜박이더니 깊게 숨을 들이쉬었다.

"오, 어머니시여. 존달라! 충분한 남자가 아니라고요! 당신이 충분한 남자가 아니라면 대체 어떤 남자가 충분하겠어요. 그게 바로 문제인 거예요. 당신은 너무 충분해서 차고 넘치는 남자예요. 그런 과분한 사람과는 살 수가 없어요."

"무슨 말인지 모르겠어요. 난 당신과 짝이 되고 싶어요. 그런데 내가 당신에게 너무 과분하다고요?"

"당신은 정말로 모르는군요. 그렇지요? 존달라, 당신은 내게 그 어떤 남자보다 많은 것을 주었어요. 만약에 당신과 짝을 맺는다면 나는 아주 많은 것을 갖게 될 거예요. 내가 아는 그 어떤 여자보다 더 많은 것을. 많은 여자들의 부러움을 사게 되겠지요. 모든 여자들이 당신처럼 부드럽고 관대하고 잘생긴 남자를 바라니까요. 여자들은 이미 다 알고 있어요. 당신의 손길이 여자에게 닿으면, 그 여자에게서 생기가 더 살아난다는 것을……. 존달라, 당신은 모든 여자가 꿈꾸는 남자예요.”

“내가 그렇다면……. 당신은 어째서 나와 짝을 맺지 않겠다는 건가요?”

“왜냐하면 당신이 나를 사랑하지 않으니까요.”

“세레니오…… 그렇지 않아요.”

“네, 당신의 방식대로 당신은 나를 사랑해요. 당신은 나를 아끼지요. 나를 절대 아프게 하지 않을 테고, 내게 너무도 잘해 주겠지요. 그래도 난 늘 알고 있을 거예요. 아무리 부인하려고 해도, 난 알 거예요. 그리고 내게 무슨 문제가 있는지, 뭐가 부족한지 늘 고민하게 될 거예요. 왜 당신이 나를 사랑할 수 없는지.”

존달라는 시선을 아래로 떨어뜨렸다.

“세레니오, 꼭 그런 식으로 사랑하지 않아도 사람들은 짝을 맺어요.”

그는 그녀를 진지하게 바라봤다.

“서로에게 없는 점들을 가지고 있고, 서로 아껴준다면 함께 좋은 삶을 꾸려갈 수 있을 거예요.”

“네, 어떤 이들은 그러기도 하지요. 언젠가 나도 다시 짝을 맺을지도 몰라요. 서로에게 없는 점들이 있다면, 굳이 서로를 사랑할 필요가 없을지도 몰라요. 하지만 당신은 그런 사람이 아니에요, 존달라."

"어째서 난 안 된다는 거죠?"

그가 물었다. 그의 눈빛 속에 담긴 고통에 그녀는 결심이 흔들릴 뻔했다.

"내가 당신을 사랑하게 될 거니까요. 난 어쩔 수 없을 거예요. 난 당신을 사랑하게 되고, 그래서 당신이 나처럼 나를 사랑하지 않는다는 사실 때문에 매일 조금씩 죽어갈 거예요. 어떤 여자도 당신을 사랑하지 않고는 못 배길 거예요, 존달라. 그리고 어젯밤처럼 사랑을 나눌 때마다 나는 매번 내 안에서 조금씩 더 말라가겠지요. 나는 당신을 너무나 원하고, 당신을 너무도 사랑하지만, 당신은 그렇게 하고 싶어도 나를 사랑하지 못한다는 사실을 매번 깨닫게 되겠지요. 그러다가 시간이 흐르면 나는 메마른 여자가 되어 빈껍데기가 되고 말 거예요. 결국 난 당신의 삶마저 끔찍하게 만들 방법을 찾게 될 거고. 당신은 내가 왜 그렇게 되었는지 그 이유를 알 테니까 계속해서 관대하고 보살펴주는 역할을 자처하겠지요. 그러면 모두들 당신 같이 대단한 남자가 어떻게 나처럼 나이도 많고 불만 가득한 여자를 참으며 사는지 궁금해할 테고요. 난 당신이 그런 삶을 살게 하고 싶지 않아요, 존달라. 그리고 나 자신에게도 마찬가지고요."

그는 일어나 입구까지 갔다가 다시 돌아왔다.

"세레니오, 나는 왜 사랑을 못 할까요? 다른 남자들은 사랑에 잘 빠지는데. 나에게 무슨 문제가 있을까요?"

존달라가 어쩌나 비통한 눈빛으로 그녀를 바라보는지 마음이 아팠고, 그에 대한 사랑이 더욱 차올랐다. 그가 자신을 사랑하게 만들 방법이라도 있다면 얼마나 좋을까.

"모르겠어요, 존달라. 아직 당신에게 꼭 맞는 여자를 찾지 못한 것이겠지요. 어쩌면 어머니께서 당신을 위한 특별한 여인을 준비해두셨는지도 몰라요. 어머니는 당신 같은 남자를 많이 만들지 않으셨어요. 당신은 대다수 여자들이 감당하기에는 정말로 벅찬 남자니까요. 만약 당신의 사랑이 오직 한 여자에게 쏟아진다면 그 여자는 당신의 사랑에 압도당할지도 몰라요. 어머니께 당신과 같은 특별한 재능을 받지 않은 여자라면. 당신이 나를 사랑한다 해도 내가 과연 그 사랑을 감당해낼 수 있을지 모르겠어요. 당신이 당신의 동생을 사랑하듯 어떤 여자를 사랑한다면, 그 여자는 아주 강한 여자여야 할 거예요."

"나는 사랑에 빠지지 못한다. 하지만 행여 내가 사랑에 빠진다 해도, 내 사랑을 감당할 수 있는 여자는 없다."

그는 자신이 정리한 말의 역설을 곱씹으며 메마르고 쓸쓸한 웃음을 띠었다.

"어머니께서 주신 선물을 조심히 다뤄야 한다."

새빨갛게 타오르는 모닥불에 비친 그의 눈은 짙은 보라색이었고, 불안으로 가득 차 있었다.

"무슨 뜻이죠? 내가 동생을 사랑하듯 어떤 여자를 사랑한다는 게? 어떤 여자도 내 사랑을 '감당'할 만큼 강하지 않다면,

그렇다면 당신은 내 곁에…… 남자가 있어야 한다고 생각한단 말인가요?"

세레니오는 미소를 짓더니 급기야 쿡쿡 웃어댔다.

"당신이 당신 동생을 여자처럼 사랑한다는 뜻이 아니에요. 당신은 샤무드와는 달라요. 한 성의 몸을 갖고 태어났지만 반대되는 성의 성향을 가진 사람은 아니에요. 만약 그랬다면 지금쯤은 샤무드처럼 당신의 소명을 추구하면서 그 안에서 사랑을 찾았을 거예요. 하지만 당신은 아니에요."

갑자기 든 생각에 몸속으로 뜨거운 기운이 밀려드는 것을 느끼며 세레니오는 말을 이었다.

"당신은 여자의 몸을 지극히 좋아하지요. 하지만 당신이 지금껏 사랑했던 그 어떤 여자보다 더 당신의 동생을 사랑하고 있어요. 그래서 오늘 밤 내가 당신을 그토록 원했던 거예요. 동생이 가면 당신도 따라 떠날 거니까. 그리고 다시는 당신을 못 보겠지요."

그녀가 그 말을 한 순간, 그는 바로 그녀의 말이 옳다는 것을 깨달았다. 그가 무슨 결정을 내렸다고 생각한 것과 상관없이 때가 오면 그는 소놀란과 함께 떠났을 것이었다.

"세레니오, 당신은 어떻게 알았나요? 난 몰랐어요. 난 여기 오면서 당신과 짝을 맺어야겠다고 생각했어요. 당신이 나와 함께 고향에 가지 않는다면 샤라무도이 동굴에서 머물 작정이었어요."

"내 생각에는 모두가 당신이 동생을 따라갈 거라고 짐작하고 있을걸요. 그가 어디를 가든. 샤무드는 그게 당신의 운명이라고 하더군요."

샤무드에 대한 존달라의 호기심은 여전했다. 그는 충동적으로 물었다.

"대체 샤무드는 남자인가요, 여자인가요?"

그녀는 그를 한참 바라보더니 입을 열었다.

"정말로 알고 싶은가요?"

그는 다시 고민했다.

"아니요. 그게 중요한 건 아닌 것 같군요. 샤무드는 내게 말하려고 하지 않았어요. 어쩌면 샤무드에게는 신비스러운 분위기가 중요한지도 모르겠군요."

한동안 침묵이 이어졌다. 존달라는 지금 이 순간의 그녀를 오래도록 기억하고 싶어 세레니오를 응시했다. 그녀의 머리는 여전히 젖은 채 헝클어져 있었지만 몸은 따뜻해졌는지 털가죽 몇 장은 옆으로 밀어놓고 있었다.

"세레니오, 그럼 당신은요? 당신은 앞으로 계획이 있나요?"

"난 당신을 사랑해요, 존달라."

그것은 아주 간단한 선언 같은 말이었다.

"당신을 잊는 게 쉽지 않겠지만 당신이 내게 선사한 게 있어요. 난 사랑이 두려웠어요. 너무도 자주 사랑을 잃다 보니 사랑이란 감정을 밀어놓고 지냈어요. 당신도 잃게 되리라는 것을 알

왔어요. 하지만 그래도 당신을 사랑하게 되었지요. 이제 난 다시 사랑할 수 있다는 걸 알아요. 그리고 사랑을 잃는다 해도 내게 있는 사랑까지 사라지는 건 아니에요. 당신이 내게 그걸 알려주었어요. 그리고 어쩌면 또 다른 뭔가도."

수수께끼 같던 여자의 표정에 미소가 떠올랐다.

"어쩌면 조만간 내가 사랑할 수 있는 사람이 내 인생에 찾아올 것 같아요. 아직 말하기에는 조금 이른 감이 있지만 어머니께서 내게 축복을 내려주신 것 같아요. 마지막으로 유산을 했을 때, 난 체념했어요. 그리고 오랫동안 어머니께서 내게 아이를 갖는 축복을 내려주지 않으셨고요. 아마도 당신의 정령으로 생겨난 아기일 거예요. 아기가 당신의 눈을 닮았다면 알게 되겠지요."

그의 미간에 익숙한 주름이 잡혔다.

"세레니오, 그렇다면 난 더욱 여기 머물러야 되겠네요. 당신과 아이를 부양할 남자가 당신의 불터에는 없으니까요."

그가 말했다.

"존달라, 그런 걱정을 할 필요는 없어요. 보살핌을 받지 못하는 어머니나 아이들은 없답니다. 무도가 말씀하셨어요. 어머니가 축복을 내린 아이들은 언제나 도움을 받는다고. 그래서 남자들을 만들었다고 해요. 남자들이 위대한 대지의 어머니의 선물을 어머니가 된 여자들에 가져다주라고. 대지의 어머니께서 자신의 모든 아이들을 돌봐주시듯, 부족 사람들이 우리를 돌봐줄 거예요. 당신은 당신의 운명을 따르세요. 나는 내 운명을 따를게요. 당신을 잊지 못할 거예요. 당신의 정령을 가진 아이가 태어나면, 다르보가 태어났을 때 내가 사랑한 남자를 기억했던 것처럼 똑같이 당신을 기억할 거예요."

세레니오는 변해 있었다. 하지만 여전히 아무런 요구를 하지 않았고, 그에게 어떤 부담도 주지 않았다. 그는 자신의 팔로 세레니오를 감쌌다. 그녀는 존달라의 강렬한 푸른 눈을 바라봤다. 그녀의 눈은 아무것도 숨기지 않고 있었다. 그녀가 느끼는 사랑, 그를 잃는다는 슬픔, 그녀가 품고 있기를 바라는 보물 같은 아기에 대한 기쁨까지 모든 게 고스란히 눈빛에 들어 있었다. 집의 틈새 사이로 새날을 알리는 희미한 빛이 새어 들어왔다.

"어디 가요, 존달라?"

"그냥 밖에요. 차를 너무 많이 마셨어요."

그가 미소 지었다.

"하지만 잠자리를 따듯하게 덥혀놓기를. 아직 우리의 밤이 끝난 게 아니니까요."

그는 허리를 숙여 세레니오에게 키스했다.

"세레니오."

그의 목소리는 감정에 젖어 허스키했다.

"당신은 내가 알았던 그 어떤 여자보다 더 내게 의미 있는 사람이에요."

그 말로는 자신의 감정을 충분히 전달하지 못한 것만 같았다. 그는 떠나려고 했지만 만약 그녀가 머물러달라고 부탁했다면 이곳에 남을 것임을 세레니오는 알았다. 하지만 그녀는 부탁하지 않았다. 그 대신 존달라는 그가 줄 수 있는 가장 큰 것을 그녀에게 주었다. 지금껏 대다수 여자들이 받을 수 있었던 것보다 큰 선물이었다.

18

"어머니께서 그러는데, 날 보자고 했다고요."

존달라는 다르보의 긴장된 어깨와 불안한 눈빛을 한눈에 알아봤다. 그는 한동안 다르보가 자신을 피하고 있다는 것을 알고 있었다. 그 이유도 짐작이 되었다. 존달라는 평소처럼 편안해 보이려고 노력하며 미소 지었다. 하지만 다른 때처럼 다정하면서도 뭔가 주저하는 태도 때문에 다르보는 더욱 초조함을 느꼈다. 다르보는 자신의 불안한 짐작이 맞다는 것을 확인하고 싶지 않았다. 존달라 또한 다르보에게 선뜻 이야기를 건네기가 힘들었다. 그는 단정하게 접힌 옷을 선반에서 꺼내더니 탁탁 털었다.

"다르보, 아직은 네게 클 것 같지만 이 옷을 주고 싶다."

잠시 소년은 복잡한 문양과 이국적인 장식이 있는 젤란도니족의 상의를 갖게 된다는 생각에 기쁨으로 눈을 반짝였지만 금세 불안한 눈빛으로 돌아왔다.

"떠나는 거죠?"

그가 비난하듯 말했다.

"소놀란은 내 동생이야, 다르보······."

"난 아무것도 아니고요."

"그렇지 않아. 내가 널 얼마나 아끼는지 꼭 알아주면 좋겠다. 하지만 소놀란은 지금 슬픔으로 가득 차 있어서 이성적으로 생각하지 못해. 그가 걱정된다. 그래서 혼자 보낼 수가 없어. 내가 돌보지 않으면 누가 하겠니? 제발 이해해주길 바란다. 나도 동쪽으로 가고 싶지 않아."

"돌아올 건가요?"

존달라는 잠깐 머뭇댔다.

"모르겠다. 약속할 수는 없겠다. 어디로 가게 될지, 얼마나 오래 여행을 하게 될지 나도 모르겠다."

그는 상의를 건넸다.

"그래서 이 옷을 네게 주고 싶다. '젤란도니 남자'를 기억할 수 있게. 다르보, 넌 언제나 내 불터의 첫 아들로 기억될 거야."

소년은 구슬 장식이 달린 옷을 바라보더니 이내 눈물이 차 올라 금방이라도 울음을 터뜨릴 것만 같았다.

"난 당신 불터의 아들이 아니야!"

그는 소리치더니 몸을 돌려 집 밖으로 뛰쳐나갔다. 존달라 는 뒤쫓아 가고 싶었지만 그러는 대신 상의를 다르보의 침상

위에 올려놓고 천천히 밖으로 나왔다.

칼로노는 무겁게 내려앉은 구름을 보며 얼굴을 찌푸렸다.

"당장 험하게 날씨가 바뀔 것 같지는 않군. 갑자기 강이 요동
치기라도 하면 배를 기슭에 대놓고 대피하게. 하지만 골짜기를
다 지날 때까지 배를 댈 만한 곳을 찾기는 어려울걸. 협곡 반
대편과 이어지는 평원에 도착하면 어머니 강이 여러 개의 지류
로 갈라진다네. 명심하게, 계속 왼쪽 기슭에 붙어 가야 하네. 강
은 바다로 흘러가기 전에 북쪽으로 방향을 틀었다가 다시 동
쪽으로 흐르네. 방향을 틀자마자 왼쪽에서 흘러 들어오는 커다
란 강과 합류하는데, 그 강이 마지막 큰 지류이지. 거기를 지나
조금만 더 가면 삼각주가 시작되네. 거기가 바로 강물이 바다
로 흘러가는 하구인 거야. 하지만 그곳까지 가려면 꽤 오랫동
안 배를 타고 가야 해. 삼각주는 대단히 넓고 위험하기까지 해.
모래톱이 다 습지인 데다 수렁이 가득하거든. 거기에서 어머니
의 강은 다시 크게 네 개의 지류로 나눠지는데, 때로는 그보다
더 많을 때도 있네. 큰 지류와 셀 수 없이 많은 작은 지류들이
있어. 그때도 계속해서 왼쪽 지류로 가다가 북쪽으로 올라가야
하네. 그러면 북쪽 기슭에서 마무토이 야영장을 보게 될 거야.
강어귀에 가깝지."

경험이 많은 강 사람인 그는 전에도 거기까지 갔다 온 적이
있었다. 그는 흙바닥에 지도까지 그려가며 위대한 어머니 강 끝

까지 가는 길을 일러주었다. 명심해야 할 점들을 여러 번 반복해서 이야기해주는 게 가는 길을 기억하는 데 도움이 될 거라 생각했다. 무엇보다 빠르게 결정을 내려야 하는 순간들이 많을 터였다. 그는 강에 익숙하지 않은 두 젊은이가 노련한 강 사람의 안내도 없이 강 끝까지 여행한다는 게 영 마음에 걸렸다. 하지만 그들은 가겠다고 주장했다. 아니, 소놀란이 고집을 피웠다. 존달라는 마지못해 따라가는 것이었다.

부족 사람들 모두가 잔교에 서 있었다. 잔교에는 필요한 장비와 짐을 다 실어놓은 작은 배가 묶여 있었다. 하지만 새로운 모험을 떠난다는 설렘은 찾아볼 수 없었다. 소놀란은 머물 수가 없다는 이유만으로 떠나는 터였고, 존달라는 지금 가려는 곳과 반대 방향으로 가고 싶었다.

소놀란에게서는 더 이상 예전 같은 활기가 남아 있지 않았다. 붙임성 좋고 활발하던 그는 어느새 침울하고 까다로운 남자로 변해 있었다. 대개는 뚱하게 있다가 갑자기 불같이 화를 내곤 했고, 종종 지나칠 정도로 무모해졌다가 갑자기 모든 것에 흥미를 잃었다. 두 형제가 처음으로 말다툼을 벌였다가 주먹다짐으로까지 번지지 않은 것은 순전히 존달라가 싸우기를 거부했기 때문이었다. 소놀란은 형이 자신을 아기 다루듯 지나치게 과보호한다고 비난했다. 그러면서 자신을 감시하는 사람 없이 스스로 자기 삶을 살 권리가 있다고 요구했다. 소놀란은 세레니오가 아기를 가졌을지도 모른다는 말을 들었을 때 길길이 날

뛰었다. 존달라가 동생을 따라 목적지도 불분명한 곳으로 떠나기 위해 자신의 정령이 깃든 아기를 가졌을지도 모르는 여자를 남겨두고 간다며 크게 분노를 터뜨린 것이다. 그는 정신이 제대로 박힌 남자들처럼 존달라도 남아서 세레니오를 부양해야 한다고 주장했다.

세레니오가 자신과 짝을 맺지 않겠다고 말했음에도 불구하고 존달라 또한 소놀란의 말이 옳다고 생각할 수밖에 없었다. 태어나면서부터 귀에 못이 박히도록 들어온 남자의 책임이자 살아가는 목적은 어머니와 아이들을 부양하는 것이었다. 특히 신비한 방식으로 그의 정령이 깃든 아이를 임신한 여인을 보살피는 것은 당연한 의무였다. 하지만 소놀란은 머물지 않으려고 했다. 존달라는 그의 동생이 비이성적이고 위험한 행동을 할까봐 두려워 한사코 그와 함께 가겠다고 우겼다. 그러다 보니 둘 사이의 긴장감은 여전히 팽팽했다.

존달라는 세레니오에게 어떻게 작별 인사를 하면 좋을지 막막했다. 그녀를 보는 것조차 껄끄러울 정도였다. 그러나 세레니오는 그가 입을 맞추기 위해 몸을 숙이는 순간, 얼굴에 미소를 띠어 보였다. 눈은 살짝 빨갛게 부었지만 자신의 감정을 드러내려고 하지 않았다. 존달라는 다르보를 찾아 둘러보았지만 잔교에 나와 있는 사람들 중에 소년이 보이지 않자 실망했다. 그곳에는 거의 모든 이들이 두 형제를 배웅하러 나와 있었다. 소놀란은 이미 배에 탔고, 그 뒤를 이어 존달라가 배에 올라타 뒷자리에 앉았다. 그가 노를 들자 칼로노는 배에 묶여져 있던 줄을 풀었다. 존달라는 마지막으로 저 위 암붕을 올려다보았다. 한 소년이 암붕 가장자리에 서 있었다. 그가 입고 있는 옷이 몸에 맞으려면 몇 년이 더 지나야 하겠지만 옷의 무늬로 보아 젤란 도니족 상의가 분명했다. 존달라는 입가에 미소를 띠더니 노를 들어 흔들었다. 다르보가 손을 흔들어 답하자 존달라는 날이 두 개인 노를 물속 깊이 담갔다.

강 한가운데로 나아간 두 형제는 잔교를 가득 메운 사람들, 그들의 친구들을 뒤돌아봤다. 하류를 따라 발걸음을 옮기는 그 사람들을 보며 존달라는 과연 샤라무도이족 사람들을 비롯해 그가 알고 있던 누군가와 다시 보게 될 날이 있을까 상념에 젖었다. 모험처럼 시작되었던 여행이었지만 이제는 설렘이라고는 찾아볼 수 없었다. 존달라는 그저 자신의 의지와 상관없이 고향에서 더 멀어지는 여정으로 들어서게 되었다. 소놀란은 동쪽에서 무엇을 찾고 싶은 것일까? 그곳에서 소놀란을 기다리고 있는 운명은 무엇일까?

큰 강이 흐르는 협곡으로 몰려온 회색빛 먹구름은 어쩐지 불길해 보였다. 뿌리 깊은 바위들은 수면 위로 벌거벗은 머리를 내놓은 채 강 옆쪽으로 높은 방어벽처럼 우뚝 서 있었다. 왼쪽 기슭에는 돋을새김을 해놓은 벽화처럼 날카롭게 각이 진 절벽이 펼쳐져 있었고, 저 멀리로는 빙하의 꼭대기가 보였다. 오른편으로는 풍화와 침식으로 둥글게 깎인 바위산이 언덕처럼 낮게 서 있는 것처럼 보였는데, 그것은 어디까지나 착각이었을 뿐 실제로는 상당히 높았다. 수면 밖으로 튀어나온 뾰족한 바위들 주변으로는 물살이 갈리며 하얀 포말을 일으켰다.

그들은 수면 위를 둥둥 떠가는 잔해나 물속 깊은 곳에서 조용히 쓸려 내려가는 미사처럼 물살에 떠내려가고 있었다. 속도나 방향을 조절하지 않고, 장애물이 나타나면 방향을 틀 뿐이었다. 강폭이 1.5킬로미터를 넘으면서 물결이 치기 시작하자 마치 바다 위처럼 작은 배는 출렁였다. 강기슭이 가까워지며 강의 너비가 좁아지자 거세진 물살이 그대로 느껴졌다. 같은 양의 물이라도 좁은 길을 통과할수록 물살은 강해졌다.

그들이 배를 타고 40킬로미터 정도를 이동했을 무렵, 갑자기 돌풍이 불더니 비가 내리기 시작했다. 어찌나 물살이 높게 출렁이는지 배 안으로 물이 들어오지나 않을지 걱정이 되었다. 양옆에는 가파른 절벽이 서 있을 뿐 배를 댈 만한 곳은 없었다.

"소놀란, 네가 배에 괸 물을 퍼내. 난 노를 저을게."

존달라가 말했다. 두 사람은 거의 말을 하지 않았지만 함께 노를 저어 오는 동안, 둘 사이에 흐르던 긴장감은 어느 정도 풀어진 상태였다.

소놀란은 노를 배 안에 놓아두고 나무로 만든 국자처럼 생긴 네모난 도구로 온 힘을 다해 물을 퍼냈다.

"퍼내는 족족 배에 다시 물이 들어와!"

그가 어깨 너머로 소리쳤다.

"비가 오래 내릴 것 같지는 않아. 계속 물을 퍼내다 보면 괜찮을 거야."

존달라는 거세게 요동치는 물살 위로 계속 노를 저으며 말했다.

여전히 험상궂은 구름은 그대로였지만 비바람이 그치면서 두 형제는 별다른 사고 없이 협곡을 빠져나갔다.

소나기로 더욱 불어난 강물은 평원에 닿자 꽁꽁 묶였던 허리끈을 푼 것처럼 넓게 퍼지며 천천히 흘러갔다. 버드나무와 갈대가 무성한 섬을 가운데 두고 강물이 두 갈래로 나뉘었다. 물길을 가로막고 있는 섬에는 학과 왜가리, 철새인 거위와 오리를 비롯해 셀 수 없이 많은 새들이 둥지를 틀고 있었다.

그들은 왼쪽 기슭의 평평한 풀밭에 천막을 치고 밤을 보내기로 했다. 높은 산봉우리의 기슭은 강가에서 멀리 떨어져 있었지만, 건너편 오른쪽 기슭의 둥그스름한 산맥의 동쪽으로는 위대한 어머니 강이 흘러 들어가고 있었다.

존달라와 소놀란은 샤라무도이족 동굴에 머물며 몇 년을 살았던 것에 비하면 참으로 빠르게 여행의 일상에 빠져들었다. 하지만 그 전과는 사뭇 달랐다. 그들을 기다리는 새로운 발견에 대한 설렘 같은 가벼운 모험 정신은 증발되고 없었다. 소놀란은 오로지 절망에 깊게 물든 채 무조건 앞으로 계속 갈 작정이었다.

존달라는 한 번 더 동생에게 고향으로 돌아가자는 말을 꺼냈지만 결국 씁쓸한 언쟁으로 끝나고 말았다. 그는 다시는 그 얘기를 꺼내지 않았다. 이제 필요한 말만 주고받을 뿐 둘 다 말을 아꼈다. 존달라는 그저 어서 시간이 흘러 소놀란의 슬픔이 덜어지기를 바랄 수밖에 없었다. 그러면 언젠가 그도 다시 고향으로 돌아가 새로운 삶을 시작할 거라 믿었다. 그때까지는 동생 옆에 붙어 있기로 마음을 굳혔다.

통나무를 파낸 작은 배이긴 해도 배로 강을 이동하는 여행은 기슭을 따라 걷는 것보다 훨씬 속도가 빨랐다. 물살과 같은 방향으로 이동 중이었기 때문에 더욱 편하게 속도를 낼 수 있었다. 칼로노가 미리 말해준 것처럼 강은 물길이 흘러 들어가는 산보다 훨씬 오래된 태곳적 산에 막혀 북쪽으로 방향을 틀었다. 아주 오랜 세월을 버틴 산은 풍화되어 봉우리가 완만했지만 강이 닿고자 하는 내해 사이에 딱 버티고 서 있었다.

강은 이에 굴하지 않고 다른 길을 찾았다. 북쪽으로 방향을 트는 전략은 효과가 있었다. 북쪽으로 흘러 들어간 어머니 강은 다시 마지막에는 동쪽으로 흐르면서 거대한 지류와 만나 엄청난 양의 물과 미사를 받아들였다. 마침내 물길이 열리자 강은 하나의 길만 고집하지 않았다. 여전히 먼 길을 흘러야 했지만 강은 다시 한 번 여러 개의 지류로 나뉘며 부채꼴 모양의 삼각주로 흘러 들어갔다.

삼각주는 위험한 수렁이 곳곳에 산재한 늪과 습지로 이루어진 섬들이었다. 몇 년간 미사가 쌓이면서 작은 나무들이 가느다란 뿌리를 내리기도 했지만 홍수라도 한 번 나면 언제 휩쓸려 내려갈지 몰랐다. 계절과 상황에 따라 다르긴 했지만 강은 네 개의 큰 지류로 나뉘어 바다로 흘러갔다. 하지만 물길은 일 정하지 않았다. 분명한 이유가 없는데도 물은 갑자기 방향을 바꾸더니 덤불을 덮치거나 땅에 커다란 구멍을 내놓고는 했다.

빙하가 덮인 산맥을 두 곳이나 지나고, 장장 3천 킬로미터에 달하는 위대한 어머니 강은 이제 목적지를 코앞에 두고 있었 다. 하지만 수백 제곱미터에 걸쳐 진흙과 미사, 모래와 물이 뒤 섞여 이루어진 삼각주는 강이 흐르는 전체 지대 중에서 가장 위험한 곳이었다.

왼쪽 지류 중에서도 가장 깊은 곳을 따라가며 방향을 잡는 것은 그리 어렵지 않았다. 물살은 작은 배를 싣고 빠르게 북쪽 으로 방향을 틀었다. 하지만 마지막 커다란 지류는 그들이 따 라가야 하는 왼쪽 지류가 아닌 가운데 지류로 배를 몰아갔다. 두 형제는 지류가 그렇게 빨리 나뉠 거라 미처 예상하지 못했 다. 그들이 탄 배는 어느새 가운데 지류로 떠내려가고 있었다.

존달라는 작은 배를 다루는 기술을 꽤 터득했고 소놀란도 어느 정도는 할 수 있었다. 하지만 노련한 뱃사람인 라무도이족 만큼 능수능란하지는 못했다. 그들은 작은 배를 돌려 다시 거 슬러 올라가 왼쪽 지류로 들어가려고 했다. 사실 그들이 탄 통 나무배는 뱃머리와 선미의 모양이 크게 다르지 않았기 때문에 몸만 돌려 노를 저었다면 수월했을 터였다. 하지만 그들의 생각 은 거기까지 미치지 않았다.

그들은 물살을 거슬러 뱃머리를 돌리려고 안간힘을 썼다. 존 달라는 소놀란에게 노를 젓는 방법을 계속해서 일러주었고 소 놀란은 점점 안달이 났다. 그때 물을 흠뻑 먹고 뿌리째 뽑힌 거 대한 나무가 사방으로 뻗은 뿌리에 걸리는 잔해들을 족족 매 단 채 물살을 따라 떠내려오고 있었다. 형제는 나무를 봤지만 이미 피하기에는 너무 늦은 때였다.

벼락에 맞아 쓰러진 듯 검게 그을린 거대한 나무의 뾰족한 끝부분이 통나무배로 돌진했다. 얇은 통나무배 측면에 구멍이 뚫리면서 물이 배 안으로 넘쳐 들어왔다. 그와 동시에 통나무 가 그들 위를 덮치더니 수면 아래 잠겨 있던 기다란 뿌리가 숨 이 막힐 만큼 세게 존달라의 갈비뼈를 들이박았다. 그 뿌리는 소놀란의 눈 근처를 스쳐 지나가며 그의 뺨에 기다란 상처를 냈다.

갑자기 차가운 물속에 빠진 존달라와 소놀란은 통나무에 매달린 채 그들의 모든 소지품을 매달아놓은 바구니와 함께 작은 배가 거품을 일으키며 물속으로 가라앉는 것을 절망스러 운 눈빛으로 지켜봤다.

소놀란은 형이 통증 때문에 내뱉는 신음을 들었다.

"괜찮아, 존달라?"

"뿌리가 갈비뼈를 찔렀어. 좀 아프지만 심각한 것 같지는 않 아."

존달라는 통나무를 빙 돌아가는 소놀란을 천천히 뒤따르며

말했다. 하지만 물살이 너무 거세다 보니 통나무를 돌아가려
고 해도 온갖 잔해가 매달린 통나무 쪽으로 자꾸 밀려났다. 그
때 통나무가 물 아래 모래톱에 걸리며 멈춰 섰다. 그러자 뿌리
주위를 소용돌이치는 물살의 힘에 뿌리에 걸렸던 잔해들이 떨
어져 나왔다. 존달라의 바로 앞으로는 물에 잔뜩 불은 순록의
사체가 떠올랐다. 그는 옆구리에 통증을 느끼며 그것을 간신히
피했다.

통나무에서 벗어난 두 형제는 헤엄을 쳐서 물길 가운데에
떠 있는 좁다란 섬에 도착했다. 섬에는 어린 버드나무가 몇 그
루 자라고 있었지만 머지않아 물살에 휩쓸려 갈 것처럼 단단하
게 뿌리를 내리지는 못했다. 몇몇 나무는 벌써 거센 물살 쪽으
로 몸이 기울어져 있었다. 땅은 늪지처럼 발이 쑥쑥 빠졌다.

"헤엄을 쳐서 마른 땅을 찾는 게 좋겠어."

존달라가 말했다.

"많이 아프구나. 아니라고 하지 말고."

존달라는 아픈 기색을 감출 수만은 없었다.

"하지만 여기 있을 수는 없지."

그가 덧붙였다.

그들은 차가운 물속으로 뛰어들었다. 물살이 생각했던 것보
다 더 빨라서 한참을 하류로 쓸려 내려가다가 마른 땅에 도착
했다. 그들은 피곤하고 추웠다. 게다가 그들이 도착한 곳은 마
른 땅이 아니라 또 다른 좁다란 섬이라는 사실에 낙담했다. 더

넓고 기다란 섬은 강의 수위보다 다소 높은 곳에 있긴 했지만 질척거리는 땅에는 마른 나무를 찾아볼 수 없었다.

"여기서는 불을 못 피워. 계속 가는 수밖에 없어. 칼로노가 가르쳐준 마무토이 야영지가 어디라고?"

소놀란이 물었다.

"삼각주의 북쪽 끝, 바다와 가깝대."

존달라는 대답하며 그가 말한 방향을 간절한 눈길로 바라봤다. 옆구리의 통증이 점점 심해져서 과연 또 다른 지류를 건널 수 있을지 자신이 없었다. 눈앞에 보이는 것이라고는 너울대는 물결과 뒤엉킨 채 떠내려가는 잔해들, 섬이 있다는 것을 알려주는 몇 그루의 나무뿐이었다.

"그들의 야영지가 여기서 얼마나 먼지는 모르겠어."

그들은 철벅철벅 진흙길을 걸어 기다란 섬의 북쪽에 닿자 다시 차가운 물속으로 들어갔다. 하류 쪽에 보이는 나무 무리를 발견한 존달라가 그곳을 향해 헤엄쳤다. 섬에 당도한 그들은 거칠게 숨을 몰아쉬며 지류 반대편의 회색빛 모래사장을 휘청거리듯 걸었다. 그들의 긴 머리에서 물이 뚝뚝 떨어졌고 가죽옷은 흠뻑 젖었다.

늦은 오후의 태양이 흐린 하늘에 잔뜩 낀 구름 틈새로 황금빛 빛줄기를 내려보냈지만 전혀 따뜻하지 않았다. 북쪽에서 갑자기 불어온 돌풍이 젖은 옷 속으로 파고들자 뼛속까지 한기가 느껴졌다. 움직이는 동안에는 어느 정도 체온이 유지되긴 했지

만 계속된 헤엄과 도보로 점차 기운이 빠지고 있었다. 차가운
바람을 맞으며 몸을 떨던 그들은 듬성듬성 오리나무가 자라고
있는 곳을 향해 걸어갔다.

"여기에서 하룻밤 보내자."

존달라가 말했다.

"아직 밝잖아. 계속 가는 게 좋겠어."

"임시로 잘 곳을 만들고 불을 피우다 보면 어두워질 거야."

"계속 가면 어두워지기 전에 마무토이족 야영지를 찾을 수
있을지도 몰라."

"소놀란, 그건 힘들 것 같다."

"얼마나 심하게 다친 거야?"

소놀란이 묻자 존달라가 상의를 걷어 올렸다. 갈비뼈 근처에
난 상처 주변의 살색이 변해 있었다. 출혈도 있었던 게 분명했
다. 하지만 물에 퉁퉁 불어서 상처가 벌어진 것이 보이지는 않
았다. 상의 가죽에도 구멍이 나 있는 것으로 보아 갈비뼈가 부
러진 것은 아닌지 걱정이 되었다.

"불을 피우고 좀 쉬면 좋겠어."

두 형제는 그들 주변으로 넓게 펼쳐진 흙탕물과 계속해서
쓸려가는 모래톱, 여기저기 엉켜 자라는 식물들을 바라봤다. 죽
은 나무 몸통에 붙은 채로 마지못해 바다로 떠내려가던 가지들
이 여기저기 모래톱에 박혀 있었다. 저 멀리 푸른 덤불과 나무
들이 조금 더 안정적으로 보이는 섬에서 자라고 있었다.

갈대와 습지 풀들은 뿌리를 내릴 수 있는 곳이면 어디에서나 자랐다. 근처에는 90센티미터 정도 높이로 자란 사초가 덤불을 이루고 있었는데, 제멋대로 뻗은 이파리들은 그 어느 곳의 사초 이파리보다 질겨 보였다. 2센티미터도 안 되는 물꼬챙이골이 멍석처럼 깔려 있었고 그 사이로 곧게 뻗은 장대 모양의 창포가 사초와 비슷한 높이로 자라고 있었다. 물가 근처의 습지에는 사람의 키를 훌쩍 넘는 3미터 높이의 속새와 부들개지, 골풀이 가득했다. 뻣뻣한 잎과 줄기 끝에 자주색 꽃을 매단 갈대는 무려 4미터에 가깝게 자라 다른 식물들을 내려다보고 있었다.

그들이 가진 것은 몸에 걸친 옷가지가 전부였다. 처음 여행을 떠날 때부터 메고 왔던 배낭을 포함한 모든 물건이 배와 함께 물속으로 가라앉았다. 소놀란은 샤무도이족 복장을, 존달라는 라무도이족 복장을 하고 있었다. 하지만 그는 납작머리를 만났던 날 칼을 물속에 빠뜨린 이후로 도구들을 넣은 주머니를 바지끈에 매달고 다녔다. 그나마 다행이었다.

"부들개지 중에 불을 피울 막대로 쓸 만큼 마른 게 있나 보러 가야겠다. 너도 마른 나무가 있는지 찾아봐."

존달라는 옆구리의 통증을 애써 모른 척하며 말했다.

부들개지는 오래된 나무줄기보다 불을 피울 때 더 유용했다. 긴 나뭇잎을 엮어 만든 임시 천막을 오리나무 덤불에 기대어 세워놓았더니 불의 열기를 유지하는 데도 도움이 되었다.

창포와 골풀의 달큼한 뿌리줄기와 초록색 새순, 연한 뿌리들을 숯불에 구워 끼니를 때웠다. 그러고 나서 가는 오리나무 묘목을 잘라 끝을 뾰족하게 다듬은 창으로 사냥에 나섰는데, 허기를 채우고 싶은 간절한 마음 때문인지 창을 던질 때마다 명중해 오리 몇 마리도 구워 먹었다. 그들은 줄기가 두툼하고 부드러운 골풀을 꺾어서 깔개를 만들었다. 일부는 임시 천막을 연장하는 데 쓰고 나머지는 옷이 마르는 동안 둘렀다. 나중에는 그 깔개 위에서 잠을 청했다.

존달라는 잠을 이루지 못했다. 옆구리가 쑤시면서 아팠고 내상을 입은 것 같기도 했다. 그렇다고 여기서 쉬어갈 수는 없었다. 먼저 단단한 땅을 찾는 게 급선무였다.

아침이 되자 부들개지 잎, 오리나무 가지, 질긴 나무껍질을 엮어 만든 넓은 망태기로 물고기를 잡았다. 아침을 먹은 후에는 불을 피우는 재료와 잘 휘어지는 망태기를 깔개로 둘둘 말아 끈으로 묶은 다음 등에 걸쳤다. 그들은 창을 손에 들고 다시 길을 나섰다. 창은 끝을 뾰족하게 깎은 막대기에 지나지 않았지만 한 끼 음식을 마련하는 데 부족함이 없었다. 또한 망태기로 물고기를 잡을 수도 있었다. 생존은 도구나 연장이 아니라 지식에 달려 있었다.

두 형제는 어느 방향으로 갈 것인지를 두고 의견이 달랐다. 소놀란은 삼각주를 가로질러 바다가 있는 동쪽으로 가고 싶어 했다. 하지만 동쪽으로 가면 지류를 하나 더 건너야 할 것 같은 예감에 존달라는 북쪽으로 가고 싶었다. 둘은 서로 타협해 북동쪽으로 합의를 봤다. 얼마 후 존달라의 예감이 맞았다는 것이 드러났지만 전혀 기쁘지 않았다. 정오가 되었을 무렵, 그들은 위대한 강의 북동쪽 지류와 맞닥뜨렸다.

"다시 헤엄칠 시간이군. 할 수 있겠어?"

소놀란이 물었다.

"달리 방법이 있겠어?"

물가로 걸어가던 소놀란이 갑자기 멈춰 섰다.

"예전에 그랬듯이 옷을 통나무에 걸고 건너면 어떨까? 그러면 옷을 말릴 필요가 없잖아."

"모르겠다."

존달라가 말했다. 젖는다고 해도 옷을 입는 편이 물속에서 체온을 유지하는 데 도움이 될 터였다. 소놀란은 아무렇지도 않은 듯 말하려고 했지만 목소리에는 답답함과 짜증이 묻어났다.

"그래도, 정 네가 원한다면⋯⋯."

존달라는 마지못해 동의했다.

차갑고 습한 바람을 맞으며 벌거벗은 채로 서 있자 으슬으슬 오한이 일었다. 존달라는 맨허리에라도 허리끈을 묶어 도구를 담은 주머니를 몸에 지니고 싶었지만 소놀란은 어느새 주머니마저 상의에 둘둘 감싸 그가 찾아온 통나무에 묶고 있었다. 맨몸으로 물속에 들어가자 수온은 더욱 차갑게 느껴졌고 소리를 지르고 싶은 것을 참느라 이를 악물어야 했다. 하지만 차가운 물 때문인지 상처의 통증도 무감각해진 것 같았다. 다친 옆구리를 쓰지 않기 위해 다른 쪽 몸만 쓰면서 헤엄을 치다 보니 통나무를 끌고 가는 소놀란보다 뒤처졌다.

뭍으로 기어올라 모래톱 위에 서자 그들의 원래 목적지, 위대한 어머니 강의 끝이 눈앞에 펼쳐졌다. 내해의 해수도 보였다. 하지만 흥분된 기운은 찾아볼 수 없었다. 그들의 여행은 목표를 잃은 지 오래였고, 이제 강의 끝은 그들의 목적지가 아니었다. 게다가 단단한 땅에 발을 딛고 있지도 않았고, 삼각주를 횡단한 것도 아니었다. 그들이 발 딛고 선 모래톱은 한때 중심부를 흐르던 지류의 물길이었다. 지금은 물길이 바뀌었을 뿐, 그들은 텅 빈 강바닥을 건너야 했다.

강물이 사라진 물길의 반대편에는 나무가 우거진 꽤 높은 기슭이 자리하고 있었다. 한때 급류가 가르고 지나간 기슭의 아랫면에는 드러난 나무뿌리가 손짓하듯 흔들거리고 있었다. 얼마 전까지만 해도 강물이 지나간 듯, 한가운데에는 물이 고여 있었고, 뿌리를 내린 식물도 거의 없었다. 하지만 물웅덩이에는 벌써 벌레들이 진을 쳤고, 모기떼들이 두 형제에게 몰려들었다.

소놀란은 통나무에서 옷 꾸러미를 풀었다.

"저 아래 있는 물웅덩이 몇 개도 지나야 하고, 강가는 다 진흙탕인 것 같아. 저기를 다 건넌 다음에 옷을 입는 게 좋겠어."

통증이 도진 존달라는 더 이상 말싸움을 할 기운도 없는 듯 묵묵히 고개를 끄덕였다. 헤엄을 치는 동안 기운을 무리하게 소진했는지 똑바로 서 있기조차 힘들었다. 소놀란은 모기 한 마리를 때려잡더니 완만하게 경사진 기슭을 내려가기 시작했다. 강에서 등을 돌리지 말 것. 절대로 위대한 어머니 강을 과소평가하지 말 것. 그동안 귀에 못이 박히도록 들어온 말이었다. 강물은 어느새 그들 곁을 떠나고 없었지만 그들이 지나고 있는 길은 여전히 강의 길이었다. 잠시 강물이 보이지 않는다 해도 강은 한두 가지 놀라운 것들을 뒤에 남겨두고 떠났다. 수백 톤의 미사가 바다로 쓸려 내려와 매년 수천 킬로미터에 걸쳐 쌓이며 삼각주를 다져갔다. 강물이 빠져나가긴 했지만 해수가 범람하는 데다 배수마저 좋지 않아 강바닥은 소금기 가득한 질척한 습지였다. 이제 막 푸르게 돋아난 풀과 갈대들이 축축한 미사질 점토 아래 뿌리를 내리고 있었다.

두 형제는 결이 고운 끈적끈적한 진흙 비탈을 미끄러지듯 내려갔다. 평평한 땅에 발을 디디자 진흙탕에 맨발이 푹푹 빠졌다. 소놀란은 존달라가 평소처럼 큰 보폭으로 걸을 수 있는 상태가 아님을 잊어버린 채 성큼성큼 앞서갔다. 존달라는 걸을 수는 있었지만 미끄러운 비탈길을 내려가는 것이 여간 고통스러운 게 아니었다. 벌거벗은 몸으로 굶주린 벌레들에게 살을 내어주며 습지를 헤매고 있는 그들의 모습에 실소하며 존달라는 조심스레 발을 내디뎠다.

소놀란이 너무 앞서가자 존달라는 막 소리를 지를 참이었다. 그가 고개를 들려는 순간, 동생이 도움을 요청하는 소리가 들렸다. 저 앞에서 그가 땅속으로 가라앉고 있었다. 통증도 잊은 채 존달라는 달려갔다. 유사에 빠져드는 소놀란을 보자 두려움이 덜컥 밀려들었다.

"소놀란! 위대한 어머니시여!"

존달라는 서둘러 그에게 다가가며 외쳤다.

"물러나! 형도 빠질 거야."

소놀란이 수렁에서 빠져나오려고 몸부림을 칠수록 그는 더욱 깊게 가라앉았다.

존달라는 소놀란을 밖으로 빼낼 만한 뭔가를 찾아 미친 듯이 주위를 둘러봤다. 윗도리! 옷을 던져 한쪽 끝을 잡게 하면 될 거야. 하지만 이내 불가능하다는 것을 깨달았다. 옷 꾸러미는 보이지 않았다. 고개를 젓는 그의 눈에 진흙탕에 절반쯤 거꾸로 처박혀 있는 죽은 나무의 몸통이 들어왔다. 뿌리라도 한 줄기 끊어 올까 싶어 가봤더니 거센 물살에 휩쓸리며 하류까지 내려오는 사이 뿌리는 모두 잘려 나가고 없었다.

"소놀란, 옷 꾸러미는 어디 있어? 널 끌어낼 뭔가가 필요해!"

존달라의 목소리에 담긴 절망감은 원하지 않은 결과를 이끌어내고 말았다. 공포에 사로잡혀 있던 소놀란의 귓전을 때린 형의 목소리는 사랑하는 사람을 잃어야 했던 슬픔을 상기시켰다. 그러자 갑자기 마음이 고요해지면서 모든 것을 받아들일 준비가 되었다.

"존달라, 어머니가 날 데려가길 원한다면, 그냥 그분의 뜻에 맡겨."

"안 돼! 소놀란, 안 돼! 이렇게 포기하면 안 돼. 이대로 죽을 수는 없어."

존달라는 무릎을 꿇고 앉아 최대한 팔을 뻗어 손을 내밀었다.

"내 손을 잡아, 소놀란. 제발, 잡아."

그가 애원했다.

소놀란은 형의 얼굴에 어린 슬픔과 고통을 보고 크게 놀랐다. 가끔 그의 얼굴을 스치고 지나가던 감정보다 훨씬 강렬했다. 그 순간 그는 깨달았다. 형은 그를 사랑하고 있었다. 그가 제타미오를 사랑하듯이 존달라는 자신을 사랑하고 있었다. 완전히 같을 수는 없었지만 그만큼 강한 사랑이었다. 그는 본능적으로, 혹은 직감을 통해 깨달았다. 비록 이 수렁에서 빠져나올 수 없다 해도 형이 뻗은 손을 반드시 잡아야 한다는 것을 깨달은 것이다.

소놀란은 미처 알아차리지 못했지만 그가 몸부림을 멈추자 가라앉는 속도도 느려졌다. 그가 형의 손을 잡기 위해 몸을 쭉 늘려 팔을 뻗자 몸이 수평이 되면서 마치 물 위를 떠다닐 때처럼 물과 미사로 가득한 수렁 위로 붕 떠올랐다. 손가락이 닿을 만큼 가까워지자 존달라가 팔을 더 뻗어 동생의 손을 꼭 움켜쥐었다.

"그렇게 하는 거다! 손을 꼭 붙들고 있어라! 우리가 가겠다!"

마무토이족 말이 들렸다.

존달라는 참아왔던 숨을 터뜨렸다. 팽팽했던 긴장의 끈도 끊어졌다. 그는 자신이 몸을 부들부들 떨며 소놀란의 손을 꼭 잡고 있다는 것을 알아차렸다. 곧이어 존달라는 밧줄을 건네받아 동생의 손목을 묶었다.

"이제 힘을 빼."

소놀란은 시키는 대로 했다.

"헤엄을 치듯 몸을 쭉 뻗고 누워. 헤엄칠 줄 아는가?"

"네."

"잘 됐군! 힘을 빼. 우리가 잡아당길 테니."

여러 명의 손이 유사 가장자리에서 존달라를 일으켜 세웠고 이내 소놀란도 수렁 속에서 빠져나왔다. 그러고 나서 그들 모두는 또 다른 수렁이 없는지 장대로 땅을 쿡쿡 찌르며 가는 여자의 뒤를 따라 걸었다. 그들은 단단한 땅에 닿은 후에야 비로소 두 남자가 완전히 벌거벗었다는 것을 알게 되었다.

구조를 지휘하던 여자가 뒤로 물러나더니 두 사내를 유심히 살펴보았다. 체구가 큰 여자였다. 키가 크거나 뚱뚱하다기보다는 몸 자체가 건장했다. 그리고 위엄 있는 태도를 지니고 있었다.

"두 사내는 왜 벌거벗은 채 여행 중인 것이냐?"

존달라와 소놀란은 진흙으로 범벅이 된 자신들의 알몸을 내려다보았다.

"지류를 놓쳤습니다. 그리고는 배가 떠내려오던 통나무에 부딪혔고요."

존달라가 먼저 입을 열었다. 그는 똑바로 서 있기가 힘들 정도로 몸이 불편했다.

"옷을 말리고 나서는 아예 옷을 벗고 강을 헤엄치는 게 낫겠다 생각했습니다. 그리고 진흙탕이 된 강바닥을 건넜고요. 존달라가 다치는 바람에 제가 옷 꾸러미를 들고 있었는데 그만……."

"다쳤다고? 누가 다쳤느냐?"

여자가 물었다.

"제 형이요."

소놀란이 말했다. 그 말을 듣자 존달라는 욱신거리는 통증이 더욱 심해지는 것을 느꼈다. 여자는 그의 얼굴이 창백해지는 것을 놓치지 않았다.

"마무트에게 저 사내를 보여줘야겠어."

그녀가 다른 이에게 말했다.

"자네는 마무토이 사람이 아닌데, 어디서 말을 배웠나?"

"샤라무도이족과 함께 살고 있는 마무토이 여인에게서 배웠습니다. 제 친척입니다."

소놀란이 말했다.

"톨리?"

"네, 아십니까?"

"내 친척이기도 하네. 사촌의 딸이니까. 자네가 톨리의 친척이라면, 자네는 내 친척이기도 하네."

"나는 마무토이족의 브레시, 버드나무 야영지의 우두머리다. 두 사람 다 환영한다."

"저는 샤라무도이족의 소놀란입니다. 이쪽은 제 형, 젤란도니족의 존달라입니다."

"젤—란—돈—이?"

브레시는 낯선 말을 따라 말했다.

"그런 부족은 들어본 적이 없다. 둘이 형제라면서, 왜 자네는 샤라무도이고, 형은 그…… 젤란도니인 것이냐? 자네, 정말 몸이 안 좋아 보이는군."

그녀는 다음을 기약하며 빠르게 대화를 마무리 지었다. 그러더니 다른 사람들에게 말했다.

"저 사내를 도와라. 걷기조차 힘들어 보이는구나."

"걸을 수 있습니다."

존달라는 그렇게 말했지만 갑자기 통증이 밀려오며 어지러움이 찾아왔다.

"그렇게 멀지만 않다면."

존달라는 마무토이 남자 하나가 팔을 빌려주자 다행이라는 생각이 들었다. 소놀란이 다른 팔을 부축했다.

"존달라, 형이 여행을 떠날 수 있을 정도로 회복될 때까지 기다리겠다고 억지로 약속을 하지 않았다면 난 벌써 오래전에 떠났을 거야. 난 이제 떠날 거야. 형은 고향으로 돌아가는 게 좋겠어. 이제 형이랑 말싸움도 안 해."

"대체 왜 동쪽으로 가려는 거야, 소놀란? 위대한 어머니의 강 끝까지 왔잖아. 저 앞에 베란해가 있고. 그런데 왜 고향에 돌아가지 않겠다는 거야?"

"동쪽으로는 안 가. 북쪽으로 갈 거야. 브레시가 그러는데 곧 다들 북쪽으로 매머드 사냥을 떠날 거래. 나도 다른 마무토이 야영지가 나올 때까지 계속 북쪽으로 갈 거야. 고향에는 안 가, 존달라. 어머니께서 나를 데려가실 때까지 계속 여행할 작정이야."

"그런 말 하지 마! 꼭 죽고 싶어 안달 난 사람 같구나!"

존달라가 외쳤다. 하지만 말하는 즉시 예감이 현실이 될까 두려워졌다.

"고향에 가면 뭐가 있는데?"

소놀란이 맞받아쳤다.

"뭣 때문에 살아야 하는데? 제타미오도 없이……."

그녀의 이름이 나오자 그는 목이 멨고, 이내 숨죽여 흐느끼기 시작했다.

"제타미오를 만나기 전에는 뭣 때문에 살았는데? 넌 젊어, 소놀란. 앞으로도 긴 인생이 남아 있다고. 가야 할 곳도, 봐야 할 것도 많아. 제타미오 같은 여인을 또 만날 수 있는 기회도 있고."

존달라가 애원하듯 말했다.

"형은 이해 못 해. 형은 사랑에 빠져본 적이 없지. 제타미오 같은 여자는 어디에도 없어."

"그래서 여자를 따라 정령의 세계로 가겠다는 거구나. 나까지 끌고서!"

그는 그런 말까지는 하고 싶지 않았지만 동생을 살아 있게 할 유일한 방법이 그의 죄책감에 호소하는 것이라면 그렇게라도 할 작정이었다.

"누구도 형에게 부탁한 적 없잖아! 형은 고향으로 돌아가. 날 좀 혼자 두라고."

"소놀란, 누구나 사랑하는 사람을 잃으면 슬픔에 빠지지. 그렇다고 그들을 따라 정령의 세계로 가지는 않아."

"존달라, 언젠가 형도 겪게 될 거야. 언젠가 형도 어떤 여인을 너무도 사랑해서 그녀 없이 살아가느니 정령의 세계로 따라가고 싶어질 거야."

"그렇다면 네가 나라면, 날 혼자 두고 떠날 수 있어? 내가 죽고 싶을 만큼 사랑하는 사람을 잃었다면, 넌 나를 그냥 포기하겠냐고? 말해봐. 내가 슬픔에 몸을 가누지 못한다면, 너는 나를 두고 고향에 가겠냐고?"

소놀란이 땅바닥을 내려다보더니 고통에 젖은 형의 눈을 들여다보았다.

"아니, 형이 슬픔에 몸을 가누지 못할 정도라면, 난 형 곁을 떠나지 않겠지. 하지만 형, 내가 남은 인생 동안 여행을 하기로 결정했다면, 형이 언제까지나 나를 쫓아다닐 수는 없는 노릇이 잖아."

소놀란은 웃으려고 애썼다. 하지만 고통으로 피폐해진 그의 얼굴이 일그러졌다.

"형은 이제 여행이라면 신물이 나잖아. 언젠가는 고향으로 돌아가야 해. 말해봐. 내가 고향에 가고 싶고 형은 가고 싶지 않다면, 형은 나를 보내줄 거 아냐, 안 그래?"

"그래, 널 보내줄 거야. 지금 당장 너를 고향으로 보내고 싶어. 네가 원해서가 아니라 내가 원한 것이라도. 네게는 네 동굴이 필요해, 소놀란. 네 가족, 평생 너를 알아온, 너를 사랑하는 사람들도."

"형은 이해 못 해. 그게 우리가 다른 점이야. 젤란도니족의 아홉 번째 동굴은 형의 고향이고, 앞으로도 영원히 그럴 거야. 하지만 내 고향은 어디든 될 수 있어. 나는 젤란도니족 사람이면서 샤라무도이족이기도 해. 난 내 동굴을 떠나온 거야. 젤란도니족 가족과 내가 사랑한 사람들을 모두 뒤에 남겨두고. 그렇다고 조하란의 불터에 아이들이 생겼는지, 폴라라가 내가 생각한 대로 아름다워졌는지 궁금하지 않다는 것은 아냐. 나도 윌로마에게 우리 여행에 대해 말해주고 싶어. 그리고 그가 다

음에는 어디로 갈 계획인지도 알고 싶고. 윌로마가 여행에서 돌
아왔을 때 내가 얼마나 흥분하곤 했는지 지금도 기억나. 그의
이야기를 들으면서 여행을 꿈꿨지. 그가 항상 모두를 위해 뭔
가를 가져다준 거 기억나? 나와 폴라라, 그리고 형에게도. 어머
니에게도 늘 뭔가 아름다운 것을 가져다주었지. 존달라, 고향
으로 돌아가면 어머니에게 꼭 아름다운 뭔가를 갖다드려."

익숙한 이름들을 듣는 것만으로도 존달라는 사무치는 기억
에 마음이 저려왔다.

"소놀란, 네가 어머니께 아름다운 것을 직접 갖다드리지그
래? 어머니가 널 다시 보고 싶어 할 거란 생각은 안 해?"

"어머니는 알고 계셔. 내가 돌아오지 않을 거라는 걸. 어머니
는 우리가 떠날 때 여행을 잘 하라고 말씀하셨지, 잘 다녀오라
고 말하지 않으셨어. 아마도 어머니는 형 때문에 마로나보다 더
화가 나셨을걸."

"어째서 어머니가 네가 아니라 내게 더 화가 나셨을 거란 말
이냐?"

"난 윌로마 불터의 아들이야. 어머니는 내가 여행 체질이라
는 것을 알고 계실 거야. 그런 떠돌이 기질을 좋아하지는 않을
지라도 이해는 하시지. 어머니는 아들들 모두를 잘 이해하고
계시니까. 그래서 어머니의 뒤를 이어 조하란을 족장으로 삼
으신 거겠지. 어머니는 존달라가 젤란도니 사람이라는 것도 알
고 계셔. 형이 혼자서 여행을 떠났다면 돌아올 거라는 걸 아셨

을 거야. 하지만 형은 나와 떠났지. 그리고 나는 고향으로 돌아가지 않을 것이고. 떠날 때는 몰랐지만 지금 생각해보니 어머니는 다 아셨던 것 같아. 어머니는 돌아오기를 바랄 거야. 형은 달라나 불터의 아들이니까."

"그게 무슨 상관이야? 두 분은 오래전에 헤어지셨는데. 여름 축제 때 만나면 서로 허물없이 대하긴 하지만."

"지금이야 친구 사이일지 몰라도 사람들은 여전히 마르소나와 달라나에 대해 이야기하더군. 그들의 사랑이 그토록 오래오래 기억될 정도로 특별했던 게 틀림없어. 형은 그의 불터에서 태어난 아들이잖아. 형만이 유일하게 달라나와의 기억을 떠올리게 하는 존재일 테고. 형은 달라나의 정령으로 태어났으니까. 모두가 다 아는 사실이지. 형은 달라나와 무척 닮았어. 형은 돌아가야 해. 형은 젤란도니 사람이야. 어머니도 알고 계셔. 형도 알 테고. 제발 돌아가겠다고 약속해줘."

존달라는 그런 약속을 한다는 게 내키지 않았다. 아우와 계속 여행을 하든, 혹은 그 없이 혼자 고향으로 돌아가든, 그는 자신이 원하는 것보다 더 많은 것을 포기해야 했다. 어느 쪽으로든 결정을 내리지 않으면, 그 둘 다를 포기하지 않아도 될 것 같은 착각에 빠졌다. 고향으로 가겠다는 약속은 동생이 그와 헤어져 혼자 떠돌아다니게 될 것임을 의미했다.

"약속해, 존달라."

그가 어떻게 더 이상 반박을 할 수 있을까. 존달라는 결국 약속을 하고 말았다.

"약속할게. 고향에 돌아갈게. 언젠가는."

"어쨌든 말이야, 형."

소놀란이 미소를 지으며 말했다.

"누군가는 우리가 위대한 어머니 강의 끝까지 가봤다는 것을 사람들에게 말해야 할 것 아니야. 나는 힘들 테니 형이 꼭 말해줘야 해."

"너는 힘들다니? 나와 함께 갈 텐데."

"내 생각에는 말이야, 형이 그때 어머니께 애원하지 않았다면, 어머니께서는 강에서 나를 데려가셨을 거야. 알아. 형은 이해 못 하겠지. 하지만 어머니께서 곧 나를 데리러 다시 오실 거야. 이번에는 가고 싶어."

"죽으려고 작정을 했어, 그렇지?"

"아니, 형."

소놀란이 웃었다.

"내가 굳이 그럴 필요가 없지. 어머니께서 오신다는 것을 아는데. 다만 내가 준비가 되었다는 것을 형이 알았으면 해서."

존달라는 명치끝이 조이는 것을 느꼈다. 소놀란은 모래 수렁 사건 이후로 그가 곧 죽을 운명이라고 믿었다. 그는 웃고 있었지만 예전처럼 천진하게 활짝 웃는 미소가 아니었다. 차분하게 자기 운명을 기다리는 소놀란을 보고 있자니 차라리 그가 화를 내고 방방 뛰면 좋겠다는 생각마저 들었다. 그에게는 더 이상 투지도, 살겠다는 의지도 남아 있지 않았다.

"브레시와 버드나무 야영지 사람들에게 우리가 신세를 졌단 생각은 안 하니? 우리에게 음식과 옷과 무기를 다 주었잖아. 전부를 다 챙겨가면서 보답도 안 할 작정이야?"

존달라는 아직 할 일이 남아 있다는 것을 상기시키며 그의 화를 돋우려고 애썼다. 그는 자신이 동생의 덫에 걸려 덜컥 고향으로 가겠다는 약속을 하는 바람에 그에게 남아 있던 마지막 짐까지 덜어주었다는 것을 깨달았다.

"어머니께서 네게 주신 운명이라는 것이, 고작 너 자신 말고는 다른 사람들을 생각하지 않는 것이란 말이냐? 다른 사람은 안중에도 없구나."

소놀란은 미소 지었다. 그는 존달라가 왜 화를 내는지 이해했기에 그를 탓할 수 없었다. 제타미오가 죽을 운명임을 미리 알고 그 사실을 그에게 말했다면 기분이 어땠을까?

"존달라, 하고 싶은 말이 있어. 우리는 참 가까웠고……."

"지금은 아니고?"

"물론 지금도. 우린 마음 편하게 함께 있을 수 있잖아. 항상 그렇게 완벽하려고 애쓰지 않아도 돼. 늘 그렇게 사려 깊고……."

"그래, 내가 너무 과분한 사람이라 세레니오는 내 짝이 될 수 없다더라."

그가 쓸쓸한 조소를 띠며 말했다.

"세레니오는 알았겠지. 형이 떠날 거라는 걸. 그래서 더 크게 상처받고 싶지 않았을 거야. 형이 더 일찍 물어봤다면, 형과 짝을 맺었을지도 몰라. 형이 조금만 더 강하게 나갔어도 그녀는 기꺼이 형의 짝이 되었을 거야. 형이 자신을 사랑하지 않는다는 걸 알면서도. 형은 세레니오를 원한 게 아니었어, 존달라."

"그러면서 나보고 어떻게 완벽하다고 말하는 거야? 위대한 도니시여. 소놀란, 난 그녀를 사랑하고 싶었어."

"나도 알아. 제타미오를 통해 알게 된 건데 말이야, 형도 알았으면 좋겠어. 누군가와 사랑에 빠지면 아무것도 억눌러서는 안 돼. 마음을 탁 열고 위험을 감수해야 돼. 그러지 않으면 언젠가 마음에 상처를 입고 말아. 결코 행복해질 수도 없고. 언젠가 형이 찾게 될 여인이, 사랑에 빠질 거라고는 상상도 못 했던 여자일 수도 있어. 하지만 그게 중요한 게 아니야. 형은 그냥 있는 그대로 그 여인을 사랑하게 될 거야."

"여기에 있었군."

브레시가 두 형제를 향해 다가오며 말했다.

"떠나겠다니 조촐하게나마 송별연을 준비했네."

"신세를 많이 졌습니다, 브레시."

존달라가 말했다.

"저를 보살펴주시고 우리에게 이 모든 것들을 다 챙겨주셨지요. 아무런 보답도 하지 못하고 떠나는 것은 도리가 아닐 듯합니다."

"자네 동생이 이미 충분히 보답을 했네. 자네가 부상에서 회복되는 동안, 소놀란이 매일 사냥을 나갔지. 어찌나 닥치는 대로 사냥을 하던지. 하지만 운이 좋은 사냥꾼이더군. 자네는 더이상 우리에게 빚진 게 없네."

존달라는 동생을 바라봤다. 소놀란은 형을 보며 환하게 웃고 있었다.

19

계곡의 봄은 싱그러운 초록이 주를 이루는 화려한 색채의 향연과 함께 찾아왔다. 그러나 평소보다 일찍 찾아온 봄은 설렘보다는 두려움을 안겼다. 늦게 시작되었던 겨울은 폭설을 퍼부을 때가 잦았다. 그러다 보니 한겨울 내내 쌓였던 눈과 빙하가 녹으며 시작된 홍수는 대단히 격렬했다. 엄청난 양의 물이 골짜기로 밀어닥쳤다.

상류의 좁은 협곡을 무서운 기세로 빠져나온 급류가 어찌나 거세게 절벽과 부딪치는지 동굴이 흔들릴 정도였다. 강물의 수위는 암붕에 닿을 정도로 높아졌다. 에일라는 히힝이가 걱정되었다. 그녀는 혹시라도 물이 동굴까지 차오르면 가파른 절벽 위로 기어올라 초원에 닿을 수 있었지만 말에게는, 그것도 새끼를 밴 몸으로는 무리였다. 에일라는 절벽으로 밀려들었다가 소용돌이치며 되돌아가는 강물이 점점 더 높이 차오르는 것을 지켜보며 며칠을 불안하게 보냈다. 하류 쪽은 계곡의 반이 물에 잠겨 있었고, 작은 강을 따라 띠를 이루며 자라던 덤불은 완전히 물에 잠겼다.

홍수가 최악의 절정으로 치닫던 순간, 에일라는 한밤중에 뭔가가 쩍 갈라지며 우레처럼 울리는 소리에 자지러지게 놀라며 깨어났다. 그녀는 물이 빠질 때까지도 그런 굉음이 난 이유를 알지 못했었다. 나중에 보니 거대한 바위가 절벽과 충돌하며 생긴 충격파가 동굴까지 전해진 것이었다. 그 여파로 절벽의 일부분이 떨어져 나가 개울에 가로놓였다.

개울 한가운데 놓인 방해물 때문에 새 길을 찾을 수밖에 없는 물길은 자연히 바뀌기 마련이었다. 절벽에 생긴 틈이 물이 우회하는 물길이 되면서 강변은 좋아졌다. 절벽에 엄청나게 쌓여 있던 뼈와 유목, 강가의 돌들도 물살에 다 휩쓸려 갔다. 협곡에서 떨어져 나온 것으로 보이는 큰 바위가 절벽에서 그리 멀지 않은 곳에 자리 잡았다.

바위들이 제자리에서 떨어져 나가고 나무와 덤불이 뿌리째 뽑혀 나갔지만 오로지 가장 약한 존재들만이 자신의 터를 빼앗긴 것일 뿐이었다. 대다수 끈질긴 생명력을 자랑하는 식물들은 건재한 뿌리에서 다시 자라나 새싹을 틔우며 계곡의 텅 빈 공간들을 채워나갔다. 초목은 속살이 드러난 바위틈과 땅을 빠른 속도로 푸르게 덮으며 시작부터 끝까지 영원히 지속될 것 같은 착각을 불러일으켰다. 머지않아 새롭게 바뀐 지형도 늘 원래 있었던 것처럼 생각될 날이 올 터였다.

　에일라는 변화에 적응했다. 그녀가 사용했던 큰 바위나 유목들이 휩쓸려 갔지만 다시 새롭게 밀려온 것을 찾아 대체했다. 하지만 유난히 격렬했던 이번 홍수는 에일라에게 흔적을 남겼다. 동굴과 계곡이 주던 안정감이 사라져버린 것이다. 에일라는 봄이 찾아오면 동굴을 떠나야 할지 결정을 쉽게 내리지 못하고 망설임의 시간을 보냈다. 계곡을 떠나 다른 종족을 찾아 떠나기로 마음먹는다면 봄에 출발해야 할 터였다. 이동할 시간은 물론, 만약 다른 종족 사람을 찾지 못하면 겨울 동안 지낼 만한 곳을 찾을 시간까지 계산에 넣어야 했다.

　이번 봄은 그 어느 해보다 결정을 내리기가 더 어려웠다. 폐렴을 앓은 이후로 그녀는 늦가을이나 초겨울에 또 병에 걸려 이 동굴에서 발이 묶인 채 지내게 될까봐 걱정이 되었다. 게다가 그녀의 동굴은 예전만큼 안전하게 느껴지지 않았다. 병을 앓고 난 이후로 에일라는 혼자 사는 것의 위험성을 더욱 분명하게 자각했다. 또한 자신과 같은 사람이 곁에 없다는 것을 더욱 뼈저리게 절감했다. 동물 친구들이 돌아오고 난 이후에도 예전처럼 그녀의 마음속 공허함은 채워지지 않았다. 그들은 따뜻하고 에일라의 기분에 예민하게 반응했지만 그들과의 소통은 아주 단순한 정도에서 그쳤다. 짐승들과는 생각이나 경험을 나눌 수도 없고, 이야기를 들려줄 수도 없었다. 새로운 발견이나 성취에 대해 서로 감탄하며 인정하는 눈빛을 주고받을 수도 없었다. 에일라 곁에는 두려움을 잠재워주고 슬픔을 위로해주는 사람이 없었다. 하지만 한편으로는 자신의 독립적인 생활과 자유를 어디까지 포기하고 다른 사람들과 함께 생활하는 데서 오는 안정감을 받아들일 수 있을지도 의문이었다.

그녀는 혼자 살며 자유를 만끽하게 될 때까지 그간의 삶에 얼마나 많은 제약이 따랐는지 알지 못했었다. 그녀는 이제 스스로 결정을 내리는 것을 좋아했다. 그녀는 자신을 낳아준 종족 사람들은 물론, 동굴곰족 사람들과 살기 전의 삶에 대해서는 전혀 알지 못했다. 다른 종족 사람들이 그녀를 얼마나 있는 그대로 받아들일지도 의문이었다. 그녀에게 확실한 단 하나는 결코 포기하고 싶지 않은 것들이 있다는 것이었다. 히힝이도 그중 하나였다. 그녀는 다시는 말을 포기하고 싶지 않았다. 사냥도 기꺼이 포기할 수 있을지 의문이었다. 그리고 웃지도 못하게 한다면?

더 큰 문제들도 있었다. 에일라는 그 문제에 대해서는 의식하지 않으려고 애썼지만 실은 다른 문제들은 이것에 비하면 사소했다. 만약 그녀가 다른 종족을 찾았는데 그들이 그녀를 받아들이지 않는다면? 다른 종족의 부족 사람들이 말을 데리고 있겠다고 주장하고, 사냥을 하고 소리 내 웃기를 원하는 여자를 받아들이고 싶어 하지 않을 수도 있었다. 하지만 그녀가 기꺼이 이 모든 것들을 포기한다고 해도 그녀를 거부한다면? 적어도 그들을 찾기 전까지 그녀에게는 희망이 남아 있었다. 하지만 다른 종족을 찾고 나서도 그녀가 어쩔 수 없이 혼자 평생을 살아야 한다면?

눈이 녹기 시작할 무렵부터 에일라는 그런 걱정들로 머릿속이 어지러웠다. 주변 상황으로 인해 결정을 미루게 되자 오히려 마음이 놓였다. 그녀는 히힝이가 새끼를 낳을 때까지는 익숙한 계곡에서 떠나지 않을 작정이었다. 그녀는 말들이 주로 봄에 새끼를 낳는다는 것을 알고 있었다. 주술 치료사로서 여러 번 출산을 도운 경험이 있는 에일라는 이제 곧 새끼가 나올 때가 되었음을 감지하고 암말을 유심히 지켜봤다. 그녀는 사냥을 떠나는 대신 운동 삼아 히힝이를 타고 자주 산책을 나갔다.

"마무토이 야영지를 놓친 것 같다, 소놀란. 동쪽으로 너무 많이 온 것 같아."

존달라가 말했다. 그들은 바닥나고 있는 식량을 채우기 위해 큰뿔사슴 무리의 흔적을 쫓고 있었다.

"난 다르게…… 봐봐!"

그들은 갑자기 손바닥 모양의 뿔 길이만 3.3미터나 되는 수사슴과 맞닥뜨렸다. 소놀란은 겁에 질린 그 짐승을 손으로 가리켰다. 존달라는 수사슴이 위험을 감지한 것인지 궁금했다. 만약 위험을 감지했다면 수사슴은 깊은 경고의 소리를 곧 낼 터였다. 하지만 수사슴이 울기도 전에 암사슴 한 마리가 그들을 향해 쏜살같이 달려왔다. 소놀란은 부싯돌 촉이 달린 창을 마무토이족에게서 배운 방식대로 던졌다. 넓고 평평한 날이 미끄러지듯 날아가 사냥감의 갈비뼈 사이에 박히도록 던지는 방법이었다. 소놀란의 창은 표적에 명중했다. 암사슴은 그대로 쓰러졌다.

하지만 그들은 사냥감에 가까이 다가가기도 전에 왜 그토록 수사슴이 겁에 질려 있었는지, 그리고 암사슴이 창을 향해 뛰어들 수밖에 없었는지 그 이유를 알게 되었다. 잔뜩 긴장한 채 그들은 자기 쪽으로 성큼성큼 다가오는 암컷 동굴사자를 지켜봤다. 맹수는 쓰러진 사슴을 보더니 잠시 혼란스러워하는 듯 보였다. 공격하기도 전에 땅바닥에 쓰러져 죽은 사냥감은 처음이었다. 하지만 암사자는 오래 망설이지 않았다. 코를 박고 사슴이 죽었는지 확인하더니 바로 이빨로 사냥감의 목덜미를 물고는 끌고 가기 시작했다.

소놀란이 벌컥 화를 냈다.

"저 암사자가 우리 사냥감을 훔쳐 가!"

"저 사자도 사슴을 쫓아온 거야. 암사자가 자기 사냥감이라고 생각하는 이상, 저 사슴을 두고 다투고 싶지 않아."

"아니, 난 그래야겠어."

"바보 같은 짓 좀 하지 마."

존달라가 코웃음을 치며 말했다.

"설마 암사자에게서 사슴을 빼앗아오겠다는 건 아니겠지."

"시도도 안 해보고 포기할 수는 없어."

"그냥 가져가라고 해, 소놀란. 우린 다른 사슴을 찾으면 되잖아."

존달라는 이미 암사자를 쫓아가는 소놀란의 뒤를 따르며 말했다.

"암사자가 사냥감을 어디로 가져가는지 확인하려고. 무리에 속한 암사자는 아닌 것 같아. 그랬다면 다른 암사자들이 벌써 여기에 다 와 있었겠지. 떠돌이 암사자 같아. 다른 사자들이 못 찾는 곳에 숨겨놓으려고 끌고 가는 것 같아. 어디다 숨겨놓는지만 보자고. 암사자가 떠나면 그때 가서 우리 몫의 신선한 고기도 챙겨오고."

"암사자가 사냥한 신선한 고기는 생각 없어."

"암사자가 사냥한 게 아니야. 내 사냥감이었다고. 아직도 옆구리에는 내 창이 박혀 있어."

말싸움을 해봐야 소용없었다. 그들은 암사자를 따라 절벽에서 떨어져 나온 바위들이 흩어져 있는 막다른 협곡으로 들어섰다. 그들은 조용히 기다리며 지켜봤다. 소놀란의 예상대로 암사자는 곧 그 자리를 떠났다. 소놀란은 협곡을 향해 걸어갔다.

"소놀란, 그 아래까지 내려가지는 마! 언제 암사자가 돌아올지 모르잖아."

"내 창이라도 되찾아 오려고! 모르지, 고기도 좀 가져올지."

소놀란은 가장자리를 따라 걸어가더니 손으로 돌무더기를 짚으며 아래로 내려갔다. 존달라는 마지못해 그를 따라 협곡 깊이 들어갔다.

　에일라에게 계곡의 동쪽 지역은 워낙 익숙해서 사냥을 나가는 게 아니라면 동쪽 초원은 지루하게 느껴졌다. 며칠 동안 흐리고 비가 오는 날이 계속되더니 마침내 따뜻한 햇살이 구름 사이로 얼굴을 드러냈다. 말을 타고 산책을 나갈 준비를 끝냈을 때, 그날따라 유난히 더 동쪽 초원으로 가고 싶은 마음이 들지 않았다.

　바구니와 운반대를 히힝이의 몸에 연결하고 나서 그녀는 말을 이끌고 가파른 길을 내려가 절벽을 돌았다. 이번에는 초원이 아니라 긴 계곡을 따라 내려가 보기로 했다. 골짜기 끝에 이르자 개울이 남쪽으로 돌아가는 곳에 자갈이 많이 깔린 가파른 경사지가 보였다. 예전에 서쪽에 무엇이 있는지 보려고 올라가 봤던 곳이었다. 하지만 말이 올라가기에는 무리일 것 같았다. 서쪽으로 이어지는 다른 길이 있는지 확인하기 위해 말을 타고 조금 더 가보자는 생각이 들었다. 남쪽으로 내려가며 에일라는 호기심으로 눈을 반짝이며 주위를 둘러봤다. 그녀는 새로운 땅을 밟고 있었다. 왜 예전에는 이곳까지 히힝이와 함께 올 생각을 못 했는지 후회가 되었다. 높은 절벽은 점차 완만해지고 있었다. 얕은 개울이 나타나자 그녀는 히힝이를 내려다보고 건너가 보자고 다독였다.

　탁 트인 초원의 풍경은 동쪽이나 서쪽이나 비슷했다. 세세한 부분만이 다를 뿐이었지만 그것만으로도 충분히 흥미로웠다. 그녀는 어느새 지세가 제법 험준한 곳까지 와 있었다. 바위투성이 협곡과 갑자기 깎아지르듯 솟아난 바위 언덕이 눈에 띄었다. 그녀는 처음에 계획했던 것보다 멀리 와 있었다. 협곡 입구까지 가본 에일라는 그만 돌아가야겠다고 생각했다. 그때 갑자기 머리털까지 쭈뼛 서게 만드는 소리가 들렸다. 심장이 방망이질하기 시작했다. 그 소리는 협곡 안을 쩌렁쩌렁 울리는 동굴사자의 포효와 사람의 비명이었다.

에일라는 귓속에서 피가 세차게 뛰는 소리를 들으며 멈춰 섰다. 인간의 소리를 들은 것은 벌써 오래전 일이었다. 하지만 인간이 내지른 소리라는 것을 그녀는 알았다. 그리고 또 다른 소리도 들렸다. 그녀는 그 소리가 자신과 같은 종족의 사람이라는 것을 직감했다. 그녀는 너무도 놀란 나머지 아무런 생각도 할 수 없었다. 비명에 그녀는 이끌렸다. 그것은 도움을 청하는 절규였다. 하지만 그녀는 동굴사자와 대면할 수는 없었다. 히힝이를 동굴사자 앞에 드러낼 수도 없었다.

말은 에일라가 극심한 혼란에 빠진 것을 금세 알아차렸다. 에일라가 보내는 몸의 신호는 불확실했지만 말은 협곡을 향해 발길을 돌렸다. 에일라는 천천히 협곡 입구까지 말을 타고 가서 내린 다음 협곡 안쪽을 들여다보았다. 반대편에는 돌무더기가 쌓여 있는 막다른 협곡이었다. 그때 동굴사자의 으르렁대는 소리가 들렸고, 불그스름한 갈기가 눈에 들어왔다. 그제야 에일라는 히힝이가 긴장하지 않았다는 것을 알아차렸다. 그리고 그 이유도 알았다.

"저건 아기야! 히힝아, 아기야!"

그녀는 다른 동굴사자가 더 있을지도 모르는 데다 아기가 더 이상 자신과 동굴에서 함께 지내던 새끼 사자가 아니라 다 자란 수사자라는 사실도 잊은 채, 협곡 안으로 달려갔다. 저 사자가 아기라는 사실만이 중요했다. 에일라는 눈앞에 있는 동굴사자가 전혀 무섭지 않았다. 그녀는 울퉁불퉁한 바위들을 기어 올라가 아기에게 다가갔다. 아기는 고개를 돌려 그녀를 향해 으르렁댔다.

"멈춰, 아기!"

그녀가 손짓과 함께 소리를 내며 명령했다. 사자는 아주 잠깐 멈칫했을 뿐이었지만 에일라는 망설임 없이 사냥감을 확인하기 위해 사자 곁으로 다가가 녀석을 밀어냈다. 동굴사자에게 그 여인은 너무도 익숙했고, 여자의 태도는 너무나 단호해 반항할 수 없었다. 에일라가 가죽이나 고기를 얻기 위해 먼저 사냥감을 손질할 때처럼 아기는 순순히 옆으로 물러났다. 게다가 동굴사자는 이미 암사자가 가져온 커다란 사슴으로 배를 채운 뒤였다. 녀석은 그저 자신의 영역을 지키느라 공격을 가했던 것뿐이었다. 하지만 그러고 나서는 망설이고 있었다. 우선 인간은 동굴사자가 사냥하는 먹잇감이 아니었다. 게다가 그들의 체취는 자신을 키워준 여인, 즉 어미이자 사냥 동지였던 에일라의 냄새와 많이 비슷했다.

　에일라는 두 사람을 발견했다. 그녀는 무릎을 꿇고 그들을 자세히 살폈다. 가장 큰 관심은 주술 치료사로서 그들의 상태였지만 한편으로는 대단히 놀랐고 호기심에 불타올랐다. 그녀가 기억하는 한, 처음으로 보게 된 다른 종족 사람이었지만 남자라는 것만은 알 수 있었다. 아무리 다른 종족의 남자를 그려보려고 해도 전혀 상상이 되지 않았었지만 두 사람을 본 순간 어째서 다른 종족의 남자가 자신과 닮았다고 오다가 말했었는지 바로 이해가 되었다.

　더 짙은 색의 머리를 한 남자는 이미 살 가망이 없다는 게 확연했다. 그는 목이 부러진 채 부자연스러운 자세로 누워 있었다. 목에 난 이빨 자국이 그가 죽은 이유를 분명하게 나타내고 있었다. 그녀는 그 남자를 한 번도 본 적이 없었지만 그가 죽은 것을 보자 마음이 무너져 내리는 것 같았다. 슬픔의 눈물이 차올랐다. 사랑했던 사람도 아닌데 그러했다. 귀하게 찾아온 기회를 눈앞에서 놓쳤다는 아쉬움이 무엇보다 컸다. 처음으로 본 같은 종족의 남자가 죽었다는 사실에 그녀는 엄청난 충격을 받았다.

　그녀는 그의 인간됨을 마지막까지 지켜주고 싶었다. 적절한 장례 절차를 통해 그의 마지막 가는 길을 배웅해주고 싶었다. 하지만 다른 남자를 자세히 살펴보니 죽은 남자에게 적절한 의식을 치러주는 것은 무리인 듯싶었다. 금발인 남자는 아직 숨

을 쉬고 있었지만 상처를 입은 다리에서 피가 솟구치고 있었
다. 그를 가능한 빨리 동굴로 데려가 치료하는 게 우선이었다.
죽은 남자를 매장해줄 시간은 없었다.

아기가 짙은 머리를 한 남자에게 코를 박고 냄새를 맡고 있
는 동안 에일라는 줄팔매 가죽과 부드러운 돌멩이로 지혈대를
만들어 남자의 다리에 묶었다. 에일라는 시신에 붙어 있던 아
기를 저쪽으로 밀어냈다. 나도 그가 죽었다는 것을 알아, 아기.
하지만 그자는 네 사냥감이 아니야. 그녀는 생각했다. 동굴사
자는 바위에서 훌쩍 뛰어내리더니 바위 틈새에 숨겨둔 사슴이
아직 있는지 확인하러 갔다. 자주 듣던 그르렁 소리가 나는 것
을 보니 또 한 번 배를 채울 모양이었다.

솟구치듯 흐르던 피가 천천히 흐르며 어느 정도 지혈이 되
자 에일라는 휘파람을 불어 히힝이를 부른 다음, 운반대를 조
립했다. 히힝이는 긴장된 모습이었다. 에일라는 아기에게 짝이
있다는 사실을 기억했다. 그녀는 괜찮다는 듯 말을 다독이고
안아주었다. 그녀는 두 개의 장대 사이에 깔개를 묶어 만든 운
반대를 구석구석 살피고서 금발 머리의 남자를 싣고 히힝이가
동굴까지 끌고 가면 될 것 같다는 판단을 내렸다. 하지만 다른
남자는 어찌해야 할지 판단이 서지 않았다. 사자들의 영역에
그냥 남겨두고 싶지는 않았다.

에일라는 바위 위로 올라가 주위를 살폈다. 막다른 협곡 뒤
에 놓인 바위는 한눈에 봐도 불안하게 놓여 있었다. 커다란 바

위 뒤로 쌓여 있는 큰 돌들도 여기저기 느슨하게 쌓여 있었다. 순간 에일라는 이자를 매장하던 날이 떠올랐다. 동굴 바닥을 얇게 파낸 구덩이에 이자를 조심스레 눕히고 그 위에 큰 돌들을 쌓아 올렸던 것이다. 에일라는 그 기억에서 실마리를 찾았다. 그녀는 죽은 남자를 느슨하게 놓인 바위 근처, 협곡의 후미까지 끌어다 놓았다.

아기는 사슴 고기를 먹은 뒤 피가 잔뜩 묻은 주둥이를 한 채 에일라가 뭘 하는지 보러 다시 돌아왔다. 에일라가 다친 남자를 바위 가까이로 끌고 가는 동안 아기가 다가와 코를 킁킁댔다. 바위 아래쪽에서는 겁을 먹은 히힝이가 운반대를 뒤에 멘 채 기다리고 있었다.

"저리 비켜, 아기!"

그녀가 조심스럽게 사내를 운반대에 싣는 동안, 남자의 눈꺼풀이 파르르 떨렸다. 그는 고통스러운 신음을 내뱉고는 다시 눈을 감았다. 남자가 의식이 없는 게 차라리 다행으로 여겨졌다. 꽤 무거운 몸집의 남자가 운반대에 실려 울퉁불퉁한 협곡을 지나가다 보면 고통스러울 수밖에 없을 터였다. 마침내 사내를 운반대에 실어 가죽끈으로 안전하게 묶은 다음 그녀는 튼튼한 장대를 하나 들고 툭 튀어나온 바위가 있는 협곡 후미로 되돌아왔다. 그녀는 죽은 남자를 내려다보며 그의 죽음을 애도했다. 그러고 나서 장대를 바위에 기대어 세워놓은 다음, 동굴 곰족의 격식을 차린 손짓으로 정령의 세계를 향해 고하기 시작했다.

그녀는 노주술사 크렙이 이자의 혼령을 저세상으로 보내면서 했던 유려한 손짓을 지켜본 기억이 있었다. 그 신성한 손짓의 의미를 완전히 이해하지는 못했지만, 지진이 일어난 직후 동굴에서 크렙의 시신을 발견했을 때도 에일라는 그 손짓으로 크렙을 정령의 세계로 보냈다. 중요한 것은 손짓의 내용이 아니라 그 의식을 치르는 이유였다. 낯선 남자를 위해 조용히 아름다운 의식을 치르는 동안, 기억들이 물밀듯 밀려오며 눈가가 촉촉해졌다.

기도가 끝났을 때 그녀는 뒤지개로 통나무를 들어 올리거나 뿌리를 캐낼 때와 같은 원리로 장대를 지렛대 삼아 커다란 돌덩이의 아랫면을 들어 올렸다. 그러자 돌덩이들이 우르르 아래로 쏟아지며 시신을 덮었다.

먼지가 채 가라앉기도 전에 그녀는 히힝이를 데리고 협곡을 나왔다. 에일라는 말을 타고 동굴까지 꽤 먼 여정을 시작했다. 그녀는 남자를 살펴보기 위해 몇 번이나 말에서 내렸다. 한 번은 나래지치 뿌리를 캐려고 멈춘 적도 있었다. 그녀는 한시라도 서둘러 남자를 동굴까지 옮기고 싶으면서도 히힝이를 위해 속도를 빨리 낼 수만은 없어 애가 탔다. 부상당한 남자를 뒤에 싣고서 개울을 건너고 절벽 모퉁이를 무사히 돌았을 때, 저 앞에 동굴이 있는 암봉이 보이자 그제야 한시름을 놓았다. 비좁은 비탈길을 오를 수 있도록 운반대의 장대 폭을 좁게 조정하

자 비로소 산 채로 남자를 동굴로 옮길 수 있을 거라는 생각이
확고해졌다.

　에일라는 동굴 안까지 운반대를 매단 채 히힝이를 데리고
들어왔다. 먼저 불을 피워 물을 끓일 준비를 하고 난 뒤, 운반
대에 묶어놓은 끈을 풀고 의식이 없는 남자를 그녀의 잠자리에
끌어다 놓았다. 그러고 나서 히힝이에게 연결된 장비를 풀어준
다음, 고맙다는 뜻으로 히힝이를 꼭 안아주었다. 에일라는 약
초를 보관해놓은 곳으로 가서 필요한 것들을 골랐다. 약을 만
들기 전에 그녀는 심호흡을 하며 부적을 어루만졌다.

　에일라는 자신의 토템에게 어떤 간청을 해야 할지 생각을 정
리할 수가 없었다. 그녀의 머릿속은 말로 설명할 수 없는 불안
과 혼란스러운 희망이 뒤섞여 있었다. 하지만 그녀는 토템에게
도움을 청하고 싶었다. 그녀는 자신의 강력한 토템의 힘을 빌
려서라도 이 남자를 꼭 치료하고 싶었다. 그녀는 반드시 이 남
자의 목숨을 구해야 했다. 그 이유를 정확히 꼭 집어 말할 수는
없었지만 지금껏 그보다 더 중요한 일은 없었다. 어떻게 해서든
이 남자는 절대 죽어서는 안 되었다.

　에일라는 모닥불에 나무를 더 얹고 나서 불 위에 걸어놓은
가죽 솥에 데우고 있는 물의 온도를 확인했다. 김이 올라오는
게 보이자 솥에 금잔화 꽃잎을 넣었다. 그러고 나서야 마침내
의식이 없는 남자에게 갔다.

　그가 입고 있는 가죽 옷이 찢어진 것을 보니 오른쪽 허벅지

상처 옆에도 깊은 자상이 몇 군데 더 있었다. 그의 옷을 벗겨야 자세히 볼 수 있을 터인데 그는 끈으로 묶는 두르개를 입고 있지 않았다.

에일라는 어떻게 옷을 벗겨야 할지 유심히 살펴보았다. 그가 입고 있는 가죽과 털가죽은 팔과 다리, 몸통의 모양에 맞게 자른 다음, 끈 같은 것으로 연결되어 있었다. 그녀는 가죽 조각들이 연결된 부분을 자세히 살펴봤다. 그러고 나서 다리를 치료하기 위해 바지를 잘랐다. 그 방법이 최선이라는 판단이 들었다. 겉옷을 자르고 난 에일라는 더욱 놀라고 말았다. 그 안에는 또 다른 뭔가를 입고 있었는데 지금껏 한 번도 본 적이 없는 형태의 옷이었다. 조개, 뼈, 동물의 이빨, 화려한 새의 깃털들이 규칙적으로 매달려 있었다. 일종의 부적인가? 에일라는 궁금해했다. 그녀는 그것들을 자르고 싶지 않았지만 옷을 벗기려면 어쩔 수가 없었다. 가능한 옷에 달린 것들이 손상되지 않도록 조심스럽게 옷을 잘랐다.

여러 가지 물건들로 장식된 옷 아래로는 그의 아랫도리를 덮고 있는 또 다른 뭔가가 있었다. 그것은 양쪽 다리를 하나씩 감싸고 있었는데, 허리 부분에 졸라매는 끈이 꿰어져 있었고, 앞부분에는 천이 덧대어져 있었다. 그 속옷을 자르면서 흘긋 보니 그가 남자라는 것은 자명한 사실이었다. 에일라는 지혈대를 푼 뒤 찢어진 다리에서 흐른 피를 흡수하면서 뻣뻣하게 굳은 가죽을 부드럽게 떼어냈다. 그녀는 오는 길에 몇 번이나 지혈대

를 느슨하게 조절했는데, 그렇게 하면 지혈을 하는 동시에 다리
에 피가 돌게 하는 효과가 있었다. 피를 멈추게 한다고 무조건
지혈대로 압박만 해놓으면 나중에 다리를 못 쓰는 불상사가 생
길 수도 있었다.

에일라는 남자의 발 모양에 꼭 맞게 가죽을 잘라서 만든 발
싸개를 보고 다시 멈칫했다. 그러고 나서 끈을 자른 뒤에 끌어
당겼다. 상처에서 피가 계속 스며 나오긴 했지만 처음처럼 솟구
치지는 않았다. 그녀는 상처의 정도가 얼마나 심한지 확인하기
위해 빠르게 몸 전체를 훑어보았다. 다른 곳의 찢어지거나 할
퀸 상처는 깊지 않았지만 감염의 위험이 있었다. 사자의 발톱
에 상처를 입으면 덧나는 경우가 많았다. 아기에게 가볍게 할퀸
상처도 자주 곪았었다. 하지만 가장 큰 걱정은 감염이 아니었
다. 다리가 문제였다. 다른 상처는 대수롭지 않게 넘길 만큼 다
리는 심각했다. 머리 한쪽도 사자에게 공격을 받을 때 넘어지
면서 부딪혔는지 크게 부었다. 머리 부분이 얼마나 심각하게 다
친 것인지 단정 지을 수 없었지만 자세히 살펴볼 시간도 없었
다. 다시 다리에 난 상처에서 피가 흐르기 시작했다.

그녀는 지혈을 위해 한 손으로는 사타구니를 누르며 다른
손으로는 금잔화 꽃잎을 우린 물에 적신, 흡수성이 좋은 부드
러운 토끼 가죽으로 상처를 닦아냈다. 금잔화를 우려낸 물은
지혈 작용과 함께 상처를 소독하는 데도 좋았다. 나중에 피를
흘린 다른 가벼운 상처를 치료할 때도 금잔화 우린 물을 사용

할 터였다. 그녀는 상처의 안쪽과 바깥을 금잔화 물로 씻어내고는 꼼꼼하게 닦았다. 깊게 찢겨진 자상 아래로는 허벅지 근육마저 잘려져 있었다. 상처 위에 제라늄 뿌리 가루를 뿌리자 금세 피가 엉기는 게 보였다.

한 손으로는 지혈점을 누른 채, 에일라는 나래지치 뿌리를 물에 담가 씻어냈다. 그러더니 그 뿌리를 씹어 곤죽으로 만든 다음, 금잔화를 우린 따뜻한 물에 뱉었다. 그렇게 만들어진 젖은 찜질약을 벌어진 상처 위에 바로 얹었다. 찢어진 근육이 맞물리도록 상처를 잡고 있다가 손을 떼면 다시 상처가 벌어지면서 근육이 제자리에서 벗어났다.

그녀는 다시 벌어진 상처를 손으로 오므렸지만 손을 놓으면 금세 벌어질 터였다. 상처를 꽁꽁 싸매놓는다고 해서 찢어진 살과 근육이 제대로 붙을 것 같지는 않았다. 에일라는 남자의 다리를 서툴게 치료해 장애를 가진 채 살게 하고 싶지 않았다. 상처가 다 아물 때까지 여기 앉아서 벌어진 상처를 잡고 있을 수 있다면. 그녀는 그런 생각을 하면서 무력함을 느꼈다. 이자가 곁에 있다면 얼마나 좋을까 하는 생각도 들었다. 이자라면 어떻게 치료하면 좋을지 알 것 같았다. 하지만 에일라는 이자에게서 이런 상처를 치료하는 법을 배운 기억은 없었다.

그때 다른 뭔가가 떠올랐다. 그녀가 자신이 어떻게 이자 혈통의 주술 치료사가 될 수 있냐고 물었을 때 이자가 들려준 이야기였다.

"나는 어머니의 친딸이 아니잖아요. 그 기억들이 무엇인지 전혀 이해하지 못하고요."

그때 이자는 그녀의 혈통이 늘 가장 뛰어났기 때문에 가장 높은 지위를 갖게 되었다고 설명했다. 어머니들은 자신의 딸들에게 알고 있는 지식을 모두 전수했고, 에일라도 그처럼 이자에게 주술 치료사로서 훈련을 받은 거라 말했다. 이자는 그녀가 알고 있는 전부는 아닐지라도 할 수 있는 한 모든 지식을 에일라에게 전수했다고 했다. 무엇보다 에일라에게는 재능이 있다고 이자는 상기시켰다.

"너에게는 기억이 없지만 너는 생각하는 습성이 있고 이해하려는 마음이 있다……. 그러면 네가 어떻게 도와야 할지 알 수 있단다."

지금 이 남자를 도울 방법을 생각해낼 수 있다면, 에일라는 고민했다. 그때 잘라놓았던 옷가지들이 눈에 들어왔고, 퍼뜩 떠오르는 생각이 있었다. 그녀는 지혈점을 누르고 있던 손을 떼고 그의 하의를 집어 들었다. 가죽 조각들을 겹쳐서 아주 가는 끈으로 연결해놓은 것인데 끈은 짐승의 힘줄로 만든 것이었다. 그녀는 끈을 잡아 뜯어서 어떻게 천이 이어져 있던 것인지 유심히 살폈다. 끈을 한쪽 가죽의 구멍에 통과시킨 다음 다른 쪽 가죽의 구멍에 넣는 식으로 두 장의 천이 꿰매져 있었다.

에일라는 자작나무 껍질로 그릇을 만들 때도 비슷한 방법을 사용했다. 구멍을 뚫어서 끈을 넣은 다음 매듭을 짓는 방식이었다. 남자의 벌어진 상처도 이 방법을 써서 꿰맬 수 있을까? 그러면 상처가 아물 때까지 붙어 있을까?

그녀는 벌떡 일어나서 갈색 막대기 같은 것을 가지고 왔다. 그것은 딱딱하게 굳은 사슴의 기다란 힘줄이었다. 둥글고 매끄러운 돌로 힘줄을 두드리자 아교질로 이루어진 기다란 하얀 섬유질이 가닥가닥 나뉘었다. 그녀는 힘줄 가닥 하나를 뜯어내 거기에서 질긴 결합조직으로 된 미세한 가닥을 분리해내고는 그것을 금잔화 물에 푹 담갔다. 가죽처럼 힘줄도 물에 젖으며 유연해졌다. 아무런 손질도 않고 그대로 말리면 뻣뻣해질 터였다. 그녀는 여러 개의 미세한 힘줄 가닥을 준비해두고서 남자의 살에 작은 구멍을 뚫을 때 가장 적당할 송곳과 칼을 찾았다. 그때 벼락 맞은 나무를 쪼개 모아둔 지저깨비 다발이 떠올랐다. 이자가 종기나 물집을 터뜨릴 때 이러한 지저깨비를 사용하곤 했다. 남자의 상처를 꿰매기 위해 그 지저깨비를 사용하면 될 것 같다는 느낌이 온 것이다.

그녀는 상처에서 배어 나오는 피를 닦았지만 어떻게 시작하면 좋을지 자신하지 못했다. 그녀가 지저깨비로 살에 구멍을 내자 남자는 꿈틀하더니 무슨 말인가를 웅얼댔다. 그녀는 서둘러 끝내야만 할 터였다. 그녀는 지저깨비로 낸 구멍에 뻣뻣해진 힘줄 가닥을 통과시킨 다음 반대편 살에 낸 구멍에 꿰어 넣고 조심스럽게 벌어진 상처를 봉합해 매듭을 지었다.

나중에 힘줄을 어떻게 뽑아낼 수 있을지 확신이 서지 않아 매듭을 너무 많이 짓지는 않기로 했다. 그녀는 상처를 따라 네 개의 매듭을 짓고 찢어진 근육을 이어 붙여 세 개의 매듭을 더 지었다. 힘줄로 꿰매어 매듭을 짓는 시술이 끝나자 에일라는 남자의 상처가 벌어지지 않는 것을 보고 활짝 웃었다. 근육도 제자리에 그대로 있었다. 상처만 곪지 않고 깨끗하게 아문다면 남자는 다시 다리를 쓸 수 있을지도 몰랐다. 적어도 그럴 가능 성이 훨씬 커졌다.

에일라는 나래지치 뿌리로 찜질약을 만들어 상처에 얹고는 부드러운 가죽으로 감싸놓았다. 그러고 나서 주로 오른쪽 어깨 와 가슴에 생긴 다른 상처들도 소독했다. 머리에 난 혹이 신경 쓰이기는 했지만 살갗이 벗겨지지는 않았고 그저 부은 정도였 다. 붓기를 빼는 데 좋은 아르니카 꽃을 깨끗한 물에 우린 다음, 그 물에 가죽끈을 담가 압박붕대를 만들어 남자의 머리를 감 아놓았다.

여기까지 치료를 한 뒤에야 에일라는 편안히 앉았다. 남자가 깨어나면 약을 먹여야 할 테지만 지금으로서 그녀가 할 수 있 는 처치는 모두 다 한 셈이었다. 에일라는 다리에 동여맨 가죽 끈에 약간 주름이 진 것을 펴놓고 나서 처음으로 그의 얼굴을 들여다보았다.

그의 몸집은 씨족 남자처럼 강건하지 않지만 근육질이었 고 무엇보다 믿기 어려울 정도로 다리가 길었다. 가슴에서 끝 이 말린 금빛 털이 자랐고, 팔에는 후광처럼 보이는 보송보송한 털이 나 있었다. 피부색은 창백했다. 몸에 난 털은 그녀가 봐왔던 동굴곰족 남자들에 비하면 훨씬 색이 옅고 가늘었다. 키도 크고 몸도 호리호리했지만 크게 다르지는 않았다. 부드러운 금빛 털 아래에는 축 늘어진 그의 남성이 자리 잡고 있었다. 그녀는 촉감이 궁금해 손을 뻗었다가 얼른 제자리로 가져왔다. 옆구리 쪽으로 최근에 생긴 흉터가 보였다. 멍도 채 가시지 않은 상태였다. 얼마 전에도 상처를 입고 회복된 게 틀림없었다.

누가 저 남자를 치료해주었을까? 저 사람은 어디에서 왔을까?

그녀는 몸을 숙여 더 자세히 남자의 얼굴을 봤다. 씨족 남자의 얼굴과 비교하면 얼굴은 평평했다. 힘이 풀린 입술은 도톰했지만 입 아랫부분이 돌출되지는 않았다. 턱은 강인했고 가운데는 옴폭 들어간 부분이 있었다. 그녀는 자신의 턱을 만져봤다. 그리고 그녀의 아들도 턱이 튀어나왔다는 것을 기억했다. 하지만 씨족 사람 중에 턱이 튀어나온 사람은 없었다. 이 남자의 코도 콧마루가 높고 좁은 씨족 남자의 코와 크게 다르지 않았지만 크기는 더 작았다. 감은 눈은 간격이 넓게 떨어져 있었고, 앞쪽으로 튀어나와 있었다. 그제야 그에게는 눈을 쑥 들어가 보이게 하는 두툼한 눈썹뼈가 없다는 것을 깨달았다. 미간 가운데는 인상을 찡그릴 때 잡히는 주름이 져 있었지만 이마는 곧고 높았다. 씨족 사람들만 봐왔던 그녀의 눈에는 남자의 이마가 툭 튀어나온 것처럼 보였다. 그녀는 한 손으로 남자의 이마를 더듬더듬 만져보더니 다른 손으로 자신의 이마를 만졌다. 이마의 생김새가 똑같았다. 그녀가 씨족 사람들의 눈에 얼마나 이상해 보였을까.

남자의 머리카락은 곧게 뻗고 길었다. 일부는 여전히 끈으로 뒤에서 묶은 상태였지만 대부분의 머리는 흘러나와서 엉겨 있었다. 그리고 머리색은 금발이었다, 에일라 자신처럼. 남자가 더 옅은 색이었다. 어쩐지 익숙하다는 느낌이 들었다. 그때 그녀는 이 남자를 어디에서 봤는지 기억해내고는 큰 충격을 받았다. 그녀의 꿈! 꿈에서 나왔던 다른 종족 남자였다. 그의 얼굴을 볼 수는 없었지만 그의 머리는 금발이었다!

에일라는 남자에게 털가죽을 덮어주고 서둘러 암붕으로 나왔다. 놀랍게도 여전히 이른 오후였다. 많은 일이 일어났고, 정신적으로, 육체적으로, 감정적으로 너무도 많은 에너지를 집중적으로 쏟아내고 보니 훨씬 많은 시간이 흐른 것 같았다. 그녀는 어떻게든 복잡한 머릿속을 정리해보려고 했지만 여전히 생각들은 혼돈 속에서 뒤엉키고 있었다.

그녀는 어째서 오늘 서쪽으로 말을 타고 갈 마음을 먹은 것일까? 남자가 비명을 질렀을 때 어째서 그녀가 때마침 그곳에 있었던 것일까? 그리고 어째서 초원에 있는 하고 많은 동굴사자 중에 협곡에서 만난 사자가 아기였을까? 그녀의 토템이 그녀를 그곳으로 이끈 게 틀림없었다. 금발 머리를 한 남자 꿈은 또 어떤가? 꿈속의 남자가 저 사람이었을까? 그는 왜 이곳까지 오게 된 걸까? 에일라는 그가 그녀의 삶에 어떤 의미로 다가온 사람인지 감이 오지 않았다. 하지만 이제는 결코 전과 같지는 않을 것임을 직감했다. 이제 그녀는 다른 종족의 얼굴을 본 것이다.

그녀는 뒤에서 히힝이가 그녀의 손을 찾아 주둥이를 내미는 것을 느끼고 뒤돌아보았다. 말은 그녀의 어깨에 머리를 기댔다. 에일라는 일어나서 히힝이의 목을 안고서 자신의 머리를 기댔다. 그녀는 그렇게 선 채로 익숙하고 편안한 느낌을 만끽했다. 하지만 한편으로 미래에 대한 두려움이 밀려들었다. 암말을 토닥이며 쓸어주던 에일라는 히힝이에게서 태동을 느꼈다.

"많이 남지 않았어, 히힝아. 저 남자를 동굴까지 옮길 수 있게 도와줘서 고마워. 나 혼자라면 절대 옮기지 못했을 거야."

어서 들어가서 남자가 괜찮은지 보고 와야겠어. 그녀는 자신이 잠깐 동굴을 비운 사이 남자에게 무슨 일이 일어났을까 갑자기 걱정이 되기 시작했다. 그는 조금 전과 똑같은 자세로 누워 있었지만 에일라는 곁에 앉아 그가 숨 쉬는 것을 지켜봤다. 그에게서 눈을 뗄 수가 없었다. 그때 뭔가 이상한 점을 발견했다. 남자에게는 수염이 없었다! 씨족 남자들은 모두 텁수룩한 갈색 수염이 있었다. 다른 종족 남자에게는 수염이 없는 걸까?

남자의 턱을 만져보자 새로 자라는 까칠까칠한 수염이 느껴졌다. 수염이 있긴 하지만 아주 짧구나. 그녀는 의아한 표정으로 고개를 저었다. 그는 매우 앳된 얼굴이었다. 키도 크고 근육질의 몸은 다부졌지만, 다시 보니 꼭 소년 같은 느낌도 있었다.

그는 고개를 돌리며 신음하더니 뭔가를 중얼댔다. 그가 하는 말은 전혀 알아들을 수 없었지만 반드시 이해해야 할 것 같은 호소력 같은 게 전해졌다. 그의 이마와 뺨에 손을 대보니 열이 오르는 게 느껴졌다. 그녀는 남자에게 버드나무 껍질 차를 마시도록 해봐야겠다는 생각을 하며 다시 일어났다.

에일라는 버드나무 껍질을 준비하며 저장해놓은 다른 약초들도 살펴봤다. 그녀는 자신 말고는 치료할 사람이 하나도 없는데 왜 이토록 약전을 가득 채워놓았는지 한 번도 의구심을 품은 적이 없었다. 약초를 모으고 저장하는 것은 이제 그녀에게는 습관이었다. 그리고 그녀는 약전이 가득해서 참으로 기뻤다. 동굴곰족 동굴 근처에서 쉽게 구하던 약초를 계곡이나 초원에서는 찾을 수 없었지만 그래도 그녀의 약전에는 약초가 충분했다. 낯선 식물도 더 추가해놓은 상태였다. 이자는 새로운 식물을 음식이나 약재로 쓸 수 있는지 시험해보는 방법을 가르쳐주기도 했다. 하지만 아직까지는 새롭게 구한 약초의 효과에 완전히 만족한 적은 없었고 남자에게 쓰기에는 조심스러웠다.

버드나무 껍질 외에도 그녀가 잘 아는 약초 하나를 더 꺼냈다. 털이 많이 달린 그 줄기는 이파리가 줄기에 달린 게 아니라 끝이 뾰족한 두 개의 넓은 이파리 사이에서 줄기가 자라난 것처럼 보였다. 그녀가 매달아놓았던 줄기를 내리자 하얀 꽃송이들이 갈색으로 말라 있었다. 그것은 짚신나물과 매우 비슷하게 생겨 비슷한 종의 식물인 줄 알았는데, 씨족 모임에서 만난 다른 주술 치료사는 이 약초를 등골식물이라고 불렀고 열을 내리는 데 사용했다. 에일라도 해열제로 그 약초를 사용한 적이 있었지만 물에 끓여 걸쭉하게 만들려면 시간이 많이 소요되었다. 그리고 이 약은 땀을 많이 나게 하는 데다 성분도 강해서 반드시 필요한 경우가 아니라면 피를 많이 흘려 허약해진 남자에게는 먹이고 싶지 않았다. 그래도 미리 준비를 해두면 나중에라도 쓸 수 있을 터였다.

자주개자리도 떠올랐다. 신선한 자주개자리 잎을 뜨거운 물에 우려 차를 만들어 마시면 혈전을 없애는 데 도움이 되었다. 그녀는 들판에서 자주개자리를 본 기억이 있었다. 고기를 넣고 끓인 죽도 원기를 회복하는 데 좋을 것이었다. 남자의 치료와 관련된 생각을 하다 보니 조금 전에 느꼈던 혼란스러웠던 생각들은 모두 저만치 밀려갔다. 사실 처음부터 에일라는 오로지 한 가지 생각에 집중하고 있던 터였고, 그 생각이 점차 머릿속을 꽉 채우기 시작했다. 그녀는 속으로 다시 한 번 되뇌었다. 이 남자는 반드시 살아야 해.

그녀는 남자의 머리를 무릎에 올려놓고 간신히 버드나무 껍질 차를 몇 모금 삼키게 했다. 그의 눈꺼풀이 몇 번 바르르 떨리며 뭔가 중얼거렸지만 여전히 정신을 차리지 못했다. 할퀴고 찢어진 몇 군데 상처에서 열이 오르며 붉어졌다. 그의 다리는 눈에 띄게 부어 있었다. 그녀는 찜질약을 바꿔주고 머리의 압

박붕대도 새로 갈았다. 다행히 머리의 붓기는 가라앉았다. 저녁
이 오자 에일라의 걱정은 점점 커져만 갔다. 이자가 아플 때 정
령들의 도움을 요청하며 기도해주던 크렙이 곁에 있으면 얼마
나 좋을까 생각했다.

어둠이 내리자 남자는 몸을 뒤척이며 뭔가를 외쳐댔다. 여
러 소리 가운데서도 특정한 소리를 긴박한 목소리로 반복해서
부르고 있었다. 그 소리는 죽은 남자의 이름 같았다. 그녀는 밤
이 깊어질 무렵, 사슴의 갈비뼈 끝을 오목하게 파내 만든 숟가
락으로 짚신나물을 달인 물을 그의 입속에 떠 넣어주었다. 쓴
맛에 놀랐는지 남자는 눈을 크게 떴지만 너무 어두워서 아무
것도 보이지 않았다. 그다음 흰독말풀 차를 마시게 하는 것은
더 쉬웠다. 하지만 그로서는 또 다른 쓴맛이 느껴지자 입을 헹
구고 싶을 뿐이었다. 에일라는 계곡 근처에서 고통을 완화하고
잠이 오게 하는 흰독말풀을 찾아냈을 때 무척 반가웠다.

에일라는 남자의 열이 떨어지기를 바라며 밤새 곁을 지켰다.
열이 절정으로 치달았을 때는 아침이 다가오고 있었다. 땀으로
흠뻑 젖은 남자의 몸을 시원한 물로 닦아준 뒤 잠자리와 붕대
를 갈아주었더니 남자는 더 편안하게 잠이 들었다. 그녀는 남
자 옆에서 꾸벅꾸벅 졸았다.

그때 갑자기 그녀는 입구에서 쏟아져 들어오는 햇살에 눈을
번쩍 뜨고는 바라봤다. 무슨 일 때문에 정신이 번쩍 든 것일까.
몸을 뒤척이던 그녀의 눈에 남자가 들어왔다. 그러자 전날에

있었던 일들이 빠르게 스쳤다. 남자는 편안하게 고른 숨을 쉬며 자고 있었다. 그녀는 가만히 누워 귀를 기울였다. 그때 히힝이의 거친 숨소리가 들렸다. 그녀는 벌떡 일어나 동굴 저편으로 갔다.

"히힝아, 때가 된 거야?"

그녀는 설렘 가득한 목소리로 물었다. 암말은 아무런 소리도 내지 않았다. 에일라는 전에도 여자들의 출산을 도운 적이 있었고, 본인 스스로 아기를 낳은 경험도 있었다. 하지만 말의 새끼를 받는 일은 처음이었다. 히힝이는 자신이 무엇을 해야 하는지 알고 있었다. 하지만 에일라를 보자 마음이 놓이는지 반가워하는 눈빛이었다. 암말의 출산은 이제 거의 막바지 단계에 있었다. 새끼의 일부가 나와 있었고 에일라는 몸 전부가 나오도록 도와주었다. 히힝이가 이제 갓 태어난 수망아지의 갈색 솜털을 핥아주는 모습을 보며 에일라는 흐뭇한 미소를 지었다.

"사람이 말의 새끼를 받는 건 처음 보는군요."

존달라가 말했다. 에일라는 그 소리에 흠칫하며 몸을 돌렸다. 그녀의 눈에 팔꿈치를 괴고 몸을 일으켜 세운 채 자신을 바라보고 있는 남자가 들어왔다.

《대지의 아이들 2부: 말들의 계곡》3권으로 이어집니다.

옮 긴 이
정서진

이화여자대학교 통역번역대학원 한영 번역학과를 졸업하고 현재 번역가로 활동하고 있다. 옮긴 책으로는 《대지의 아이들 1부: 동굴곰족》《신이 토끼였을 때》《스카이 섬에서 온 편지》《미식 쇼쇼쇼》《우리가 몰랐던 도시》《문명과 식량》《인류세》 등이 있다.

대지의 아이들 II
말들의 계곡 2

2019년 4월 17일 초판 1쇄 인쇄
2019년 4월 25일 초판 1쇄 발행

지은이 | 진 M. 아우얼
옮긴이 | 정서진
발행인 | 이원주
책임편집 | 김혜정
책임마케팅 | 정재영

발행처 | (주)시공사
출판등록 | 1989년 5월 10일(제3-248호)

주소 | 서울특별시 서초구 사임당로 82(우편번호 06641)
전화 | 편집 (02)2046-2853 · 마케팅 (02)2046-2883
팩스 | 편집· 마케팅 (02)585-1755
홈페이지 | www.sigongsa.com

ISBN 978-89-527-9864-0 04840
      978-89-527-8211-3 (set)

이 도서의 국립중앙도서관 출판예정도서목록(CIP)은 서지정보유통지원시스템 홈페이지(http://seoji.nl.go.kr)와 국가자료공동목록시스템(http://www.nl.go.kr/kolisnet)에서 이용하실 수 있습니다.(CIP제어번호: CIP2019014215)